SCIENCE FICTION

Herausgegeben
von Wolfgang Jeschke

HANS DOMINIK
JUBILÄUMS-EDITION

Nach den Originaltexten herausgegeben
von Holger Miehlke

BAND 7

KAUTSCHUK

Ein Roman aus der Industrie

WILHELM HEYNE VERLAG
MÜNCHEN

HEYNE SCIENCE FICTION & FANTASY
Band 06/8117

Umwelthinweis:
Dieses Buch wurde auf
chlor- und säurefreiem Papier gedruckt.

Redaktion: Wolfgang Jeschke

http://www.heyne.de

Ungekürzte Neuausgabe 9/2000
Printed in Germany 7/2000

Umschlagbild: Dieter Rottermund
Umschlaggestaltung: Nele Schütz Design, München
Technische Betreuung: M. Spinola
Satz: Schaber Satz- und Datentechnik, Wels
Druck und Bindung: Ebner Ulm

ISBN 3-453-13377-3

Inhalt

Danksagung

Ohne die Mitarbeit und Hilfe einiger Personen wäre diese Ausgabe nie zustande gekommen. Mein Dank gilt allen voran meiner Frau Mechthild Berief, die nicht nur bei der Revision des Romantextes wertvolle Anregungen und Entscheidungshilfen einbrachte, sondern auch sämtliche Beitexte sowie die gesamte Textrevision in den PC eingab; sodann Studiendirektor Bernd Arlinghaus, Dortmund, für das Gegenlesen des gesamten Bandes und manchen wichtigen Hinweis; Wolfgang Jeschke, München, dem Spiritus rector der Dominik-Jubiläums-Edition; Bibliotheksdirektor Dr. Peter Jörg Becker von der Staatsbibliothek zu Berlin, die den Dominik-Nachlaß mittlerweile erworben hat, für die Genehmigung, die Dokumente in der vorliegenden Edition auswerten zu dürfen; Dr.-Ing. Peter Jäckel, Berlin, für das Aufspüren des Vorabdrucks sowie des Dominiktextes ›Wie wir ihm das abgewöhnten‹ und für seine Recherchen zu Dominiks Kugellagerpatenten; Studiendirektor i. R. Dieter Burkert, Dortmund, für die Beantwortung mancher kniffliger sprachlicher Fragen; Walther Ilmer, Bonn, für seine Entscheidungshilfen bei der Textrevision; Dr. Ernst Rätz, Köln, für die Beantwortung mancher technischer Fragen; Dr. Kai-N. Krüger von der Materialentwicklung der Continental AG, Hannover, für Informationen und Korrekturen bezüglich der kurzgefaßten Geschichte des Kautschuks im Nachwort; Wolfgang Thadewald, Langenhagen, für das Recherchieren der präzisen Erscheinungsdaten der verschiedenen Auflagen von ›Kautschuk‹; Kirsten Cremer-Eickhoff, Dortmund, für die Übertragung der italienischen Worte Gallardos ins Spanische. Ferner: Thorsten Schmidt vom Institut für Publizistik und Kommunikationswissenschaften der Westfälischen Wilhelms-Universität, Münster; Dagmar Scheffermann, Dortmund; Gerd Monska von der Degussa-Hüls AG, Marl; Karin und Andreas van Almsick, Dortmund; Dr. Christian Heermann, Leipzig; Mirjam Miehlke, Dortmund; Sonia Mesters, Dortmund; Bernd Gärtner, Dortmund; Stefan Kemper, Münster (W); Frank P. Freudenberg, Berlin; Antiquar Wolfgang Huste, Dortmund; und last not least: Peter H. Jansen, Berlin, dem Enkel Hans Dominiks, und seiner Frau Jutta, die mir in großzügigster Weise den Zugang zum gesamten erhaltenen Nachlaß des Autors ermöglicht haben.

HOLGER MIEHLKE, Herausgeber

Oft wurde er ›der deutsche Jules Verne‹ genannt; sein literarisches Vorbild war der Romancier Alexandre Dumas d. Ä. (›Der Graf von Monte Christo‹, ›Die drei Musketiere‹); sich selbst bezeichnete er als den ›Chef der I-am-I-Company‹: Hans Joachim Dominik, geboren am 15. November 1872 in Zwickau, Ingenieur und Schriftsteller; Bestsellerautor der zwanziger bis vierziger Jahre mit einer Gesamtauflage von über 2,3 Millionen Büchern zu Lebzeiten.

Obwohl *zwischen Manuskripten und bedrucktem Papier aufgewachsen* – sein Vater Emil Dominik (1844–96) hatte auf vielerlei Weise mit Büchern und Zeitschriften zu tun (u. a. war er der Verleger Theodor Fontanes); sein Großvater Theodor Mügge (1802–61) war seinerzeit ein bekannter Schriftsteller –, regen sich bei Hans Dominik *sehr zeitig [...] Sinn und Liebe für alles Technische.* Die Lieblingsbeschäftigungen des Sechsjährigen sind *modellieren, bauen und den Maurern stundenlang bei der Arbeit zuschauen.* Als Jugendlicher lernt er neben dem Besuch des altsprachlichen Gymnasiums in seiner Freizeit Bienenzucht, Tischlerhandwerk und – Englisch, *das ich für den künftigen Ingenieursberuf unter allen Umständen brauchte.*

Nach dem 1893 bestandenen Abitur studiert er an der Technischen Hochschule zu Berlin-Charlottenburg Maschinenbau mit Schwerpunkt Eisenbahntechnik, später auch Elektrotechnik, bekommt Einblicke in Modelltischlerei, Werkzeugmacherei, Schmiede, Dreherei, Wagenbau, Gießerei, Lokomotivreparaturen; führt bei Kontrollfahrten 1500-PS-Schnelloks; schiebt 1894 in die Ausbildung eine Schiffsfahrt als Maschinist auf dem

10 000-Tonner ›Prussia‹ ein (Hamburg–New York–Hamburg).

Schon während der letzten Schuljahre schreibt er *populär-technische Aufsätze* für die Zeitschriften seines Vaters, und im folgenden entwickelt sich in singulärer Weise ein Leben als Ingenieur und Schriftsteller.

In eine Zeit hineingeboren, in der sich die Selbstverständlichkeiten unserer heutigen Alltagswelt entwikkeln, ist Dominik mehr als einmal mit Pionierleistungen a k t i v daran beteiligt (innovative Kugellagerpatente,* 1904; Mitentwicklung der Einschienenbahn, 1909; ferngesteuerte, kabellose Morseschreiber, 1917; Mitentwicklung von Radioempfangsgeräten und der Vox-Diktiermaschine, beides 1923) – wird andererseits zu d e m Sprachrohr der neuen Zeit: ab 1895 beginnt er neben seinen Industrieanstellungen mit dem Publizieren Aberhunderter, wahrscheinlich mehrerer Tausend Essays, in denen er in allgemeinverständlicher Weise den Lesern von Zeitschriften und Zeitungen die Neuerungen der Technik nahebringt.

Auch seinen Arbeitgebern bleibt das außergewöhnliche Schreibtalent nicht verborgen: sie versetzen ihn ins *literarische Büro*, um ihn *Erläuterungsberichte*, die *die besonderen Vorzüge der angebotenen* Produkte *ins rechte Licht* setzen sollen, erstellen zu lassen.

Jedesmal verläßt er dieses – was Aufstiegsmöglichkeiten anbelangt – *tote Gleis*, um bei einer anderen Firma wieder Ingenieursarbeit zu leisten, doch dort ergeht es ihm nicht anders. *Wie ein Fluch verfolgte mich der Umstand, daß ich ein klares und flüssiges Deutsch schrieb. Ingenieure, die das konnten, müssen damals doch wohl selten gewesen sein,* heißt es in der von den Nationalsozialisten zur Veröffentlichung nicht freigegebenen 1. Fassung seiner Lebenserinnerungen, aus der auch

* Neue Erkenntnisse hierzu in diesem Band.

die anderen (kursiv gesetzten) Zitate dieses Geleitwortes stammen. Und etwas später: *Wenn ich doch nicht projektieren und bauen darf, wenn ich mein Leben lang nur dichten und singen soll, will ich es wenigstens nicht anonym tun, sondern für mich selber unter meinem eigenen Namen.*

So macht er sich 1901 als freier Schriftsteller selbständig (*Um den Stoff für meine Aufsätze brauchte ich mich nicht zu sorgen. Nicht umsonst hatte ich ja Jahre hindurch mitten in der Technik gestanden, kannte das Neueste und wußte um Dinge, von denen man sich in den Zeitungsredaktionen in jenen Jahren noch nichts träumen ließ.*), hält engsten Kontakt zu den großen Firmen seiner Zeit (Siemens, AEG, Daimler, Benz, Krupp, Singer, Körting usw.) und hat bald einen solchen Ruf, daß er zur Erstellung von Industriebroschüren und Werkbeschreibungen herangezogen wird, was ihm auch außergewöhnliche Einblicke in zukünftige Projekte gewährt.

Er gründet eigene Zeitschriften; übernimmt diverse Schriftleitungen; ist als Berichterstatter beim ersten Überseefunkkontakt mit Sayville bei New York (1914) und bei der Elektrifizierung Irlands durch die Siemens-Schuckert-Werke (1928) dabei; wird von bekannten Persönlichkeiten bei der Abfassung ihrer Lebenserinnerungen hinzugezogen.

Aber auch der Ingenieur Dominik ist in all diesen Jahren nicht untätig. Er erlebt in seiner ersten Industrieanstellung bei der AEG die Umstellung von Gleichstrom auf Drehstrom (1895); ist als Monteur bei der Elektrifizierung von Bergbauschachtanlagen (1895) und als Ingenieur beim Bau von Elektrizitätswerken tätig (1898); macht 1897 eine einjährige Amerikareise, wo er in Saginaw Gleichstrommotoren konstruiert und den amerikanischen way of life and work kennenlernt; arbeitet an Neukonstruktionen von Lampen für Leuchtfontänen und Lichttherapie (1899); ist 1903 Dozent an der Berliner Lessing-Hochschule; ist 1907 ein Hauptorganisator der Berliner Erfinderausstellung und besorgt *die ›Clous‹* (farbige Photographie, Fernphotographie, elektrische Fernschreiber, Versuche mit flüssiger Luft); entwirft im 1. Weltkrieg einen *Strahlenzieler*, der auch während der Dunkelheit einen sicheren Torpedoschuß auf feindliche Ziele gewährleisten soll, aber nicht zum Einsatz kommt; ist 1919/20 technischer Dramaturg in der Filmindustrie; entwirft 1923 Maschinen zur synthetischen Herstellung von Diamanten.

Durch diese Zweigleisigkeit ist der rastlos Schaffende, der ab 1900 vierundzwanzig Jahre lang keinen Urlaub macht und nicht selten sechzehn Stunden am Tag tätig ist, stets umfassend mit nahezu allen technischen Neuheiten und Projekten vertraut.

Quasi nur nebenher entstehen einige belletristische Werke: ›Technische Märchen‹ (1902), vereinzelte Zukunftserzählungen für den Union-Verlag, Stuttgart (1907–34), zwölf Romane über technische Gegenwartsthemen für den Carl-Duncker-Verlag (1910–16), darunter drei heute nicht uninteressante Romane über Geschehnisse im 1. Weltkrieg und sein autobiographischer Schlüsselroman ›Hochströme‹ über die Arbeit bei Siemens & Halske in den Jahren 1900/01.

1921 bringt das bisherige ›Nebenher‹ eine Wende in sein Leben: der Durchbruch als Romanautor gelingt. *Seit dem Kriegsende wälzte ich die Idee, die ungeheuren Zukunftsmöglichkeiten, welche die neuen naturwissenschaftlichen Erkenntnisse in geradezu phantastischem Ausmaß eröffneten, in Form eines Romans zu verarbeiten [...] Die Erzählung, die dabei zustande kommen würde, mußte [...] grundverschieden von allem sonst in Romanen Üblichen werden.* Genau das reizt den Generaldirektor des Scherl-Verlags, Dr. Ludwig Klitzsch, der dem veränderten Lesebedürfnis nach dem Weltkrieg Rechnung tragen möchte.

So konzipiert Dominik in knapp sechs Monaten ›Die Macht der Drei‹ als Fortsetzungsroman für die Zeitschrift ›Die Woche‹ und hat damit so beachtlichen Erfolg, daß er in den nächsten 19 Jahren 15 weitere ›technische Zukunftsromane‹ schreibt, die ihn bis heute zum **nach wie vor meistgelesenen Science Fiction-Autor deutscher Sprache** machen.

Stets in Zeitschriften bzw. Zeitungen vorausgewertet, erscheinen 13 von ihnen als grüne Leinenbände mit Goldprägung im Scherl-Verlag, die anderen drei im Verlag Koehler & Amelang (später: v. Hase & Koehler). [Sie bilden eine Trilogie um Professor Eggerth, mit der Dominik dem Dessauer Flugzeugkonstrukteur Hugo Junkers ein literarisches Denkmal setzte.]

Auf der Basis seines Wissensstandes als Ingenieur und Schriftsteller der Industrie entwirft Dominik Zukunftsvisionen von solcher Wahrscheinlichkeit, daß er bald das Attribut ›Prophet der Technik‹ erhält, denn vieles Vorhergesagte trifft noch zu seinen Lebzeiten ein.

Doch nicht nur in die nahe Zukunft ist sein Blick gerichtet. Viele Visionen sind heute – unter dem Gesichtspunkt der Wahrscheinlichkeit ihrer Verwirklichung betrachtet – kaum weniger kühn als in ihrer Entstehungszeit: sowohl die telenergetische Konzentration zur Auslösung der Raumenergie wie auch das Dynotherm zur Beherrschung des Wetters, sowohl unsichtbar machende Strahlen wie auch das elektrische Senden und Empfangen von Gedanken, sowohl die Urzeugung wie auch die Fähigkeit, versunkene Erdteile aus den Tiefen des Ozeans zu heben, sowohl die Bildung von ›Land aus Feuer und Wasser‹ wie auch das Errichten eines 15 km tiefen Schachtes in den Untiefen des Weltmeeres sind bis heute Utopie geblieben. Und selbst jene Werke, deren damalige Fiktionen (künstlicher Kautschuk, wirtschaftliche Nutzung der Atomenergie, Flug zum Mond) längst Wirklichkeit wurden, sind spannende Romane mit vielen überraschenden Wendungen geblieben, denen das Flair des ›historischen Science Fiction-Romans‹ keinen Abbruch zu tun vermag.

Zwei Schaffensphasen lassen sich erkennen. In der ersten Periode (1921-32) entstehen die komplexeren, ambitionierteren und aus heutiger Sicht wohl bedeutenderen Romane. Hier entwirft Dominik im allgemeinen monumentale Zukunftsgemälde, in denen mit schon vorhandenen Erfindungen Weltkrisen gemeistert werden müssen. In der zweiten Periode (1933-40) schreibt er einfachere, geradlinigere und zu seinen Lebzeiten erfolgreichere Romane, in denen wir quasi den forschenden Ingenieuren über die Schulter schauen können und die Entstehung neuer Technologien erleben.

Bei seiner Erschaffung möglicher zukünftiger Realitäten hat der Autor auch manche der damaligen politischen Spannungsherde aufgegriffen und so treffsicher in Wespennester gestochen, daß er im August 1941 mit der nationalsozialistischen Zensur konfrontiert wird: sein Roman von 1934, ›Das stählerne Geheimnis‹, wird bis auf weiteres verboten.

Nach dem Tod Dominiks (am 9. Dezember 1945 in Berlin) werden seine politischen Visionen - im nunmehr besetzten Deutschland - erneut zum Stein des Anstoßes.

Im Osten verboten (und bis zum Ende der DDR nicht wieder aufgelegt), werden seine Werke im Westen sorgsam umgearbeitet. Politisch entschärft, in der technischen Fiktion modernisiert, stilistisch vielfach verändert und oftmals gekürzt treten sie - überwiegend vom Gebr.-Weiß-Verlag herausgegeben - einen zweiten Siegeszug an, bis der Verkauf des Verlags die Hardcover-Ausgabe Anfang der achtziger Jahre vom Markt verschwinden läßt.

In Taschenbuchform ab 1968 in der Reihe ›Heyne

Science Fiction Classics‹ herausgegeben, erleben Dominiks Romane – erneut durchgesehen und jetzt vielfach e r h e b l i c h gekürzt – mehrere Auflagen, sind jedoch heute zum Teil vergriffen.

Auch im Ausland blieb Hans Dominik kein Unbekannter: seine Werke erschienen in vielen europäischen Ländern. Das Jugendbuch ›John Workmann‹ wurde in nicht weniger als 15 Sprachen übersetzt.

Zum 125. Geburtstag des Autors (15. November 1997) beginnt nun derselbe Wilhelm Heyne Verlag, in dessen Fassungen die Hauptwerke Dominiks fast 20 Jahre lang davor bewahrt wurden, in Vergessenheit zu geraten, eine 20bändige Edition der **Originaltexte**.

Die Freigabe des literarischen Nachlasses durch die Erben und akribische Forschungsarbeit in Bibliotheken, Antiquariaten und Archiven machen nicht nur eine ungekürzte und unzensierte Ausgabe möglich – es wurden auch **die nur in den Zeitschriftenfassungen enthaltenen Passagen wieder eingefügt**, so daß **erstmalig** überhaupt **die integralen Romantexte** vorgelegt werden können.

Die behutsame Modernisierung veralteter Wendungen (die Originalformulierungen werden in Band 21, dem Materialienband, detailliert aufgelistet), die Hinzufügung von Fußnoten und Anmerkungen zur Erhellung mancher politischer und historischer Hintergründe machen den Originaltext auch für Jugendliche wieder attraktiv; Sammlern wird durch Ausstattung und Anhang **vieles sonst Unerreichbare** geboten.

Um Hans Dominik, der gegen Ende seines Lebens neben Karl May zu den Lieblingsschriftstellern der Jugendlichen gehörte und auch in den fünfziger bis siebziger Jahren noch einen Namen als Autor spannender Romane hatte (Verlagswerbung: »Wer einen liest – liest alle!«), ist es in letzter Zeit ziemlich ruhig geworden.

Möge die vorliegende Dominik-Edition, die nicht nur seine 16 ›Klassiker‹, sondern auch den Rauschgiftroman ›Moderne Piraten‹, den Schlüsselroman ›Hochströme‹, seinen literarischen Erstling ›Technische Märchen‹ und eine Sammlung seiner (Zukunfts-)Erzählungen bringt, mit ihren unverfälscht brisanten, integralen und zum Teil lange unauffindbar gewesenen Originaltexten den Autor Hans Dominik, einen ungewohnte Wege gehenden und in seiner Zeit einzigartig fachkompetenten Meister der Spannungsliteratur, wieder einem breiten Lesepublikum erschließen!

Dortmund, im Mai 1997 Holger Mühlke

Bis 1928 hatte Dominik für den Scherl-Verlag sechs erfolgreiche ›Energie-Romane‹ geschrieben – Handlungszeit: fernere Zukunft. Als er sich im Herbst 1929 an die siebte Romanarbeit für diesen Verlag begab, beschloß er, etwas Neues zu wagen. Ein hochaktuelles Thema sollte diesmal im Mittelpunkt stehen, ein Projekt, an dem gerade geforscht wurde; um einen Stoff mußte es gehen, der aus dem modernen Leben nicht mehr wegzudenken war. ›Kautschuk‹ hieß das Reizwort.

Zwei Länder hatten guten Grund (Näheres im Nachwort), die Großproduktion von Synthesekautschuk herbeizuführen: Deutschland und die Vereinigten Staaten. Ein Konkurrenzkampf um das wirtschaftlichste Verfahren setzt ein, ein Netz von mit allen Wassern gewaschenen Industriespionen wird geknüpft – ein amerikanischer Großkonzern will die Patentrechte um jeden Preis. Doch ein heruntergekommener Chemiker hat mit dem Konzernchef noch eine Rechnung offen und nimmt undercover den Kampf mit dem übermächtigen Gegner auf.

Mit gewohnter erzählerischer Könnerschaft hat Dominik das Neuland der Wirtschaftsspionage betreten. Durch besonders sorgfältige Figurenzeichnung ist ihm ›ganz nebenbei‹ ein authentisches Abbild der Entstehungszeit gelungen. Durch Sprachwitz, geschickt gewählte Nebenthemen (Kokainschmuggel), kleine Pikanterien bei der Darstellung der Leichtlebigkeit jener ›Wilden Zwanziger‹ und den Mut zu ungewöhnlichen Handlungsorten (Kriminologie auf der Werkstoilette) weiß er auch den heutigen Leser zu fesseln, obwohl die ›technische Vision‹ lediglich für Haarspalter noch immer der Erfüllung harrt (s. Nachwort).

In den letzten fünf Jahrzehnten ist **Kautschuk** nur in

einer ziemlich veränderten Fassung erhältlich gewesen: Das bewußte Zeitporträt wurde Anfang der 50er Jahre »auf modern überarbeitet« und in einen weiteren Energie-Roman verwandelt. Über die damals zwingenden Gründe für diese Veränderung gibt der Anhang Auskunft (›Zeitzeugnisse‹ **IV.**), der auch die biographische Spiegelung der Giftgasszene des Romans näher untersucht und **erstmals einen Zeitungsartikel aus Dominiks früher Redakteurzeit** vorlegt, der ihn als **glänzenden Glossenschreiber** zeigt. Selbstdarstellungen des Autors als ›Streichmacher‹ und eine **späte ›Enthüllung‹** runden den Band ab, der seit vielen Jahren restlos vergriffen war.

KAUTSCHUK

Ein Roman
aus der Industrie

U In Riesenlettern leuchtete, sich über alle Etagen des
N Wolkenkratzers erstreckend, der Name. Und tat-
I sächlich waren sämtliche Räume des gigantischen
T Baus nur mit Büros des großen amerikanischen
E Chemiekonzerns belegt. Die Buchstaben glänzten
D noch in frischen Farben, denn der Zusammen-
schluß der beiden größten Gesellschaften, der
C ›Western Chemical‹ und der ›Central Chemical‹,
H war erst vor einem knappen halben Jahr erfolgt.
E Der Mann, der das Unmögliche möglich gemacht
M hatte, die beiden Konzerne, die sich jahrelang bis
I aufs Blut bekämpft hatten, zu einer Gesellschaft
C zusammenzuzwingen, war James Headstone.

A In einem kleinen Raum im elften Stock saßen
L Headstone und sein Mitarbeiter Brooker mit einem
Dritten zusammen. Schweigen herrschte in dem Zimmer. Headstone blickte beharrlich auf die gegenüberliegende Wand, als ob die bizarren Linien der Seidentapete sein ganzes Interesse gefangennähmen; nur die schmalen Lippen über dem massigen Kinn, die sich immer schärfer zusammenpreßten, verrieten, daß er angestrengt nachdachte.

Elias Brooker, sein Partner - sein Gegenpart ungefähr in allen anderen Dingen bis auf einen gleich gut entwickelten Geschäftssinn -, überflog mit nervösem Bleistift eine Zahlenaufstellung. Wie an einem Magneten hingen die Blicke des Dritten an dem Stift. Je mehr dieser sich der Schlußsumme näherte, desto unruhiger wurden seine Augen; immer tiefer sank er in sich zusammen, duckte sich wie vor einem Schlag.

»Unmöglich, Mr. Boffin, daß das so weitergeht!« brach Brooker jetzt los. Er sprang auf, maß sein Gegenüber mit zornigem Blick. »Ihr Auslagenkonto wird immer größer. Unsummen, die wir verschwenden! Ihre Erfolge sind kümmerlich! Ich wiederhole Ihnen: Ihre Kollegen in Paris und London arbeiten besser und billiger als Sie. Was haben Sie uns denn jetzt Großes mitgebracht?« Brooker hob ein paar Schriftstücke hoch, warf sie verächtlich zur Seite. »Ein verbessertes Fabrikationsverfahren der Sächsischen Werke für Triphenolblau, ein neues Migränemittel derselben Werke. Das letzte Beryllschmelzverfahren der Weser-Werke und ...«

»Verzeihen Sie gütigst, Mr. Brooker!« warf Boffin schüchtern ein. »Bei unserem Zusammentreffen in Paris vor einem Jahr sagten Sie mir, daß gerade diese Sachen Sie besonders interessierten.«

Brooker wandte sich mit einer ärgerlichen Bewegung zur Seite. »Vor einem Jahr? Ja, vor einem Jahr, da mag ich das gesagt haben. Sie wissen aber doch ganz genau, daß es Ihre Hauptaufgabe ist, uns über die Arbeiten der Rieba-Werke an dem neuen Fortuynschen Kautschukverfahren beste Informationen zu bringen, und daß alles andere dagegen vorläufig Nebensache ist.«

Als Brooker geendet hatte, drehte sich Headstone langsam zu Boffin um. Und als der die gefürchteten kalten grauen Augen auf sich gerichtet sah, kroch er noch mehr in sich zusammen, verschwand beinahe in dem weiten Klubsessel.

»Ich würde Zweifel an Ihren Fähigkeiten bekommen, Mr. Boffin, wenn ich mich genötigt sehen müßte, Ihnen nochmals die Bedeutung des Fortuyn-Verfahrens klarzumachen. Sie wissen, daß diese Elektrosynthese des Kautschuks alle anderen bisher bekannten Verfahren schlagen wird. Die Zweifel, die von mancher Seite ausgesprochen wurden, halte ich für törichtes Konkurrenzgewäsch. Ich habe mich über den Mann eingehend erkundigt. Meine Meinung über ihn steht fest. Früher oder später wird er siegen, und die Unterlegenen – dazu würden auch wir gehören, Mr. Boffin – werden die Zeche bezahlen müssen. Was, nebenbei gesagt, für uns ungefähr – ich denke da an notwendige

Lizenzen – mit fünf bis zehn Millionen Dollar in Rechnung zu stellen wäre; von den Prestigeverlusten ganz zu schweigen, deren Wert eventuell noch höher anzuschlagen wäre.

Bisher hatte ich bezüglich Ihrer Geschäftstüchtigkeit keine Bedenken. Sie waren stets im richtigen Moment großzügig, sogar großzügiger als ... nun, lassen wir die alten Geschichten! Mir kommt es so vor, als ob Sie in dieser Angelegenheit Ihre Großzügigkeit vermissen lassen.«

Bei Headstones letzten Worten hatte sich der eingezogene schwarze Schopf Boffins wie der Kopf einer Schildkröte vorsichtig ein Stück vorgeschoben. Er wollte sprechen, da kam ihm Headstone zuvor: »Ich weiß schon, was Sie sagen wollen! Verdoppelte Sicherheitsmaßnahmen in Rieba ... Unbestechlichkeit der Assistenten ... verschärfte Überwachung des Personals und so weiter ...«

Hier schoß der Schildkrötenhals mit einer verzweifelten Kraftanstrengung weit vor. »Noch nicht das Schlimmste, Mr. Headstone! Es gibt ja keinen, außer Fortuyn selbst, der über das Verfahren vollkommen Bescheid weiß. Seine Assistenten machen nur Einzeluntersuchungen, ohne das Gesamtproblem zu beherrschen. Die Ergebnisse werden von Fortuyn allein ausgewertet. Es ist unmöglich ...«

»Unmöglich ist nichts auf dieser Welt, mein lieber Boffin! Das Wort kenne ich nicht! Tausend Wege führen nach Rom. Nicht immer auf den alten, ausgetretenen Pfaden gehen! Neue Gedanken, neue Ideen müssen Sie haben!

Ah, zum Beispiel: Was ist mit diesem einen Direktor der Rieba-Werke? Wie hieß er doch gleich?«

»Meinen Sie Direktor Düsterloh? Unmö ...« Boffin verschluckte erschrocken den Rest des verpönten Wortes.

»Ja richtig! Den meine ich. Es ist mir bekannt, daß er ein Gegner Fortuyns ist. Schon das allein läßt gewisse

Schlüsse auf seine Intelligenz zu. Was wissen Sie weiter über ihn?«

»Seine Verhältnisse sind glänzend. Er ist Junggeselle, ein hoher Vierziger, hat außer der Jagd keine besonderen Passionen, liebt Wein und Weib ...«

»Wein und Weib«, murmelte Headstone vor sich hin. »Sogar z w e i Schwächen ... Angriffspunkte, Mr. Boffin, sollt' ich denken!«

Boffin nickte bestätigend. »Gewiß. Die eine Schwäche habe ich auch schon genutzt. Manches, was er in der Weinlaune gesprochen hat, war zweifellos von Interesse. Auf diese Weise erfuhr ich ja auch, daß er in einer gewissen Gegnerschaft zu Fortuyn steht.«

»So versuchen Sie es doch mal mit der anderen schwachen Position ›Weib‹!« warf Brooker ein. »Ich erinnere mich, daß Sie damit während Ihrer Tätigkeit als Leiter unseres deutschen Nachrichtenbüros schon ganz gut operiert haben.«

Boffin kniff die Augen zusammen, als käme ihm plötzlich eine Idee. »Ich glaube, meine Herren ... vielleicht ... es wäre durchaus möglich, wenn mir ein geeignetes Objekt zur Verfügung stünde ... worüber ich mir im Augenblick nicht klar bin ...«

»Nun gut! Überlegen Sie sich die Sache gründlich!« fuhr Brooker fort. »Haben Sie sich übrigens unseren Chemiker Smith unten im Büro angesehen, auf den ich Sie aufmerksam machte?«

»Ja, Mr. Brooker. Es ist ausgeschlossen, den Mann nach Rieba zu bringen. Er spricht zwar korrektes Deutsch, aber sein Akzent würde ihn sofort verraten. Das ist, wie schon früher gesagt, die größte Schwierigkeit: ausgebildete Chemiker zu bekommen, die geeignet sind, für uns in Rieba zu arbeiten. Es ist nicht nur die Angst vor dem Zuchthaus. Sie scheuen auch das entbehrungsreiche Leben dort. Nur als gewöhnliche Arbeiter kann man sie reinbringen – und wie solche müssen sie auch leben, um sich nicht zu verraten. Das paßt nicht jedem.«

»Hm!« Headstone stieß es durch die Zähne. »Da hätte ich . . .«

»Was meinen Sie?« fragte Boffin.

»Schon gut! Ich dachte eben an etwas. Später davon!«

»Noch eine Frage«, wandte sich Brooker an Boffin. »Wissen Sie Näheres über die Gegnerschaft zwischen diesem Direktor Düsterloh und Fortuyn?«

Boffin machte eine zweifelnde Handbewegung. »Darüber kann ich nicht mal Vermutungen aussprechen.«

»Es wäre wichtig, Mr. Boffin, ob außer Düsterloh etwa noch andere Mitglieder des Direktoriums persönliche Gegner Fortuyns sind. Bitte merken Sie sich diesen Punkt genau, und geben Sie uns darüber so bald wie möglich Bericht!«

Headstone stand auf. »Ich muß jetzt fort. Kommen Sie morgen um diese Zeit noch einmal hierher, Mr. Boffin! Vielleicht, daß ich Ihnen noch etwas zu sagen habe.«

Er verließ mit kühlem Gruß den Raum. Ein kurzes Telephongespräch noch, bei dem eine weibliche Stimme ihm antwortete, dann stand er auf der Straße. Blieb plötzlich stehen, sah auf die Uhr. »Ah, Teufel! Hätte ja bald mein ›Paket‹ vergessen!« Er ging in das Gebäude zurück und trat nochmals in die Telephonzelle. Wieder war's eine Frauenstimme, die ihm antwortete; doch eine andere als vorher.

»Unmöglich, teuerste Dolly!« sagte Headstone. »Ich habe noch eine wichtige Konferenz. In zwei Stunden spätestens sehen Sie mich zu Ihren Füßen. Werden wir allein sein? . . . Wie? Nein? . . . Maud Russell wird da sein? Oh – schade . . . Wie meinen Sie, Dolly? . . . Aber gewiß doch! Warum sollte ich lügen? Ich kann ihr langweiliges Milchgesicht nicht ausstehen. Nun, vielleicht geht sie bald . . . Auf Wiedersehen in zwei Stunden!«

Er eilte zu seinem Wagen. »Erst mal zu Juliette!« Er nannte dem Chauffeur eine Adresse, sprang in den Wagen. »Damned – wenn ich Dolly vergessen hätte!«

Dolly, Dolly Farley – Schwergewicht an Körper und

Aktien - war die nächste Position, die Headstone auf seinem Eroberungsplan vorgemerkt hatte. An dem Tag, an dem sie die Seine würde, konnte er in der Generalversammlung ihre vereinigten Aktienpakete in die Waagschale werfen. Wer Dollys Bild sah, hätte allerdings an Headstones gutem Geschmack zweifeln können. Aber dem war nicht so: Headstone war sogar ein Mann von feinstem Geschmack. Doch den konnte er auch verleugnen - wie er es eben getan hatte, als er Maud Russell, deren Schönheit er bewunderte, ein »langweiliges Milchgesicht« nannte.

»Zu Juliette!« sagte er nochmals vor sich hin. »Möglich, daß ich's mit ihrer Hilfe schaffe. Wird ja nicht ganz einfach sein, aber es muß versucht werden!«

* * *

Juliette Hartlaub lag noch zu Bett, als der Telephonanruf Headstones sie weckte. Sie überlegte kurz: Sollte sie ihn im Bett empfangen, oder sollte sie sich schnell ankleiden? Ehe sein Auto durch das Gewühl des Straßenverkehrs hierherkäme, mochte eine gute Viertelstunde verstreichen.

Da fiel ihr das neue Negligé ein, in dem Headstone sie noch nicht gesehen hatte. Sie eilte zu einem Schrank und warf es über. Trat vor den Toilettenspiegel, drehte sich, beschaute sich von allen Seiten. Je länger sie stand, um so heiterer ward ihre Stirn. Ja - sie konnte zufrieden sein mit dem Bild, das der Spiegel ihr zuwarf!

Nun noch ein paar kleine Änderungen an dem lockeren Gewand, um seine verführerischen Wirkungen zu erhöhen. Sie knöpfte es zu - bald halb, bald ganz; ließ mal den, mal jenen Knopf offen, bis sie zufrieden war: Nur der unterste Knopf blieb auf - der schönen Schenkel wegen. Der weite Ausschnitt oben erlaubte es ihr, mit dem zarten Ansatz ihrer Büste nach Gefallen zu kokettieren. Headstones Augen stärker zu reizen, gab es später noch Gelegenheit genug.

Sie klingelte. Die Zofe kam herein. »Schnell, Bessie! Meine Frisur! Mr. Headstone kommt!«

Während die Zofe mit dem Haar beschäftigt war, griff Juliette mechanisch nach dem Lippenstift - hielt zögernd inne. Headstone liebte geschminkte Lippen nicht. Würde er sie heute auf den Mund küssen - wie früher? Oder wieder nur auf die Stirn? Wie so häufig in der letzten Zeit, wenn er kam, sich nach ihrem Befinden erkundigte, ein paar gleichgültige Worte sprach und wieder von ihr ging, ohne ihre Reize zu beachten, zu genießen.

Sie war viel zu klug, um nicht zu merken, wie er ihr allmählich entglitt. Vergeblich hatte sie sich, als sie die ersten Anzeichen wahrnahm, dagegen gewehrt; hatte vergeblich versucht, ihn in immer neuer Weise wieder stärker an sich zu fesseln.

Ihr bangte um die Zukunft. Wohl würde Headstone für sie sorgen, wenn er sie verließ. Aber ein Leben in kleineren Verhältnissen erschien ihr unerträglich. Eine Zeit in Glanz und Luxus, wie sie sie an Headstones Seite verlebt hatte, war ihr Traum von Jugend an gewesen. Sich diesen Traum zu erfüllen, hatte sie ihren Mann verlassen, an dem sie auf ihre Art doch gehangen hatte. Zu teuer wäre dies Glück erkauft, wenn es jetzt schon zu Ende ginge.

Headstones Besuch heute ... Was wollte er von ihr? Trieb Liebe ihn her - oder ...? Noch einmal betrachtete sie sich im Spiegel. Die Zweifel schwanden von ihrem Gesicht. Befriedigt schaute sie auf ihr Bild. Kein Mann mit Blut in den Adern dürfte widerstehen ...

Ein paar Minuten, dann trat er ins Zimmer. Juliette hatte sich so gestellt, daß das Tageslicht der hohen Fenster auf sie fiel. Headstone begriff sofort ihre Absicht. Gewohnt, jeden Vorteil wahrzunehmen, ging er darauf ein, um sie leichter seinen Plänen gefügig zu machen. Und er brauchte nicht zu heucheln, als er auf sie zueilte und sie in seine Arme nahm.

Er küßte sie auf den Mund - auf den Ausschnitt ihres

Halses. Sie klammerte sich fest an ihn. Die Wärme ihres Körpers brachte je länger, desto stärker sein Blut in Wallung ... Voll stürmischer Freude empfand Juliette den Sieg ihrer Reize.

Als Headstone sich aus ihrer Umarmung löste, kehrten seine Gedanken zu seinem Plan zurück. Ohne Umschweife begann er zu sprechen.

Schon bei seinen ersten Worten ging ein jähes Erschrecken über Juliettes Züge. Je länger er sprach, desto größer ihr Entsetzen. »Unmöglich!« rief sie, als er geendet, und brach in lautes Weinen aus. »Zu Wilhelm Hartlaub soll ich? Zu dem Mann, dem ich die Treue gebrochen, den ich deinetwegen verlassen habe?«

»Warum nicht, Juliette? Du bringst ihm doch Hilfe. Er kommt nach Deutschland zurück – in eine gutbezahlte Stellung ... Unter falschem Namen natürlich; aber das tut ja nichts zur Sache.«

»Nein, James! Ich kann das nicht. Ich ertrage es nicht, mit ihm zusammenzukommen. Du sagst, er sei in Not und Elend? Wie würde ich mir vorkommen? Zu Tode müßte ich mich schämen, käme ich aus diesem Wohlleben zu ihm, der vielleicht darbt und hungert ... Nimm irgendeinen andern für deinen Auftrag!« Sie warf sich schluchzend auf eine Ottomane.

Headstone setzte sich neben sie, legte die Hand auf ihre Schulter. »Juliette! Ich vergaß zu sagen, daß du mir einen großen Dienst leistest, wenn du es tust. Sieh mich bitte an!«

Der Ton seiner Stimme, die Berührung seiner Hand ließ sie gehorsam den Kopf zu ihm wenden.

»Juliette!« Er küßte ihr tränenüberströmtes Gesicht. »Gewiß – es mag dir schwerfallen, deinen früheren Gatten wiederzusehen. Aber würdest du es nicht über dich bringen können – mir zu Gefallen? Aus Liebe zu mir?«

Er legte die Arme um ihre Schultern, hob sie leicht an seine Brust, küßte sie wieder und wieder. »Du mußt es tun, Juliette! Mir zuliebe wirst du deine Furcht überwinden. Wenn es dir gelänge - niemals würde ich dir diesen Dienst vergessen!«

Immer stärker wurde der Druck, mit dem er sie an sich preßte. Eine Flut zärtlicher Liebesworte drang in ihr Ohr. Schwächer und schwächer wurde ihr Widerstand. Ein paarmal noch zuckte ihr Körper in verhaltenem Schluchzen; dann wurde sie ruhiger - ergab sich der Macht seines Willens ...

Langsam entwand sie sich seinen Armen. »Geh jetzt, James! Laß mir Zeit bis morgen! Meine Nerven würden versagen, wenn ich jetzt zu ihm ginge.«

»Gewiß, Liebste. Aber den heutigen Abend verbringen wir zusammen! Du ziehst das rote Abendkleid an, das dir so gut steht. Ich werde wieder dein Kammerdiener sein. Du weißt doch, wie oft ...«

* * *

Dicker Morgennebel braute über dem New Yorker Hafen. Die Lichter auf den Pieren und an den Ladekränen vermochten den milchigen Dunst kaum zu durchdringen. Eine Uhr begann zu schlagen. Eine zweite, eine dritte. Sechs Uhr morgens.

Für Minuten wurde das Knarren der Kräne vom Stampfen vieler schwerbeschuhter Füße übertönt. Die Tagesschicht rückte an; die Nachtschicht zog ab. Schwarz strömte es aus den Lagerhäusern auf die Hafenstraßen. Zwei aus der Menge schlugen den Weg in die Christopher Street ein.

»Verflucht kalt heute morgen!«

»Wollen mal sehn, ob Old Joe seine Giftbude schon auf hat!«

Sie gingen über den Damm auf die andere Straßenseite. *Refreshment Room* stand da über den herabgelassenen Jalousien eines Ladens. »Verdammt! Das alte Biest schläft noch!«

»Unsinn! Ich sehe Licht!« Der es gesagt hatte, trommelte kräftig gegen das niedrige Fenster. Gleich darauf ging ein Rolladen in die Höhe; die Tür öffnete sich. »Mach schnell, Joe! Schwer geschuftet heute nacht. Her mit deinem Saustoff!«

»Die Gentlemen wünschen ein Glas kalten Tee!« Der Wirt wandte sich an eine alte Negerin, die schon unter den Bartisch gegriffen hatte und aus einer Teekanne ein dunkles Getränk in zwei Tassen goß.

Er selbst ging zu einem Wandbrett, nahm einen Schlüssel. Die beiden Gäste leerten mit einem Zug ihre Tassen. Schüttelten sich, verzogen das Gesicht, schnalzten dann befriedigt mit den Lippen. »Bravo, Joe! Neue Sorte, wie's scheint. Verflucht, der hat's in sich! Schnell noch einen, alter Giftmischer!«

Der Wirt strich gleichmütig, ohne sich um Lob oder Tadel seiner Gäste zu kümmern, ihr Geld ein und schlurfte nach hinten. Hier tastete er sich im Dunkeln eine lange Steintreppe zum Keller hinab, öffnete eine schwere Eisentür und trat in einen Raum, der durch eine starke Lampe taghell erleuchtet war. Die feucht glitzernden Wände warfen das Licht in tausend Reflexen zurück. Geblendet schloß er einen Moment die Augen. Beim Knarren der Tür erhob sich im Hintergrund ein Mann, der an einer kleinen Versuchsblase* beschäftigt war.

»Nun – fertig, Mr. Hartlaub?« Der Wirt deutete auf einen großen Destillierapparat, der in der Mitte des Raumes stand.

»Das übliche Quantum, Mr. Pitman. Auch gleich aromatisiert.«

Befriedigt schlug der Wirt ihm mit der gewaltigen Pranke auf die Schulter, daß der andere leicht zusammenknickte. Eine kümmerliche Gestalt: die dürftigen Kleider schlotterten um magere Glieder; das hagere Gesicht zeigte in der grellen Beleuchtung eine krankhafte Blässe. Unter dem wirr über der Stirn liegenden Haar aber leuchtete ein Paar intelligenter Augen in fiebrigem Glanz.

---

* Blase: Behälter zum Verdampfen oder Destillieren

»Mensch, daß Sie mir nur nicht zusammenklappen!« brummte der Wirt und musterte den anderen mitleidigen Blicks. »Der Teufel soll Sie holen, wenn Sie mir eines Tages wegbleiben! Ihr Elixier ist Honig für die Saufbrüder von den Schiffen. Das neue Aroma, das Sie da zusammengestellt haben, macht unsern Sprit so schmackhaft, daß nur 'ne Zunge aus der Fifth Avenue* noch den Brennspiritus rausfinden könnte.«

Der Wirt füllte sich ein Glas aus dem Destillierapparat und ließ den Inhalt mit Behagen über seine Zunge gleiten. »Verteufelt gut, das Zeug! Sollen auch 'ne Extravergütung kriegen! Ist aber eigentlich zwecklos. Statt was Ordentliches in die Rippen zu stecken, werden Sie's ja doch bloß verwenden, um Ihre blödsinnigen Versuche dahinten in der Ecke weiterzuführen. Quatsch! Tausendmal Quatsch das alles! Ist dieser Stoff nicht tadellos?« Ein zweites Glas folgte dem ersten. »Was Sie da wollen, reinen Sprit herstellen – verrückter Dutchman, das haben hier schon Tausende versucht, seitdem uns die gesegnete Prohibition** beglückt!«

Kopfschüttelnd sah er dem anderen zu, der sich wortlos wieder an seine Arbeit begeben hatte; schob dann den mit ›Sprit‹ gefüllten Ballon*** unter den Arm und ging nach oben.

Hartlaub rückte sich einen Schemel an seinen Arbeitstisch, entzündete die Flamme unter dem Apparat und beobachtete die Vorgänge in der Blase, in der jetzt leichte Dämpfe aufstiegen. Die Augen, unverrückt auf das glitzernde Glas geheftet, begannen zu schwimmen, je länger er schaute. Die webenden Schleier schienen feste Gestalt zu gewinnen. Bilder formten sich, wechselten kaleidoskopartig.

---

* Wohn- und Einkaufsgebiet der High Society in Manhattan

** Staatliches Alkoholverbot in den USA, das 1920 eingeführt wurde; 1929 konzipierte Dominik den vorliegenden Roman für eine sehr nahe Zukunft; die Prohibitionsgesetze wurden 1933 aufgehoben.

*** hier: große, bauchige Flasche

Das Vaterhaus ... der Rhein mit den Umrissen von Ludwigshafen ... ein Laboratoriumssaal, er selber an einem der Arbeitstische ... ein schöner Garten - er tritt hinein - zwei Mädchenarme umschlingen ihn - zwei rote Lippen suchen die seinen ... zwei goldene Ringe an ihren Händen ...

Ein Riesenfüllhorn, dem ein Strom von Geldscheinen entquillt - phantastische Zahlen darauf. Sein Fuß tritt sie achtlos unter sich; seine Augen hängen wie gebannt an einer kleinen Dollarnote, die wie ein Schmetterling lockend über den Milliardenpapieren* flattert ... Der schöne Frauenkopf taucht über seiner Schulter auf - da greift er zu ...

Ein Ozeandampfer. Sie beide, an der Reling, schauen zur New Yorker Freiheitsstatue hinüber, die am Horizont auftaucht. »Frau Dollarika!« ruft der lachende Frauenmund an seiner Seite ... Wieder das Bild eines chemischen Laboratoriums - ein anderer Arbeitstisch, andere Gesichter um ihn - andere Sprachlaute, die ihn umschwirren ...

Ein Mann tritt herein. Alles verstummt. Der weist ihm mit dürren Worten die Tür. Der Mohr hat seine Schuldigkeit getan.** Was er an Wissen mitgebracht, das haben wir. Der Mohr kann gehen ... Plötzlich das schöne Frauengesicht zwischen ihnen - doch es wendet sich ab von ihm zu jenem ...

»Juliette -! Headstone -!« schreit er auf. Die Namen hallen dumpf in dem niedrigen Gewölbe. Der Mann vor der Retorte stürzt mit geballten Fäusten auf die schimmernde Blase zu, als wolle er die Gesichte zerschmettern.

Da: ein Ton von springendem Glas. Klirrend fallen die Scherben der überheizten Blase auf den Steinboden.

---

* Dominik spielt hier auf die Inflation von 1923 in Deutschland an.

** Zitat nach Friedrich Schillers Drama ›Die Verschwörung des Fiesco zu Genua‹ (3. Aufzug, letzter Satz des 4. Auftritts): »Der Mohr hat seine Arbeit getan, der Mohr kann gehen.«

Beißende Dämpfe erfüllen den Raum, nehmen dem Mann den Atem. Er reißt die Tür auf, steht tief atmend. Langsam ordnen sich seine Gedanken... Er fährt sich über die Augen, als wolle er die letzten Spuren der gesehenen Bilder wegwischen. Dann wendet er sich wieder zu seinem Tisch, füllt mir zagender Hand ein Glas mit dem Produkt, das aus der Blase übergegangen ist, und bringt es an seinen Mund - kostet. Seine Lippen verziehen sich voller Ekel, speien die Probe auf den Boden.

»Wieder vergeblich!« murmelt er verstört. »Die Vergällung Sieger geblieben!«

Wie anders die Bilder anderer Tage, die ihm die zauberische Blase vorgegaukelt! Ein Füllhorn voller Dollarnoten, vor seinen Füßen ausgeschüttet - wenn es ihm gelänge, den reinen Sprit aus der Retorte zu ziehen! Mit dem Fuß stößt er die Glasscherben beiseite und tappt nach oben.

Der Ausschank Joe Pitmans ist brechend voll. Der Wirt muß immer neue Gläser mit ›kaltem Tee‹ füllen. Er steckt Hartlaub, als der am Bartisch vorbeigeht, ein Bündel Dollarnoten in die Rocktasche. »Hier das Versprochene! Feines Geschäft heute!«

Er unterbricht sich, hastet hinter der Bar hervor zu einem Tisch, an dem ein paar Matrosen zu grölen begonnen haben. »Verfluchtes Volk! Wollt ihr mir die Polizei auf den Hals hetzen? Gott verdamm' mich, wenn ihr noch mal einen Tropfen von mir kriegt! Scheidewasser* sollt ihr saufen, wenn ihr wiederkommt!«

Die wollen aufbegehren - da hat der Wirt schon mit jeder Hand einen gepackt und setzt sie vor die Tür. -

Hartlaub war an der nächsten Straßenecke angekommen, als ein großes Polizeiauto in die Christopher Street einbog. Unwillkürlich blieb er stehen, starrte in banger Ahnung dem Wagen nach. Da! Wahrhaftig! Er hielt vor Pitmans Laden!

---

* Salpetersäure (›Scheide‹wasser, weil man sie zum Trennen von Gold-Silber-Legierungen verwendet)

Hartlaub sah noch, wie der Wirt von ein paar Polizisten herausgeholt wurde. Dann eilte er die Straße zum Fluß hinab, wo sein Heim lag.

Vor seiner Tür im Hinterhaus einer Mietskaserne angekommen, fingerte er im Dunkeln nach dem Schloß – riß ungeduldig ein Streichholz an, wie um sich zu vergewissern, daß er recht gegangen. Sah die kleine Visitenkarte: *Wilhelm Hartlaub, Dr. rer. nat.,** *Dipl.-Chem.* Eine frühere Adresse dick durchgestrichen.

Noch ehe das Streichholz erlosch, hatte er das Schloß gefunden, tastete sich durch das fast lichtlose Zimmer zu seiner Lagerstatt, warf sich darauf.

»Was nun?!« Die Frage, die ihn unterwegs ohne Unterlaß bewegt hatte, kam immer wieder auf seine Lippen. In kurzer Zeit stand er mittellos da; und wo inzwischen Arbeit finden, die er leisten konnte? Die monatelangen Strapazen in dem dumpfen, feuchten Keller hatten ihn körperlich völlig heruntergebracht. Einen anderen Barkeeper aufzutreiben, den seine dunklen Künste interessierten, würde nicht leicht sein. War doch das Renaturieren von Brennspiritus unter drakonische Strafen gestellt.

Wieviel mochte Pitman ihm in die Tasche gestopft haben? Er entzündete eine Kerze und zählte die Scheine. Sah dann zu einem kleinen Kalender an der Wand hinüber. Der vierte Tag des Monats. Er überlegte kurz. Bis zum Monatsende kam er mit dem Geld noch aus. Aber dann –?

Der Vierte … Seine Hand fuhr über die Augen. Ein grelles Lachen: Heute war Juliettes Geburtstag! Wie mochte sie ihn feiern? Noch als Headstones Geliebte? Dann würde wohl ein reichgedeckter Geburtstagstisch auf sie warten. Aber vielleicht war Headstone ihrer längst wieder müde. Was war dann aus Juliette geworden?

Er blies den Lichtstumpf aus. Warf sich wieder aufs

---

* Doktor der Naturwissenschaften

Bett. Versuchte vergeblich zu schlafen. Die Fülle der Gedanken und Erinnerungen, die Sorge um die Zukunft hielten ihn wach.

Er überhörte, wie es an der Tür klopfte, wie diese sich öffnete. Merkte erst auf, als eine Frauenstimme suchend rief: »Wohnt hier Mr. Hartlaub?«

Juliettes Stimme?! Er glaubte sich getäuscht zu haben. »Juliette?« kam es, unsicher fragend, von seinen Lippen.

»Ja, Wilhelm! Ich komme, um dir zu helfen.«

Er antwortete nicht.

»Willst du nicht Licht machen, damit ich dich sehen kann, Wilhelm?« Vergeblich suchte sie das Beben ihrer Stimme zu unterdrücken. Sein Schweigen begann sie zu ängstigen.

Endlich klang es aus der finsteren Ecke zurück: »Wozu Licht, Juliette? Was du mir zu sagen hast, kannst du mir auch so sagen. Oder willst du etwa mit m i r deinen Geburtstag feiern?« Er lachte laut heraus. »Ist er deiner überdrüssig geworden, der ehrenwerte Herr? Oder bist du gekommen, mich zu verhöhnen, du –?«

Der drohend-verächtliche Ton seiner Stimme ließ sie erschauern. »Nein – nein, Wilhelm!« stotterte sie. »Es soll dir geholfen werden. Ich möchte dir ein Angebot machen ...«

»Ein Angebot? Von dir – oder von ...?«

»Ja – von Headstone!«

»Von Headstone?« Hartlaub war aufgesprungen. »Du wagst es, den Namen hier auszusprechen?! Den Namen des Mannes, der mein ganzes Unglück verschuldet hat?« Er riß ein Streichholz an, hielt es in die Höhe. »Sieh dich um, wie ich lebe! Ist es nicht herrlich hier? ... Haha! Guck mich an! Bin ich nicht schön, jung, frisch? Haha! Komm her! Umarme mich! Küß mich! Wir wollen deinen Geburtstag feiern! ... Ah, du willst nicht? Ich bin dir nicht fein genug?«

Sie hob bittend die Hand. »Um Gottes willen, Wilhelm, sprich nicht so! Ich ertrage das nicht. Hör mich in Ruhe an!« Sie trat an Hartlaub heran, der auf einen

Stuhl gesunken war. »Wilhelm! Du könntest nach Deutschland zurück. Vielleicht, daß ...« Ihre Augen hatten sich an das Halbdunkel gewöhnt. Sie sah, wie er sich ihr zuwandte. Sie verstummte kurz, wie gebannt von seinem Blick. Fuhr dann zögernd fort: »Man wird in Deutschland weiter für dich sorgen. Dir unter anderem Namen eine Stellung bei den Rieba-Werken verschaffen. Die Stellung wird gut, sehr gut bezahlt ...« Wieder hielt sie inne, wartete vergeblich auf ein Wort von ihm. »Welcher Art deine Tätigkeit dort sein wird, ist noch ungewiß. Aber sie wird gut bezahlt – sehr gut! Das sag' ich dir noch einmal.«

»Und weiter?« Hartlaub trat langsam an sie heran. Die Dunkelheit verbarg ihm die glühende Röte auf ihrem Gesicht. Und Juliette, in ihrer Erregung, ward des drohenden Untertons in seinen Worten nicht gewahr. »Sprich weiter!« drängte er. »Die Hauptsache kommt doch wohl noch?«

»Du siehst dort als gebildeter Chemiker sicherlich viel Interessantes. Dinge, für die man auch hier großes Interesse hat ...«

Sie spürte seinen hastigen Atem. Schauderte, wollte zurückweichen – da umklammerte er sie, schüttelte sie wie ein leeres Bündel. »Spion!? Spion soll ich werden? Für Headstone? ... Und du, meine Frau – noch sind wir ja nicht geschieden –, du bietest mir an, ich soll für deinen Geliebten arbeiten – als Spion? Erwürgen müßte man dich!«

Ein gellender Schrei. Sinnlos vor Angst stürzte sie zur Tür, stürmte die Treppe hinab, riß den Schlag des Autos auf, sank halb ohnmächtig in Headstones Arme. »Fort, James! Fort! Er ist wahnsinnig! Er wollte mich umbringen!« –

Böse Zeit begann für Hartlaub. Der Tag kam, an dem der Zimmerwirt in Begleitung eines Fremden in seiner Wohnung erschien und mit dürren Worten sagte: »Hier ist der neue Mieter. Sie müssen raus, werter Herr!«

Er machte keinen Versuch, den Wirt umzustimmen;

packte seine Sachen in ein kleines Bündel und verließ das Haus. Tagelang irrte er in den Straßen der Riesenstadt umher. Suchte vergeblich nach einer Beschäftigung. Ein paar Mahlzeiten in einer Heilsarmeeküche hielten seine Kräfte eine Zeitlang noch zusammen. Bisweilen gelang es ihm, ungeduldigen Theaterbesuchern nach Schluß der Vorstellung eine Droschke zu besorgen. Die wenigen Cents, die er dafür bekam, reichten wenigstens hin und wieder für ein Obdach. Manche Nacht aber mußte er auf einer Bank im Freien verbringen.

So stand er eines Abends wieder vor einem Theater und wartete auf Gelegenheit, seine Dienste anzubringen. Während er die Heraustretenden musterte, fiel sein Blick auf ein Paar, das einem Privatwagen zuschritt. Ein Diener öffnete den Schlag.

Hartlaub stieß einen Schrei aus und lief mit erhobenen Fäusten auf die beiden zu. »James Headstone!« gellte es in den Menschenknäuel, der erschrocken auseinanderstob. Schon war er dicht bei dem Wagen, da warf ihn ein Boxhieb des Dieners wie einen Sack aufs Pflaster.

Juliette war bei dem Schrei zusammengefahren. »Was war das, James? Wer rief da?«

Der zuckte die Achseln. »Wer weiß! Irgendein Betrunkener.«

Er schob sie schnell in den Wagen. Beim Anfahren warf Juliette ängstlich-neugierig einen Blick durch die Scheibe. Stöhnte auf, beugte sich vor. Ein Polizist hatte den zu Boden Gesunkenen ins Licht eines Straßenkandelabers gehoben. Es war ihr Mann.

»Wilhelm!« Noch einmal wollte sie rufen – da ratterte der Wagen schon in voller Fahrt. Headstones Hand zwang sie auf ihren Sitz nieder.

* * *

»Lungenentzündung – Unterernährung dazu!« sagte der Arzt des Krankenhauses, in das Hartlaub eingeliefert worden war.

Lange Wochen, in denen der Patient zwischen Leben und Tod schwebte ... Fast ebensolang die Zeit der Genesung.

Der Patient fühlte sich schon wieder voll bei Kräften. Er fürchtete allmorgendlich, das schreckliche Wort zu hören: »Mr. Hartlaub, Sie werden morgen entlassen!« Und freute sich dankbar eines jeden Tages, der ihm hier noch geschenkt ward. Die reichliche Kost, das gute Bett, die freundliche Behandlung - nach der Hölle der letzten Monate wähnte er sich im Paradies ...

Eines Nachmittags, als er gerade einen Spaziergang im Garten machte, trat eine Schwester zu ihm: Er möge ins Büro kommen. Beklommenen Herzens begab er sich dorthin. Ein freundlicher Herr empfing ihn.

»Sie heißen Hartlaub? Geboren in Deutschland?«

»Jawohl.«

»Und Sie fühlen sich wiederhergestellt?«

»Jawohl.« Fiebernd jagten seine Gedanken. Was sollte das? Entlassen? Nein - das konnte es nicht sein. Polizei? Ein jäher Schrecken: Joe Pitman - Zuchthaus! Hartlaub sah furchtsam zu dem Beamten auf.

»Sie halten sich auch für kräftig genug, eine Seereise ertragen zu können?«

»Eine Seereise?« stammelte der Überraschte.

»Ja, Mr. Hartlaub. Der Krankenhausverwaltung wurde eine Karte für einen morgen fälligen Dampfer nach Hamburg für Sie zur Verfügung gestellt. Falls Sie bereit sind, das Billett zu benutzen, wollen Sie bitte diesen Schein unterschreiben, wobei Sie gleichzeitig den Empfang einer Barsumme von zweihundert Dollar quittieren.«

Wie vor den Kopf geschlagen, stand Hartlaub einen Augenblick stumm. Dann, mechanisch, ohne zu überlegen, ergriff er die hingehaltene Feder und unterschrieb. Wollte gehen - da hielt der Beamte ihn lächelnd zurück: »Sie vergessen ja die Hauptsache! Hier das Geld - hier die Schiffskarte!« Er tat beides in einen Umschlag und steckte ihn dem noch halb Betäubten in die Tasche. -

Die Fahrt über die See vollendete Hartlaubs Gesundung. Mit ihr kam auch neuer Lebensmut über ihn, und die Pläne und Träume vieler schlafloser Nächte gewannen von Tag zu Tag festere Gestalt. Das Geld, das wohlverwahrt in seiner Brusttasche ruhte, die Schiffskarte ... von wem stammten sie? Wer war der unbekannte Wohltäter? Kaum daß er sich von der ersten Überraschung erholt hatte, war es ihm klargeworden: Nur von Juliette konnte das kommen. Von ihr allein - oder auf Headstones Veranlassung? Einerlei: Aus Headstones Tasche kam es!

Im ersten Augenblick der Erkenntnis hatte er es trotzig zurückschicken wollen. Doch da gaukelten ihm wieder die alten Träume durch den Sinn.

Schicksalsfügung! Nicht anders konnte, durfte er es auffassen. Headstone indirekt der Verführer, als er in der schlimmsten Inflationszeit seine Stellung in Ludwigshafen bei Nacht und Nebel verließ, um seine dort erworbenen Kenntnisse in Amerika in Dollars umzumünzen. Headstone wieder war es, der ihn auf die Straße warf, als er alles gegeben, was er besaß; auch Juliette, sein Teuerstes. Berufsehre, Mannesehre - alles hatte der Schurke ihm genommen!

Sich an ihm rächen! Wenn möglich, wiedergutmachen, was er gefehlt! Das war ihm in den Elendsnächten der letzten Monate als höchstes Lebensziel erschienen. Er war verzweifelt bei dem Gedanken, daß diese Pläne nur immer Träume bleiben, wohl nie verwirklicht werden könnten. Jetzt ... eine höhere Macht mußte es sein, die ihm durch den Verführer selbst Mittel und Wege bot, alles das zur Tat werden zu lassen.

Er wußte, wie wichtig für Headstone, als den Leiter des amerikanischen Chemiekonzerns, die Spionage gerade in deutschen Werken war. Dem Paroli bieten, gleichzeitig seine Ehre wiedergewinnen - jetzt konnte er's! Alle Schwierigkeiten dabei hatte er schon bedacht. Zunächst natürlich mußte er sich falsche Papiere besorgen. Denn als Chemiker Hartlaub stand er seit seinem fluchtartigen Abgang von Ludwigshafen auf der schwarzen Liste. Nur unter anderem Namen und in anderer Stellung durfte er es wagen, in einer großen chemischen Fabrik Anstellung zu suchen.

* * *

Prüfend hielt Dr. Wendt im Laboratorium der Rieba-Werke ein Reagenzglas gegen das Licht. Kopfschüttelnd betrachtete er die Flüssigkeit darin, während seine Rechte mechanisch im Versuchsprotokoll blätterte. »Verflucht und dreimal zugenäht! Wieder nischt! Es klappt nicht! Wie Fortuyn sich das denkt, möcht' ich wissen. Was meinen Sie, Kollege Göhring?«

Der andere Assistent neben ihm zuckte die Achseln, brummte vor sich hin: »Wer weiß, ob sich Fortuyn bei diesem g a n z e n Kram sehr viel gedacht hat!«

Ein kurzer Blick auf Göhrings abweisendes Gesicht ließ Wendt eine weitere Frage unterdrücken. Er wandte sich einem jungen Mädchen zu, das an einer anderen Stelle des Raumes arbeitete. »Einen Augenblick mal, geliebte Ottilie!«

Die drehte sich mit einem Ruck um. »H_2SO_4 gefällig? Sie Frechdachs!« Sie hielt ihm drohend eine Schwefelsäureflasche entgegen. »Wenn Sie mich schon aus Mangel an Respekt nicht ›Fräulein Doktor Gerland‹ nennen, dann« – sie lachte – »dann wenigstens ›Tilly‹! Im übrigen: König Friedrich August von Sachsen!«

»Haben Sie mir schon oft genug gesagt! Soll meinen Dreck alleene machen ... Aber, Tillychen, dies eine Mal noch: Nur 'ne kurze Frage! Die Sache klappt absolut nicht bei mir. Soll ich zu Fortuyn reingehn und es ihm sagen?«

»Das würde ich mir an Ihrer Stelle sehr reiflich überlegen, Rudi!« Sie strich sich das blonde Haar aus der Stirn und ging mit ihm zu seinem Platz. »Was haben Sie denn da? Zeigen Sie mal das Protokoll! *Reaktionsversuch Heptan mit Katalysator ›B 13‹ bei 750 bis 1000 Kilohertz.* Hm!

Die Reaktion scheint tatsächlich nicht dazusein.« Sie hob das Reagenzglas und beroch die Flüssigkeit. »Heptan ist vorhanden.« Sie warf einen raschen Blick auf den Frequenzanzeiger einer Wechselstrommaschine. »Die nötigen Kilohertz auch. Tja – dann kann's doch nur noch am Katalysator liegen. Haben Sie den richtig eingefüllt?«

Dr. Rudolf Wendt schlug sich vor die Stirn. »Herrgott! Ich Kamel! Ich ...«

»Bemühen Sie den Zoologischen Garten nicht, Rudi! Was ist denn?«

»Ich hab' ja den Katalysator vergessen! Schappmann sollte ihn holen. Weiß der Teufel, wo der steckt! Da hab' ich in Gedanken den Strom einfach auf das reine Heptan geschaltet.«

»Na also, Rudi!« Mit einer unzweideutigen Handbewegung zur Stirn ging sie zu ihrem Tisch zurück.

»Verflucht noch mal!« brummte Dr. Wendt vor sich hin. »Das hätte 'ne schöne Blamage gegeben, wenn ich damit zu Fortuyn – – Na endlich, Schappmann! Haben Sie das Zeug?«

Ohne ein Wort zu verlieren, stellte der Laboratoriumsdiener ein Fläschchen mit blaugrünem Inhalt vor Dr. Wendt hin und ging zu Tillys Tisch. Er sprach halblaut mit ihr. Die anderen – die jungen Dachse, wie Schappmann sie bei sich titulierte – brauchten nicht zu hören, was er ihr mitzuteilen hatte.

»Fräulein Doktor! Der Mann, der mein Nachfolger werden möchte – Sie wissen: der schon ein halbes Jahr in der Packerei gearbeitet hat –, ist wieder da.«

»Wär' es nicht besser, Sie wendeten sich an Herrn Doktor Fortuyn persönlich?«

Schappmann wiegte mit einem halb verlegenen, halb verschmitzten Grinsen den Kopf. »Wenn Sie ja sagen, Fräulein Doktor, sagt Herr Doktor Fortuyn auch ja. Guter Fürspruch kann nie schaden. Liebes Fräulein Gerland, wenn ich Sie bitten dürfte ... Aber Sie können ihn sich ja erst noch mal ansehn!« Er öffnete die Tür und trat mit ihr hinaus.

Prüfend blieb ihr Auge an dem Gesicht des Mannes hängen. Sie hatte ihn schon mehrmals flüchtig gesehen. Er wohnte bei Schappmann; im Hinterhaus des Gebäudes, in dem sie mit ihrer Mutter Wohnung genommen hatte. Auch der nähere Eindruck war nicht schlecht. Doch schien er viel älter, als Schappmann gesagt hatte. Sein Schicksal mochte wohl nicht immer leicht gewesen sein. Das hagere, von Falten durchzogene Gesicht, von einem dichten, leicht ergrauten Vollbart umgeben, sprach von manchem Schweren, das er durchgemacht.

»Ja, Herr …? Wie war doch Ihr Name?«

»Wittebold, Fräulein Doktor.«

»Ah, richtig! Nun – Ihre Zeugnisse sind ja wohl in Ordnung? Die Auskunft, die man über Sie eingeholt hat – ich sagte Ihnen ja schon, daß wir dazu verpflichtet sind –, ist befriedigend ausgefallen. Dazu die Fürsprache unseres Freundes Schappmann …«

»Er wohnt schon ein halbes Jahr bei uns, Fräulein Doktor. Meine Luise hat mehr als einmal gesagt: ›Einen so soliden Mieter, 'nen besseren können wir nicht kriegen.‹ Also, von mir aus …«

Tilly lachte. »Na, da Sie nichts dagegen haben, Schappmann, will ich mal gleich bei Herrn Doktor Fortuyn nachfragen, wie weit die Sache ist.«

»Oh, das wäre sehr liebenswürdig, Fräulein Doktor!«

Dr. Fortuyn saß an seinem Tisch, als sie eintrat. Ein Schreibblock, mit Formeln und Ziffern bedeckt, lag vor ihm. Es waren jene schwierigen analytischen Untersuchungen über die Eigenschwingungen von Atomgruppen, auf denen Fortuyn eine neue Theorie der Kautschukherstellung begründet hatte.

Jetzt ließ er den Bleistift sinken. Ein freundliches Lächeln glitt über das schmale, scharfprofilierte Gesicht. Wie um sich aus den Gefilden der mathematischen Spekulation in die Wirklichkeit zurückzufinden, strich er sich über die Stirn und das leicht angegraute Haar. »Was bringen Sie mir, Fräulein Gerland? Entsprechen die Ergebnisse mit ›B 16‹ der Prognose?«

»Ich bin mit der Versuchsreihe noch nicht durch. Die ersten Versuche scheinen die Theorie zu bestätigen. Aber Verzeihung – im Augenblick komm' ich aus einem anderen Grund.« Tilly legte Wittebolds Papiere vor sich hin und begann, Dr. Fortuyn den Fall vorzutragen.

Noch während sie sprach, hatte der seinen Kopf schon wieder halb über seine Zahlen und Formeln geneigt. »Ist gut!« sagte er, ohne aufzublicken. »Wenn über seine Zuverlässigkeit keine Bedenken bestehen, nehmen wir ihn. Wie heißt er? Wittebold? Also, bereiten Sie alles vor, und lassen Sie die nötigen Formulare ausschreiben!«

»Danke schön, Herr Fortuyn. Ich werde das Weitere besorgen.« –

»Alles in Ordnung, Herr Wittebold! Sie müssen nun noch allerhand lernen. Die vielen fremden Namen werden Ihnen im Anfang Schwierigkeiten machen. Aber Herr Schappmann bleibt ja noch einige Zeit und kann Sie mit Ihren Geschäften bekannt machen.«

»Ich weiß nicht, Fräulein Doktor, wie ich Ihnen danken soll. Ich kann Ihnen nur das Versprechen geben, daß ich Ihrer Empfehlung keine Unehre ...«

Sie drückte flüchtig die Hand, die der Mann ihr dankbar entgegenstreckte. »Schon gut, Herr Wittebold! Dann also morgen früh! Pünktlich um acht!« –

Am nächsten Tag wurde Wittebold von seinem Vorgänger in den Obliegenheiten seines Dienstes unterwiesen. Als sie mittags am Tor vorbeikamen, ließ Schappmann ihn beim Zeitungshändler ein paar Blätter kaufen, schrieb auf jedes einen Namen und sagte: »Also an *die* Herren damit! Das Geld lassen Sie sich gleich wiedergeben.«

Während Schappmann in das Verwaltungsgebäude ging, brachte Wittebold die Zeitungen in die Laboratoriumssäle. Er war gerade damit beschäftigt, ein paar leere Ballons zusammenzustellen, um sie mitzunehmen, als von Dr. Göhrings Platz ein lauter Ausruf der Überraschung erklang.

Göhring sprang auf, die Zeitung in der Hand. »Kinder, zuhören! Eine große Neuigkeit, wenn's keine Ente ist!« Alle Köpfe wandten sich zu ihm. »Ich lese da eben folgenden Bericht: *Nach einer Meldung des ›Wiener Journals‹ stehen die Rieba-Werke mit Dr. Moran von den Wiener Iduna-Werken in Unterhandlung, um ihn für Rieba zu verpflichten. Dr. Moran arbeitet in den Iduna-Werken, die bekanntlich zur Rieba-Gruppe gehören, an einem verbesserten Verfahren der Kautschuksynthese. Die Laboratoriumserfolge sind so vielversprechend, daß eine Verlegung der Arbeiten nach Rieba in Aussicht genommen ist. Herr Dr. Moran war früher bei der ›Western Chemical‹ in Detroit beschäftigt, schied aber bei der Fusionierung der dortigen chemischen Industrie aus seiner Stellung. – So weit die Meldung des ›Wiener Journals‹. Unser chemischer Mitarbeiter, Professor Janzen, der Kautschukspezialist ist, teilt uns dazu mit, das Moransche Verfahren sei ihm aus eigener Anschauung bekannt. Er messe ihm große Bedeutung bei …*«

Einen Augenblick Stille. Dann brach es von allen Seiten los. »Unmöglich – undenkbar! Und davon weiß man hier bei uns gar nichts? Daß Fortuyn uns das nicht gesagt hat –!«

»Ich bin überzeugt, für Fortuyn ist es ebenso eine Überraschung wie für uns«, warf Fräulein Dr. Gerland dazwischen.

»Ja dann muß er's sofort erfahren!« rief Dr. Wendt.

»Bitte, Kollege!« Göhring reichte ihm das Blatt hin. »Wenn Sie's tun wollen …«

Wendt hielt die Hand verlegen zurück.

»Na, ich seh' schon, die Herren der Schöpfung sind alle zu feige!« meinte Tilly. »Muß ich's ihm schon bringen! Geben Sie her, Kollege Göhring!« –

Fortuyn war im Begriff fortzugehen. Er hatte schon den Mantel an, als Tilly eintrat. »Nun, Fräulein Gerland, was haben Sie noch Schönes?«

Tilly, die eben noch über den mangelnden Mut ihrer männlichen Kollegen gespottet hatte, bereute jetzt ihren raschen Entschluß. Verlegen stand sie da. Daß gerade sie es sein mußte, die dem verehrten Chef eine solche Nachricht brachte –! Wenn er sie wirklich noch nicht kannte – wie würde er den Schlag aufnehmen?

Das Zeitungsblatt entglitt ihren Händen. Fortuyn griff danach. »Ist das für mich?«

»Ja gewiß, Herr Doktor! Eine Nachricht darin ... Wir lasen sie eben im Laboratorium ... Unfaßbar! Keiner will es glauben.«

»Nanu, Fräulein Gerland? Zeigen Sie mir doch den Artikel!«

Er entfaltete das Blatt und las die angestrichenen Zeilen. Las noch einmal. Wandte sich dann um, ging mit schweren Schritten zum Schreibtisch und legte die Zeitung dort nieder. So sah Tilly nicht, welchen Eindruck die Nachricht auf ihn machte.

Als er zu ihr zurückkehrte, konnten Gesicht und Haltung einem Unbeteiligten unverändert erscheinen. Nur Tillys geschärftes Empfinden spürte die Wandlung: die Augen schmal zusammengekniffen, die Lippen aufeinandergepreßt, das ganze Gesicht schärfste Abwehr.

»Die Nachricht, Fräulein Gerland, trifft mich ebenso überraschend wie Sie und die Kollegen. Mein erster Gedanke: eine Zeitungsente. Jetzt« – er zuckte die Achseln – »halte ich's nicht für unmöglich. Sie erinnern sich an meine wissenschaftlichen Fehden mit Professor Janzen, meinem Vorgänger? Sie endeten damit, daß er Rieba verließ. Aber er hat – das mußte ich schon mehrmals erfahren – einflußreiche Freunde, die zu ihm halten. Hier können Sie sehen, wie die arbeiten! Ich werde mich an geeigneter Stelle darüber informieren. Ihnen aber danke ich vielmals, Fräulein Gerland!«

Als Fortuyn allein war, ging er ans Telephon und verlangte Verbindung mit Geheimrat Kampendonk, dem Generaldirektor der Rieba-Werke. Ärgerlich legte er den Hörer zurück. Der Geheimrat sollte schon vor einer Stunde das Werk verlassen haben.

Er griff nach seinem Hut, da schrillte der Apparat. Er nahm den Hörer ans Ohr. »Ah – guten Tag, Frau

Johanna! ... Ja - ich bin noch hier - wollte gerade zu Ihnen ... Ja gewiß, sehr gern ... Wie? Eine wichtige Nachricht? Hm - hm, meinen Sie etwa die aus Wien? ... Ja - eben wurde sie mir mitgeteilt. In einer Viertelstunde bin ich bei Ihnen!« -

»Villa Terlinden!« sagte er zu seinem Chauffeur.

Der Wagen rollte durch die Ausläufer der Vorstadt zu der Villenkolonie am Eichelberg, die von den Rieba-Werken für ihre höheren Beamten* errichtet worden war. Clemens Terlinden war einer der Direktoren. Sproß einer jener Dynastien, die vor zwei Menschenaltern** am Rhein die Grundlagen der deutschen chemischen Industrie gelegt hatten. Auch Johanna, seine Frau, entstammte solch einem Geschlecht. Finanzpolitik, Werksräson hatten zum Zustandekommen ihrer Ehe stark beigetragen.

Bis vor Jahresfrist hatte Fortuyn nur geschäftlich mit Direktor Terlinden zu tun gehabt. Da kam der Tag, der ihre Geschicke für immer verknüpfte. Ein Gastank im Werk war undicht geworden, Terlinden in unmittelbarer Nähe des Behälters bewußtlos zusammengebrochen. Fortuyn drang als erster in den vergasten Raum und rettete den Ohnmächtigen ins Freie. Zwar hatte ärztliche Kunst vermocht, Terlinden am Leben zu erhalten; seine Gesundheit jedoch war für immer zerstört. Ein siecher Mann, verbrachte er seine Tage zwischen Bett und Rollstuhl. Und mit der Hartnäckigkeit, die hoffnungslos Kranken oft eigen ist, drang er darauf, seinen Lebensretter immer wieder in seinem Hause zu sehen.

Fortuyn kam, sooft Clemens Terlinden nach ihm verlangte. Kam aus tiefer Teilnahme für den Mann, den ein

---

* Zur Zeit der Romanniederschrift wurde der Begriff ›Beamte‹ gleichermaßen für Personen im Staatsdienst wie in privatwirtschaftlichen Dienstverhältnissen verwendet.

** Dominik benutzt den Begriff ›Menschenalter‹ stets in der Bedeutung ›eine Generation‹, meint also h i e r ca. 60 Jahre.

grausames Geschick noch bei Lebzeiten aus der Reihe der Schaffenden gestrichen hatte.

Trotz seiner häufigen Besuche bekam er zunächst keinen persönlichen Kontakt zu Terlindens Gemahlin. Wenn er kam, empfing ihn zwar regelmäßig Frau Johanna, doch nach einem kurzen Gespräch über Tagesneuigkeiten, gelegentliche Theaterbesuche und dergleichen geleitete sie ihn dann ins Krankenzimmer, holte eine kleine Erfrischung, ließ die beiden mit einem Scherzwort allein. Bei alledem war Fortuyn Johanna Terlinden niemals einen Schritt nähergekommen. Kaum einmal ein Wort, das über die konventionelle Unterhaltung hinausging. Wenn er sich dann später verabschiedete, brachte sie ihn wieder zur Tür, entließ ihn mit freundlichem Händedruck.

Eine seltsame Frau, diese Johanna Terlinden! Jung, schön, voller Lebenslust, mußte sie ihre besten Jahre an der Seite eines hoffnungslos Kranken vertrauern, ohne daß ein Ende abzusehen war. Sollte es nicht Stunden geben, in denen ihr Lebensmut versagte? Je öfter Fortuyn mit Johanna in Berührung kam, desto mehr reizte es ihn, hinter das Geheimnis ihrer ewig gleichen Maske zu schauen. Ja, es geschah sogar, daß mitten in seiner Arbeit plötzlich das Bild dieser Frau mit ihrem unenträtselbaren Lächeln vor ihm auftauchte. Eine übermenschliche Selbstbeherrschung mußte sie besitzen. Obgleich er sie auf das schärfste beobachtete, war es ihm nie gelungen, einen Blick in ihr Innerstes zu tun, der ihm ihr wahres Wesen enthüllt hätte. Wie mußte sie leiden! Immer tiefer wurde sein Mitleid mit solch qualvollem Martyrium - immer stärker, immer wärmer drängten seine Gefühle zu ihr hin.

Ein trüber Novembertag endlich sollte ihm Einblick geben. Das erstemal, daß Johanna ihn nicht bei seinem Eintritt empfing. Die Stimmung des Kranken, in der letzten Zeit schon stark wechselnd, war außerordentlich gereizt. Fortuyn verabschiedete sich bald. Für den Abend war eine Einladung zu einem großen Fest bei

Kampendonk an ihn ergangen – als Auftakt zu den Winterfestlichkeiten, die teils in Rieba, teils in Neustadt veranstaltet wurden. Als Fortuyn den Kranken verließ, blickte er sich beim Durchschreiten der Vorzimmer vergeblich nach Johanna um. Da glaubte er, aus einem verdunkelten Nebenzimmer ein unterdrücktes Weinen zu hören. Er schob den Vorhang beiseite und erkannte Frau Terlinden, die auf einer Ottomane lag, das Antlitz in den Händen vergraben.

Zögernd trat er näher. Der dicke Teppich dämpfte seine Schritte. »Frau Johanna!« Er faßte ihre Hände, schob sie zur Seite.

Sie richtete sich hastig auf, mühte sich um Fassung und Haltung. Ihre Hand tastete nach dem Taschentuch. »Verzeihung, Herr Fortuyn!« stammelte sie gequält. »Ich wußte nicht, daß Sie ...«

»Gnädige Frau! Ich bitte Sie ... was ist mit Ihnen? Kann ich Ihnen helfen? ... Alles will ich tun – für Sie, Johanna!«

Waren's seine Worte, war's seine Stimme, war's seine Nähe? In wildem Aufschluchzen schlang sie ihre Arme um seinen Hals, drängte sich an seine Brust. Die Maske war gefallen. Hemmungslos floß über ihre Lippen, was ihr Herz so lange verschlossen hatte. »Ich ertrag' es nicht länger – dies Leben einer Verdammten! Wärest d u nicht, wo wäre ich längst? ... Dich immer wiedersehen, deine Stimme hören! Für Tage gibt es mir Trost ... Wenn du wüßtest, was ich all die Zeit erduldet – wie ich gekämpft, mich gezwungen hab' ...! Oft, wenn du fortgingst und wir draußen standen, du den Mantel umhängtest, schrie mein Herz nach dir ... Zerschlagen hätte ich den Spiegel mögen, der mir mein gemacht gleichmütiges Gesicht mit seinem ewigen Lächeln zuwarf. Deinen Arm hätt' ich nehmen mögen und mit dir gehen – fort aus diesem Gefängnis! Der Folter entrinnen, die Leib und Seele martert!«

Sie warf sich auf die Ottomane zurück, und Fortuyn kniete sich neben sie, sprach linde Liebesworte ... Ihr

Weinen verstummte. Langsam entwand sie sich ihm, richtete sich auf. »Verzeih, du Guter, du Lieber! Ich konnte nicht länger ... Zu viel, was heute auf mich eindrang, mich alle Beherrschung verlieren ließ.« Sie schmiegte ihre Hand an seinen Arm. »Das Fest heut abend ... Wochenlang hatt' ich mich darauf gefreut. Heute morgen begann's: Er sah wohl die Vorfreude bei mir. Mit Klagen und Sticheln und Jammern und Ächzen brachte er mich zur Verzweiflung. Das Festkleid, das ich gerade anprobiert hatte, riß ich mir in Fetzen vom Körper, warf's ihm vor die Füße ... Oh, wie hat er mich gequält!«

Von neuem brach sie in Schluchzen aus, suchte Halt und Trost an seiner Brust. Lange saßen sie so. Dann machte sie sich sanft frei, sah ihm voll in die Augen. Ihre Blicke tauchten ineinander - und sein Mund fand die Lippen, die die seinen suchten ...

Wochen, Monate waren verstrichen. Wenn Clemens Terlinden rief, kam Fortuyn wie früher. Wie früher empfing ihn Johanna. Wie früher begleitete sie den Scheidenden. Doch niemals wieder fanden sich ihre Lippen im Kuß. Ein Druck der Hand nur - ein Winken der Augen ...

Als Fortuyn jetzt eintrat, drängte Johanna ihn in das leere Herrenzimmer, legte den Arm um seine Schulter. »Du Liebster, du Armer, was hat man dir getan!«

Angst, Sorge ließ sie die Schranken durchbrechen, die sie selbst stillschweigend zwischen sich errichtet hatten. Sie führte ihn zu einem Diwan, setzte sich, zog ihn neben sich. »Du wußtest es schon, als ich dich anrief?«

Er nickte. »Eine Angestellte brachte mir das Blatt in mein Zimmer.«

»Durch eine Angestellte! Oh, wie häßlich das alles! Was hast du gesagt? Was denkst du? Sprich doch!«

Fortuyn fuhr mit der Hand beschwichtigend über ihre heiße Stirn. »Gewiß, es ist ein böser Streich, den mir meine Gegner gespielt haben.«

»Ein Schurkenstreich! Wie Kampendonk dazu seine Hand bieten konnte! Ich verstehe es nicht. Ich rief vorhin Onkel Düsterloh an, um Näheres zu erfahren. Konnte ihn aber nicht erreichen.«

»Hm – Düsterloh?« murmelte Fortuyn vor sich hin.

»Du sagst das so zweifelnd. Meinst du, daß er vielleicht ...?«

»Ich traue ihm nicht. Daß er nicht mein Freund ist, weiß ich bestimmt. Und ich hab' auch das Empfinden, daß er meine Besuche bei euch ungern sieht.« Er spürte, wie ihr Arm leicht zusammenzuckte. »Kampendonk war nicht mehr zu erreichen«, fuhr er fort. »Ich wäre sonst gleich zu ihm hin.«

»Kampendonk?« fragte sie mit unruhiger Stimme. »Wie wirst du mit ihm sprechen?«

Er zuckte die Achseln. »Ebenso wie er mit mir. Das eine weiß ich: Falls auch er sich in seinem Vertrauen zu meiner Arbeit hat erschüttern lassen, dann ...«

»... wirst du fort von hier gehen? Wirst mich verlassen?« Sie umschlang ihn mit beiden Armen. »Nein – das nicht! Ich werde wahnsinnig, wenn ich hier allein bleibe. Ich gehe mit dir!«

Er strich ihr das wirre Haar aus der Stirn, neigte sich zu ihr, sprach begütigend auf sie ein. Allmählich fühlte er, wie ihre Glieder sich entspannten, wie sie ruhiger atmete. Er hob sie sanft empor, legte den Arm um ihre Schulter, wandelte mit ihr im Zimmer auf und ab. »Wir dürfen Clemens nicht vergessen. Hast du mit ihm schon über das alles gesprochen?«

»Nein. Sein Befinden ist heute nicht gut. Es würde ihn sicher sehr erregen – unnötigerweise vielleicht ... Denn, Walter, du wirst ja gar nicht fortgehen. In meiner Angst sah ich wohl schwärzer als nötig. Man wird dich nicht ziehen lassen – wird dir goldene Brücken bauen ... Und wir werden zusammenbleiben, uns immer wiedersehen – und lieben!«

Er hatte schon Abschied genommen, da raunte er ihr noch zu: »Hüte dich vor Düsterloh! Er ...«

»Ich weiß«, flüsterte sie mit abgewandtem Gesicht zurück. »Besser als du!«

* * *

Noch ehe am nächsten Morgen Fortuyn sich bei Geheimrat Kampendonk melden lassen konnte, bat ihn dessen Privatsekretär, um neun Uhr bei dem Generaldirektor zu erscheinen.

»Ich muß es aufs lebhafteste bedauern, Herr Doktor, daß Sie von der bevorstehenden Neuerung im Werk indirekt durch die Zeitung Kenntnis erhielten. Die Notiz wurde ohne unser Zutun veröffentlicht. Ich bin bereit, Ihnen volle Aufklärung zu geben.«

Fortuyn verneigte sich kurz. »Bitte, Herr Geheimrat...«

»Schon vor längerer Zeit erfuhren wir von den Iduna-Werken, unserer Tochtergesellschaft in Wien, daß man dort einen gewissen Doktor Moran als Mitarbeiter verpflichtet habe, der im Begriff war, sich als Dozent in seiner Heimatstadt Prag zu habilitieren.* Seine Forschungen auf dem Gebiet der Chemosynthese des Kautschuks seien vielversprechend. Gelegentlich eines Besuches in Wien nahm unser Direktor Lindenberg von den Moranschen Arbeiten Kenntnis und gab uns einen so glänzenden Bericht, daß wir auch noch Direktor Bünger hinschickten. Aufgrund der übereinstimmend günstigen Gutachten beschloß das Direktorium nach weiterer genauer Prüfung aller Unterlagen, einem Engagement Doktor Morans näherzutreten. Dieser verhielt sich zunächst ablehnend, wobei rein persönliche Verhältnisse maßgebend waren. Mit Rücksicht auf die größeren Mittel und besseren Forschungsbedingungen in den Rieba-Werken erklärte er sich aber schließlich bereit. Erst vor zwei Tagen kam der formelle Vertragsabschluß zustande. Da dies auf den ersten Blick als eine gewisse Desavouierung** Ihrer Person er-

* sich habilitieren: die Berechtigung zum Lehren an einer Universität erwerben

** Brüskierung, Nichtanerkennung

scheinen könnte, war ich sofort entschlossen, Sie darüber zu informieren. Leider hat die voreilige Zeitungsnachricht nun meine Absicht vereitelt. Ich glaube, das dürfte Ihnen genügen?«

»Gewiß, Herr Geheimrat. Es genügt mir vollkommen. Obgleich ich – «

»Ich weiß: Sie wollen zum Ausdruck bringen, daß, wenn zwar nicht Ihre Person herabgesetzt, doch Ihr Verfahren dadurch beeinträchtigt würde. Dem ist nicht so. Sie arbeiten an Ihrer Elektrosynthese ruhig weiter, wenn auch mit verkleinertem Assistentenstab.

Was nun das Moransche Verfahren betrifft, so liegt die Sache folgendermaßen: Wir produzieren den Kautschuk, ebenso wie viele andere Werke, nun schon seit Jahren nach der Chemosynthese. Angesichts der ungenügenden Rentabilität der bisherigen Methoden erschien es unbedingt geboten, uns die Moransche Erfindung, die einen bedeutenden Fortschritt verspricht, zu sichern. Dürften wir natürlich in absehbarer Zeit einen guten Enderfolg Ihrer Arbeiten erwarten, so hätten wir vermutlich von Morans Engagement absehen können. Aber Sie werden selbst eingestehen müssen, Herr Doktor, daß vom kaufmännischen Standpunkt aus unser Schritt durchaus verständlich ist. Sobald Sie Ihre Elektrosynthese vollständig entwickelt haben, sind selbstverständlich alle chemosynthetischen Verfahren überholt.«

Fortuyn erhob sich. »Gewiß, Herr Geheimrat – ich gebe das zu. Es lag mir ja nur daran, die Klarheit zu bekommen, die Sie mir in so dankenswerter Weise gaben.«

In seinem Zimmer dann griff Fortuyn zum Telephon. Eine kurze Nachricht flog zur Villa Terlinden.

* * *

Wittebold war nach dem Abendessen zu Schappmanns hinübergegangen. Die gute Luise saß neben dem Ofen in einem Korbstuhl, einen Strickstrumpf in den Händen. Aber die müden Finger wollten nicht recht. Immer wieder nickte sie ein, bis sie es schließlich satt bekam, die verlorenen Maschen aufzunehmen, und den grauen Kopf in das Kissen mit dem *Ruhe sanft!* zurücklehnte.

Wittebold hatte zur Feier seines Dienstantritts ein paar Flaschen Bier mitgebracht. Sie saßen, sprachen. Worüber? Über das Werk – für Schappmann der einzige Gesprächsstoff.

»Was Sie mir da vorhin sagten, Kollege Wittebold, über einen neuen Herrn Moran aus Wien ... ja, das ist doch 'ne merkwürdige Sache. Konkurrenz für Herrn Fortuyn oder Nachfolger?

Das is man so mit die Herren Gelehrten. Da hat einer so'n feines Ding gedreht – schon holen se'n her. Aber wie lange dauert die Herrlichkeit, da haben sie wieder 'nen Bessern gefunden. Wie viele Leiter von die Laboratorien hab' ich schon kommen und gehen sehn!«

»Wie lange ist denn Doktor Fortuyn hier?« fragte Wittebold.

»Das kann ich Ihnen ganz genau sagen. Er kam gerade am sechzigsten Geburtstag von meiner Luise – macht also drei Jahre und acht Monate. Sollte mir leid tun um Herrn Fortuyn, wenn er wegmüßte. War 'n kulanter Mann! Na – ich werd' nicht mehr die Ehre haben, unter dem Neuen zu dienen.«

Wittebold schaute nachdenklich dem blauen Rauch seiner Pfeife nach.

»Is auch Zeit, daß ich gehe!« fuhr Schappmann fort. »Den ganzen Tag auf die Beine – da wollen die alten Knochen nich mehr. Und wenn denn noch so'n Haufen Ärger dazwischenkommt, da freut man sich, daß jetzt alles ein Ende hat. Na, prost, Kollege Wittebold! Spülen wir den Kummer weg! Es hat mich lange genug gewurmt!«

»Na, was ist Ihnen denn für 'ne Laus über die Leber gelaufen?« fragte Wittebold.

Schappmann strich sich den Schaum aus dem Bart,

prustete ein paarmal. »Ja, das war 'n regelrechter Krach, den ich hatte - mit dem Herrn Hempel vom Tresor. Na, daß Sie's wissen: Das is der, der die ganzen Vorschriften für die medizinische Fabrikation in seinem Geldschrank hat. Der sagte mir doch heute glatt vor den Kopf, ich hätt' so 'ne Vorschrift verloren, wo drin steht, wie man den ganzen Deubelskram macht. ›Analyse‹ sagen se auch manchmal. Und das wär' 'ne Bummelei von mir, und das könnt' schweren Skandal geben. Und wie Gott den Schaden besah, war alles nicht wahr. Ich hatte gar nichts verloren!«

»Analysen verlieren«, meinte Wittebold, »das wär' allerdings eine schlimme Sache. Solche Dinge werden doch gehütet wie Gold. Wie war denn das?«

»Das war so, Kollege: Der Herr Doktor Hempel gibt mir 'nen Haufen Papiere, die ich zu Doktor Stange bringen sollte, in die Aspirinabteilung. Ich steck' die in meine Mappe und geh' rüber. Leg' alles auf Herrn Stange seinen Schreibtisch und ziehe wieder los. Wie ich nach 'ner halben Stunde gerade bei Doktor Fortuyn bin, kommt einer jeloofen, ich soll mal gleich zu Herrn Hempel kommen. Na, wie ick da reinstiefle, krieg' ick doch 'nen Schreck: Fährt der auf mich los, ick hätt' 'ne Betriebsschrift verloren! Unter den Papieren für Doktor Stange wär' sie gewesen, und der hätte sie nich gekriegt. Na, ick blieb ganz ruhig. Machte meine Mappe uff: Die war leer. Sagte: ›Wat Se mir gegeben haben, hab' ick hier reingepackt und bei Herrn Doktor Stange auf den Tisch gelegt. Wenn der se nich gekriegt hat, dann is se eben nicht dabei gewesen.‹ Er guckt mich 'nen Augenblick ganz dämlich an, geht dann an seinen Schrank und sucht. Fängt an zu jammern, er könnt' beschwören, daß er se mir gegeben hätte. Und wenn sie weg wäre, ginge es mir schlecht und ihm schlecht. Na, und wie er noch so mitten drin is, da klingelt's. Er nimmt's Telephon ... Det hätten Se sehn sollen, det Jesichte! Eben noch wie'n Deibel, und uff eenmal wie'n süßer Engel. Nickt immer ins Telephon. Spricht: ›Jut, jut, Herr Doktor!‹ Und denn zu mir: ›Se is da! Herr Stange hat se! Und nehmen Se't nich übel, Schappmann!‹ Er fingerte so mit seiner Hand rum. Aber ich tat, als ob ich's nich sähe, und sagte bloß: ›Na - denn juten Morgen!‹«

»Ein Glück für Sie, daß die Sache so ablief, Kollege Schappmann! Glaub' gern, daß er sonst mächtigen Skandal gemacht hätte. Na, prost!«

Schappmann hatte sich eine frische Pfeife gestopft. »War da noch so 'ne Geschichte heute... Ging mich ja weiter nichts an, aber schön war's nich.«

»So? Na - erzählen Sie mal, Kollege!«

»Wie ick da durch die Unterführung zu Doktor Stange gehe, kommen mir zweie aus der Montageabteilung entgegen. Auf einmal - es war scheußlich anzusehen - knallt der eine auf den Asphalt hin, als ob ihn 'ne Granate umgeschmissen hätte. Zappelt mit Armen und Beinen, hat Schaum vorm Mund. Der andere hebt ihm den Kopf hoch, blökt mich an: ›'n Glas Wasser! Schnell - schnell!‹ Ich seh' mich um. Denke: ›Halt, auf dem Hof is ja der Brunnen!‹ Sause los, mach' den Blechbecher voll und bring' den hin. Und nu preßt der eine Monteur dem Krampfbruder die Zähne auseinander und pumpt ihm den ganzen Becher rin. Na - der macht die Augen auf, und denn wurde er ruhiger. Und denn ging ich weiter.«

»Aber wieso ging denn das so leicht? Der Becher hängt doch an einer strammen Kette, damit die Lehrjungen keinen Unfug treiben.«

»Nee, Kollege, das ging gar nicht leicht. Mußte 'ne ganze Zeit würgen, eh' ich das Ding los hatte.«

»Aber dabei hätte Ihnen am Ende doch was aus der Mappe rutschen können?«

»Nee!« sagte Schappmann, überlegen lächelnd. »Det hatt' ick schon vorher bedacht. Die Mappe nahm ick ja gar nich auf den Hof mit. Die hatt' ick bei die Monteure da an die Wand gestellt.«

Wittebold, der Schappmann stillvergnügt zugehört hatte, wurde plötzlich ernst. »Kannten Sie denn die Monteure?«

»Kann mich nicht erinnern. Die blauen Affen sehn ja einer aus wie der andre. Det heißt, der Krampfbruder, der hatte so 'nen schwarzen Spitzbart.«

Wittebold trank den letzten Rest seiner Bierflasche und wollte gehen.

»Na«, sagte Schappmann, »wenn Sie morgen mit auf die Kegelbahn kommen, denn werden Sie wohl eenen ausgeben müssen. Vom Packer bis zum Laboratoriumsdiener – det is een mächt'ger Sprung!«

»Wird gemacht, Kollege!«

Wittebold ging in sein Zimmer. Lange konnte er keinen Schlaf finden. Grübelte über Dinge, die ihn doch eigentlich nichts angingen. Denn was hatte sich ein Laboratoriumsdiener um den Verbleib einer Aspirinanalyse zu kümmern?

* * *

Am nächsten Mittag, kurz vor Beginn der Nachmittagsschicht, ging Wittebold in die Packerei, wo er bis vorgestern gearbeitet hatte, und suchte seinen früheren Kollegen Embacher auf. Nach Beendigung der deutschen Rennsaison fanden sich in Rieba noch genug unverbesserliche Wettratten, die ihr Geld in Auslandswetten weiter riskierten. Als Mittelsmann diente Embacher. Doch Wittebold hegte einen sonderbaren Verdacht, um dessentwillen ihn seine Kollegen wohl ausgelacht hätten. Er war überzeugt, daß Embacher die Wetten manchmal selber verrechnete; denn er hatte schon ein paarmal Gewinne ausgezahlt, die auf postalischem Wege so schnell gar nicht von Paris nach Rieba gelangt sein konnten.

»Schnell, Embacher! Haben Sie Ihre Aufträge abgeschlossen? Ist der Brief nach Paris schon weg?«

»Noch nicht. Was wollen Sie denn wetten?«

»Fünf Mark auf *Le Prince*. Wie ich hörte, soll der jetzt endlich kommen!«

Embacher nickte, griff in die Tasche und holte einen Brief heraus. Aus dem schon fertig adressierten Umschlag zog er einen Bogen, auf dem eine Reihe von

Wettaufträgen verzeichnet war, schrieb die neue Wette unten an.

Wittebold deutete auf die Fabrikuhr. »Ist aber höchste Zeit, daß er wegkommt! Soll ich ihn gleich mitnehmen?«

Embacher klebte den Brief zu und gab ihn Wittebold. »Ja. Stecken Sie ihn in den Kasten!« Und beim Weggehen rief er ihm noch nach: »Heut abend! Alle neune! Nicht vergessen!«

Wittebold begab sich zum Hauptgebäude, wo ein Briefkasten hing, und machte sich an der Einwurfsöffnung zu schaffen. Ging dann weiter in seinen Dienst. –

Am selben Abend machten sich Schappmann und Wittebold schon ziemlich früh auf den Weg zu ihrem Stammlokal bei Max Nestler. Als sie eintraten, saß dort bereits Embacher mit einem Fremden zusammen. Der erhob sich beim Erscheinen der zwei und verschwand.

Wittebold und Schappmann setzten sich an Embachers Tisch. »Ein bißchen früh heut abend«, sagte der. »Vor 'ner halben Stunde wird's wohl nicht losgehn. Eh' se alle zusammen sind …«

»Spielen wir 'nen kleinen Skat!« schlug Schappmann vor. »Max, bring mal die Karten!« Er nahm das Spiel und begann zu mischen. »Embacher schreibt – das hat er raus!«

Der Packer griff in die Brusttasche, zog allerhand Papiere hervor und suchte nach einem brauchbaren Blatt.

Schappmann legte ihm den Haufen zum Abheben hin. »Du hast da so'n schönes, großes Kuvert! Nimm doch das! So lange spielen wir ja doch nich!«

Embacher nahm den Inhalt aus dem Kuvert und schob ihn mit den anderen Papieren wieder in die Tasche. Wittebold, der gegenübersaß, hielt aber den Blick scharf auf Embachers Hände gerichtet. So sah er, wie der Inhalt des Kuverts, den Embacher schnell wegsteckte, wieder ein Umschlag war, auf dem eine französische Briefmarke klebte.

Allmählich kamen die anderen Kegelbrüder. Embacher rechnete aus: »Wittebold hat dreißig Pfennig verloren!« Und riß das Kuvert, worauf er geschrieben hatte, in Stücke, die er unter den Tisch warf.

Während sich alle auf der Kegelbahn versammelten, ging Wittebold noch einmal zurück. Sagte zum Wirt: »Hab' meinen Bleistift vorhin verloren!« Er beugte sich unter den Tisch und nahm unbemerkt die Teile des zerrissenen Umschlags auf. Schlenderte dann wieder nach hinten.

Von kräftigen Fäusten gesetzt, donnerten die Kugeln über die Bahn. Das Beförderungsfäßchen von Wittebold trug nicht wenig zur Hebung der Stimmung bei. Embacher war wie immer der Matador. Keiner schob so viele Neunen wie er. Um sich's bequemer zu machen, legte er jetzt, wie die meisten seiner Kameraden auch, seinen Rock ab, hängte ihn an die Hinterwand des Zimmers und kegelte in Hemdsärmeln weiter. Wittebold folgte seinem Beispiel und hängte seinen Rock daneben.

Als Embacher mal hinausgegangen war, machte sich Wittebold an seinem Rock zu schaffen. Dabei glitten seine Finger verstohlen in die Nachbartasche. Bald hatten sie das Kuvert mit der französischen Marke erfaßt. Flink bugsierte Wittebold den fremden Brief in seine eigene Tasche, warf den Rock über und verließ ebenfalls den Raum.

Er schloß sich in der Toilette ein, öffnete den Brief und las den Inhalt, indem er gleichzeitig die Worte auf ein Stück Papier stenographierte. Dann eilte er zurück und hängte seinen Rock an die alte Stelle; der Brief wanderte wieder unbemerkt in Embachers Tasche. Wittebold trat gerade zurück, als Schappmann seinen Namen zum Kegeln aufrief.

Wittebold warf so ungeschickt, daß Schappmann, zu dessen Partei er gehörte, ihm einen grollenden Blick zuschleuderte. »Na - nu sind wir verratzt! Det hat uns gerade noch gefehlt: Zwei Holz schmeißt der Mensch!«

Und noch öfter im Laufe des Abends mußte Schappmann seinem Mieter den Vorwurf machen, er kegle ja ›unter aller Sau‹ ...

Als sie beide dann zusammen nach Hause gingen, kamen sie am Werk vorbei. Schappmann deutete auf Fortuyns Zimmer. »Na - ist der aber fleißig heut abend! Hat ja noch Licht da oben. Will sich wohl jetzt doppelt auf die Hosen setzen? Von wegen die Konkurrenz?« -

Fortuyn war mit Fräulein Dr. Gerland beschäftigt, eine Reihe von Schriftstücken in einer großen Ledertasche zusammenzupacken.

»So, das wäre wohl alles«, sagte er. »Diese Sachen da« - er deutete auf einen Stoß, den Tilly vor sich hatte - »müssen leider hier bleiben, da sie im Labor doch hin und wieder verlangt werden könnten. Ich möchte es, wie gesagt, vorläufig vermeiden, von unseren verstärkten Hausarbeiten viel bekanntwerden zu lassen.«

»Wie steht es denn mit den bestellten Apparaten und Generatoren?« fragte Tilly.

»Zum Teil sind sie schon unterwegs, zum Teil kommen sie gegen Ende der Woche. Ich werde mich dann gleich an die Aufstellung machen, brauche dazu allerdings eine Hilfskraft.«

»Vielleicht frag' ich mal unseren Diener Wittebold. Als ordentlicher, fleißiger Mann wird der sich gern ein paar Groschen nebenbei verdienen.«

»Kein übler Gedanke, Tilly ... Verzeihung: Fräulein Gerland! Ich gerate in den Laboratoriumsjargon.«

Tilly wandte den Kopf zur Seite. Eine leichte Röte - Verlegenheit, Freude - huschte über ihr Antlitz. Dann sprudelte sie vergnügt los: »Ach, Herr Doktor, genieren Sie sich bitte nicht! Ich muß sagen, das ›Fräulein Doktor Gerland‹ kommt mir selber so fremd vor ... Die Kollegen alle ...«

»Na, wenn Sie's gerne möchten -? ›Tilly‹ ist natürlich schneller gesagt. Ich mache also von Ihrer gütigen Erlaubnis Gebrauch und werde Sie auch so nennen, solange wir unter uns sind.«

Mit frohem Gesicht und glänzenden Augen nickte sie

ihm zu. Fortuyns Blick ging noch mal in die Runde. »So hätten wir denn alles, was wir brauchen. Es trifft sich günstig, daß ich mit meinen rechnerischen Vorbereitungen in der Hauptsache fertig bin. Und auf die praktische Arbeit daheim, wo ich mich ganz ungestört mit den Versuchen beschäftigen kann, freu' ich mich jetzt schon. Das im Labor erarbeitete Material ist umfangreicher, als mancher glaubt. Ich habe mich bei meinen gelegentlichen Exposés an das Direktorium immer sehr zurückhaltend ausgedrückt, um keine vorzeitigen Hoffnungen zu erwecken. Als Kampendonk heute morgen andeutete, daß ein Abschluß meiner Forschungen wohl noch in weitem Felde stünde, lag es mir auf der Zunge, ihn eines Besseren zu belehren. Aber ich unterdrückte es, und das war gut.

Jedenfalls darf ich auch künftig weiter auf Ihre mir wertvolle Hilfe rechnen, Tilly, nicht wahr? Schicken Sie mir bitte morgen mittag diese Sachen durch Wittebold in meine Wohnung! Gute Nacht – und herzlichen Dank!« –

Als Tilly die Treppen zu ihrer Behausung hinaufstieg, sah sie in Schappmanns Zimmer noch Licht. ›Na – die Alten schlafen doch schon längst‹, dachte sie; ›wird also wohl ihr Mieter Wittebold sein . . .‹

Der hockte an einem Tisch, den Wettauftrag für Paris vor sich; und neben sich verschiedene Fläschchen sowie eine brennende Kerze.

»Geht nicht – geht alles nicht!« Er nahm wieder das kleine, starke Mikroskop zur Hand, hielt den Bogen prüfend darunter. »Der Teufel soll mich holen, wenn hier nicht noch ganz was anderes draufsteht als Wettaufträge!«

Er schob das Mikroskop zurück und überlegte. Sollte er die Chemikalien anwenden, um die vermutete, mit synthetischer Tinte geschriebene geheime Mitteilung sichtbar zu machen? Nur im äußersten Notfall durfte er es tun. Mußte doch das Papier dabei so angegriffen werden, daß es unmöglich sein würde, den Brief nach Paris weiterzuschicken.

Hm - vielleicht ging es mit Schrägbeleuchtung? Er nahm seine Taschenlampe und fing an zu probieren. Holte schließlich auch noch eine Lupe zu Hilfe - und endlich war's geschafft! Mit Büchern und allem möglichen Schreibgerät befestigte er Lampe und Lupe so, daß er sich bequem vor das Papier setzen konnte. Immer deutlicher, je mehr sich sein Auge gewöhnte, wurden jetzt Schriftzeichen zwischen den Zeilen der Wettaufträge sichtbar. Doch der Sinn blieb ihm unklar, denn es war Chiffreschrift. Er mußte sich einstweilen damit begnügen, auf einem weißen Bogen die Geheimbuchstaben möglichst genau nachzumalen.

»Da gibt's noch 'ne harte Nuß zu knacken, eh' in diese Hieroglyphen Sinn gebracht ist. Aber gelingen muß es!«

Er steckte den Wettzettel in den Umschlag, verschloß ihn und trug ihn eilig zur Post.

* * *

Dolly Farley hatte den dringenden Wunsch, sich Headstone in ihrer neuen Pariser Robe zu zeigen. Als geeigneten Schauplatz dafür wählte sie den Fünfuhrtee eines vornehmen Hotelrestaurants, wo die letzte Kreation des Pariser Meisters auch noch andere Augen auf sich lenken mußte.

Kurz nach Dollys Anruf wurde Headstone von Brooker angeklingelt. Der brauchte ihn zu einer dringenden Unterredung und war recht ärgerlich, als Headstone ihm antwortete: »Unmöglich, Brooker! Wenn ich Dolly heute sitzenließe, würde ich's erst in Wochen wiedergutmachen können. Sie verstehen mich?«

»Nun - dann komm' ich eben auch hin!« hatte Brooker geknurrt. »In den Kampfpausen werden wir unsre Sache wohl besprechen können.« -

Headstone war an diesem Abend in bester Stimmung. Er hätte gern dem französischen Meister seine Anerkennung ausgesprochen. Was aus Dolly zu machen war, hatte der fertiggebracht. Und das wollte etwas heißen! Der Mann mußte später sein Hoflieferant werden.

Headstones Komplimente klangen daher heute so überzeugend, daß die zeitweise etwas mißtrauische Dolly ihnen glatt erlag. Während er mit einem Geschick, um das ihn ein berufsmäßiger Eintänzer* hätte beneiden können, ihre massige Gestalt durch die Tanzenden dirigierte, eroberte er eine Position nach der anderen bei ihr.

Schon wollte er zum Hauptsturm ansetzen, da begegnete er letztem Widerstand. Der kaufmännische Geist ihres Vaters mußte wohl aus ihr sprechen, als sie ihm in kühlem Geschäftston sagte, es sei üblich, in gewissen Zeitabständen, besonders vor wichtigen neuen Unternehmungen, die Bilanz zu ziehen, einen Strich zu machen.

Er hatte sich schnell gefaßt, meine lächelnd: »Selbstverständlich, teure Dolly! Sollte ein Konto noch nicht ganz abgebucht sein, so werde ich den kleinen Rest alsbald in Ordnung bringen.«

Zum nächsten Tanz befahl sich Dolly einen Eintänzer. Brooker nutzte die Gelegenheit, um Headstone beiseite zu ziehen. »Halten Sie die Wiener Sache jetzt für sicher?« raunte er hastig.

Headstone zuckte die Achseln. »Der Anfang ist vielversprechend. Was draus wird - wer weiß? Jedenfalls werde ich trotzdem noch weitere Wege im Auge behalten.«

Das Gespräch wandte sich dann anderen Fragen zu. Headstone warf hin und wieder einen Blick zu Dolly hinüber, um bereit zu sein, wenn sie nach ihm Ausschau hielt. Doch sie tanzte immer noch mit ihrem Eintänzer. Er war ja auch ein hübscher junger Mann mit den Allüren eines Prinzen von Geblüt.

Als sie endlich müde war, wünschte sie, von Headstone nach Hause gebracht zu werden. Im Wagen ver-

---

* früher: in Tanzlokalen, Hotels etc. angestellter Tanzpartner; Gigolo

suchte er noch einige kleine Angriffe, doch vergeblich. Dollys Gedanken schienen noch beim Tanztee zu weilen.

›Buchen wir also das letzte Konto ab!‹ sagte sich Headstone, als er allein weiterfuhr. In Gedanken sah er Juliette vor sich. Gewiß, ihr Verhältnis zueinander war im Laufe der letzten Zeit lockerer geworden. Aber der Entschluß, ganz mit ihr zu brechen, ward ihm nicht leicht. Wie oft war er, wenn geschäftlicher Ärger ihn drückte, zu ihr geeilt! Und ihre muntere Laune hatte ihm über manche graue Stunde hinweggeholfen.

Gewohnt, alles in Zahlen auszudrücken, überschlug er, welche Mittel nötig wären, um Juliettes Zukunft sicherzustellen. Machte eine Kalkulation nach der andern. Begann mit sich selbst zu handeln. Legte zu, zog wieder ab, nannte sich schließlich eine Summe, die ihm durchaus fair vorkam.

Nun blieb noch die Frage: Wohin mit ihr? Aus New York jedenfalls mußte sie fort. Andere Städtenamen schwirrten ihm durch den Kopf... das Ausland... Deutschland? Ja – Deutschland natürlich, ihre Heimat! Das heißt, wenn sie wollte. Zwingen konnte er sie natürlich nicht.

Und es war auch billiger. Was würde sie aber dort anfangen? »Ah!« raunte er plötzlich. Ein neuer Einfall – seine Stirn krauste sich. Ja, wenn das gelänge: zwei Fliegen mit einer Klappe schlagen, und in der Hauptsache auf Kosten der ›United Chemical‹...

Der Gedanke, daß dies die beste Lösung sei, beherrschte ihn so vollständig, daß er nicht an die Schwierigkeiten der Durchführung dachte, als er die Treppe zu Juliettes Wohnung emporstieg.

Es war heute ein guter Tag für Headstone. Zunächst nahm die Szene zwar die erwartete tragische Wendung. Juliette vergoß viele Tränen, als er von Scheiden und Meiden sprach. Doch überließ sie sich willig den Liebkosungen, mit denen er sie zu trösten versuchte.

Auch der zweite Teil seines Schlachtplans traf anfänglich auf starken Widerstand. Aber auch der erlahmte, als Headstone in blendenden Farben ausmalte, welch angenehmes und abwechslungsreiches Leben ihrer harrte: unbeschränkte Mittel zu ihrer Verfügung ... Berlin, Paris, London ... häufige Reisen ... beste Hotels ...

In Juliettes Gedanken schlichen sich Bilder, Träume ein, die schon ziemlich feste Gestalt gewonnen hatten, als sie endlich mit einem gutgespielten Seufzer Headstones Wünschen nachgab.

* * *

Jener Berliner Zeitungsartikel über die Berufung Dr. Morans nach Rieba hatte den Streit zwischen dem mit dem Namen Fortuyn verbundenen Elektroverfahren und der älteren, rein chemischen Kautschuksynthese wiederaufleben lassen. Der lauteste Rufer im Kampf für Fortuyn war Professor Bauer in Aachen, während der alte Kämpe* Professor Janzen in Berlin die chemische Synthese und speziell das neue Moran-Verfahren vertrat. Nicht allein, daß er darauf beharrte, das Fortuynsche Verfahren sei noch nicht einmal theoretisch fundiert, er eröffnete dem Moranschen Verfahren auch noch die glänzendsten Aussichten. Er legte sich zwar nicht darauf fest, daß das Moransche Produkt dem Plantagenkautschuk überlegen sein würde, hielt dies aber bei weiterem Ausbau und der zu erwartenden Vervollkommnung für durchaus möglich.

Allmählich griff der Gelehrtenstreit auch auf das Ausland über; denn die Frage war ja wirtschaftlich von ungeheurer Bedeutung. Geringe Schwankungen der Kautschukbörse wurden teilweise mit den Entdeckungen Morans in Zusammenhang gebracht. –

Janzen hatte in Wien öfters Besprechungen mit ihm. Auch jetzt war er wieder dort, und eine lange Unterredung in einem Kaffeehaus lag hinter ihnen.

---

* ironisch: tapferer Streiter

»Gewiß«, meinte Janzen, »diese Mitteilungen werden mir bei der Verteidigung Ihres Verfahrens sehr nützlich sein. Aber mir fehlen leider die Unterlagen, um Bauers Beweisführung für die Vorzüge der Fortuynschen Methode genügend zu entkräften.«

Moran überlegte eine Weile, sagte dann lachend: »Nun ja, von Fortuyn selber können Sie natürlich keine Informationen erwarten! Aber vielleicht haben Sie Freunde in Rieba, die Ihnen Material zur Verfügung stellen? Selbstverständlich in diskreten Grenzen!«

»Freunde in Rieba, Herr Doktor? Mehr, als Sie denken! Da fällt mir gleich einer ein, der mir sicher gern behilflich ist: Direktor Düsterloh, mit dem ich von meiner Riebaer Zeit her noch befreundet bin. An den werde ich schreiben. Er kommt nächste Woche sowieso nach Berlin zu einer Tagung der Chemisch-Technischen Gesellschaft. Dann kann er mir das Geeignete gleich mitbringen.«

»Nun, verehrtester Professor, dann darf man wohl schon im voraus gratulieren!«

Hochbefriedigt stieg Janzen in seinen Berliner Zug. –

Am Nachbartisch im Café war schon seit Stunden ein lebhaftes Tarock* im Gange. Bald nachdem Moran und Janzen gegangen waren, sagte einer der Teilnehmer, trotz des Widerspruchs der anderen, das letzte Spiel an.

Das war beendet, ausgerechnet, bezahlt. Der es plötzlich so eilig hatte, stand auf, verabschiedete sich. »Ich muß heim. Keine Zeit mehr!«

Auf der Straße schlug er den Weg zum nächsten Postamt ein und schrieb dort ein Telegramm: *Morris Boffin, Berlin, Kurfürstendamm 77. - Direktor Düsterloh ankommt nächste Woche; bringt gewünschtes Material zu Professor Janzen.*

Noch ehe Janzen die Lichter von Wien aus der Sicht verlor, erreichte das Telegramm des Tarockspielers jenen Boffin in Berlin. Und als Janzens Zug am nächsten

* ein Kartenspiel

Morgen in den Anhalter Bahnhof einrollte, verließ dessen Halle ein Postzug in Richtung Rieba, der eine Kiste amerikanischer Zigaretten mit sich führte. Absender dieser Kiste war M. Boffin, Berlin; Adressat Herr Kantinier* Richard Meyer, Rieba-Werke, Kantine 4.

Die Kiste wurde in Rieba von Franz Meyer, dem Bruder des Kantiniers, der dort als Büfettier tätig war, in Empfang genommen und ausgepackt. Unter den vielen Einzelpackungen erregte eine Schachtel sein besonderes Interesse, obwohl sie sich anscheinend von den anderen äußerlich in nichts unterschied. Franz Meyer steckte sie in die Tasche.

Während der Mittagspause öffnete er den Karton, nahm die oberste Lage Zigaretten heraus. Den darunter befindlichen Kontrollzettel hielt er gegen das Licht. Außer der wie üblich perforierten Kontrollnummer waren auch noch einzelne Buchstaben der gedruckten Firmenmitteilung mit Löchern versehen. In einer bestimmten Reihenfolge gelesen, ergaben diese Buchstaben folgenden Text: *Umgehend Nachricht, wann Direktor Düsterloh nach Berlin kommt.*

Der Büfettier zerriß den Zettel in kleine Stückchen und warf sie fort. Drei Tage später ging er in der Mittagspause zur Postanstalt und gab eine kurze Depesche auf: *D. kommt heute abend.*

Mit diesem D. war natürlich Düsterloh gemeint, der gerade aus seinem Büro trat, auch ein Telegramm in der Hand. Wittebold, der ihm zufällig in den Weg lief, erhielt den Auftrag, es sofort zum Postamt im Werk zu bringen. Düsterloh schlug den Weg zum Archiv ein.

Ehe man von Rieba aus mit Moran in Verbindung trat, hatte man von Fortuyn ein Exposé über seine Arbeiten eingefordert. War es Überlegung, war es ein instinktives Gefühl: Fortuyn hatte das Exposé natürlich erstellt, es jedoch peinlich vermieden, mit Zahlen und positiven Angaben über das unbedingt Notwendige hinauszuge-

---

* Kantinenwirt

hen. Ein Exemplar dieses Exposés wollte Düsterloh für seinen Freund Janzen mitnehmen. Er konnte sich zwar einiger Bedenken nicht erwehren, aber er durfte zu dem Professor das unbedingte Vertrauen haben, daß der keinen Mißbrauch damit trieb. Außerdem hatte er mit Janzen verabredet, ihm das Material persönlich zu bringen und es am nächsten Tag wieder abzuholen.

Bevor Düsterloh sich zum Bahnhof begab, fuhr er noch zur Villa Terlinden, um dort die Stunden bis zu seiner Abreise zu verbringen.

»Die gnädige Frau ist beim Herrn«, sagte ihm der Diener.

Düsterloh ging ins Krankenzimmer. Als naher Verwandter Clemens Terlindens wartete er eine Anmeldung nicht ab. Doch seine gewohnte Art, den Kranken mit polternden Scherzen aufzuheitern, fand heute wenig Anklang. Clemens lag apathisch, den Kopf zur Seite gedreht, in den Kissen. Kaum, daß er von Düsterloh Notiz nahm. Mehr denn je fiel die erschreckende Blässe seiner eingefallenen Wangen auf.

Düsterloh sah Johanna bedeutsam an. »Na, Kopf hoch, Clemens! Muß leider heut noch nach Berlin. Wenn ich wiederkomme, treff' ich dich sicher wieder wohl.«

Sie gingen ins Herrenzimmer. »War der Arzt heute hier, Johanna?«

»Ja. Er äußerte sich unbestimmt, wollte sich nicht festlegen.«

»Nun, das klingt wenig vertrauenerweckend.« Düsterloh führte Johanna zu einem Stuhl, setzte sich neben sie. »Ohne dir weh tun zu wollen, Johanna: Du mußt dich mit dem Gedanken vertraut machen, daß Clemens' Tage gezählt sind und du dann allein bist.«

Er neigte sich zu ihr, suchte ihren Blick festzuhalten. Johanna sah zur Seite. »Ich fürchte, du hast recht, Onkel Franz«, sagte sie mit ruhiger Stimme. »Der Gedanke ist mir leider nicht mehr fremd. Aber trotzdem: Sollte es zum Schlimmsten kommen, es würde mich tief erschüttern.«

»Tröste dich, Johanna! Ihm wäre ja nur wohl. Was war das für ein Leben für ihn - und für dich? Nimm mir's nicht übel, wenn ich offen zu dir spreche! Man wird allgemein Clemens' Tod ohne großes Bedauern hinnehmen. Schon längst hat sich die Teilnahme ganz dir zugewandt. Und du kannst sicher sein, daß niemand mehr an deinem traurigen Geschick teilnimmt als ich.« Er ergriff ihre Hand, drückte sie. »Johanna - wenn meine Gefühle für dich dabei immer wärmer geworden sind, so verzeih mir das! Laß mich dir versichern, daß du keinen treueren Freund hast als mich - daß du stets auf mich zählen darfst!«

Er beugte sich zur ihr, um ihr Gesicht zu sehen. Da erhob sie sich unwillig. »Laß mich, Onkel Franz! Ich bin die letzten Tage kaum aus dem Krankenzimmer herausgekommen. Das greift die Nerven an.« Sie wandte sich zur Tür.

Düsterloh mochte sich wohl sagen, daß er keinen Schritt weiter gehen dürfe, ohne alles zu gefährden. Schnell war er neben ihr, klopfte ihr beruhigend auf die Schultern. »Verzeih mir, liebe Johanna! Ich kann deine Stimmung verstehen. Du solltest dich mehr schonen! Wenn es bis morgen nicht besser wird, sorge ich dafür, daß eine Krankenschwester herkommt. Ich kann es nicht länger mit ansehen, wie du dich hier aufreibst!«

Sie waren inzwischen auf den Korridor getreten. Johanna vermied es, das Licht anzuzünden. Ohne den Druck seiner Hand zu erwidern, wandte sie sich mit leisem Gruß zurück.

* * *

Am Hause Kurfürstendamm 77 in Berlin ein Schildchen: *Morris Boffin, Universal Provider,* II. Etage.*

In der Tat: Es gab nichts, dessen An- und Verkauf Mr. Boffin zu vermitteln nicht bereit war. In einem wechselvollen Leben hatte er alle Branchen des Kaufmanns

* Lieferant für alles

durchgemacht und sich diejenige Universalität erworben, mit der er da auf seinem Schild prangte. Das kleine, quecksilbrige Männchen war ein Katalog für alle Waren der Welt, und sein Geschäft konnte nicht schlecht gehen - wohl ein Dutzend Angestellter arbeitete in den Büroräumen des Hintergebäudes.

Wer nicht unmittelbar mit ihm zu tun hatte, hätte niemals hinter seinem unscheinbaren Äußeren den gerissenen Geschäftsmann vermutet, der in ihm steckte. Wenn er trotz aller Geschicklichkeit in seinem Leben schon etliche Male Fiasko* gemacht hatte, so hatte das nicht an ihm gelegen, sondern an der ungeschickten Gesetzgebung seines amerikanischen Vaterlandes. Jetzt war seine Position fester. Eine mächtige Hand, von drüben her über den Ozean gestreckt, zügelte etwaige allzu bewegte Eskapaden. -

In einem wohlausgestatteten Privatkontor des Vorderhauses stand Boffin am Hörer. Der Ausdruck seiner Züge wechselte kaleidoskopartig. Seine Sekretärin, Miss Collins, brach schließlich in ein helles Gelächter aus, das keinen übermäßigen Respekt vor dem Chef verriet. Und tatsächlich: Dies Gesicht, der kleine Kopf mit der dicken Nase, dem schwarzen Schopf, den großen Ohren und dem goldenen Kneifer, der nie fest saß, boten einen so komischen Anblick, daß es schwer war, ernst zu bleiben.

Da legte er den Hörer auf. »Das hat gerade noch gefehlt!« Ein Schwall amerikanischer Flüche, die Boffin aus langjähriger Gewohnheit den deutschen vorzog, prasselte auf Miss Collins' Haupt hernieder.

Die sah ihn freundlich fragend an. Als die Flut abgeebbt war, sagte sie lächelnd: »Das war wieder mal sehr schön! Aber nun los! Was gibt's denn eigentlich?«

»Was es gibt? Dieser Lorrison muß ausgerechnet gestern abend mit seinem Auto in Hamburg einen Alleebaum rammen. Kann nicht kommen! Gesicht total zer-

---

* hier: geschäftlicher Zusammenbruch

schunden. Was weiß ich, was ihm sonst noch passiert ist ...«

»Schade!« unterbrach ihn Miss Collins in bedauerndem Ton. »Lorrison war ein so hübscher Mensch – hatte ein interessantes Gesicht. Ich würde es sehr bedauern, wenn seine Schönheit Schaden gelitten hätte.«

Boffin warf ihr einen wütenden Blick zu. »Mag seine Fratze für immer zum Teufel sein! Woher aber krieg' ich Ersatz? Einen Mann wie ihn: gut bekannt mit diesem Direktor Düsterloh – gewandt, nett, liebenswürdig ...« Er flatterte wie ein angefahrenes Huhn aufgeregt durchs Zimmer. »Ich muß einen finden!« Er schlug sich mit den Fäusten vor den Kopf. »Muß!«

»Kann ich heute nachmittag einen kleinen Ausflug machen, Mr. Boffin?« kam es mit gemachter Gleichgültigkeit von Miss Collins' Lippen.

Mit einem Ruck war Boffin stehengeblieben. Er wußte aus langjähriger Erfahrung, daß hinter solchen plötzlichen Urlaubsbitten etwas Besonderes steckte. »Ja, ja! Laufen Sie, wohin Sie wollen! Aber erst raus mit der Sprache! Sie wissen was! Kenne doch Ihre Tricks.«

»Gut, Mr. Boffin! Ich werde also um zwölf das Büro verlassen –«

»Collins! Mädel! Sie sollen sagen, was Sie wissen!«

»Im Frühjahr, Mr. Boffin, war unser Herr Bosfeld aus Leipzig hier. Ich habe mit ihm soupiert. Er erzählte mir viel Nettes. Bosfeld ist Junggeselle und auch Jäger. Schade, daß Sie kein Jäger sind, Mr. Boffin! Denn Bosfeld sagte, auf dem Umweg über die Jagd könne man Bekanntschaften machen, die sonst sehr schwer zu deichseln wären.«

Ein Tintenlöscher aus Boffins Hand flog dicht an Miss Collins vorbei. Sie erwies dem Wurfgeschoß eine graziöse Reverenz* und sprach weiter: »Bosfeld hat es verstanden, auf solche Art mit Herrn Düsterloh bekannt

* Verneigung

zu werden; denn der ist ein großer Nimrod* vor dem Herrn. Von der Jagd selbst hat er mir natürlich weniger erzählt. Viel mehr von den Jagdessen, die sich daran anschließen. Und das war sehr interessant. Es waren auch Damen dabei und ...«

Miss Collins blickte, wie in Erinnerung versunken, nachdenklich vor sich hin.

Boffin war längst an den Apparat geeilt, meldete ein dringendes Ferngespräch nach Leipzig an. -

Am nächsten Abend saß er mit Herrn Bosfeld in einem eleganten Restaurant des Kurfürstendamms.

»Ich kann Ihnen versichern, Herr Bosfeld - ich weiß, Sie sind ein Frauenverehrer -: Es wird Ihnen nicht leid tun, die betreffende Dame kennenzulernen. An ihrer Seite werden Sie in den feinsten Gaststätten Berlins Furore machen.«

»Nun mal langsam, lieber Boffin! Nicht übertreiben! Allerdings bin ich jetzt neugierig, diese Göttin zu sehen. Wie ist ihr Name?«

»Sie heißt - hm - Alice Johnson ... beziehungsweise: unter diesem Namen werden Sie sie Düsterloh vorstellen. Sie ist die Witwe eines englischen Majors, der - hm! - im Burenkrieg** fiel.«

»Dann dürfte sie einiges über fünfzig Jahre alt sein - stark passée.«

»Pardon, ich versprach mich: im Weltkrieg fiel.«

»Nun, das läßt sich hören. Da könnte man sich ja amüsieren.«

»Um Gottes willen! Amüsement Ihrerseits?! Gänzlich ausgeschlossen! Tabu! Vollkommen tabu!« Boffin bekreuzigte sich fast. »Ich verlange von Ihnen unbedingt das Benehmen eines Kavaliers.« In Boffins Ohren klangen die Worte Headstones: ›Ich ersuche, Frau Juliette

---

* nach der biblischen Gestalt in 1. Mose 10, 8 ff.: leidenschaftlicher Jäger

** 1899-1902; siegreicher Kampf der Engländer gegen die Niederländer in Südafrika

Hartlaub mit größter Delikatesse zu begegnen, und werde jeden Verstoß unnachsichtig ahnden.‹

In diesem Augenblick ging die Tür. Eine junge Dame in elegantestem Abendkleid, einen schweren Pelzmantel um die Schultern, trat ein, sah sich suchend um.

Schon war Boffin ihr entgegengeeilt. »Ah, gnädige Frau!« Er küßte ihr die Hand, nahm ihr den Pelz ab, begleitete sie, unaufhörlich dienernd, zu seinem Tisch.

Es wurde ein vergnügter Abend. Alice Johnsons Fröhlichkeit steckte bisweilen die ganze Nachbarschaft an. Und Bosfeld ließ alle Register seines Humors spielen. Eine Schnurre folgte der anderen. Boffin prustete vor Lachen. Tränen rollten über seine ausgedörrten Backen; seine dicke Nase wackelte mit den Ohren um die Wette. Der bedauernswerte Kneifer wurde nur aufgesetzt, um sofort wieder herunterzufallen.

Als Juliette später in ihrem Hotel angekommen war, legte sie sich befriedigt in die Kissen. Ihre Bedenken vor dem nächsten Abend, an dem ihr Debüt stattfinden sollte, waren geschwunden.

* * *

Schon ein paarmal war ein elegantes Paar vor dem Haus Schöneberger Ufer Nr. 47 vorbeigegangen.

»Ah – er bleibt lange!« sagte die Dame ungeduldig zu ihrem Begleiter.

»Oh, warum so eilig, Gnädigste? Lampenfieber? Hm! Kenne das. Hab' es selber heute noch manchmal vor großen Aktionen. Passiert übrigens den berühmtesten Schauspielern.«

»Halten Sie uns für Schauspieler, Herr Bosfeld?«

»Selbstverständlich, Gnädigste! Wir sind Schauspieler in Vollendung. Wir spielen Wirklichkeit. Alles, was die andern sich da oben auf der Bühne in mühsamem Rollenstudium anlernen, muß uns angeboren sein. Heute sind wir Lord, morgen Diener – heute Marktfrau, morgen Gräfin. Das alles so naturgetreu, daß selbst der spitzfindigste Detektiv uns ahnungslos vorbeigehen läßt.«

»Sie scheinen an Ihrem gefährlichen Beruf Gefallen zu finden?«

»Allerdings! Mich reizt dieses nervenkitzelnde Spiel immer wieder. Am verlockendsten, im Krieg Spion zu sein ...«

»Ah! Sie waren es?« Sie sah ihn bewundernd von der Seite an.

»Vier Jahre lang für England in der Türkei.«

»Erzählen Sie doch!«

»Verzeihung - später! Da kommt er!« Bosfeld hob winkend die Hand. »Famos! Wie nett, daß ich Sie hier begrüßen kann, Herr Direktor!« rief er dem Herrn, der eben, eine Aktentasche unterm Arm, aus dem Haus Nr. 50 trat, schon von weitem zu.

Der schüttelte ihm, mit einem Seitenblick auf die Begleiterin, erfreut die Hand. »Ausgezeichnet! Was machen Sie in Berlin, Herr Bosfeld?«

»Geschäfte! Nichts als Geschäfte!« Bosfeld stand einen Augenblick überlegend. »Gestatten Sie, verehrte Mrs. Johnson, daß ich Ihnen Herrn Direktor Düsterloh aus Leipzig vorstelle?«

Die Dame in der Mitte, schritten sie plaudernd weiter. Bewundernd streiften Düsterlohs Blicke die schöne Engländerin. »Was haben die Herrschaften heut abend vor?« erkundigte er sich. Man merkte, er wäre gern dabeigewesen.

»Eigentlich nichts, Herr Direktor. Wollen nur zusammen zu Abend essen. Dann geh' ich in mein Hotel. Vielleicht, daß Herr Bosfeld ...« Mit einigem Herzklopfen hatte Juliette diese ersten Worte ihrer Rolle gesprochen.

Hier fiel ihr Partner helfend ein: »Wüßten Sie uns einen Vorschlag zu machen, Herr Düsterloh? Ich war lange nicht hier. Wo ißt man jetzt am besten?«

»Ich würde das Restaurant ›Lahti‹ empfehlen.«

»Angenommen! Und was unternehmen Sie heut abend?«

»Nichts, lieber Bosfeld! Ich fahre morgen früh nach Rieba zurück - habe den Abend noch frei.«

»Vielleicht leisten Sie uns Gesellschaft? Es würde uns sehr freuen. Ich glaube doch, mit Ihrer Zustimmung zu sprechen, gnädige Frau?«

»Aber selbstverständlich, Herr Bosfeld. Wenn Herr Direktor Lust hat ...«

»Wäre mir eine Ehre, Gnädigste! Nur gestatten Sie bitte, daß ich schnell noch mal mein Hotel aufsuche, um mich umzukleiden.«

Juliette tauschte einen raschen Blick mit Bosfeld. Der zog die Uhr. »Dürfte es nicht ein wenig spät werden, gnädige Frau?«

»Wie meinen Sie, Herr Bosfeld?« fragte Düsterloh.

»Verzeihung, lieber Herr Direktor: Gnädige Frau hat nämlich Hunger ...«

»Bitte tausendmal um Entschuldigung! Natürlich bin ich unter diesen Umständen sofort bereit, die Herrschaften zu begleiten. Muß nur wegen meines unvorschriftsmäßigen Anzugs um Rücksicht bitten.«

»Hat doch nichts zu sagen! Wir nehmen ja nur ein einfaches Souper.« -

Das Souper war längst genommen. Ein paar leere Silberhalsige* standen am Boden, die im Verein mit Bosfelds sprühendem Humor die Stimmung hoch gesteigert hatten. Dazu das lustige Lachen der Mrs. Johnson ... Düsterloh war selig. Auf sein Geheiß brachte der Kellner eine Flasche ältesten Burgunder - seine Lieblingsmarke. Mrs. Johnson trank mit Kennermiene. Warf ihm über den Rand des Glases einen anerkennenden Blick zu. Galt er dem Wein - galt er dem, der ihn gewählt? Düsterlohs Herz brannte lichterloh.

Dieses entzückende Weib! Wie war Bosfeld zu ihr gekommen? Er glaubte kein Wort von dem, was der über sie erzählt hatte. Doch einerlei: Mochte sie nun die Witwe eines englischen Majors sein oder sonst

* Sektflaschen

jemand - sie war jedenfalls eine hochgebildete, überaus reizvolle Frau.

Endlich - wie lange schon hatte er darauf gewartet! - erhob sich der Leipziger, um hinauszugehen. Düsterlohs Komplimente wurden feuriger; seine Blicke begannen eine immer deutlichere Sprache zu reden.

Juliette ging völlig in ihrer Rolle auf. Ein prickelndes Gefühl sagte ihr, daß jetzt der Hauptmoment gekommen war, denn Bosfelds Blick hatte ihr das Stichwort zugeworfen.

Die Aktentasche da drüben auf dem Sessel neben Düsterloh - der galt's! Barg sie doch die kostbare Beute ...

Die Kapelle des Restaurants setzte laut ein. Ein neues Stichwort bedeutete das in dem aufregenden Spiel.

»Wie meinten Sie, Herr Direktor? Unmöglich, bei dieser Musik etwas zu verstehen!« Juliette stand auf, glitt zur anderen Tischseite hinüber, an der Düsterloh saß, wollte sich auf den Sessel neben ihm setzen. Da erst schien sie die Aktentasche zu bemerken ... Düsterloh streckte die Hand aus, um sie wegzunehmen, doch Juliette hatte sie schon ergriffen, stellte sie hinter Düsterlohs Platz an die Nischenwand und setzte sich nun nah an ihren Tischgenossen heran, wie um ihn besser hören zu können.

Und jetzt begann sie ihr Spiel: Bald weit in den Sessel zurückgelehnt, bald dicht zu Düsterloh vorgebeugt, ließ sie ihn in betörendem Wechsel alle Vollkommenheiten ihrer Reize bewundern; dazu ihr berückendes Geplauder, ihr Lachen ... Düsterloh sank immer tiefer in ihren Bann, vergaß Zeit und Raum ... schreckte erst auf, als Bosfeld plötzlich zurückkam.

Der setzte sich, scheinbar ohne Juliettes Platzwechsel Beachtung zu schenken, auf seinen Stuhl. Seine Hand glitt suchend in die Tasche. »O weh! Wo ist mein goldener Crayon* geblieben?« Er stand auf, überlegte.

---

* Drehstift

»Vielleicht haben Sie ihn draußen verloren?« sagte Düsterloh, der ihn gern noch einmal loswerden wollte.

»Möglich!« Bosfeld ging um den Tisch herum und verließ hinter Düsterlohs Rücken die Nische. Unbemerkt nahm er dabei die Aktentasche mit hinaus.

Juliettes Herz klopfte stärker. Der entscheidende Akt begann. Acht Minuten! So lange mußte sie Düsterloh von jedem anderen Gedanken fernhalten. Sie besann sich auf ihre letzten und feinsten Künste, die einen Heiligen hätten verführen können.

In Düsterlohs Hirn wirbelte es wie im Faschingstrubel. Was war das für ein Teufelsweib! Bald schien sie nachzugeben, bald wehrte sie kühl; bald schien sie zu locken, bald stieß sie ihn zurück. Wild taumelten seine Gedanken und Gefühle durcheinander.

Und Juliette selbst? Auch sie im Taumel ... im Taumel des aufregenden Zwangs ihrer Rolle. Das war ja nicht der Provinztölpel, für den sie ihn anfangs gehalten; das war ein raffinierter Frauenkenner, der wohl schon manche Festung erobert hatte. Nie hätte sie ihre Rolle so spielen können, wäre nicht Düsterloh der Mann gewesen, der tatsächlich ein Frauenherz zu erwärmen vermochte. Den jetzt ganz bezwungen, ihn so vollständig gefesselt zu haben, daß er nichts anderes dachte und sah als sie ... wie prickelnd das berauschende Gefühl, das sich in wollüstiger Süße über sie legte ...

Ein lautes Husten am Nischeneingang. Bosfeld –! Ein Blick von ihm: Gelungen! Die Mappe glitt unhörbar auf ihren Platz ...

Als man sich endlich trennte, schied Düsterloh nicht ohne die Hoffnung, die reizende Engländerin in nächster Zeit wiederzutreffen.

* * *

Am späten Vormittag in Rieba angekommen, führte ihn sein erster Weg zum Archiv. Im Begriff, in das Zimmer zu treten, stieß er auf den Bürodiener Wittebold, der dienstbeflissen die Tür vor ihm aufriß.

Düsterloh ging an die Tischschranke, nahm ein Schriftstück aus seiner Mappe und legte es auf die Platte. »Hier bringe ich Ihnen das Fortuynsche Exposé wieder!« rief er Dr. Hempel zu, der auf einer Leiter stand und in einem Regal suchte.

»Danke schön, Herr Direktor! Schon wieder da aus Berlin?«

»Ja, lieber Doktor. Beinahe hätt' ich gesagt: ›leider‹. Es war sehr nett. Aber wegen der Sitzung morgen mußte ich ja heute zurück.«

Als Düsterloh das Zimmer verließ, schob Wittebold seine Mappe auf der Tischplatte weiter, bis er neben dem Schriftstück stand, das der Direktor hingelegt hatte. »Wenn Herr Doktor jetzt keine Zeit haben, komm' ich später wieder!«

»Nein, nein! Ich bin gleich fertig.«

Während Wittebold sprach, hielt er die Augen angestrengt auf das Schriftstück geheftet und las die Titelzeile: *Exposé, betreffend die Elektrosynthese von Kautschuk.* Da blieb sein Blick auf der rechten oberen Ecke des ersten Blattes haften. Er schaute sich schnell nach Hempel um - der turnte immer noch oben auf seiner Leiter. Wie unbewußt brachte Wittebold seine Hand auf das Schriftstück und verschob dabei ein wenig die übereinanderliegenden Blätter. Beim dritten, vierten - unwillkürlich beugte er den Kopf tiefer über das Dokument - die gleiche Beobachtung wie beim ersten. Beim letzten - man hatte da vielleicht etwas hastig gearbeitet - unverkennbar die Spur ...

»So - jetzt bin ich soweit!« Dr. Hempel stieg von seiner Leiter herunter. »Nehmen Sie die Sachen hier mit rüber zu Doktor Stange und bitten Sie ihn um die Vorschrift ›Ap 602‹, die er sich vor drei Tagen holen ließ. Aber halten Sie sich unterwegs nicht auf! Bringen Sie sie mir sofort hierher!«

Wittebold hastete davon. Jetzt kam's darauf an, ob

Dr. Stange ihm das Gewünschte in einem verschlossenen Kuvert übergab oder - - Gott sei Dank, er legte es, wie erhofft, offen in die Aktenmappe!

Kaum war Wittebold in dem langen überdachten Gang, der die beiden Gebäude verband, so trat er in eine Fensternische und öffnete die Mappe. Blatt für Blatt des Schriftstücks ließ er prüfend durch seine Finger gleiten, murmelte dabei den sonderbaren Spruch: »Heiliges Isolierband, hilf!« Doch nirgends eine Spur. Er drehte die Vorschrift um, hatte die Rückseite des letzten Blattes vor sich. »Hurra - es hat geholfen!«

Er holte eine Zigarettenschachtel hervor, steckte die Zigaretten in die Tasche - bis auf eine, die er mit dem Messer aufschlitzte. Den Tabak warf er weg; das Zigarettenpapier brachte er sorgfältig auf eine gewisse Stelle der Dokumentenrückseite und fuhr mit dem Daumennagel mehrmals mit kräftigem Druck darüber. Dann legte er das Zigarettenpapier behutsam in die leere Schachtel und schritt eilig weiter.

»Hier ist die Vorschrift, Herr Doktor Hempel!«

Der blätterte das Schriftstück prüfend durch und legte es beiseite. -

Am nächsten Abend ging Wittebold unter dem Vorwand, einen Spaziergang machen zu wollen, frühzeitig fort. Sonderbarerweise jedoch schlug er nicht den Weg in die Anlagen ein, von denen aus man bequem den Wald erreichte, sondern begab sich in die Vorstadt. Dort ließ er sich in einer kleinen Kneipe nieder und behielt von seinem Platz aus bis zum Anbruch der Dunkelheit das gegenüberliegende Haus scharf im Auge. Gerade flammte die Straßenbeleuchtung auf, als dort ein Mann heraustrat, bei dessen Erscheinen der Bürodiener hastig das Lokal verließ.

Er beschleunigte seine Schritte, bis er unter einer Bogenlampe nah an den anderen herangekommen war, machte nun einen Augenblick halt, nickte befriedigt. Der Packer Embacher! Er folgte ihm bis zum Bahnhof, und beobachtete durch die Scheiben der Eingangstür, wie Embacher sich am Automaten eine Bahnsteigkarte löste.

Wittebold blieb wartend im Schatten einer Anschlagsäule stehen. Gleich darauf donnerte ein Zug in die Halle. Aufmerksam musterte Wittebold die aus dem Bahnhof Strömenden. Unter den letzten war Embacher, jedoch allein. Der erwartete Besuch schien nicht gekommen zu sein. Oder hatte Embacher vielleicht nur einen eiligen Brief der Bahnpost anvertraut? Auch das war möglich.

Nachdenklich folgte Wittebold dem Packer bis zu dessen Haus; machte dann auf dem Heimmarsch einen kleinen Umweg zu Nestler, wo Meister Schappmann sich einen Abendschoppen genehmigen wollte. Er traf ihn noch an - und an seinem Tisch ein paar andere, deren einer einen schwarzen Spitzbart trug. ›Teufel!‹ dachte Wittebold im stillen. ›Sollte das Schappmanns Krampfbruder sein?‹

Schappmann machte bekannt: »Hier ist Meister Lehmann von die ›Ap‹-Abteilung. Und das da ist mein Patiente! Wie war doch Ihr Name? Ick hab' ihn schon wieder vergessen... Bernhard? Also: Herr Bernhard.«

Wittebold wählte seinen Platz so, daß zu seiner Rechten Schappmann, zur Linken Meister Lehmann saß.

»Na, es geht ihm wieder ganz passabel!« Schappmann deutete auf eine Reihe Bierstriche unter Bernhards Glas. »Lassen Sie sich man 'nen Rat geben, junger Mann: For Ihr Leiden is det viele Bier nich gut!«

Bernhard lachte laut. »Keine Angst, Herr Schappmann! Wird mir hoffentlich so bald nicht wieder passieren!«

»Übrigens, Kollege Wittebold, Sie wollten doch immer 'ne Tischlampe haben? Wenn Sie Herrn Bernhard ein gutes Wort geben, macht er Ihnen das gerne. Er hat mir angeboten, wenn in meiner Wohnung mal was kaputt wär', wollte er's in Ordnung bringen. Und bei die teuren Zeiten muß man sparen, wo es geht.«

»Ach, das wäre sehr schön, Herr Bernhard! Bei meiner Deckenlampe kann ich abends so schlecht lesen. Ich hab' es ausgemessen: Mit vier Meter Leitung und einer Steckdose kämen wir aus.«

»Aber gewiß, Herr Wittebold! Dann komm' ich morgen nachmittag nach Dienstschluß zu Ihnen. Bringe alles mit.«

Schappmann sah auf die Uhr. »Ick jlaube, Kollege, wir jehn. Luise wartet.«

Auch die anderen machten sich ans Bezahlen. Werkmeister Lehmann suchte vergeblich nach Kleingeld. »Es langt nicht«, brummte er vor sich hin, holte seine Brieftasche heraus und legte sie auf die Knie. Sie kam Wittebold recht umfangreich vor. Während Lehmann darin herumfingerte, ergriff Wittebold sein leeres Glas, beugte sich weit zur Theke hin und rief: »Noch schnell einen zum Abgewöhnen, Herr Nestler!« Dabei konnte er unauffällig Lehmanns Brieftasche mustern, die ein starkes Bündel von Zwanzigmarkscheinen enthielt. Während sie das Lokal verließen, fiel Wittebolds Blick auf den Abreißkalender. ›Meister Lehmann muß ein vermögender Mann sein, wenn er am Siebzehnten noch eine so gutgespickte Brieftasche hat!‹ dachte er sich.

Als sich Lehmann und Bernhard von den anderen getrennt hatten, schlenderten sie langsam die Straße hinunter.

»Ja - wie wird's nun?« fragte Bernhard. »Wir konnten vorhin die Sache nicht zu Ende besprechen, weil das dämliche Kamel, der Schappmann, dazukam. Den Katalysator aus der ›Gx‹-Abteilung muß ich unbedingt haben. Man schrieb mir heute morgen wieder: ›Dringend!‹«

»Ich hab' Ihnen schon mal gesagt, Bernhard, daß ich mich auf keinen Fall an den Nachfolger von Schmidt ranmache. Waschke heißt der Kerl. Der macht mir nicht den Eindruck, als ob er sich auf solche Fisimatenten einließe.«

»Mag sein«, erwiderte Bernhard. »Aber seine Frau ist da anders. Die gibt gern Geld aus.«

»Woher wissen Sie das?«

Bernhard lachte. »Das gehört doch dazu! Ich weiß, daß seine Frau Elise heißt, daß er drei Kinder hat. Das älteste ist fünfzehn, das jüngste vier Jahre. Die Bälger kosten allerhand. Die Frau treibt gern Staat. Na, da könnten so ein paar hundert Mark doch willkommen sein! Was riskiert er denn groß? Ganz einfache Sache! Füllt sich von zwei Zentnern Katalysatorstoff ein halbes Pfund ab, steckt's in die Tasche, gibt's Ihnen ... Na, ich denke, schneller und gefahrloser kann man sein Geld nicht verdienen.«

»Ich hab' mir das vorhin schon durch den Kopf gehn lassen. 's ist doch vielleicht besser, ich versprech' dem Schmidt, der früher den Posten hatte, fünfzig Mark, wenn er den Waschke rumkriegt. Die fünfzig Mark müssen Sie aber drauflegen, Bernhard.«

»Gut«, sagte der. »Wenn Sie's nicht anders wollen, machen wir's so. Wenn ich das Zeugs nur bald kriege!« –

Gegen Abend des folgenden Tages kam Bernhard mit seinem Handwerkszeug zu Schappmann, um Wittebolds Tischlampe zu installieren. In kurzer Zeit war die einfache Arbeit gemacht, und Wittebold entzündete mit unverhohlenem Vergnügen die Stehlampe, die er sich inzwischen gekauft hatte.

»Wenn Sie schon absolut nichts nehmen wollen, Herr Bernhard, nicht mal 'nen kleinen Imbiß, dann wollen wir wenigstens einen darauf trinken. Hab' da 'nen ganz anständigen Schnaps.«

Wittebold füllte zwei glatte, runde Gläser, die einen sehr kurzen Fuß hatten, und trank Bernhard zu. »Na, noch einen?« Er goß noch einmal ein, wobei er jedoch für Bernhard, von diesem unbemerkt, ein neues, noch unbenutztes Glas wählte. Nach einem kurzen Gespräch verabschiedete sich Bernhard dann.

Kaum war er draußen, als Wittebold die beiden Gläser in ein Wandschränkchen schloß, seinen Hut nahm und ihm folgte. Aus der Unterhaltung mit Bernhard wußte er, daß der abends immer auswärts aß. Aber wo? Jedenfalls konnte es nichts schaden, wenn man feststellte, wo Bernhard zu verkehren pflegte.

Vorläufig verschwand der erst mal in seinem Haus. Nach einer kurzen halben Stunde - es schlug gerade sieben - trat er wieder heraus und bog in eine Seitenstraße ein, die zu den Anlagen führte. Auf einer Bank an einer Wegkreuzung wartete ein Mann, der Kleidung nach ein einfacher Arbeiter, mit dem Bernhard sich nun längere Zeit unterhielt.

Wittebold pirschte sich vorsichtig näher heran, konnte jedoch nur wenige Worte des Gesprächs - »Katalysatorwechsel in zehn Tagen« - erhaschen, denn hier hatte der Mann wohl des schwierigen Ausdrucks wegen die Stimme etwas gehoben.

Hinterher wandte sich Bernhard zur Hauptstraße zurück, während der andere auf eine Werkskolonie zuging. Obgleich Wittebold rüstig ausschritt, holte er ihn erst ein, als der Mann die ersten Häuser erreicht hatte.

Hier trat eine Frau auf den Arbeiter zu und redete dringlich fragend auf ihn ein. Und wieder hörte Wittebold das Wort ›Katalysator‹ aus dem Munde des Mannes. Die Frau dagegen sprach von den vielen Anschaffungen, die sie zu machen hätten: »Unbedingt Geld nötig ... was schadet's denn, von dem Faß 'ne Handvoll wegzunehmen ... davon geht das Werk nicht pleite ... und uns wäre geholfen ...«

Die beiden verschwanden in einem Haus, in dem anscheinend ihre Wohnung lag. Von da aus schlug Wittebold den geradesten Weg zum Werk ein, um festzustellen, durch welches Tor der Arbeiter voraussichtlich morgen gehen würde. Dort wollte er ihn bei Schichtbeginn erwarten, um zu ermitteln, in welcher Abteilung er beschäftigt war und wie er hieß ... und sonst noch einiges.

Nachher saß Wittebold noch eine Weile vor seiner neuen Tischlampe und betrachtete befriedigt zwei Blätter Zigarettenpapier. Das mit ›Nr. 1‹ versehene war jenes, das er gestern auf die Rückseite der Vorschrift ›Ap 602‹ gedrückt hatte. Das andere hatte er gerade eben von einem der beiden Schnapsgläser abgezogen, aus denen Bernhard getrunken hatte.

»Für alle Fälle will ich die Dinger verewigen. Der Deubel könnte wollen, daß ein Windhauch sie über alle Berge jagt!« Er stellte einen Lexikonband auf den Tisch, heftete die Papierchen nebeneinander darauf und plazierte eine Kamera davor. Nach einiger Zeit packte er die Seidenblättchen wieder behutsam in die Zigarettenschachtel zurück und ging zu Bett. »Zehn Tage sind eine lange Zeit«, murmelte er vorm Einschlafen. »Bis dahin wird sich noch manches klären!« –

Anderntags saß Wittebold nach Beendigung seines Dienstes wie schon an den vorhergehenden Tagen auf dem Beobachtungsposten in seiner Wohnung. Mit Hilfe eines kleinen, unauffälligen Spiegels draußen am Fenster konnte er mittels eines Fernrohrs das Haupttor des Werkes beobachten. Ihn interessierte dabei besonders das Personal der Packerei, die eine Stunde später schloß. Er mußte scharf aufmerken, jedes Gesicht genau ins Auge fassen. Je weiter der Strom der Massen verebbte, desto erregter wurde er. Der Gesuchte war sonst immer unter den ersten gewesen. Endlich warf der Portier das große Tor zu, so daß nur noch eine kleine Pforte für Passanten offenblieb.

Im Nu war Wittebold unten, eilte zum Fabriktor, trat an den Kasten, in dem die Arbeiter die Kontrollmarken beim Weggehen aufhängten. »Alles in Ordnung!« raunte er vor sich hin.

Der nächste Morgen fand ihn bei Schichtbeginn wiederum in der Nähe des Kontrollkastens, die Augen auf eine bestimmte Stelle gerichtet. »Aha!« Er folgte einem Arbeiter, der eben das Kontrollbrett passiert hatte. Der ging in die Packerei und hängte, wie Wittebold feststellen konnte, zwei Marken an das dortige Kontrollbrett.

›Jetzt wird's gewagt!‹ ging's ihm durch den Kopf.

›Schappmann muß mich eine halbe Stunde vertreten!‹ Und nach einer kurzen Rücksprache mit seinem Vorgänger begab er sich ins Botenzimmer, schrieb einen ziemlich langen Brief, adressierte ihn mit breiten Buchstaben: *Herrn Generaldirektor Kampendonk*, versah ihn mit dem Vermerk *Sofort - eilt sehr!* und trug ihn zu einem Werksbriefkasten, der weit von seiner Abteilung entfernt lag. -

»Herr Geheimrat!« Kampendonks Privatsekretär trat neben dessen Schreibtisch, öffnete eine Mappe.

»Was Eiliges?« fragte Kampendonk und richtete seine hohe Gestalt auf. Der weiße Patriarchenkopf wandte sich dem Sekretär voll zu.

»Allerdings, Herr Geheimrat - wenn es nicht eine Mystifikation* oder ein Verleumdungsakt ist.«

»Nun, geben Sie mal her!« Kampendonk las den überreichten Brief. »Hm!« Er strich sich durch den langen Vollbart. »Das wäre allerdings eine Entdeckung ... Herr Doktor Wolff soll zu mir kommen!«

Ein paar Minuten später betrat Christian Wolff - der Polizeipräsident des Werkes, wie er im Scherz genannt wurde - das Zimmer. Der Geheimrat reichte ihm den Brief. »Was meinen Sie dazu?«

Dr. Wolff räusperte sich ein paarmal. »Selbst auf die Gefahr einer Irreführung hin würde ich kein Bedenken tragen, die Beschuldigten sofort festzunehmen. Hier ist Eile geboten.«

»Ganz meine Meinung. Veranlassen Sie das Erforderliche und berichten Sie mir dann sofort!«

Als Wolff den Raum verlassen hatte, meldete der Sekretär: »Sie hatten Herrn Doktor Fortuyn für jetzt hergebeten.«

»Gut - lassen Sie ihn eintreten!«

Der Geheimrat ging Fortuyn entgegen, reichte ihm die Hand, lud ihn zum Sitzen ein, begann dann nach kurzem Zögern: »Übermorgen wird nun Herr Doktor

---

* hier: Falschmeldung, Ente

Moran seine Arbeit hier aufnehmen. Sorgen Sie also dafür, lieber Herr Doktor, daß der Umzug Ihres Laboratoriums in die neuen Räume bis morgen zu Ende kommt! Die sind ja, weil es sich nicht anders machen ließ, ein gutes Stück kleiner. Auch der Stab Ihrer Mitarbeiter ist von nun an verringert - aber trotzdem hoffe ich, daß Sie mit den bewährten Kräften, die Sie sich ja selbst aussuchen können, auch in Zukunft noch weiter recht Ersprießliches leisten.«

»Gewiß, Herr Geheimrat: Von morgen an werden meine bisherigen Räume frei sein - - für ihren neuen Herrn.«

»Hm - hm!« Kampendonk hüstelte leicht, fuhr dann fort: »Ich möchte diese Gelegenheit nicht vorübergehen lassen, ohne Ihnen nochmals zu versichern, daß ich persönlich nach wie vor von den guten Aussichten Ihres Verfahrens überzeugt bin, und« - hier lachte er prononciert - »da ich Generaldirektor bin und mich zudem auch körperlich noch recht frisch fühle, dürfen Sie sicher sein, daß Ihnen in absehbarer Zeit niemand in den Weg tritt, um Ihnen Schwierigkeiten zu machen.«

»Ich danke Ihnen, Herr Geheimrat, und hoffe bestimmt, Ihr Vertrauen nicht zu enttäuschen.« Die letzten Worte waren mit einer Betonung gesprochen, die Kampendonk aufmerken ließ. Er schaute Fortuyn prüfend an, doch dessen Gesicht blieb unbewegt.

»Dafür, daß Sie mit Ihrem Konkurrenten - wenn ich Moran so nennen darf - durchaus kollegial verkehren, bietet mir Ihr Charakter genügend Bürgschaft, lieber Herr Doktor. Ich selbst werde Sie hier mit ihm bekannt machen.«

Mit einem festen Händedruck schieden die beiden. Schon bald, nachdem Fortuyn gegangen war, erschien Dr. Wolff wieder.

»Also, Herr Geheimrat: Jedes Wort des Briefes trifft leider zu. Die Überraschung war so vollkommen, daß dieser Embacher sofort gestand. Er ist nicht Badener, sondern französischer Elsässer, von Beruf Ingenieur und spioniert für die ›Société Méditerranée‹. Er treibt sein unsauberes Handwerk schon über ein Jahr ...«

»Donnerwetter!« entfuhr es Kampendonk. »Wenn er immer so erfolgreich gearbeitet hat, dann ist ja manches erklärlich!«

»Bei einer Leibesvisitation kamen sechs eng beschriebene Seiten zum Vorschein, die genaue Kopie der Patententwürfe Doktor Hesselbachs aus der ›Cx‹-Abteilung. Embacher hat sich zunächst den Plan der Nachtwächterrunden zu beschaffen gewußt. Über das Wie gibt er vorläufig keine Auskunft - wahrscheinlich, um einen Komplizen zu schonen. Danach war es ihm ein leichtes, eine Begegnung mit dem Wächter von Hesselbachs Ressort zu vermeiden ...«

»Aber wie kam er nachts ins Werk?«

»Er hat sich einfach bei Arbeitsschluß in der Packerei einschließen lassen. Seine Kontrollmarke besorgte ein anderer Packer, namens Fischer, für ihn. Wie weit der in die ganze Sache verwickelt ist, weiß ich noch nicht. Vorläufig leugnet er alles, will Embacher den Dienst nur aus Gefälligkeit erwiesen haben.«

»Und die Instrumente? Manometer* und Thermometer?«

»Haben wir wieder! Sie wurden in Embachers Wohnung gefunden. Bleibt nur noch übrig, den Leipziger Mittelsmann, der in diesen Tagen das Diebesgut abholen soll, festnehmen zu lassen.«

»Hm - hm - und wer mag unser geheimnisvoller Freund sein, der uns diese Hinweise gab?«

Dr. Wolff zuckte die Achseln. »Möglicherweise ein früherer Komplize, den man vergrämt hat und der sich nun auf solche Art rächt.«

»Hm«, meinte der Geheimrat, »es wäre doch interessant zu wissen, wer dieser Anonymus ist. Als Unterschrift zeichnet er ein Eichenblatt ...«

---

* Druckmesser

»Vielleicht, Herr Geheimrat, ergibt sich bei der weiteren Vernehmung Embachers ein Fingerzeig.«

* * *

Es dauerte geraume Zeit, ehe in dem neuen, verkleinerten Laboratorium Fortuyns alles ins Lot kam. Abgesehen von Tilly, die emsig an ihrem neuen Platz arbeitete, standen die anderen in Gruppen herum und besprachen die Neuordnung der Dinge.

»Hat übrigens schon jemand Doktor Moran gesehen?« fragte einer.

»Ich!« rief Rudolf Wendt. »Als ich vorhin an Kampendonks Zimmer vorbeiging, sah ich ihn und bald darauf auch Fortuyn dort herauskommen.«

»Nun, wie sieht er aus?«

»Äußerlich jedenfalls tipptopp. Neueste Mode. Eleganter, schlanker Herr ... muß sagen: sieht – «

Hier fuhr Tilly ihm in die Parade: »Sieht besser aus als Doktor Fortuyn – das wollten Sie wohl sagen, nicht wahr? Haben Sie ihm denn auch angesehen, ob er was kann?«

»Ob er was kann?« wiederholte Rudi und machte ein wenig geistreiches Gesicht. »Daraufhin habe ich ihn mir nicht angesehen.«

Alle lachten. »Na ja, Rudi«, sagte Tilly und setzte sich wieder an ihre Arbeit, »Sie können so bleiben!«

»Tillychen, Sie werden wieder mal anzüglich!« rief Rudi lachend. »Na, einerlei! Bügelfalte hin, Bügelfalte her – daß es darauf nicht ankommt, teuerste Tilly, das weiß ich. Und ich hoffe mit Ihnen, daß w i r das Rennen machen!«

»Wir? – Doktor Fortuyn!« klang es von Tillys Platz.

»Jawohl: Doktor Fortuyn!« äffte Rudi sie nach. »Wenn ich beim Skat in der Brenne sitze, wechsle ich den Stuhl. Gutes Mittel, Tillychen! Kann es Ihnen sehr empfehlen. Oder spielen Sie keinen Skat?«

Von Tillys Platz klang es herüber wie »Affe!«, doch

Rudi fuhr unbeirrt fort: »Nun haben wir sogar das ganze Lokal gewechselt. Da müßte es doch mit dem Teufel zugehen, wenn wir nicht das Rennen machten ... Pardon, Tillychen: nicht wir, sondern Doktor Fortuyn!« –

Diese Worte kamen Tilly wieder ins Ohr, als sie kurz vor Dienstschluß ein Versuchsergebnis beobachtete. Da war sie, die langgesuchte, die hundertfach vergeblich erstrebte Reaktion! Als könne sie es nicht glauben, wiederholte sie das Experiment noch einmal, ohne darauf zu achten, daß die Kollegen das Labor verließen; wie angeschmiedet hockte sie an ihrem Tisch. Endlich! Da kam die Reaktion wieder – genauso exakt. Tilly sah auf die Uhr und erschrak: Zwei Stunden hatte sie hier allein gesessen! Ob Fortuyn noch da war? Wie würde auch er sich freuen! Sie griff nach ihren Aufzeichnungen und der Reagenzröhre, eilte zu Fortuyns Zimmer.

»Herein!« Fortuyn saß mit dem Rücken zur Tür, schaute sinnend durchs Fenster.

»Herr Doktor?«

»Oh, Sie sind's Fräulein Tilly! Welch später Besuch! Waren Sie so fleißig?«

»Jawohl, Herr Fortuyn. Ich ...«

Die Worte kamen so stockend, daß Fortuyn sie verwundert ansah. »Was ist denn nur, Fräulein ...?«

»Ich ... ich kann's kaum sagen ... vor Freude: Die Reaktion ›G 16 b‹ ist gelungen! Ich hab' sie!«

»Das wäre ...!« Fortuyn war aufgesprungen, legte ihr beide Hände auf die Schultern, sah ihr in die Augen. »Ich sagte Ihnen ja, daß ich dieser Versuchsreihe besondere Bedeutung beilege. Aber ich hab' Ihnen verschwiegen, daß von dem Gelingen ein gut Teil unseres erfolgreichen Weiterarbeitens abhängt. Ich möchte Sie gleich ins Labor begleiten, um Zeuge Ihres Triumphs zu sein.«

Dort prüfte Fortuyn sorgfältig Tillys gelungene Reaktion. »Gratuliere, Fräulein Gerland! Und allerherzlichsten Dank für Ihre erfolgreiche Mitarbeit! Doch nun Schluß!« Er zog die Uhr. »Sie haben ja Ihre Tischzeit längst versäumt.« Er machte eine korrekte Verbeugung vor seiner Assistentin. »Darf ich mir die Ehre geben, Sie zu einem kleinen Siegesmahl einzuladen?«

Tillys Herz schlug bis zum Halse. Mit i h m zusammen soupieren ... Gipfel der Seligkeit! -

Nach dem Mahl saßen sie noch lange zusammen. Fortuyn bat Tilly, doch sofort am nächsten Tag eine genaue Darstellung dieser neuen Reaktion schriftlich niederzulegen, denn übermorgen werde er mit Professor Bauer aus Aachen zusammenkommen. »Auch der wartet schon längst sehnsüchtig auf diesen Erfolg - und ich kann ihm Ihr Exposé dann gleich mitgeben.«

»Hm!« Tilly schüttelte den Kopf und schaute nachdenklich in ihr Weinglas. »Bauer ist leider mit echt professoraler Zerstreutheit gesegnet. Sie legen doch unbedingt Wert darauf, daß die genauen Zahlen vorläufig geheim bleiben? Am besten vielleicht, Herr Fortuyn, ließe es sich so machen ...« Sie flüsterte ihm etwas ins Ohr.

»Blendende Idee, Tilly! Ja - so machen wir's!«

Es war ein glücklicher Abend für Tilly, und noch lange haftete die Erinnerung daran in ihrem Herzen.

* * *

Professor Bauer saß im D-Zug Berlin-Paris. Entwarf in Gedanken eine neue Publikation über Fortuyns Elektrosynthese unter Benutzung der wichtigen Fortschritte, die Fräulein Dr. Gerland in einer glücklichen Stunde gelungen waren. Für kurze Zeit wurde er durch das Erscheinen einer jungen Dame gestört, die in Köln zustieg. Selbst die alten Augen des Professors konnten nicht umhin, mit Wohlgefallen den Eindruck dieser jugendfrischen Erscheinung in sich aufzunehmen. Aber als die Coupégenossin eine Zeitung entfaltete, kehrten seine Gedanken wieder zu dem alten Problem zurück. Auf der Weiterfahrt zwang ihn jedoch ein natürliches Muß, seine gelehrten Ideengänge noch einmal zu unterbrechen und das Abteil zu verlassen.

Kaum war er hinaus, als die junge Dame aufstand und ihren Koffer anhob, der neben dem des Mitreisenden im Netz lag und ihm sonderbarerweise so ähnlich war wie ein Ei dem anderen. Auch den des Professors hob sie an. Beide Koffer waren ungefähr gleich schwer. Mit ein paar schnellen Griffen vertauschte sie sie auf ihren Plätzen und saß längst wieder in ihre Zeitung vertieft, als Bauer zurückkam.

Der Zug rollte in den Bahnhof von Aachen ein. Der Professor ergriff den Koffer über seinem Platz und verließ mit kurzem Gruß das Abteil.

Kaum war er außer Sicht, so stieg auch die Dame aus. »Hotel Imperial!« rief sie dem Gepäckträger zu.

Im Hotelzimmer öffnete sie nicht ohne Mühe den fremden Koffer. Wenige Minuten später hatte sie Tillys Protokoll abphotographiert, und das Original lag wieder an seiner alten Stelle.

Dann läutete die Dame Alarm nach dem Geschäftsführer, überschüttete ihn mit einem Schwall von Worten. »Mein Koffer ist vertauscht! Ein Herr war mit mir im Abteil - vielleicht mit einem ähnlichen Koffer ... Hat wohl meinen statt seinen mitgenommen ... Nachforschungen anstellen - Zeitungsaufruf ... Ich muß meine Sachen unbedingt wiederhaben!«

Der Geschäftsführer versprach, alles in Bewegung zu setzen. Er hoffe jedoch, daß jener Mitreisende die Verwechslung inzwischen auch bemerkt habe und sich wahrscheinlich früher oder später an die Bahnhofsverwaltung wenden werde. Dergleichen komme ja öfters vor. »Ich werde den Koffer hier vorläufig in Verwahrung nehmen und gleich jemand zum Bahnhof schicken.« -

Nach seiner dreitägigen Abwesenheit hatte Professor Bauer einen Empfang seiner Gattin überstanden, der eines erfolgreichen Nordpolfahrers würdig gewesen wäre. Dann machte sich Frau Berta über den Koffer her, um nach einem etwaigen Mitbringsel zu fahnden. Nur unter großen Schwierigkeiten gelang ihr das Öffnen. Doch während der Kofferdeckel nach der einen Seite fiel, sank sie mit einem leichten Aufschrei nach der anderen Seite auf einen Stuhl.

»Friedrich! Das soll für mich sein? Aber nein! Wie konntest du dir solch unnütze Dinge aufschwatzen lassen!«

Der Professor sah über die Kaffeetasse hinweg seine bessere Hälfte verständnislos an. »Was ist denn, Bertchen?«

Inzwischen hatte seine Frau sich mit den seidenen Combinations zu schaffen gemacht, als ihre geschärften Hausfrauenaugen plötzlich bemerkten, daß die Sachen ja gebraucht waren. »Friedrich! Was soll das bedeuten?«

Der Professor trat zu dem Koffer, warf einen Blick auf den Inhalt, fuhr sich verstört durch die Haare. »Was hab' ich denn da wieder angerichtet? Das Manuskript Fortuyns ... um Gottes willen, wenn es in unrechte Hände geraten wäre -!«

Frau Berta wandte sich besänftigend an ihren Gatten. »Beruhige dich, Friedrich! Die Dame, der dieser Koffer gehört, meldet sich sicherlich, sobald sie den Tausch bemerkt.«

»Ja - aber wer weiß, wie lange das dauert?« jammerte der Professor. »Sie blieb ja im Zug sitzen. Ist weitergefahren. Vielleicht schon über die Grenze.«

»Das wäre ja gerade das Gute!« fiel die Frau Professor ein. »Bei der Zollrevision wird sie's schon merken. Auf jeden Fall werde ich sofort beim Bahnhof anrufen, ob etwa schon eine Reklamation da ist.«

Die Reklamation war da. Und eine halbe Stunde später hatte Friedrich Bauer seinen Koffer wieder und streichelte liebevoll Tillys Protokoll, während Frau Berta vergeblich nach ihrem Mitbringsel suchte.

* * *

Hotel Imperial. Derselbe Name, doch diesmal in Paris. Juliette stand am Fenster und trommelte ungeduldig gegen die Scheiben. James Headstone hatte ihr seinen

Besuch angemeldet. Er war, wie er ihr offiziell angezeigt hatte, seit einiger Zeit Dolly Farleys Verlobter und befand sich mit ihr auf einer Europareise.

In langer, inniger Umarmung bewillkommnete er Juliette. Immer wieder streichelte er ihr freudeglühendes Gesicht, trank ihre Jugendfrische in sich hinein wie ein Verdurstender, der aus der Wüste kommt. Und Juliette gab sich ganz der Freude des Wiedersehens hin, voll innerlichen Triumphes: Mochte er auch sein ›Aktienpaket‹ heiraten - sein Herz blieb bei ihr!

»So« - er gab ihr noch einen herzhaften Kuß -, »nun zu den Geschäften! Wo hast du ...?«

»Hier, James! Der Film ist schon entwickelt. Alles gut und scharf darauf.«

Headstone ließ das breite Zelluloidband durch die Finger gleiten, überflog Worte und Zahlen, die Fräulein Dr. Ottilie Gerland vor achtundvierzig Stunden auf Fortuyns Wunsch über die Reaktion ›G 16 b‹ niedergeschrieben hatte.

»Vorzüglich, Juliette! Hast Boffins Plan ausgezeichnet durchgeführt. Mußt mir gelegentlich mal erzählen, wie er die Sache eingefädelt hat. Kann doch nicht so leicht gewesen sein. Ich werde übrigens dafür sorgen, daß ihr beide von der ›United‹ eine Sonderbelohnung bekommt.«

»Fein, James!« Juliette klatschte in die Hände. »Ich sah in der Rue Albert einen entzückenden Pelz. Darf ich ihn mir zurücklegen lassen?«

»Nicht nötig, liebes Kind! So viel hat James für Juliette doch wohl noch übrig, daß er ihr solch bescheidenen Wunsch sofort erfüllt!«

Juliette warf sich ihm um den Hals, küßte ihn, bis er alles - auch Dolly Farley - vergaß ...

Während sie dann plaudernd die Rue Albert entlanggingen, sagte Juliette unvermittelt: »Also Miss Farley hab' ich es zu verdanken, daß wir uns in Paris wiedersehen?«

»Allerdings, mein Kind. Das verknöcherte Europa

mit seinen Schlössern, Kirchen, Museen reizt mich nicht im geringsten.« Und mit ritterlicher Verbeugung: »Du, Juliette, bist für mich der einzige Anziehungspunkt hier ... Dolly aber empfand es als eine bedeutende Lücke in ihrer Bildung, nicht mit ihren Freundinnen über Europa sprechen zu können. Was wollte ich also machen? Solange ich sie nicht geheiratet habe und ...«

»... ihr Aktienpaket«, sagte Juliette lachend, »so lange mußt du wohl oder übel parieren. Geschieht dir ganz recht!«

»Na warte, du! Das wirst du büßen!« Headstone drohte ihr scherzend mit dem Finger. »Übrigens« - er wurde ernst - »müssen wir natürlich bei unseren Zusammenkünften größte Vorsicht walten lassen. Dolly ist mißtrauisch!«

Beglückt über den Besitz des Pelzmantels, trennte sich Juliette von Headstone. Als sie am Louvre vorbeikam, hörte sie plötzlich ihren Namen rufen und sah einen eleganten jungen Herrn auf sich zukommen. Der rief ihr schon von weitem entgegen: »Ah, glänzend! Wundervoll, Sie hier zu treffen, teuerste Juliette!«

Jetzt hatte auch sie ihn erkannt. »Tag, Waldemar! Was machen Sie denn in Paris?«

»Dasselbe möcht' ich auch Sie fragen, Juliette. Sie haben doch Zeit? Wir könnten ein Stückchen spazierengehen und dabei nette Erinnerungen an unsere Seereise auffrischen.«

»Gemacht! An Zeit fehlt's mir nicht!«

»Und« - er deutete auf ihren kostbaren Mantel - »an Dollars, Franken oder Mark wohl auch nicht!«

»Es wäre viel netter, mein lieber Waldemar«, sagte Juliette mit gutgespielter Eitelkeit, »wenn Sie mir erklärten, der Mantel kleide mich vorzüglich.«

»Aber Juliette, warum sagen, was selbstverständlich und sonnenklar ist? Doch eine Frage, ohne indiskret sein zu wollen: Wie lange bleiben Sie in Paris?«

Juliette zuckte die Achseln. »Und Sie?«

Er äffte ihr Achselzucken nach. »Weiß das ebensowenig. Aber könnten wir uns nicht gelegentlich mal länger wiedersehen?«

Juliettes Stimme ward um einen Ton kühler. »Wird sich wohl kaum ermöglichen lassen, mein Bester. Sie vergessen anscheinend, daß wir nach unserer gemeinsamen Überfahrt von New York nach Bremen bei der Landung übereinkamen: ›Aus den Augen, aus dem Sinn!‹ Nehmen Sie an, die Verhältnisse hätten sich nicht geändert ...«

Waldemar lag es auf der Zunge, zu sagen: »... das Verhältnis ...«, aber mit einem Blick auf Juliettes Gesicht verkniff er sich die Bemerkung.

»Verzeihung, Teuerste! Ich wollte keineswegs in Ihre Geheimnisse eindringen. Was mich betrifft, will ich so offen sein, wie wir es beide auf dem Dampfer damals zueinander waren. Sie wissen ja, daß ich nach meiner Tour über den großen Teich in New York mein Brot als Eintänzer verdiente. Ich teilte das Los so mancher anderer meines Berufs: Herzensfreund einer Dollarprinzessin zu werden. Als die Dame sich dann mit einem reichen Yankee verloben wollte, wurde mir eine Rückkehr nach Europa nahegelegt. Mit Rücksicht darauf, daß ich meine sichere Brotstelle verlor, erhielt ich natürlich eine entsprechende Entschädigung. In Berlin kam ich auf den törichten Gedanken, mich an einem Geschäft zu beteiligen – ich, der ich nun mal notorisch vom Pech verfolgt werde! Mit einem Bekannten zusammen eröffnete ich einen Autoverleih für Herrenfahrer.* Das Geschäft ging zunächst ganz gut. Aber als ich eines Morgens in die Garage kam, waren alle Autos, bis auf eins, mit dem blauen Vogel** geziert! Alte Gläubiger meines Kompagnons hatten diesen pikanten Schmuck anbringen lassen. Da kam ein Brief aus Paris von einer Dame – Dis-

---

* Eigentlich: Rennfahrer, die im eigenen Wagen fahren (die keine Werksfahrer sind); hier wohl übertragen: ›Herren vom Stande‹, die selbst den Wagen lenken, statt einen Chauffeur am Steuer zu haben.

** Siegel des Gerichtsvollziehers bei der Pfändung (›Kuckuck‹)

kretion Ehrensache! –, die sich meiner liebevoll zu erinnern geruhte. Kurz entschlossen setzte ich mich in den letzten unverzierten Wagen und fuhr hierher.«

»Aber Waldemar! Eine Eisenbahnfahrt wäre doch bedeutend einfacher und billiger gewesen!«

»Tja«, meinte Waldemar mit süßsaurem Lächeln, »ich bin in Berlin mit Leuten bekannt geworden, die das bewußte weiße Pülverchen« – er fuhr mit dem Daumen zur Nase – »sehr schätzen. Zufällig wußte ich eine Adresse in Paris, wo es leicht zu haben ist. Da dacht' ich: va banque!«

»Hm – wenn ich recht verstehe, wollen Sie den letzten Ihrer Mohikaner mit Koks befrachten und irgendwo über die grüne Grenze gehen*?«

»Ich bewundere immer wieder Ihren vorzüglichen Scharfsinn, Juliette. Sie haben den Nagel auf den Kopf getroffen.«

»Koks ist teuer ...«

»Nun, ich hoffe doch, daß mir die Auslagen dieser Reise und meine sonstigen Bemühungen hier honoriert werden.«

›Wie werde ich ihn nur los?‹ grübelte Juliette mit leichtem Naserümpfen. An einer Straßenecke sagte sie mit guter Schauspielerkunst: »Verzeihung, Waldemar, da geht ein bekannter Herr! Pardon, wenn ich etwas zurückbleibe!«

Während sich ihr Begleiter neugierig nach der angedeuteten Richtung umsah, verschwand Juliette hinter einer Ladentür – und ward nicht mehr gesehen, wie Waldemar eine Zeitlang später betrübt feststellte.

* * *

Zusammenstöße aller Art passieren trotz strengster Sicherheitsvorschriften und Vorsichtsmaßnahmen täglich. Fatum nennen es einige.

---

* die Grenze illegal überschreiten

Das dachten wohl auch zwei Paare, die - bestrebt, möglichst ungesehen zu bleiben - sich plötzlich in die Arme liefen. Während James Headstone Miss Dolly Farley im Louvre glaubte und diese wiederum ihn auf einer geschäftlichen Konferenz vermutete, geschah es, daß Headstone am Arm Juliettes mitten im Park von Saint-Cloud Dolly Farley am Arm Waldemars auf einem schmalen Waldweg gegenüberstand!

Der Tag hatte sich so schön angelassen - Sonnenschein im Herzen, Sonnenschein in der Natur -, daß keiner an ein Unwetter dachte. Dieses gänzlich unerwartete Zusammentreffen bewirkte, daß nur zwei der Beteiligten ihre Heiterkeit bewahrten.

Headstone und Dolly nahmen ihr Souper an diesem Abend sehr einsilbig ein. Jeder vermied es, dem anderen Vorwürfe zu machen. Hatte doch jeder ein schon geschlossenes Konto vorübergehend wieder geöffnet.

Die gegenseitigen Fragen Juliettes und Waldemars, wie lange ihr Aufenthalt in Paris dauern sollte, wurden denn auch am gleichen Tag entschieden: Waldemar erhielt einen beschwerten Brief Dolly Farleys, in dem sie ihn bat, Paris zu verlassen. Und Juliette bekam ein dringendes Telegramm Boffins, sofort nach Ludwigshafen abzureisen.

Daß in Wahrheit Headstone dies Telegramm veranlaßt hatte, war ihr sofort klar. Der Auftrag in Ludwigshafen bestätigte ihre Auffassung. Er war so einfach, daß ihn die erste beste Kreatur Boffins hätte erledigen können. In ihrem Hotelzimmer dort fand sie ein Eilpaket, das eine Handtasche einfachster Art enthielt. Dazu einen Brief, in dem sie gebeten wurde, sich mittags um zwölf an einer bestimmten Bank im Volkspark einzufinden; dort würde eine einfache Frau sitzen, neben sich eine Handtasche von der gleichen Machart.

Juliettes Aufgabe bestand nun darin, ohne mit der bereits instruierten Frau ein Wort zu wechseln, die Taschen ungesehen auszutauschen und nach Berlin zurückzukehren. In wenigen Minuten war die Sache programmgemäß erledigt. Bis zur Abfahrt des Berliner Zuges blieben ihr noch einige Stunden. Sie schickte ihr Gepäck zum Bahnhof und unternahm einen Gang durch die Stadt. Sah in leiser Wehmut die alten Gassen und Plätze wieder, kam auch durch die Straße, in der sie früher gewohnt hatte. Nicht ohne innere Bewegung blickte sie zu den Fenstern der kleinen Dreizimmerwohnung hinauf, in der sie mit Wilhelm Hartlaub die ersten Jahre ihrer Ehe verlebt hatte.

Während sie so stand, trat eine junge Frau mit einem Kind auf dem Arm auf den Balkon. Das Kind griff juchzend in den Blumenflor auf der Brüstung. Die Frau hob es lachend ein paarmal in die Höhe, bis das Kind, vor Freude kreischend, die Ärmchen fest um den Hals der Mutter schlang.

Juliette wandte sich ab. Die Glückliche da oben ... warum du nicht? - Vielleicht, wenn sie auch Kinder gehabt hätte ... Doch nur kurz dieser Ausflug in bürgerliche Romantik und Sentimentalität. Schon an der nächsten Straßenecke war sie wieder die alte. ›Und wenn mir einer ein halbes Dutzend Kinder verspräche - niemals ginge ich wieder zurück in diese Kleinbürgerlichkeit. Die ewigen Sorgen um Essen und Kleidung ...‹ Sie schauderte, zog den Pelz aus der Rue Albert fester um ihre Schultern.

Im Café des feinsten Hotels trank sie ein Glas Tee. Ein paar höhere Beamte aus ihres Mannes früherer Fabrik saßen am Nachbartisch. Ha, wie die Blicke immer wieder zu ihr hinflogen! Früher, als sie noch die einfach gekleidete Frau des kleinen Chemikers war, hätte keiner den Kopf nach ihr gedreht ... Ja, Kleider machten Leute!

Als der Zug aus der Halle des Bahnhofs hinausfuhr, ließ sie alle sentimentalen Erinnerungen lächelnd zurück. Nach Berlin! Morgen vielleicht nach London! Sie versuchte, ein wenig zu schlummern, doch vergeblich. Die Eindrücke, die eben in Ludwigshafen auf sie eingestürmt waren, mochten doch wohl in ihrem Unterbewußtsein weiterwirken. Immer wieder scheuchte ihr der

Gedanke: ›Wo mag wohl Wilhelm Hartlaub jetzt sein, was mag er treiben?‹ den Schlaf von den Augen.

* * *

Wittebold saß spät abends in seinem Zimmer, vor sich einen Briefbogen. Begann nach längerer Überlegung zu schreiben:

An die Rieba-Werke,
zu Händen des Herrn Generaldirektors Kampendonk.

Der Monteur Bernhard aus dem Installationsbüro ist ein englischer Spion. Für welche Gesellschaft er arbeitet, ließ sich noch nicht ermitteln. Diese Anzeige erfolgt, bevor seine letzten Karten aufgedeckt werden konnten, um einen schweren Schaden für das Werk zu verhüten.

Es besteht folgender Plan: Bei der morgen stattfindenden Erneuerung des Katalysators in Tank ›B‹ der Abteilung ›Gx‹ wird der Arbeiter Waschke eine kleine Menge für sich zurückbehalten. Diese wird er entweder dem Monteur Bernhard direkt oder dem Werkmeister Lehmann von ›Ap‹, eventuell auch dem Arbeiter Schmidt von ›M 2‹ zustecken.

Es besteht zugleich ein dringender Verdacht, daß es Bernhard und einem seiner Komplizen durch Lehmanns Vermittlung gelungen ist, von dem Inhalt der Betriebsvorschrift ›Ap 602‹ Kenntnis zu nehmen.

Zum Schluß wird an die Werkleitung die Bitte gerichtet, über den Schreiber dieser Mitteilung keine Nachforschungen anzustellen. Es wäre für beide Teile unzweckmäßig. –

Wieder die Szene in Kampendonks Büro. Der Sekretär kam hereingestürzt. »Herr Geheimrat – ein neuer Brief mit dem geheimnisvollen Eichenblatt! Ich habe Herrn Doktor Wolff schon benachrichtigt. Darf ich ihn hereinbitten?«

Kampendonk war aufgesprungen. Seine sonstige Ruhe hatte ihn verlassen. »Ist denn bei uns der Teufel los?« schrie er wütend. »Lassen Sie Doktor Wolff eintreten! Her mit dem Brief!«

Als er zu Ende gelesen hatte, reichte er Wolff das Schreiben, trat dann mit allen Anzeichen stärksten Ärgers an das Fenster. Wolff griff zum Telephon, erkundigte sich beim Leiter der ›Gx‹-Abteilung, Dr. Leutwein, wann der Katalysator gewechselt würde. »In zwei Stunden? Gut! Dann kommen Sie bitte sofort hierher ins Büro des Herrn Geheimrats Kampendonk!«

Der hatte vom Fenster aus das Gespräch mit angehört, drehte sich jetzt um, nickte Wolff beifällig zu. »Zwei Stunden ... Da läßt sich allerlei vorbereiten.« Er wandte sich an seinen Sekretär, sprach mit ihm ein paar Worte beiseite. Dann wieder zu Dr. Wolff: »Ich muß jetzt unbedingt zu einer Konferenz ins Werk. Sie kann vielleicht zwei Stunden dauern. Sollten Sie mich in der Zwischenzeit brauchen, rufen sie mich dort an!«

Während der Konferenz bemerkten die anderen Teilnehmer an Kampendonk eine ungewohnte Nervosität. Dabei standen doch nur verhältnismäßig harmlose Dinge zur Verhandlung. Gegen Ende der Besprechung merkte man ihm sogar an, daß er mit unverhohlener Hast zum Schluß drängte.

In sein Zimmer zurückgekehrt, schritt er, immer wieder zur Uhr sehend, rastlos auf und ab. Kleine Veruntreuungen und geringfügige Rezeptdiebstähle kamen ja manchmal vor. Aber dies waren Sachen von allergrößter Wichtigkeit; ein Bekanntwerden bei der Konkurrenz konnte unabsehbare Folgen haben. Endlich - das Telephon! Im Nu war er am Apparat, hörte nur das eine Wort: »Gelungen!« Aufatmend legte er den Hörer hin. Aber noch eine volle Stunde mußte er warten, bis Dr. Wolff erschien, um ihm Bericht zu erstatten.

Dessen Augen leuchteten. »Wir haben das ganze Nest ausgehoben. Wieder hat sich alles bewahrheitet, was unser Anonymus schrieb. Alle, außer dem Meister Lehmann, gestanden auf dem Fleck. Die Überrumpelung war dabei wieder ein wichtiges Moment. Lehmann wollte leugnen, mußte aber bei einer Konfrontation ebenfalls klein beigeben.«

»Wer ist dieser Bernhard, in dem ich den Spiritus rector* vermute?« fragte Kampendonk.

»Geborener Engländer; lebt aber schon seit dem Kriege dauernd in Deutschland. Näheres war bisher nicht rauszubekommen, doch macht er den Eindruck eines gebildeten Mannes. Über seinen Auftraggeber verweigert er jede Auskunft.«

Kampendonk runzelte die Stirn. »Über den Auftraggeber müssen wir uns unbedingt Gewißheit verschaffen. Es ist von größter Bedeutung für uns.«

»Natürlich, Herr Geheimrat. Ich werde mein möglichstes tun. Habe schon strengste Postüberwachung angeordnet.«

Trotz aller Vorsichtsmaßnahmen war es nicht zu vermeiden, daß von den beiden Spionagefällen einiges in die Werke drang. Die Fama** wollte sogar wissen, daß ein hochbezahlter Kriminalbeamter engagiert worden sei, der nur Kampendonk bekannt war.

* * *

Eine stille Villenstraße in Rieba. Nur wenige elektrische Lampen erhellten sie notdürftig.

Johanna Terlinden kam vom Besuch einer Freundin. Es war später geworden, als sie gedacht hatte. Eilig schritt sie dem entfernten Taxistand zu. Plötzlich sah sie einen einzelnen Herrn im Schatten der Alleebäume wie wartend vor sich hergehen. Näher gekommen schrak sie zusammen. War das nicht Fortuyn? Ihr Herz klopfte stärker. Ohne dringende Veranlassung würde der sie nicht in solch heikle Lage bringen. Was lag da vor? Die letzten Schritte fast laufend, erreichte sie ihn, rief ihn an: »Walter!«

---

* treibende Kraft

** hier: Gerüchteküche

Er drehte sich beim Klang der Stimme hastig um. »Johanna - du?«

In froher Überraschung schlang er den Arm um sie. Einen Augenblick ruhte sie an seiner Brust, dann machte sie sich hastig frei. »Wie kommst du hierher? Du wartest auf jemand?«

Die Freude über das unverhoffte Wiedersehen trieb ihm den Schalk in den Nacken. »Richtig geraten, Johanna: Ich warte auf jemand.«

»Wohl als Ritter Toggenburg*?« versuchte sie zu scherzen.

»Wieder richtig geraten, Johanna! Ich harre schon seit einiger Zeit vergeblich auf das Erscheinen einer jungen Dame.«

Johanna kniff ihm in den Arm. »Du willst wohl deinen Spaß mit mir treiben? Bist du so gut aufgelegt?«

»Aber Johanna, ich werde dich doch nicht belügen. Die Dame ist jung, hübsch, nett ... und ich habe einen triftigen Grund, hier auf sie zu warten. Es ist Fräulein Doktor Gerland; Tilly - wie sie im Laboratorium heißt. Ich hab' dir doch schon mehrfach von meiner besten Mitarbeiterin erzählt!«

Johanna strich ihm leise über die Hand, als bäte sie ihm innerlich etwas ab. »Schade, daß ich bisher nicht Gelegenheit fand, dieses tüchtige Mädchen kennenzulernen! Denn auch wenn ich jetzt nicht so große Eile hätte, wäre dies wohl kaum die richtige Stunde dazu ...«

Das Schlagen einer Tür ließ sie aufmerken. Fortuyn drehte sich um. »Die Gartenlampe brennt! Sie kommt! Auf Wiedersehen, Johanna!«

Eine hastige Umarmung. Dann eilte Johanna, sich immer im Schatten der Bäume haltend, weiter.

Fortuyn ging zur Gartenpforte, aus der Tilly kam. Als er so unvermittelt vor ihr stand, durchzuckte sie ein freudiger Schreck. Doch sie faßte sich rasch, als er sie

* nach Schillers gleichnamigem Gedicht: klaglos harrender, getreuer Liebender

des nächtlichen Überfalls wegen um Entschuldigung bat. Vor einer Stunde habe er Nachricht aus Berlin bekommen, die ihn zu wichtigen Besprechungen für morgen dorthin rufe. Die schematische Darstellung der letzten Versuchsreihen müsse unbedingt morgen zu Ende gebracht werden. »Ihnen, Fräulein Tilly, möchte ich diese wichtige Arbeit am liebsten anvertrauen.«

Während sie in lebhafter Unterhaltung in der Richtung, in der Johanna verschwunden war, weitergingen, gewahrten sie nicht, daß ein Herr, der sie schon von weitem beobachtet hatte, sich ihnen schnell näherte. Sie schraken erst auf, als er in etwas ironischem Tone rief: »Ah - guten Abend, liebe Johanna! So spät ...«

Er brach jäh ab, als die beiden sich mit einem Ruck umdrehten und er Fortuyn und Tilly erkannte. Unglücklicherweise stand Düsterloh - denn er war es - so im Schein einer Straßenlampe, daß man seine Züge beobachten konnte. Peinlich berührt durch seinen Mißgriff, suchte er in der ersten Verlegenheit vergeblich nach Worten.

»Verzeihung, Herr Direktor!« half ihm Fortuyn. »Ein Irrtum Ihrerseits ... Sie vermuteten wohl in Fräulein Doktor Gerland Frau Direktor Terlinden? Ihre Frau Nichte kam in der Tat vor einer Minute vorbei, auf dem Weg zum Taxistand dort.« Mit einer knappen Verbeugung gab er Düsterloh den Weg frei, wandte sich wieder zu Tilly.

Düsterloh murmelte etwas Undeutliches vor sich hin, eilte dann in der angegebenen Richtung weiter. Tilly wartete vergeblich, daß Fortuyn ihr noch weitere Mitteilungen über seine beabsichtigte Reise machen würde. Doch der war sehr einsilbig geworden. Am Halteplatz angekommen, verabschiedete er sich kurz.

* * *

In Dr. Morans Laboratorium herrschte Hochbetrieb. Tag und Nacht hatten die Monteure gearbeitet, um die Apparate und Tanks aufzustellen, mittels derer die neue Kautschukfabrikation nach den Moran-Patenten auf ihre wirtschaftliche Brauchbarkeit erprobt werden sollte. Gespannt wartete alles auf Dr. Moran. Unter seiner Leitung sollten heute die Tanks beschickt,* die Apparate in Tätigkeit gesetzt werden.

»Na - nun sieht man endlich mal was Positives!« sagte Dr. Göhring. »Es war doch auf die Dauer ein unbefriedigendes Arbeiten mit Fortuyn.«

»Stumpfsinnig! Langweilig!« rief Dr. Abt, ein anderer Assistent, der auch bei Fortuyn gewesen war. »Man war ja weiter nichts als ein Handlanger, der die Steine zum Bau zusammentrug; ohne einen Begriff, einen Überblick, was daraus eigentlich werden sollte.«

»Na«, meinte Dr. Göhring, »jedenfalls hat es Fortuyn nicht verstanden, seine Mitarbeiter zur Arbeitsfreude zu erziehen. Man machte seine Reaktionen, schrieb Bände mit Protokollen voll, ohne jemals Aufklärung über den Zweck zu bekommen. Das Mißtrauen Fortuyns, die Art, seinen Mitarbeitern niemals einen Einblick in seine Arbeiten zu erlauben, wirkte lähmend.«

»Auch persönlich«, fiel Dr. Abt ein, »ist Moran ganz anders als Fortuyn. Der hatte so was an sich, was sehr distanzierend wirkte. Moran ist mehr Mensch. Er ist zugänglicher, freundlicher. Ich bin jedenfalls froh, daß mich Fortuyn nicht unter die ›Auserwählten‹ genommen hat.«

In diesem Augenblick kam Moran in den Raum. Nach freundlichem Gruß trat er zu den Apparaten, prüfte sie kurz. Winkte dann einem Laboranten, sprach in leicht wienerisch gefärbtem Ton: »Schalten Sie die Pumpen ein! Nun wollen wir mal den ersten Tank beschicken!«

Nach einer Weile wurden die Apparate angelassen und begannen zu arbeiten. Mit höchstem Interesse drängte sich alles um Moran, der bald hier, bald da den Stand der Thermometer und Manometer prüfte. Wohl

* mit Material gefüllt

eine Stunde lang – die Assistenten hatten sich wieder an ihre Arbeitsplätze begeben – ließ er alle Teile der Apparatur sich einlaufen. Befriedigt gab er gegen Mittag das Zeichen, die Anlage stillzusetzen; zeigte seinen Mitarbeitern noch einmal sämtliche Bedienungsfaktoren, erklärte ausführlich jede einzelne Phase seines Verfahrens.

Währenddessen war Rudolf Wendt in das Laboratorium gekommen, um Dr. Göhring etwas zu fragen. So hörte er noch die letzten Erläuterungen Morans. Der schloß mit den Worten: »Spätestens übermorgen werden wir die Apparate mit den vorschriftsmäßigen Mengen beschicken und dann hoffentlich den ersten Kautschuk abfüllen können!«

Einer der Assistenten hatte jetzt Wendt bemerkt und stieß ihn scherzend in die Seite. »Na, Rudi, wann gedenkt ihr denn den ersten Kautschuk abzufüllen? Ich glaube, gar mancher von euch wird's nicht erleben! Möchte wohl Fortuyns Augen sehn, wenn hier der Laden klappert!«

Morans scharfes Ohr hatte die Worte trotz der Entfernung wohl verstanden. Er wandte sich in die Richtung des Sprechers. »Wenn ich recht gehört habe, wurde da eben ein Vergleich zwischen Doktor Fortuyns Methode und der unseren hier gezogen. Nichts wäre verkehrter, meine Herren, als die beiden Methoden in Vergleich zu bringen. Fortuyns Elektrosynthese würde« – er machte eine kleine Pause –, »wenn sie sich in der gewünschten Weise entwickeln läßt, die Chemosynthese sofort in den Schatten stellen!«

»Incertus an, incertus quando!« rief Dr. Abt laut lachend Dr. Wendt zu. Moran schien die Worte nicht gehört zu haben; jedenfalls nahm er keine Notiz davon.

Als Dr. Wendt in seine Abteilung zurückkam, war sein erster Gang zu Tilly, die während Fortuyns Abwesenheit dessen Büro als Arbeitszimmer genommen hatte, um eine schon seit langem fällige Sichtung und Ordnung der letzten Protokolle vorzunehmen.

»Augenblick, Tilly! Komme eben von drüben. Moran erklärte seinen Leuten gerade die neue Sache. Und wenn alles so klappt, wie er's sich denkt, ist's sicherlich kein fauler Zauber.« Er gab Tilly in großen Zügen ein Bild von dem, was er gesehen und vernommen hatte. »Höchst anständiger Kerl, muß ich sagen, Tilly. Besser konnte er dem dummen Schwätzer, dem Abt, nicht übers Maul fahren. Übrigens: Dieser alberne Kerl versetzte mir zum Schluß noch eine Pflaume,* die ich offen gestanden - ich schäme mich ein bißchen ob meines mangelhaften Lateins - nicht recht begriffen habe. Er sagte mit Anspielung auf Fortuyns Verfahren: ›Incertus an, incertus quando.‹«

»Lieber Rudi, ich habe schon so oft Ihre bedauernswerten Lehrer bemitleidet und kann das nur wiederholen. Das heißt wörtlich: ›Unsicher, ob - unsicher, wann.‹ Also: Unser lieber früherer Kollege Abt wollte sagen, daß es jedenfalls sehr unsicher sei, ob Fortuyns Methode überhaupt jemals Erfolg haben wird.«

»Na, dem werd' ich's gelegentlich stecken!« brummte Rudi vor sich hin und ging hinaus.

* * *

Als um ein Uhr, nach seiner Mittagspause, Wittebold in Fortuyns Zimmer kam, sagte Tilly zu ihm: »Ich hab' hier eine Menge losen Materials« - sie deutete auf einen hohen Stapel auf dem Boden neben sich -, »das in die Akten eingeheftet werden muß. Eilige Arbeit! Ich geh' eben zu Tisch. Machen Sie sich inzwischen darüber her!«

Wittebold nahm das ganze Material und trug es in einen Nebenraum, den Fortuyn für technische Arbeiten zu benutzen pflegte. Hier breitete er es auf einem großen Tisch aus.

Er hatte noch nicht lange gearbeitet, da hörte er

---

* anzügliche, ironische Bemerkung

Schritte im Laboratorium. Weil er aber gleichzeitig das Klappern von Tellern und Bestecken vernahm, kümmerte er sich nicht weiter darum. Irgendein Angestellter des Kantiniers wahrscheinlich, der das Frühstücksgeschirr wegräumte. Er horchte erst auf, als die Schritte sich Fortuyns Arbeitszimmer näherten.

Was wollte der hier? Wittebold huschte leise hinter die halboffene Tür. Durch den schmalen Spalt erkannte er den Büfettier Franz Meyer, der einen Korb mit dem eingesammelten Geschirr am Arm trug. Obwohl er auf den ersten Blick sehen mußte, daß in Fortuyns Zimmer nichts für ihn abzuholen war, kam er doch herein, stellte den Korb hin und griff nach dem Telephonhörer.

Wittebolds Erstaunen wuchs – der Büfettier meldete ein Gespräch nach Berlin an: »Amt Landgraf, Nummer 3718.«

Während der Wartezeit ging Meyer auf und ab, besah sich die Einrichtung, trat auch einmal auf die Schwelle zum Nebenzimmer und warf einen flüchtigen Blick hinein, ohne Wittebold in seinem Versteck hinter der Tür zu bemerken.

Das Telephon meldete sich. Meyer sprach: »Bitte Herrn Boffin, falls er noch da ist! ... Ja? Dann rufen Sie ihn an den Apparat!« Nach einer Weile: »Ja – hier Meyer! Das Gewünschte geht Ihnen morgen durch einen Boten zu ... Was meinen Sie? Die Analyse? Da konnten Sie doch zufrieden sein! Andere Wünsche teilen Sie bitte schriftlich mit! ... Ist besser, Herr Boffin, wenn Sie schreiben! ... Sonst nichts? ... Wie? Wer's bringt? ... Weiß ich noch nicht.« Meyer legte den Hörer auf, nahm seinen Korb und entfernte sich.

Wittebold ging leise in Fortuyns Zimmer und sah sich um. Alles in Ordnung. Was hatte der Kerl hier aber zu telephonieren? Er trat an die Tür und schielte dem Mann nach, der dem gegenüberliegenden Ausgang zustrebte. Dort machte Meyer an einem der offenstehenden Fenster plötzlich halt, schaute in das spiegelnde Glas, fuhr sich über den Scheitel, wie um ihn zu ordnen.

Wittebold täuschte sich in der Harmlosigkeit dieser scheinbar so natürlichen Geste. Wie konnte er auch ahnen, daß jene Fensterscheibe dem Büfettier das Gesicht des Horchers hinter der Tür zeigte? Und daß er sich nur deshalb die Haare zurechtstrich, um den Beobachter genau erkennen zu können? Nun ging er weiter – verließ, ohne sich umzuschauen, das Laboratorium.

Als Tilly um zwei Uhr zurückkam, war Wittebold mit seiner Arbeit fertig. Aber statt nun zu gehen, druckste er eine Zeitlang so offenkundig herum, daß Tilly aufmerksam wurde.

»Na, haben Sie noch was Besonderes auf dem Herzen, Wittebold?«

»Ach ja, Fräulein Doktor. Ich möchte gern für morgen Urlaub haben. Ein naher Verwandter in Berlin ist schwer erkrankt.«

»Und da wollen Sie nach Berlin?«

»Ja, Fräulein Doktor; wenn Sie so gut wären und ...«

»Aber gewiß, Wittebold. Fragt sich nur, wer Sie vertritt.«

»Oh, Schappmann würde das wohl gern übernehmen.«

»Na, dann ist's ja gut! Fahren Sie! Für einen Tag bedarf es auch keines großen Urlaubsgesuches. Das machen wir unter der Hand.« –

Nach Werkschluß saß Wittebold in seiner Stube, ohne Licht, im Dunkeln. Den Kopf in den Arm gestützt, dachte er über den heutigen Tag nach. Schüttelte den Kopf: ›Möglich, daß ich mich täusche; aber besser doch, man geht der Sache mal nach. Schade nur um das teure Fahrgeld, wenn's vergeblich wäre ...‹

Aus seinem Grübeln riß ihn die Stimme der guten Luise. »Ach, Herr Wittebold, kommen Sie doch ein bißchen zu uns rüber! Mit meinem Alten ist in den letzten Tagen gar nichts mehr los. Er kommt nicht drüber weg – brütet und knurrt und schimpft. Alles ist ihm zuwider!«

»Gewiß, Frau Schappmann. Ich geh' gleich mit.«

Bei Wittebolds Eintritt in die Wohnstube saß Schappmann am kalten Ofen, sah kaum auf, als der andere sich neben ihn setzte. Doch der schien auch nicht zum Reden aufgelegt zu sein, sprach kaum ein paar Worte, fiel dann in Schweigen.

Eine Zeitlang sah sich die gute Luise das an. Dann polterte sie los: »Nanu - was ist denn in Sie gefahren? Machen ja grade so'n Gesicht wie mein Oller ...«

»Ach ja - man hat so seinen Ärger. War heute ein ganz verquaster Tag.«

»Na«, fiel Frau Schappmann ein, »mein Oller war auch nicht immer guter Laune, wenn er aus dem Werk kam. Aber so'n Geklöne,* wie er's jetzt macht ...«

»Luise!« Schappmann sprach in erhobenem Ton. »Ick habe dir schon zehnmal gesagt, det verstehst du nicht! Habe ick nicht im vorigen Jahr mein fuffzigjähriges Jubiläum gefeiert und hat nicht der Herr Direktor gesagt, ick könnte stolz auf meine tadellose Dienstzeit zurückblicken? Hat er det gesagt oder hat er's nicht gesagt?«

»Ja, ja - hat er!«

»Na, un heute? Meine fuffzigjährige Beamtenehre hat eenen Knacks jekriegt, der nich wiederjutzumachen ist. Ich möchte lieber heute wie morgen sterben ...«

»Aber Schappmann«, fiel ihm Luise ins Wort, »versündige dich nicht! Du machst's viel schlimmer, als es ist!«

»Ihre Frau hat recht«, sagte Wittebold, dem es seit seinem Brief über den Monteur Bernhard in Schappmanns Gesellschaft nicht ganz geheuer war. »Was können Sie denn für diese Schweinerei? Wer darf Ihnen einen Vorwurf machen, wenn Sie aus Menschenliebe zum Brunnen rennen, ein Glas Wasser holen und Ihre Aktentasche da stehenlassen?«

»So was von Raffiniertheit ist auch noch nie nich dagewesen!« empörte sich die gute Luise. »Schmeißt

* hier: Klagen

sich der Kerl auf die Steine, als ob er Krämpfe hätt' ... Und mein guter Mann will ihm helfen – und die Halunken betriejen ihn und stehlen ihm det Papier! Ein andrer hätt' vielleicht gesagt: ›Holen Sie sich Ihr Wasser selber!‹ Aber die Halunken, die wußten, daß mein Alter so'n Menschenfreund is ...«

»... so'n Esel is!« kam es mit Grabesstimme aus Schappmanns Ecke. »So groß, wie's jar keenen sonst gibt. Und nu habe ick die Schande davon.«

Der klägliche Ton, in dem die letzten Worte aus seinem Munde kamen, ließ Luise laut aufheulen. Wittebold, dem es immer unbehaglicher geworden war, gab sich einen Ruck. Die alten Leute taten ihm leid. Er trug noch einmal die ganze Sache in beredten Worten vor, wie es ein berühmter Verteidiger nicht besser gekonnt hätte. Und als er zum Schluß seines Plädoyers sagte: »Ich sehe also nicht die geringste Schuld bei Ihnen, lieber Schappmann – Ihre Beamtenehre ist heute genauso makellos wie vor einem Jahr«, da drückten ihm die beiden Alten gerührt die Hand.

»Det hat mir wirklich wohlgetan, Kollege Wittebold! Un wat morgen Ihre Reise betrifft, so werde ick meinen ollen Beenen schon Volldampf jeben, det ick alles jut erledige for Sie.« –

Mit dem ersten Personenzug fuhr Wittebold in aller Herrgottsfrühe nach Berlin.

Als Schappmann am Morgen mit seiner alten Mappe durch das Verwaltungsgebäude kam, begegneten ihm Generaldirektor Kampendonk und Dr. Wolff. Stramm wie gewöhnlich grüßte Schappmann die beiden, und sein altes Herz schlug warm in froher Dankbarkeit, als der Geheimrat ihm freundlich zunickte und sagte: »Guten Morgen, Schappmann!« Was selbst Wittebolds gutes Reden nicht völlig erreicht hatte, vermochten die harmlos gesprochenen Worte Kampendonks.

* * *

Dr. Knappe, der Sekretär Kampendonks, hatte schon kurz nach neun Uhr die leitenden Direktionsmitglieder ins Zimmer des Geheimrats gebeten.

»Meine Herren«, erklärte ihnen Kampendonk, »die Schweinerei hat noch kein Ende. Ein neuer Fall übelster Spionage! Man kommt sich hier allmählich wie verraten und verkauft vor. Mit der Morgenpost erhielt ich einen Brief von unserem Agenten in Detroit. Man arbeitet in dem dortigen Werk der ›United Chemical‹ an dem Fortuynschen Verfahren der Kautschuk-Elektrosynthese und fußt dabei auf Fortuynschem Material!«

Sekundenlang tiefe Stille. Nur hier und da ein gepreßtes Atmen.

»Geben Sie mir den Brief!« wandte sich Kampendonk an Knappe.

Der murmelte ein paar Worte, lief in sein Zimmer zurück - ärgerlich, daß er den Brief dort vergessen hatte - und fand den Korrespondenten Lohmann mit einer roten Mappe unmittelbar neben dem Schreibtisch. Knappe hätte sich vor die Stirn schlagen mögen: den Brief hier so offen liegenzulassen -!

»Was wollen Sie?« herrschte er Lohmann an. »Sind Sie schon lange hier?«

»Nein - eben erst reingekommen, Herr Doktor ... 'ne eilige Unterschrift für den Herrn Geheimrat ...«

»Her damit!« Knappe riß ihm die Mappe aus der Hand, nahm den Brief und eilte zu Kampendonk zurück.

Inzwischen hatte sich da die Erstarrung gelöst. Ein unterdrücktes Durcheinander von Fragen, Antworten und Ausrufen. Knappe schob schnell die Unterschriftsmappe vor Kampendonk hin, legte den Brief daneben.

»Also, meine Herren, unser Agent schreibt: *Im Speziallaboratorium des Verwaltungsgebäudes der ›United Chemical‹ in Detroit wird seit einiger Zeit an der Kautschuksynthese nach dem Elektroverfahren gearbeitet. Soeben ist es mir gelungen festzustellen, daß man dabei Material benutzt, dem Fortuynsche Untersuchungen zugrunde liegen. Es scheint mir ganz außer Zweifel, daß in allerletzter Zeit wertvolle Informationen über Fortuyns Methode hierhergelangt sind. Denn Mr. Headstone hat angeordnet, daß Dr. Watson einen verstärkten Stab von Mitarbeitern zugeteilt bekam, um mit allem Nachdruck dieses Verfahren auszubauen.«*

»Es wäre wohl das gegebene«, meinte Düsterloh, »sofort Herrn Doktor Fortuyn hierherzubitten.«

»Gewiß!« entschied Kampendonk. »Herr Knappe, wollen Sie bitte Herrn Fortuyn benachrichtigen! Wer ist übrigens dieser Watson? Vielleicht ein bekannter Name in der amerikanischen Wissenschaft, so daß man doppelte Furcht haben müßte?«

Keiner wußte etwas. »Vielleicht kann Moran darüber Auskunft geben!« rief eine Stimme aus dem Hintergrund.

»Gut! Bitten wir auch ihn hierher!«

Während Dr. Knappe die Telephongespräche erledigte, wandte sich die Unterhaltung wieder dem Brief zu.

»Ist doch ein Paradoxon stärkster Art«, sagte Direktor Lindner, einer der jüngsten Direktoren und überzeugter Anhänger Fortuyns, »daß wir unseren Doktor Fortuyn mit seinem Elektroverfahren von dem warmen Platz am Herd verdrängen und dafür Herrn Doktor Moran plazieren, dessen Kraft Freund Headstone anscheinend nicht sehr hoch eingeschätzt hat.«

Kampendonk runzelte die Stirn; der Streit innerhalb des Direktoriums - hier Elektrosynthese, hier Chemosynthese - war ihm unangenehm.

Düsterloh griff jedoch sofort die Fehde auf. »Ich dächte doch, Kollege Lindner, wir sollten uns allmählich über die Richtigkeit unserer Dispositionen einig sein. Ihr Vorwurf hätte eine Berechtigung, wenn wir Doktor Fortuyn entlassen hätten. Aber bei dem Stand der Fortuynschen Versuche - es steht doch fest, daß man vorläufig nicht absehen kann, ob und wann sie mit praktischem Erfolg zu Ende gebracht werden - -, ich meine also, daß wir richtig handelten, bei diesem Stand ein fertiges Verfahren, nämlich das von Doktor Moran, zu erwerben, um unsere Kautschukfabrikation nach dem älteren Chemoverfahren umgehend besser und rentabler zu gestalten.«

»Wobei Fortuyns Gegner«, warf Direktor Lindner ein, »stillschweigend annahmen, daß das Moransche Verfahren besser ist, als das Fortuynsche je sein wird.«

»Diese Unterstellung, Herr Lindner, weise ich für meine Person jedenfalls zurück!« fuhr ihn Düsterloh in scharfem Ton an.

Lindner zuckte die Achseln; dachte sich dabei im stillen: ›Wer das glaubt ...‹

Die Kontroverse wurde durch das Eintreten Fortuyns und Morans unterbrochen. Noch einmal las Kampendonk den Brief aus Detroit vor.

»Merken Sie, wie Fortuyn blaß wird?« raunte Düsterloh seinem Freund Bünger zu. Der nickte eifrig: »Gewiß ... sehr merkwürdig!«

»Merkwürdig? Sagen wir ruhig: auffällig!« beendete Düsterloh das Zweiergespräch.

Kampendonk hatte nach dem letzten Wort des Briefes eine kleine Pause gemacht. »Hätten Sie dazu etwas zu sagen, Herr Doktor Fortuyn?«

Der sprach, langsam die Worte wägend: »Eine sehr schmerzliche Überraschung für mich! Wie es möglich war, daß Material von mir dorthingelangen konnte, ist mir ein Rätsel. Ich will jede Garantie übernehmen, daß von dem Material, für das ich persönlich verantwortlich bin, nichts in unrechte Hände geriet.«

»Wollen Sie damit andeuten, Herr Doktor«, fragte Düsterloh, »das Werk könne für die Sicherheit seines Materials keine Garantie übernehmen?«

»Nach den Vorfällen der letzten Wochen besteht doch die Möglichkeit, Herr Direktor, daß das Material, das man jetzt drüben verwertet, aus dem Werk entwendet worden ist. Eine genaue Antwort könnte ich nur geben, wenn ich wüßte, was für Material man dort hat. Das heißt, wenn ich die Schriftstücke selbst oder Kopien davon sähe.«

Kampendonk ergriff jetzt das Wort. »Ich wäre schon etwas beruhigt, wenn ich wüßte, daß das entwendete Material nicht besonders wertvoll ist. Könnten Sie uns darüber irgendwelche Auskunft geben, Herr Doktor Fortuyn?«

»Eine bestimmte Auskunft natürlich nicht, Herr Geheimrat. Ich glaube jedoch kaum, daß besonders wertvolle Aufzeichnungen abhanden gekommen sein können; denn darüber verfüge ich allein. Immerhin – Sie wissen, auch weniger Wichtiges kann in den Händen eines sehr Tüchtigen wertvoll werden.«

»Nun gut«, fiel Kampendonk ein. »Herr Doktor Moran, darüber möchten wir gern Ihre Meinung hören: Ist Ihnen dieser Doktor Watson bekannt?«

»Gewiß, Herr Geheimrat. Persönlich sogar. Er ist schon seit langem ein Anhänger der Elektrosynthese. Gilt als sehr begabt, und Headstone selber hält große Stücke auf ihn.« Ein Lächeln glitt über Morans Züge. »Mittelbar ergab sich daraus mein Zerwürfnis mit der ›United‹. Headstone glaubte, meiner Dienste nicht mehr zu bedürfen. Schon damals hörte ich – allerdings nur gerüchtweise –, daß Headstone, als Gegner der Chemosynthese, Watson besondere Mittel zur Verfügung gestellt habe, um umfangreiche Vorstudien für das Elektroverfahren zu betreiben.«

»Dann ist die Sache mit Detroit ernst. Meine Herren, ich richte nochmals die Bitte an Sie, alle Sicherungsvorschriften genauestens befolgen zu lassen. Mit Ihnen, Herr Doktor Fortuyn, möchte ich in den nächsten Tagen über besondere Vorsichtsmaßnahmen sprechen. Jedenfalls darf niemand Ihre Räume und diejenigen Doktor Morans betreten, der nicht dazu legitimiert ist. Auch nicht besuchsweise. Ich danke Ihnen, meine Herren!« –

In seinem Arbeitszimmer hatte Fortuyn sofort eine Besprechung unter vier Augen mit Fräulein Dr. Gerland. »Ich habe«, schloß er, »keine Befürchtungen, daß man uns wirklich Wertvolles gestohlen hat ...« Das Eintreten Schappmanns unterbrach ihr Gespräch. Als der wieder gegangen war, fragte Fortuyn: »Wo ist denn Wittebold heute?«

»Ein Verwandter von ihm in Berlin ist erkrankt. Ich hab' ihn beurlaubt - zur Fahrt dorthin.« Fortuyn runzelte die Stirn, überlegte. Tilly sah es, erschrak. »War wohl etwas eigenmächtig von mir? Aber er tat mir leid.«

»Schon gut, Fräulein Tilly! Das war's nicht, woran ich dachte.«

Als Fortuyn später beim Mittagessen saß, entfaltete er seine Berliner Zeitung, las hier und da einen Artikel - stieß unversehens in der Rubrik *Hotelnachrichten* auf die Zeile: *Abgestiegen im ›Kaiserhof‹: Mr. James Headstone, Präsident der ›United Chemical‹, New York.* Betroffen kombinierte er hin und her, ohne eine befriedigende Lösung zu finden.

* * *

Als Wittebold in Berlin ankam, führte ihn sein erster Gang zu einem Postamt. Hier rief er Amt Landgraf, Nummer 3718, an. Die Stimme, die sich meldete, schien ihm unbekannt, denn er fragte, wer dort sei. Auf die Antwort: »Restaurant Brose« schüttelte er den Kopf, sagte: »Entschuldigen Sie - ich hab' eine falsche Nummer gewählt!«

Das Restaurant mußte ihn aber wohl trotzdem interessieren, denn er nahm das Fernsprechverzeichnis zur Hand, notierte sich die Adresse: Restaurant Brose, Joachimstraße 37, und verließ das Postamt.

In langsamem Schlenderschritt machte er sich auf den Weg nach dem fernen Westen.* Es war beinahe zwölf Uhr, als er in den Kurfürstendamm einbog. Er fragte einen Schupo nach der Joachimstraße. Die fand er bald, ebenso das Restaurant Brose.

---

* ebenso S. 117, Z. 4 + 7 *alter Westen* und *neuer Westen*: frühere Bezeichnungen für Berliner Gegenden

Speisen à la carte, Menü von 1-3, stand an den Scheiben. Diese Inschrift schien den kleinen Beamten aus der Provinz mehr zu interessieren als das großstädtische Leben und Treiben auf dem Wege hierher.

Bis ein Uhr blieb noch viel Zeit. Er kehrte um bis zum Kurfürstendamm, bummelte dort gemächlich hin und her. Erst kurz vor ein Uhr trat er in das Lokal, setzte sich bescheiden in eine Ecke und ließ sich ein Glas Bier geben. Der Raum war noch nicht besonders besucht. Wittebold konnte ohne Mühe die Gesichter der einzelnen Gäste studieren. Doch keins schien dem, das er suchte, zu entsprechen.

Neue Gäste kamen. Andere gingen wieder. Je weiter die Zeit vorschritt, um so unruhiger wurde Wittebold. Mehrmals war er in Versuchung, an den Kellner, der ihn bediente, eine Frage zu richten. Da rief der Wirt vom Büfett aus dem Kellner zu: »Herr Boffin wird am Apparat verlangt!«

Der Kellner eilte zu einem Gast an der anderen Seite des Lokals. Der stand auf und begab sich in die Fernsprechzelle. Mit Interesse betrachtete Wittebold diesen Herrn Boffin. »So hatte ich mir den allerdings nicht vorgestellt«, murmelte er vor sich hin. »Stammt wahrscheinlich aus den Südstaaten!«

Nach einer Weile kam der Amerikaner vom Telephon zurück, trank sein Bier aus und ging. Unmittelbar darauf verließ auch Wittebold das Restaurant und folgte dem anderen, bis der in einem Haus am Kurfürstendamm verschwand. *Morris Boffin, Universal Provider*, las Wittebold auf dem Messingschild. Dann kehrte er um. Vor dem Schaufenster einer Buchhandlung blieb er stehen, schaute die Auslagen an, dachte dabei aber sehr lange und scharf über etwas ganz anderes nach. So sah er nicht, wie eine junge Dame hinter ihm vorbeischritt, deren Schönheit und Eleganz selbst in dem mondänen Treiben des Kurfürstendamms manchen Blick auf sich zog. Sie schien ebenfalls Interesse für das Haus mit dem Schildchen *Morris Boffin* zu hegen. Jedenfalls studierte sie es längere Zeit sehr genau. Dann, wie überdrüssig des Wartens, schlug sie die Richtung zur Halenseer Brücke ein.

Endlich drehte sich Wittebold um, wollte in Richtung Kaiser-Wilhelm-Gedächtniskirche weitergehen, doch machte er schnell wieder kehrt: Über die Straße kam der Büfettier Franz Meyer aus Rieba geradewegs auf das Haus Boffins zu und verschwand darin.

›Scheint doch was besonders Wichtiges zu sein!‹ dachte Wittebold. ›Sonst wär' er nicht selber gekommen. Was es wohl ist? Bahn und Post gibt's doch schließlich auch noch! Wollen mal abwarten, was dabei rauskommt!‹

Um nicht aufzufallen, ging Wittebold auf die gegenüberliegende Straßenseite und schlenderte dort langsam auf und ab, wobei er Boffins Haus scharf im Auge behielt. Beinahe eine halbe Stunde hatte er so gewartet, da kam Meyer wieder heraus, rief ein Taxi herbei und fuhr in Richtung Innenstadt davon.

Eine Verfolgung in diesem Verkehrsgewühl erschien aussichtslos. »Na«, knurrte Wittebold in sich hinein, »viel war's ja nicht, was ich da ergattert hab'. Schade um das schöne Reisegeld! Aber wer kann's wissen? Der gute Franz Meyer – so ganz hasenrein* ist er wohl nicht! Wäre vielleicht möglich, daß mein Reisegeld doch noch Zinsen trägt!« –

Schon geraume Zeit vor der Abfahrt setzte er sich in den Zug nach Rieba. Er war so in die Lektüre einer Abendzeitung vertieft, daß er aufschrak, als plötzlich Franz Meyer vor ihm stand und ihm vergnügt zurief: »Ach, das trifft sich ja fein! Da hab' ich wenigstens Reisegesellschaft. Schönes Städtchen, dieses Berlin! Man freut sich immer, wenn man mal aus unserem traurigen Rieba rauskommt. Auch Geschäfte hier gehabt, Wittebold?«

»Ich – Geschäfte?« Wittebold lachte. »Hat sich was mit Geschäften! Mußte her zu 'nem alten Onkel. Schlag-

* unverdächtig

anfall ... Ist aber Gott sei Dank nicht so schlimm, wie's zuerst aussah.«

»Wo wohnt denn Ihr Onkel?« fragte Meyer beiläufig.

»Im alten Westen; Flottwellstraße. Scheußlich das Wohnen da. Das Donnern der Züge den ganzen Tag. Ich hielt's nicht aus.«

»Ja – im neuen Westen, da müßte man wohnen können! Ach, ich kann Ihnen sagen ... Ich hatte heute da zu tun. Dieser Luxus, diese Paläste! Der Kurfürstendamm ist der Clou vons Janze!« berlinerte er.

»Kurfürstendamm?« fragte Wittebold. »Hatten Sie denn dort Geschäfte?«

»Na selbstverständlich! Es gibt 'ne ganze Menge Geschäfte, die da ihre Büros haben. Ich war bei einer Firma Boffin. Sind Amerikaner. Wir beziehen von ihnen allerhand für die Kantine, besonders Fruchtkonserven. Tadellose Firma! Und preiswert! Es kommt ja alles aus erster Hand ...«

»Brauchen Sie denn soviel von dem Zeug?«

»Massenhaft! Und, wie gesagt, die Firma ist bedeutend billiger als die Konkurrenz.«

»Na wissen Sie: Billig und gut ist zweierlei.«

»Da sind Sie aber hier auf dem Holzweg! Mein Bruder ist verflucht vorsichtig. Wenn er da mal wieder irgendwas Neues kriegt, läßt er sich 'ne Analyse machen, wie man's nennt. Das ist so 'ne chemische Untersuchung, ob's nicht gefälscht ist. Kriegt er ja im Werk billig gemacht!«

Meyer erzählte das alles so harmlos-natürlich, daß Wittebold den geringen Verdacht, der Büfettier sei zu anderen Zwecken nach Berlin gefahren, mehr und mehr schwinden fühlte. ›Schade um die fünfzehn Mark Fahrspesen! Teures Vergnügen! Die anderen Ausgaben dazu ... Ich muß mich bis zum Ende des Monats ganz schön krummlegen!‹

Nach einer Weile fragte ihn Meyer in überlegenem Ton: »Wittebold, kennen Sie denn überhaupt den Kurfürstendamm?«

»Selbstverständlich!« Wittebold schoß es blitzschnell durch den Kopf, daß ihn der andere vielleicht gesehen habe. »Bin sogar heut drüberweg gegangen. Kam von Wilmersdorf, wollte nach Charlottenburg. Ist nicht mein Geschmack, der Betrieb da. Unsereiner kann sich ja doch nichts dort kaufen.«

Das umsonst ausgegebene Fahrgeld ging Wittebold nicht aus dem Sinn. Verärgert über seinen Mißerfolg kam er in Rieba an.

* * *

Aber den zehnfachen Betrag hätte er gewiß darangewendet, hätte er sehen können, wie kurz nach Meyers Weggang auch James Headstone aus der Tür von Boffins Büro trat. Der schwache Verdacht gegen Meyer und Boffin, der ihn zu dieser Reise veranlaßt hatte, wäre dann wohl beinahe zur Gewißheit geworden. Daß der Präsident der ›United Chemical‹ und Morris Boffin nicht in offener Geschäftsverbindung standen, war klar. Irgend etwas anderes führte die beiden zusammen.

»Nun – sind Sie fertig, Mr. Boffin?«

»Jawohl, Mr. Headstone! Wir können jetzt ungestört sprechen.« Der Agent huschte nervös von der einen Doppeltür zur anderen, schloß, probierte mehrere Male. »Jetzt sind wir sicher!«

»Das ist ja eine sehr überraschende Nachricht: Ein Spion der Rieba-Werke in Detroit, der solche geheimen Dinge so schnell berichten kann!« Headstone schlug wütend mit der Faust auf den Tisch. »Unglaublich! Er muß über allerbeste Informationsquellen verfügen.«

»Nun – Ihr Funktelegramm ist ja schon expediert. Vielleicht nur noch ein paar Minuten, und man weiß in Detroit Bescheid. Hoffentlich gelingt es daraufhin, den Burschen zu fassen!«

»Wahrscheinlich werde ich morgen um diese Zeit wieder zu Ihnen kommen.« Headstone reichte Boffin, der ihn zur Tür dienerte, die Hand. »Scharf aufgepaßt, mein Lieber! Es geht um hohen Preis. Gewinnen wir das Spiel, wird das Kartengeld für Sie nicht gering sein!«

Als Headstone auf die Straße trat, blieb er eine Weile wartend stehen, sah sich nach allen Seiten um. »Ah, da kommt sie ja!« Er ging in Richtung Halenseer Brücke weiter.

Jetzt hatte ihn auch Juliette erkannt, eilte auf ihn zu. Äußerlich wie immer: das schöne Gesicht in Frohsinn und guter Laune strahlend. Wie immer der heitere, liebenswürdige Klang ihrer Stimme. Nur einen leisen Unterton kühler Zurückhaltung glaubte Headstone zu spüren.

Unbefangen hängte sie sich in seinen Arm ein. Headstone zuckte bei der Berührung leicht zurück. Unwillkürlich warf er einen scheuen Blick um sich, begann dann stotternd: »Verzeihung, Liebste! Vielleicht nimmst du deinen Arm zurück? Natürlich fällt mir diese Bitte schwer. Aber - es widerspricht gewissen Abmachungen ...«

»Aha!« Juliette lachte herzlich. »Hab' längst begriffen! Spar deine Worte, James!«

Headstone warf ihr einen mißtrauischen Seitenblick zu. Ihre Stimme klang so natürlich und offen, und dennoch wehte aus den Worten ein heimlicher Spott. Er ärgerte sich. Sie mußte doch einsehen, daß dieser Affront im Park von Saint-Cloud nur aus der Welt geschafft werden konnte, wenn ... Darüber war er sich mit Dolly bei ihrer Abreise von Paris einig geworden.

»Wann wirst du heiraten, James?« fragte Juliette unvermittelt.

»Bevor die Wintersaison beginnt.«

»Hm - du wirst froh sein, wenn du dein ...« Wieder lachte sie laut.

In gereiztem Ton vollendete er: »... wenn ich Dolly in Sicherheit habe, meintest du wohl?«

»Nun ja: Dolly - oder wie man's sonst nennen mag!«

Headstone biß sich auf die Lippen. Wie unbedacht,

daß er früher in launigem Scherz das Wort »Paket« gebraucht hatte. Juliette würde es nie vergessen - das wußte er.

»Und eure Flitterwochen? Wo werdet ihr die verbringen?«

»Wir reisen nach England, zur Jagd bei einem meiner Freunde im schottischen Hochland. Auch Dolly ist ja eifrige Jägerin. Jedenfalls werden wir uns dann gefahrloser wiedersehen können - sei es in London, sei's hier in Berlin ...«

»... denn dann bist du deines ›Paketes‹ sicher!«

»Bitte nicht diesen Ton! Ich hätte von deiner Einsicht erwartet, daß du begreifst, wie schwierig meine Lage augenblicklich ist. Schon wenn ich jetzt neben dir gehe, riskiere ich, daß irgendein Detektiv es beobachtet und weitermeldet.«

»Du Ärmster! Dann will ich dich nicht länger der Gefahr aussetzen, erneut in Mißkredit zu kommen. Trennen wir uns doch hier!«

»Wenn du es durchaus willst ...«

»O gewiß, James! So angenehm mir deine Begleitung war ...« Sie rief ein Taxi herbei, reichte Headstone die Hand.

»Ehe ich fortfahre, werde ich dich noch einmal sprechen, Juliette. Auf Wiedersehen!«

»Rotenfelser Weg 17!« rief Juliette dem Chauffeur zu. Der Wagen fuhr an.

Unter Rotenfelser Weg 17 war im Adreßbuch der Name von Waldemar Hassenstein zu finden. Im ersten Impuls war es ihr über die Lippen gekommen. Übereilt, diese schroffe Trennung von Headstone eben, gestand sie sich ärgerlich ein. Aber als der Wagen hielt, war ihre schlechte Laune bereits verflogen.

Sie klingelte im Hochparterre. »Herr Hassenstein zu Hause?« fragte sie die öffnende Zimmerwirtin.

»Gewiß, Fräulein! Wen darf ich melden?«

»Nicht nötig! Herr Hassenstein erwartet mich!«

Waldemar lag auf einem Diwan, neben sich ein Taburett* mit Kaffee und Kognak, und las in einem Magazin. »Na, Frau Weber?« fragte er, ohne sich umzugucken.

»Ich bin's, Waldemar!«

»Sie, Juliette? Großartig! Tadellos!« Er war aufgesprungen, küßte ihr die Hand, wollte ihr den Mantel abnehmen. Doch sie wehrte ab: »Nein - nein! Ich will nicht bleiben!«

»Oh - ooh! Bitte, liebste Juliette! Eben gekommen - schon wieder gehen? Das wäre mehr als grausam. Wenn Sie wüßten, wie ich mich freue!«

Er nahm ihr, trotz ihres Widerstrebens, den Mantel ab, führte sie zu einem Sessel. »Und dieses schöne Frühlingshütchen - so reizend es Ihnen steht, Juliette ... Sie erlauben doch?« Mit raschem Griff hatte er es ihr abgezogen. »Entzückend! Das allerschönste Blondhaar! So voll, so echt ...

Nicht hat hier Wasserstoffs bleichende Kraft
Aus Schwarz oder Braun das Goldblond geschafft -!«

Juliette hielt sich lachend die Ohren zu. »Waldemar! Entsetzlich! Das durfte nicht kommen! Sie - ein Dichter? Ausgerechnet Sie?«

»Dichten verrät den idealen Liebhaber!« Waldemar drückte einen Kuß auf ihr Haar - auf ihre Stirn ... Sie lachte leise vor sich hin.

Da wurde er kühner, küßte sie auf den Mund - immer wieder, immer wilder, bis sie ihn energisch zurückdrängte. Tief atmend strich sie sich über die Lider. Sekundenlang kreuzte das Bild eines anderen Mannes ihr Auge. Dann sprang sie jäh auf.

»Wie ist's, Waldemar? Ich war in der Stadt. Dieser Staub, diese schlechte Luft! Ich bin abgespannt. Haben Sie nicht eine kleine Erfrischung hier?«

»Aber natürlich! Entschuldigen Sie, liebe Juliette, daß ...« Er war zu einem Wandschrank geeilt, der ein

---

* Hocker

wohlassortiertes Lager von Likörflaschen barg. Überlegte einen Augenblick. »Ah, jetzt weiß ich! Die Mischung, die Sie auf dem Schiff so liebten!« Er drehte sich um, sah sie mit einem langen Blick an. »Oder hat sich Ihr Geschmack verändert?«

»Ja«, sagte sie gedehnt, »meine Zunge, mein Mund lieben ab und zu die Abwechslung. Aber immerhin - mixen Sie die ›Ozean-Mischung‹, wenn Sie die noch kennen!«

Waldemar bot ihr das Glas. »Auf das Wohl meines liebsten, schönsten Gastes!« Und wieder sah er sie mit seinen großen, dunklen Augen an.

Juliette wollte dem Blick ausweichen - vermochte es nicht. Ihre Blicke tauchten ineinander - lange... Mit Mühe zwang sie sich endlich, den Kopf zu wenden, hob mit leicht zitternder Hand ihr Glas, trank es leer.

Dies Augenpaar... nie glaubte sie ein schöneres gesehen zu haben. Ein unendlicher Reiz ging von diesen dunklen Sternen aus, verschönte das lange, ungleichmäßige Gesicht. Nicht nur einmal hatte sie sich gefragt: Was findest du eigentlich an diesem jungenhaften, ewig törichten Menschen? Gewiß, er hatte gute Manieren, war äußerlich ein vollkommener Kavalier... aber unsichere Existenz - mäßige Bildung - schwacher Geist... eigentlich nichts, was sie auf die Dauer fesseln sollte. War sie aber mit ihm zusammen, verfiel sie immer wieder dem Bann dieser Augen. Ihre stumme Sprache, ihre verwirrende Macht berauschten, bezwangen sie immer wieder, trotz aller inneren Abwehr. Und wenn er lachte - Waldemar lachte viel, all seinem Mißgeschick zum Trotz -, welch froher Glanz lag dann darin! Welch Zauber strahlte dann aus ihnen, riß alles mit sich, was ihr Blick traf...

Wie um sich frei zu machen, reichte sie ihm ihr Glas, bat um ein neues. Während er den Drink mixte, setzte sie sich auf den Diwan, entzündete eine Zigarette und lehnte sich ungezwungen in die Kissen. Als Waldemar ihr das Glas reichte, wies sie es zurück.

»Stellen Sie es bitte dahin! Später! ... Ich langweile mich, Waldemar. Das Prachtwetter draußen ... Machen Sie doch einen Vorschlag! Raus ins Grüne - irgendwohin!«

»Ausgezeichnete Idee, Juliette! Ins Grüne ... Wie wär's mit dem grünen Rasen*?«

»Famos!« Juliette sprang auf, eilte auf Waldemar zu, der an seiner Bar saß, küßte ihn auf die Augen. Er hielt sie an den Händen fest, als sie von ihm abließ, schaute ihr, glückselig lächelnd, ins Gesicht. Da konnte sie nicht anders: Sie beugte sich über ihn und küßte ihn auf den Mund, bis es ihr dunkel vor den Augen wurde.

Da riß sie sich los. Er wollte sie in die Arme nehmen - doch mit einem Sprung war sie bei ihrem Mantel. Im Nu hatte sie ihn übergeworfen, den Hut wieder auf den Kopf gesetzt. »Ich bin fertig, Waldemar. Wollen Sie Ihre Dame noch lange warten lassen?«

Einen Moment stand er stumm. Sein Gesicht starr vor grenzenloser Überraschung.

Juliette lachte laut heraus, griff ihn bei den Schultern, schob ihn vor den Spiegel. »Waldemar - d a s Gesicht!« Ihr Gelächter überschlug sich. »Schade, daß kein Photograph da ist!«

Da lachte auch er. »Warte, du Hexe!« Er ging in den Nebenraum, dessen Tür offenblieb. Juliette warf einen neugierigen Blick hinein. Da kam Waldemar zurück, sah ihren Blick, machte eine einladende Handbewegung: »Nett hier bei mir, nicht wahr?«

»Sieht mehr nach Damenboudoir aus, Waldemar.«

»Richtig, Juliette. Vor mir wohnte hier eine bekannte Bardiva ... Nehme an, daß meine Wirtin für rückständige Miete das Mobiliar ihres Schlafzimmers einbehalten hat. Wollen Sie es sich nicht mal ansehen? Es ist wirklich entzückend.«

»Nein - nein ... Später vielleicht ... Es ist höchste Zeit, wenn wir noch zurechtkommen wollen.« -

---

* hier: Pferderennbahn

Das erste Rennen wurde gerade angeläutet, als sie auf die Tribüne kamen. Juliette war entzückt. Der sonnige Frühlingstag, das elegante Publikum um sie herum – das aufregende Spiel der Rennen ... Es bedurfte keiner großen Überredungskunst Waldemars, um ihr Glück mit ihm am Totalisator* zu versuchen. Doch kein Pferd gewann, auf das sie getippt hatten. Waldemar verdoppelte den Einsatz, um den Verlust wieder einzubringen – und machte das Loch in seiner Brieftasche dadurch nur immer größer.

»Unglück im Spiel – Glück in der Liebe«, sagte er mehrmals, zu Juliette gewandt, und sah sie bittend, fragend an. Sie achtete kaum darauf. Die Wettleidenschaft hatte sie so ergriffen, daß sie nichts sah als die Tips in der Rennzeitung vor ihr.

Das letzte Rennen. Juliette schlug einen sehr hohen Einsatz vor, um alle Verluste wiedergutzumachen. Waldemar zögerte einen Augenblick – schlug's fehl, war seine Brieftasche leer –, dann konnte er dem in Spieleifer glühenden Blick Juliettes nicht länger widerstehen. Mit einem unterdrückten Seufzer legte er den letzten Tausendmarkschein in die Hände des Buchmachers ... Schon jubelte es in Juliette – ihre Hände erhoben sich zum Klatschen ... da stürzte ihr Pferd ... vorbei!

Bedrückt schob Waldemar seinen Arm unter den ihren. »Geplatzt, Juliette!« sagte er resigniert. »Na, vielleicht ein andermal! Heute tröste ich mich: ›Unglück im Spiel, Glück in der Liebe!‹«

Ein leichter Druck von Juliettes Arm ließ ihn die leere Brieftasche schnell vergessen ...

Als er am nächsten Morgen auf seiner Bank einen Scheck über dreitausend Mark präsentierte, wurde ihm zu seinem Schrecken gesagt, daß nur noch zweitausenddreihundert Mark auf seinem Konto stünden. Er schrieb einen neuen Scheck über zweitausend aus. Die restlichen dreihundert sollten als äußerste Reserve auf

* beim Pferdetoto

der Bank bleiben. Mit dem Geld in der Tasche kam er in Juliettes Hotel.

Sie wartete in der Halle. Nach einem guten Frühstück machten sie eine Fahrt zum Wannsee, und Juliette, die lange nicht hiergewesen war, genoß den herrlichen Tag in vollen Zügen. Erst spät fuhren sie zurück, soupierten wie zwei glückliche Kinder.

Theaterbesuche ... Bars ... ein Tag reihte sich an den andern. Waldemar vermied es ängstlich, sie an die Rennbahn zu erinnern, und dennoch sah er mit Entsetzen, wie sein Kassenbestand rapide abnahm.

Eines Morgens, als er Juliette wieder im Hotel aufsuchte, fiel ihr sein zerstreutes, gedrücktes Wesen auf. »Was hast du, Waldemar?«

Er beichtete stotternd: Sein ganzes Kapital bestand noch aus einem Fünfzigmarkschein.

»Oh«, sagte Juliette, »ich dachte doch ...«

»Ja, auch der größte Geldsack kriegt mal ein Loch! Da heißt's eben, das Loch wieder stopfen ... Leicht gesagt, aber schwer getan!«

»Kannst du nicht irgend etwas unternehmen?« sagte Juliette leichthin.

»Gewiß! Aber zu 'nem Unternehmen gehört Betriebskapital, und das fehlt mir leider ...«

»Nun, vielleicht sagst du mir, was du brauchst. Ich helfe dir selbstverständlich gern aus.«

»Du mir aushelfen? Bist du so reich, Juliette?«

»Reich nicht; aber was ich brauche, hab' ich immer, und ein paar tausend Mark könnte ich schon mal entbehren. Wieviel wäre denn nötig?«

»Viertausend Mark«, kam es zögernd aus Waldemars Mund.

»Kannst du haben! Aber sag erst mal: Was hast du vor?«

»Was ich vorhabe? Ich möchte den Coup von neulich noch einmal machen. Und diesmal etwas besser!«

»Du willst nach Paris? Mit dem Auto? Aber sagtest du nicht, es sei mittlerweile auch verpfändet?«

»Gewiß - aber das schadet ja nichts ... außer, wenn man mich schnappte ... Aber damit rechne ich nicht.«

»Und wann gedenkst du ...?«

»Je eher, je besser! Wenn ich das Geld heute noch haben könnte, würde ich morgen fahren.«

»Gut, Waldemar! Ich gehe nach oben und schreibe dir einen Scheck. Und dann wollen wir den Tag noch einmal recht nett und vergnügt verbringen!« -

Am nächsten Morgen - Juliette lag noch in tiefem Schlaf - rief Boffin sie an. Als sie zu ihm ins Büro kam, gab er ihr einen wichtigen Auftrag für London. Mit Freude ging Juliette darauf ein. Wenn sie zurückkam, mochte Waldemar wohl auch aus Paris wieder da sein.

Gleich nach ihrer Rückkunft aus England rief sie bei Waldemars Zimmerwirtin an und hörte: »Nein - Herr Hassenstein ist noch nicht zurück.«

Ein paar Tage vergingen in unruhvollem Warten. Dann hielt sie es nicht mehr aus. Sie erinnerte sich an ein Lokal, in dem ein paar Freunde Waldemars, die sie einmal flüchtig kennengelernt hatte, verkehrten, und fuhr dorthin.

Das Lokal lag hoch im Norden. Die abgelegene Gegend, das häßliche Straßenbild, die grauen, eintönigen Häuserreihen - das alles verdüsterte ihre Gedanken. Mit einem gewissen Bangen trat sie in das Lokal. Im Billardzimmer traf sie Waldemars Bekannte, die sie geräuschvoll begrüßten. »Waldemar? ... Sie wissen noch nichts, gnädiges Fräulein -?«

Juliette fühlte das drohende Unheil. »Was ist mit ihm? So sagen Sie's doch!« Ihre Worte überstürzten sich.

Die Antwort - leise, im Flüsterton - traf sie wie ein Donnerschlag. Waldemar war auf der Rückfahrt an der Grenze angehalten worden; sein Wagen samt Ladung beschlagnahmt.

Nur mit halbem Ohr hörte sie die teilnehmenden Worte der anderen. Wie betäubt fuhr sie nach Hause.

Schlaflos verbrachte sie die Nacht. Kein Gedanke in ihr an das verlorene Geld - nur die Sorge um Waldemar.

Würden sie ihn dort verurteilen, oder würde er nach Deutschland ausgeliefert werden? Hohe Strafen standen auf derartige Geschäfte ... Tausend Gedanken in ihr, wie sie ihm helfen könnte ... Ob sie sich an Boffin wenden, den um Rat fragen sollte? Sie wußte, der war ein mit allen Wassern gewaschener Yankee ...

Der Tag war schon angebrochen, als sie endlich in einen unruhigen Schlummer fiel. In ihren Schlaf schrillte das Telephon. Übermüdet, verdrossen wollte sie es überhören, drehte sich zur Seite. Doch das ließ nicht nach – schrillte mit kurzen Pausen immer wieder.

Ärgerlich richtete sie sich auf, ergriff den Hörer. Es war Boffins Stimme ... Etwas Wichtiges, besonders Interessantes mußte vorliegen, entnahm sie seinen Worten. Ihre verweinten Augen wurden klarer, als er ihr in vorsichtigen Andeutungen eine neue Beschäftigung in Aussicht stellte.

* * *

Wenn Dr. Fortuyn früher einige Zeit lang den kranken Terlinden nicht hatte besuchen können, kam mit Sicherheit ein Telephonanruf. Es war ihm aufgefallen, daß dies in letzter Zeit unterblieb. Und erschien er dann wieder in der Villa, so erwarteten ihn nicht mehr wie sonst freundschaftliche Vorwürfe über sein Wegbleiben. Im Gegenteil: Der Kranke empfing ihn mit mürrischem Gesicht und legte eine solche Gleichgültigkeit an den Tag, daß der Gast stutzig wurde.

Es war anzunehmen, daß Clemens' Gefühle für ihn sich gewandelt hatten. Um Klarheit zu gewinnen, wandte er sich eines Tages an Johanna. Schon bei seinen ersten Worten merkte er, wie sie in ängstliche Unruhe geriet, als habe sie eine solche Frage längst befürchtet. Je weiter er sprach, desto verstörter wurde sie. Wandte sich schließlich ab, um die Träne zu verbergen, die über ihr Gesicht rann. Am Zucken ihrer Schultern merkte er ihre Erregung, legte den Arm um sie. »Was hast du, Johanna? Du weinst? Hab' ich dir weh getan?«

Sie schüttelte den Kopf, erwiderte dann stockend, mit bebender Stimme: »Was du da andeutest, hab' ich ja schon immer mit Bangen erwartet. Ach, Walter - nun ist alles aus! Ein anderer hat Clemens' Ohr gewonnen - hat sich nicht gescheut, sein ohnehin verdüstertes Gemüt durch böswillige Andeutungen mit Argwohn und Mißtrauen zu erfüllen.«

Fortuyn war blaß geworden. »Sicherlich Düsterloh, der erbärmliche Wicht!« knirschte er. »Und ich kann mich nicht wehren, mir sind die Hände gebunden ... kann den Verleumder nicht zur Rechenschaft ziehen, mich vor Clemens nicht verteidigen! Darf ich's überhaupt noch wagen, ihm ins Gesicht zu sehen? Muß ich nicht immer die stumme Frage in seinen Augen lesen: Hast du mir deshalb das Leben gerettet, um mir mein Weib zu ...«

Da schrie Johanna laut auf, preßte ihm die Hand auf den Mund. »Nicht das Wort, Walter! Du hast ihm nichts geraubt - ihm gehörte ja längst nichts mehr! Wer weiß, ob er mich nicht schon ganz verloren hätte, wenn du nicht gewesen wärst! Nur daß ich mich immer wieder auf dein Kommen freuen konnte - die einzige Freude in diesem freudlosen Leben -, ließ mich hier ausharren. Wer darf über uns richten? Es war mein natürliches Recht, mich an dich zu klammern - in meiner Not ...« Jede Zurückhaltung war geschwunden. Ohne Scheu gab sie ihre Gefühle preis, ließ ihn in ihr Herz blicken, das in wildem Begehren nach ihm schrie. »Was willst du nun tun, Walter?« drängte sie ihn. »Unser Haus meiden - mich verlassen?« Ihre Finger umkrampften seine Arme, ihr Leib bebte wie im Fieber. In ihren unnatürlich großen Augen ein drohendes Leuchten ...

Sanft löste er ihre Hände, strich ihr beruhigend über die heiße Stirn. »Dich verlassen? Niemals, Johanna!« Er neigte seinen Mund zu ihrem Ohr. »Du mußt vernünftig sein - dich in die Lage fügen! So oft wie bisher kann ich nicht mehr zu euch kommen. Um den Schein zu wahren, unliebsamen Fragen vorzubeugen, will ich

Clemens auch weiter hin und wieder besuchen. Und du, Johanna, mußt stark und geduldig sein, wie unser Schicksal es fordert. Hab Vertrauen, Liebste! Alles wird noch gut!« Den Arm um ihre Schulter geschlungen, ging er zur Tür, drückte ihr fest die Hand. »Tapfer sein, Johanna!«

Kaum hatte sich die Tür hinter ihm geschlossen, da rief die Klingel des Kranken. Johanna eilte in ihr Zimmer, fuhr sich schnell mit einem feuchten Tuch über die Augen. »Lache, Bajazzo!«* ging's durch ihr Herz, während sie zum Krankenzimmer eilte. Als sie eintrat, lag wieder die Maske der ewig gleichmütigen, freundlichen Miene auf ihrem Antlitz.

»Was hattest du denn noch so lange mit Fortuyn zu reden?« kam es griesgrämig vom Krankenbett.

Sie fühlte das versteckte Lauern, das in der Frage lag. ›Tapfer sein!‹ Die letzten Worte Fortuyns klangen in ihr, gaben ihr die Kraft, frei und natürlich zu antworten. »Wir sprachen von dem alljährlichen Sommerfest, das die Direktion veranstaltet.«

»Ihr suchtet wohl schon die schönste Toilette aus für dich?« fragte Clemens bissig.

Ohne auf seinen anzüglichen Ton einzugehen, erwiderte sie heiter: »Ach, leider ist Doktor Fortuyn in solchen Fragen wenig kompetent! Ich glaube, er kann mit einer Dame stundenlang zusammensein und weiß nachher nicht, was sie für ein Kleid anhatte.«

»Na, jedenfalls brennst du doch darauf, das Fest mitzumachen?« Clemens war ärgerlich, weil sie auf seinen Ausfall hin so ruhig blieb.

»Vorläufig hab' ich mich noch gar nicht entschlossen.« Ein gleichgültiges Achselzucken. »Kannst ja Kampendonk fragen, dem ich antwortete, daß meine Teilnahme ungewiß sei.«

Clemens hielt die Augen geschlossen. Sie sah, wie es

---

* Dominik zitiert hier die damals durch Caruso weltbekannte Arie des Canio aus Leoncavallos Oper ›Der Bajazzo‹.

in seinem Gesicht arbeitete, wie er nach neuen verletzenden Worten suchte. Beide hatten das Klingeln draußen überhört, merkten erst auf, als Düsterloh in der Tür erschien. Nach flüchtiger Begrüßung ließ Johanna ihn mit Clemens allein.

In ihrem Zimmer auf den Diwan hingestreckt, lag sie, die eine Hand unterm Kopf, die andere auf das klopfende Herz gepreßt. Immer nur der eine Gedanke in ihr: Was soll werden - wie soll das enden? Immer wieder dies Quälen, Sticheln - und jetzt auch noch Onkel Düsterloh da...

›Ich kann mir schon denken, wie der Heuchler ihn mit seinen Anspielungen wieder aufputschen wird; und nachher, wenn er weg ist, bekomm' ich's zu fühlen.‹

Ihr Blick ging zur Uhr. ›Schon über eine halbe Stunde vergangen... Düsterloh noch bei Clemens? Oder ist er fort, ohne daß ich ihn gehört habe?‹

Da klopfte es. Das Mädchen fragte, ob Herr Direktor Düsterloh die gnädige Frau sprechen könne. Johanna nickte.

Düsterloh trat ein. Das Programm, das er sich für heut zurechtgelegt hatte, war auf eine neue Melodie abgestimmt. Er nahm Platz, schlug mit der Faust auf den Tisch. In burschikosem Ton fing er an zu poltern: »Das kann so nicht weitergehen! Ich begreife nicht, wie du das überhaupt aushältst. Clemens war unerträglich heute. Ich gab mir alle Mühe, ihn auf andere Gedanken zu bringen, aber er ließ ja nicht locker...« Düsterloh stockte. Johanna hatte ihm ihr Gesicht zugewandt, sah ihn voll an. Wie um sich größere Sicherheit zu geben, sprach er immer lauter. »Er ist verrückt! Einfach verrückt! Eine fixe Idee, von der er nicht loskommt! Ich hab' mir den Mund fusselig geredet - konnte ihn aber nicht davon abbringen...«

»Was meinst du denn, Onkel Franz?« fragte Johanna ganz gleichmütig.

»Ja - hat er sich denn dir gegenüber davon nichts

merken lassen? Er hat was gegen Fortuyn! Bildet sich ein, der wäre dein Courmacher*.«

»Ach, Onkel, du weißt ja, was Clemens sich alles einbildet! Ich bin's mittlerweile gewohnt, daß er Grillen fängt.** Gewiß - er hat auch mir damit in den Ohren gelegen. Um ihn zu beruhigen, hab' ich Fortuyn gebeten, seine Besuche einzuschränken. Gott, Onkel Franz, das ist ja nur eins von vielen. Wenn du wüßtest, was er alles aussinnt, um sich und andere zu quälen ...«

Düsterloh war aufgestanden, trat zu ihr heran. »Ich verstehe nicht, Johanna, wie du dies Leben ertragen kannst. Ich bin wirklich besorgt um dich. Früher oder später müssen doch deine Nerven versagen. Ja - aber wie soll man's ändern?« Er schien zu überlegen. »Halt - jetzt hab' ich's: Ich nehme meinen Sommerurlaub schon jetzt, und wir machen zusammen eine Reise ...«

Johanna deutete zum Krankenzimmer. »Und was wird mit ihm?«

»Um Clemens brauchst du dich nicht zu sorgen! Ich werde ihn schon dazu bringen, daß er seine Einwilligung gibt. Eine tüchtige Krankenschwester, als Ersatz für dich, ist bald gefunden. Vielleicht folgt er auch der Anregung, die ich ihm vorhin gab. Ich hab' ihm von einem Professor Vocke in Angelfingen erzählt. Der Mann unterhält da ein Sanatorium für Lungenkranke und ist Spezialist für Gasvergiftungen. Du weißt, derartiges passiert ja heute reichlich oft. Clemens wehrte zwar ab, aber vielleicht nimmt er doch mit diesem Wunderdoktor Fühlung. Ob's freilich noch hilft?« Er hob die Schultern. »Na, schaden kann's auf keinen Fall! Jedenfalls mußt du so oder so mal aus der Misere hier raus!«

Das klang so offen und ehrlich, daß Johanna in Zweifel geriet. »Du willst sicher unser Bestes, Onkel Franz. Dein Vorschlag einer Reise ist gewiß gut gemeint. Aber du wirst doch wohl einsehen, daß es nicht geht.«

---

* Liebhaber

** wunderliche Einfälle hat

»Warum nicht? Meinst du etwa, ein zwar nicht mehr ganz junger, aber doch noch recht gut konservierter Junggeselle solo mit seiner jungen, schönen Nichte ... Du befürchtest Gerede? ... Pah! Darüber dürften wir beide doch erhaben sein!«

»Ich weiß nicht, Onkel, ob du da nicht zu sehr von deinem Junggesellenstandpunkt aus sprichst.« Sie wollte dem Gespräch eine andere Wendung geben und versuchte zunächst, auf seinen flotten Ton einzugehen. »Man würde uns sehr wahrscheinlich für ein Ehepaar halten: Du, wie du selbst sagtest, noch gut konserviert; dazu, wie ich erwarte, ein überaus galanter Kavalier – die Klatschmäuler in Rieba würden da Tag und Nacht nicht stillstehen!«

Düsterloh faßte ihre Heiterkeit falsch auf. Er haschte nach ihrer Hand, hielt sie fest. »Nun, Johanna, wie wär's denn, wenn die Klatschmäuler früher oder später recht behielten?«

Johanna erschrak. Blitzschnell erkannte sie die Gefahr. »Nicht solche Scherze, Onkel!« stammelte sie verlegen.

»Scherze? Scheint es dir so unmöglich, meine Worte etwas ernsthafter aufzufassen?« sagte er in verändertem Ton.

Johanna machte ihre Hand gewaltsam los, trat einen Schritt zurück. »Onkel Franz – ich bitte dich! Du vergißt dich! Es ist nicht Tag und Stunde dafür. Denkst du nicht an Clemens?«

Düsterloh machte eine wegwerfende Handbewegung. »Ein lebender Leichnam! Wenn Gott ihn morgen erlöst, wird allen – auch ihm selbst – wohl sein. Warum nicht heute schon offen sprechen, Johanna? Meine Gefühle für dich werden später nicht anders sein als jetzt. Und du? Wenn ich heute auch weiter nichts mitnehme als das Bewußtsein, dir nicht gleichgültig zu sein – die Hoffnung, daß unsere Wege sich in Zukunft treffen könnten ...«

»Niemals! Niemals!« Johanna war unfähig, sich länger zu beherrschen. »Wie kannst du das wagen? Du mißbrauchst das verwandtschaftliche Verhältnis, in dem wir stehen!«

Düsterloh war aufgesprungen. »Verzeih mir, wenn ich mich hinreißen ließ!« Sie wollte gehen. Er trat ihr in den Weg. »Johanna, ich bitte dich - beschwöre dich ...« Sie schob ihn brüsk zur Seite; da rief er ihr mit unverhülltem Hohne nach: »Ja, ja! So ist's also wahr, was ich befürchtete: Ein anderer - dieser Fortuyn - liegt dir im Sinn! Wie recht hatte doch der arme Clemens!«

Sie wandte sich noch einmal zu ihm um. »Du wagst es, den Namen auszusprechen? Nachdem du eben erst ...« Sie kehrte ihm den Rücken, warf die Tür hinter sich zu.

* * *

Señor Pedro Gallardo hatte für seine geschäftlichen Verhandlungen mit Direktor Düsterloh einen schlechten Tag erwischt. Er war Einkäufer für südamerikanische Großhandelshäuser in chemischen Produkten und pflegte halbjährlich in Europa seine Abschlüsse zu tätigen. Düsterloh hatte, als Verkaufsdirektor, schon seit Jahren mit ihm zu tun.

Wie immer, ging auch heute der Handel nicht ohne zähes Feilschen von seiten Gallardos ab, doch noch nie hatte er Düsterloh so hartnäckig und unfreundlich gefunden. Mit einer verzweifelten Gebärde reckte er die Arme beschwörend zur Zimmerdecke. »Santa Madre - solche Preise? Unmöglich, Herr Direktor! Ich darf sie Ihnen nicht bewilligen. Muß erst noch mal telegraphisch mit meinen Auftraggebern Rücksprache nehmen.«

Düsterloh zuckte die Achseln. »Wie Sie wollen. Ich sagte Ihnen aber schon, daß ich morgen früh nach Leipzig fahre - zu Besprechungen mit unseren einheimischen Großabnehmern.«

»Hm - wenn ich die Depesche sofort wegschicke, könnt' ich bis morgen abend Antwort haben. Wie wär's,

Herr Direktor, wenn Sie mir den morgigen Abend in Leipzig opfern? Dort können wir vielleicht unser Geschäft ins reine bringen.«

»Meinetwegen. Also auf Wiedersehen!« –

Am nächsten Abend saßen sie in einem Hotel in Leipzig zusammen. Gallardo, den Kopf rot vor Eifer und vom vielen Reden, gestikulierte und beschwor den Direktor mit Mund und Händen, wenigstens noch ein Prozent nachzulassen; sonst verdiene er ja gar nichts an dem Geschäft.

Düsterloh, den der gute Wein in bessere Laune versetzt hatte, mußte immer wieder bei dem komischen Anblick lachen, den der lebhafte Südländer bot.

»Auf den Schreck erst mal 'nen Schluck!« Gallardo griff nach der Flasche. »Caramba – die ist leer!« Er klopfte mit dem Ringfinger ans Glas.

Als er den Arm zurückzog, folgten Düsterlohs Augen unwillkürlich seiner Hand. »Ah, Señor Gallardo – der Ring da an Ihrem Finger ... Auch ins Ehejoch gespannt?«

»Ich?« Gallardo streckte in komischem Entsetzen die Hände weit von sich. »Wie kommen Sie darauf?«

»Nun – ist das etwa kein Ehering?«

»Das hier?« Gallardo betrachtete lachend den goldenen Reif an seiner Rechten. »Nein, Herr Direktor. Nur mein Europaring. Ring für Ehe auf Zeit. Man vermeidet dann Schwierigkeiten auf der Reise – in Hotels – mit solch kleinem Talisman. Kennen Sie diese glückliche Einrichtung nicht?«

Düsterloh lachte laut heraus. »Wer ist denn die Gattin auf Zeit? Wo haben Sie sie aufgegabelt?«

»Eine Französin, Herr Direktor. Ich habe mit den Schönen dieses Landes die besten Erfahrungen gemacht. Früher, als ich noch jünger war, glaubte ich, schon der Abwechslung halber, es mit anderen Ländern – wollte sagen: Damen – versuchen zu müssen. Einmal auch mit 'ner Engländerin. Langweilig! Entsetzlich langweilig! Hauptsache Essen. Ich bin gewohnt, meine Damen auszuführen. Theater, Konzerte – für nichts hatte sie Sinn; dachte nur an das Souper nach dem Theater. Ein andermal hatte ich eine Spanierin. Was mir da passierte! Sie werden's kaum glauben: Die Dame war eifersüchtig! Stellen Sie sich das vor. Ich - der Mann mit der Brieftasche - durfte kein schönes Gesicht ansehen, ohne eine Szene von ihr zu riskieren. Na, dachte ich, versuchen wir's mal mit einer Deutschen! War auch nicht das Richtige, war zu hausbacken.«

»Fehlt noch die Italienerin«, sagte Düsterloh, der sich höchlich amüsierte.

Gallardo machte eine abwehrende Handbewegung. »Zu impulsiv, zu anspruchsvoll für mich! Nein - nichts geht mir über eine Französin. Und nun gar die jetzige! Stets liebenswürdig, gewandt, schick, nicht unbescheiden - mit einem Wort: con mucha clase!«

»Aber Sie kamen doch über Genua direkt hierher, Señor Gallardo?« meinte Düsterloh, der in immer bessere Laune geriet.

»Ich hatte eben Glück - machte da im Bad eine reizende Bekanntschaft: Fräulein Adrienne L'Estoile. Entzückendes Weib, sag' ich Ihnen! Schade, daß mein Europaaufenthalt diesmal so kurz ist! Ich hab' noch ein paar Geschäfte in Hamburg, fahre dann sofort nach New York. In fünf Tagen geht mein Dampfer, und das Vergnügen hat ein Ende. Meine Freundin reist über die Schweiz nach Frankreich zurück.«

»Und wo steckt Ihre bella princesa augenblicklich?« wollte Düsterloh wissen. Er war überzeugt, daß Gallardo als gewiefter Lebemann bei der Schilderung seiner Schönen nicht allzusehr übertrieben hatte. Sein leichtentflammbares Herz gierte danach, die so Gerühmte von Auge zu Auge kennenzulernen.

»Oh - sie ist oben in ihrem Zimmer und wartet«, beantwortete Gallardo seine Frage.

Wie beiläufig sagte Düsterloh: »Schade, daß Sie Ihre Freundin nicht zu unserem Essen mitgebracht haben! In Damengesellschaft schmeckt es immer besser. Sie wird außerdem auch Appetit haben.«

»Pardon, Herr Düsterloh: Erst das Geschäft - dann das Vergnügen!« Nach kurzem Besinnen fuhr Gallardo fort: »Wenn Sie's wünschen, ruf' ich sie herunter.«

»Ich bitte darum, Señor Gallardo.« Und zu dem Kellner, der die Teller auf den Tisch stellte: »Noch ein drittes Gedeck, Herr Ober!«

»Bin Ihnen außerordentlich dankbar, Herr Direktor!« versicherte Gallardo mit strahlendem Lächeln. »Ich werde Fräulein L'Estoile gleich benachrichtigen.« Als er vom Telephon zurückkam, sagte er wie entschuldigend: »Fräulein Adrienne bittet um etwas Geduld. Nachdem sie gehört hat, daß sie hier ein Frauenkenner von Rang erwartet, behauptet sie, sich unbedingt erst schönmachen zu müssen.«

Und dann erschien sie. Schon bei der höchst zeremoniellen Begrüßung durch Gallardo nahm Düsterloh die Gelegenheit wahr, sie kritisch zu mustern. Wußte sofort, daß Gallardo nicht übertrieben hatte. »Bella princesa« konnte man füglich sagen. Es war nicht allein die Schönheit ihres regelmäßig geschnittenen Gesichtes, ihr tadelloser Wuchs, ihre elegante Toilette - nein, das allein hätte einem Mann wie Düsterloh nicht genügen können -, auch all die anderen Vorzüge einer idealen Freundin hatte sie. Und von ihren frischen Lippen perlte lustig-geistreiches Geplauder, besonders drollig durch den starken französischen Akzent, mit dem sie die deutsche Sprache handhabte. Ein reizvoller Charme ging von allem aus, was sie tat und sagte.

Düsterloh war entzückt. Er dachte nicht mehr an die geschäftlichen Verhandlungen, widmete sich ganz seiner schönen Nachbarin, die augenscheinlich seinen Huldigungen gegenüber nicht unempfindlich blieb. Als er nach dem Mahl sein Glas mit dem ihren zusammenklingen ließ, fing er einen Blick von ihr auf, der seine Wirkung nicht verfehlte.

Während der Kellner abräumte, verschwand Adrienne für kurze Zeit. Kaum war sie außer Sicht, wandte sich

Düsterloh ohne Umschweife an Gallardo. Nach ein paar einleitenden Worten über die Vorzüge Adriennes, die in ihrem Überschwang selbst dem Mann aus heißen Zonen ein Lächeln entlockten, ging er direkt auf sein Ziel los. »Entschuldigen Sie, wenn ich ein bißchen mit der Tür ins Haus falle! Sie deuteten vorhin an, in fünf Tagen verließe Ihr Dampfer Hamburg und Fräulein Adrienne führe allein über die Schweiz zurück. Sie gestatten wohl, daß ich mich ihrer da etwas annehme?«

»Sehr liebenswürdig, Herr Direktor! Ich bin überzeugt, es wird ihr ein Vergnügen sein, wenn Sie ...« Er trank Düsterloh schmunzelnd zu.

»Äh ... in fünf Tagen erst geht Ihr Dampfer, sagten Sie? Offen gestanden - Sie nehmen es mir doch nicht übel? -: fünf Stunden wären mir lieber!«

»Fünf Stunden?« Gallardo lachte heiter. »Da sind wir ja nicht mal mit unserem Vertragsabschluß fertig!«

»Na, mein Freund«, meinte Düsterloh behäbig, »das dürfte doch etwas sehr reichlich sein. Wie war eigentlich unsere Differenz?«

Gallardo überfiel ihn mit einem Wortschwall. Die wirkliche Differenz von einer Mark pro Tonne wurde im Nu zu zwei Mark. Düsterloh überlegte einen Augenblick, sagte dann jovial: »Nun - dann teilen wir uns die Differenz!«

Gallardos Herz hüpfte vergnügt. Im Handumdrehen hatte er aus seiner Mappe die Vertragsformulare gezogen, füllte die Lücken aus, unterschrieb, reichte auch Düsterloh die Feder zur Unterschrift. »Ich danke Ihnen für Ihr Entgegenkommen, Herr Direktor. Es wäre ja auch das erste Mal, daß wir nicht glücklich d'accord* geworden wären.«

»Wäre noch ...« Düsterloh winkte mit den Augen zu dem leeren Stuhl neben sich.

»Ah, Sie meinen die Position Adrienne? Eine schnelle Regelung wäre Ihnen angenehm? Selbstverständlich bin

* einig

ich bereit, Ihnen auch da entgegenzukommen - vorausgesetzt, daß die Dame ihr Einverständnis erklärt.«

»Danke sehr, Señor Gallardo! Darüber brauchen Sie sich, glaub' ich, keine Sorgen zu machen!«

Kurz nachdem Adrienne wieder hereingekommen war, verließ Düsterloh eine Zeitlang den Tisch. Als er wiederkam, tat Gallardo dasselbe. Und als der zurückkehrte, war auch die Regulierung der ›Position Adrienne‹ zur allgemeinen Zufriedenheit erledigt.

Düsterlohs Stimmung wurde immer ausgelassener, je weiter die Zeit vorschritt. Einem Zeitungsverkäufer, der an den Tisch kam, schob er ein Markstück hin, ohne sich herausgeben zu lassen. Dieser Verkäufer schien übrigens nicht von großem Geschäftsgeist beseelt zu sein. Mit der unverhofften Einnahme anscheinend zufrieden, blieb er, den Rest der Zeitungen unterm Arm, draußen stehen. Trat hin und wieder ein paar Schritte zur Seite, ohne den Vorbeigehenden die Exemplare anzubieten.

Zwei Herren kamen jetzt an ihm vorüber, streiften ihn fast. Während der eine weiterschritt, kaufte der andere ein Zeitungsblatt. Diesmal war der Verkäufer nicht an einen so freigebigen Käufer gekommen. Er mußte ein größeres Geldstück wechseln und trat unter eine Laterne an der Bordsteinkante, um sein Kleingeld zusammenzusuchen.

In diesem Augenblick drehte sich der zweite Herr um und sah das Gesicht des Zeitungsverkäufers. Unwillkürlich machte er ein paar schnelle Schritte auf ihn zu, wandte sich aber wieder ab und tauchte ins Dunkel. An der Seite des Herrn, der die Zeitung gekauft hatte, ging er noch bis zur nächsten Ecke. Dann verabschiedete er sich, überquerte die Straße und blieb drüben im Schatten stehen, so daß er ungesehen den Zeitungsverkäufer im Auge behalten konnte.

Der wartete noch geraume Zeit. Als eine lustige Gesellschaft, die aus drei Personen - einer Dame und zwei Herren - bestand, aus dem Hotel kam, ging er etwas beiseite und beobachtete verstohlen, wie der größere der beiden Herren mit der Dame in ein Taxi stieg, während der andere in das Lokal zurückkehrte.

Jetzt schien der Zeitungsmann sein Geschäft endgültig schließen zu wollen. Er klemmte sich den Rest seiner Blätter unter den Mantel und trottete die Straße hinab. Der Herr auf der anderen Seite folgte ihm in einiger Entfernung. Am Augustusplatz schlug der Zeitungsverkäufer den Weg zum Bahnhof ein und stieg dort in einen Zug, der nach Osten fuhr. Auch der unbekannte Herr benutzte diesen Zug. In Rieba verließen beide die Eisenbahn. Die Bahnhofsuhr schlug gerade vier Uhr morgens.

Der Herr folgte dem Zeitungsverkäufer auch auf dem Weg zu den Rieba-Werken. Beide schienen Angehörige des Werks zu sein, denn aufgrund der vorgezeigten Karten fanden sie ungehindert Einlaß. Der Zeitungsverkäufer ging geradewegs auf das Laboratoriumsgebäude zu. Ein Heer von Scheuerfrauen war beschäftigt, die Räume zu säubern. Der Mann schritt durch die weitläufigen Gänge des Gebäudes bis zum Privatzimmer Dr. Fortuyns. Er drückte die Klinke nieder, wie um zu prüfen, ob die Tür ordnungsgemäß verschlossen sei. Zog dann einen Schlüssel aus der Tasche, öffnete, trat ein.

Der andere hatte denselben Weg eingeschlagen und kam ebenso unangefochten vorwärts. Je mehr er sich der Tür Dr. Fortuyns näherte, desto vorsichtiger trat er auf. Die letzten Schritte schlich er hastig und unhörbar über den Linoleumbelag des Flurs, zog die Tür, die nicht eingeklinkt war, etwas weiter auf und schaute hinein.

Der Zeitungsverkäufer stand, ihm den Rücken kehrend, vor der Rolljalousie eines hohen Schrankes. Er prüfte ihren Verschluß, kniete dann nieder. Eine Taschenlampe flammte auf. Anscheinend machte er sich an dem Schloß über der Fußleiste zu schaffen.

Mit ein paar Schritten war der Lauscher neben dem Knienden, packte ihn an den Schultern, riß ihn in die Höhe. »Sie erbärmlicher Lump! Sie Schuft! Jetzt hab' ich Sie!«

Der Ertappte drehte sich um, hob die Faust, wie um sich zu verteidigen ... ließ sie sinken. »Oh - Sie sind es, Herr Doktor Fortuyn?«

»Jawohl, Herr Wittebold - alias Doktor Wilhelm Hartlaub aus Ludwigshafen! Ich bin es!«

Fortuyn hatte ihm die Worte laut ins Gesicht geschrien. Wittebold fuhr sich ein paarmal über die Augen, wie um sich zu sammeln. Sagte dann leise: »Ich möchte Sie bitten, Herr Doktor, die Tür zu schließen. Es wäre ja eigentlich meine Aufgabe - als Laboratoriumsdiener; aber Sie könnten dann argwöhnen, ich wollte die Gelegenheit zur Flucht benutzen.«

Er sprach völlig ruhig und gelassen. Fortuyn meinte sogar einen Zug von Ironie und Humor um seine Mundwinkel spielen zu sehen.

Wittebold fuhr jetzt fort: »Ich halte es für besser, wenn die Tür geschlossen wird. Es empfiehlt sich nicht, daß irgend jemand draußen etwas von der Unterredung zwischen Ihnen und mir hört.«

»Was soll das alberne Gewäsch, Sie unverschämter Mensch? Eine Unterredung zwischen Ihnen und mir? Ihre Frechheit übersteigt fast noch Ihre Gemeinheit. Ich werde Sie sofort dem Sicherheitsdienst zuführen.«

»Das wäre übereilt, Herr Doktor! Vielleicht denken Sie anders, wenn Sie sich doch herablassen, dem von Ihnen so schwer verdächtigten Bürodiener Wittebold alias Doktor Wilhelm Hartlaub eine Unterredung zu gewähren.«

Fortuyn stand unschlüssig. Der auf frischer Tat Ertappte - zweifellos wollte er doch den Rollschrank erbrechen, wo viel wertvolles Material aufbewahrt wurde - zeigte nicht eine Spur von Schuldbewußtsein. Im Gegenteil: Er legte eine Sicherheit an den Tag, die nach alledem, was Fortuyn am heutigen Abend gesehen und in früheren Beobachtungen festgestellt hatte, unbegreiflich war.

Mechanisch drehte Fortuyn sich um, ging zur Tür, sperrte sie ab. »Ich halte es zwar für unnötig, nach dem, was ich alles von Ihnen weiß, eine Sekunde an Sie zu verschwenden; aber immerhin, falls Sie wirklich etwas zu Ihrer Rechtfertigung vorzubringen haben, so sagen Sie es!«

»Da Sie, Herr Doktor Fortuyn, wie Sie sagten, mich schon längst in Verdacht haben, werde ich zu meiner Rechtfertigung etwas eingehendere Ausführungen machen müssen. Ich möchte daher vorschlagen, wir setzen uns.«

In Fortuyns Gesicht schoß jähe Röte des Zorns. Die Dreistigkeit dieses erbärmlichen Spions ging über alle Grenzen. Ohne Notiz davon zu nehmen, daß Wittebold sich setzte, ging er mit starken Schritten in dem Raum auf und ab. »Nun fangen Sie endlich an!«

Wittebold deutete auf den Rollschrank. »Dies das jüngste Corpus delicti. Damit wollen wir anfangen!« Er kniete wieder nieder und ließ seine Taschenlampe aufleuchten. »Vielleicht bemühen Sie sich einmal hierher, Herr Doktor, und betrachten das Schloß! Bei genauem Hinsehen werden Sie merken, daß um das Schlüsselloch herum der Glanz des Messings matter ist und sich da Spuren von Wachs befinden. Auf diese Spuren hab' ich schon lange gewartet. Daß sie nicht von mir herrühren, ist wohl klar, denn wenn ich Wachsabdrücke nehmen wollte, könnte ich das am Tage viel bequemer.« Mit seinem Taschenmesser fuhr er an den Rändern des Schlüssellochs entlang, zeigte dann Fortuyn die Schneide. »Es dürfte Ihnen ein leichtes sein, Herr Doktor, diese Substanz unter Zuhilfenahme einiger Reagenzien als Wachs zu identifizieren.«

Fortuyn schaute Wittebold unsicher an. »Gut! Nehmen wir an, es wäre Wachs! Und von anderer Hand! Doch das berührt in keiner Weise das übrige, was ich von Ihnen positiv weiß.«

»Gewiß nicht, Herr Doktor Fortuyn. Aber ich sagte, wir wollen von hinten beginnen – und da glaubte ich, das sei der nächstliegende Punkt.«

»So! Wenn Sie meinen, Verehrtester ... Was kommt denn jetzt?«

»Ja...«, sagte Wittebold mit einigem Zögern, »ich glaube, es wäre doch besser, wenn ich, um eine logische Darstellung zu geben, chronologisch vorginge.«

»Ah!« erwiderte Fortuyn spöttisch. »Von Ihrem neuesten Beruf als Zeitungsverkäufer in Leipzig möchten Sie wohl nicht gern erzählen?«

Wittebold stutzte. Dann huschte ein Lächeln über seine Züge. »Dadurch kamen Sie mir wohl auf die Sprünge? Und ich glaubte, ich hätte mich genügend unkenntlich gemacht! Vielleicht hätt' ich doch lieber die blaue Brille, die ich drinnen im Hotel trug, auch draußen aufbehalten sollen. Dann würden Sie mich sicher nicht erkannt haben. Und dann wäre auch gewiß alles das jetzt nicht gekommen... Aber vielleicht ist es besser so!«

»Ich möchte Sie bitten, Herr Wittebold, diesen Ton zu lassen. Ich habe Sie schon seit einiger Zeit in schwerstem Verdacht, Spion zu sein. Ich halte es für ganz ausgeschlossen, daß Sie sich von allen Verdachtsmomenten reinigen können. Etwas mehr Bescheidenheit würde Ihnen besser anstehen.«

Wittebold ging zu einem Stuhl, setzte sich. »Entschuldigen Sie, Herr Doktor, wenn ich mich setze! Ich war heut viel unterwegs und bin müde.«

Lag's daran, daß die erste Erregung bei ihm geschwunden war – Wittebold machte tatsächlich den Eindruck eines Mannes, der, von vieler Mühe und Arbeit erschöpft, von Sorgen bedrückt, der Ruhe bedurfte, als er jetzt anfing –, Fortuyn setzte sich an seinen Schreibtisch, bereit zu hören.

Und Wittebold begann zu erzählen: von seiner ersten Anstellung in Ludwigshafen, seiner Heirat, den Geldnöten, der Lockung des Dollars... Deutsche Chemiker, im Besitz von deutschen Fabrikationsgeheimnissen, von Amerika zu hohen Preisen gesucht! ... Er schilderte seine Fahrt nach New York, sein Schicksal drüben: Wie ihm sein Verrat von Headstone so schnöde gelohnt wurde, wie er, nach Not und Elend von langer Krankheit genesen, innerlich gewandelt, sein ganzes Hoffen und

Streben nur auf das eine Ziel gerichtet habe: den Flecken auf seiner Ehre zu tilgen, den Feind auf deutschem Boden anzugreifen, Headstones dunkles Spiel hier zu durchkreuzen …

»Was Sie mir da vortragen, Herr Doktor Hartlaub, klingt zwar nicht unbedingt unwahrscheinlich. Aber Sie müßten stärkere Gegengründe beibringen, wenn Sie meinen Verdacht entkräften wollen.«

»Ich habe auch keineswegs erwartet, Herr Doktor, daß meine Erzählung Ihnen vorläufig mehr ist als ein Märchen. Ich will versuchen, Ihnen die Wahrheit meiner Worte zu beweisen.«

»Bitte, Herr Witte – – Pardon: Herr Doktor Hartlaub!«

»Ich nehme an, daß Sie etwas von Briefen gehört haben, die mit einem Eichenblatt unterzeichnet waren? Dieses Signum war ein spontaner Einfall von mir … als Symbol meiner Rechtschaffenheit,* wenn ich schon anonym schreiben muß.«

»Wie? Was? Sie kennen diese Briefe und wollen behaupten, Sie seien der Schreiber?«

»Allerdings, Herr Doktor Fortuyn. Ich kann Ihnen das auch leicht beweisen: Ich war so vorsichtig, die Briefe mit Kopien zu schreiben; die Kopien stehen Ihnen jederzeit zur Verfügung.«

Fortuyn war einen Augenblick verdutzt. Sagte dann zögernd: »Ich kann Ihren Beweis erst als gelungen ansehen, wenn ich Ihre Kopien mit den Originalen verglichen habe. Sonst noch Beweise, Herr Hartlaub?«

»Ja … Herr Doktor …« Die Worte kamen stockend, unsicher aus Wittebolds Mund. »Im Archiv liegt ein Exemplar eines Exposés, das Sie seinerzeit angefertigt haben, mit der Überschrift: *Exposé, betreffend die Elektrosynthese von Kautschuk …*«

Fortuyn sprang auf. »Dies Exposé kennen Sie? Das haben Sie in der Hand gehabt? Mensch, sind Sie des Teufels?«

---

* Die Eiche gilt als Sinnbild heldenhafter Standhaftigkeit.

Wittebold schüttelte den Kopf. »Ich habe es nicht in der Hand gehabt. Der Zufall brachte es mit sich, daß ich's vor mir liegen sah und die Titelzeile lesen konnte ...«

»Reden Sie weiter! Schnell! Sie wissen nicht, von welcher Bedeutung Ihre Aussage für mich sein kann.«

Wittebold druckste. »Ich weiß nicht recht, wie ich Ihnen das klarmachen soll. Am besten wohl, ich erzähl' es so, wie sich's zutrug. Also: Es war am Dreiundzwanzigsten des vorigen Monats. Vormittags um halb zwölf kam ich wie gewöhnlich ins Archiv. Vor mir trat Herr Direktor Düsterloh ein und sagte zu Doktor Hempel: ›Hier bringe ich Ihnen das Fortuynsche Exposé wieder!‹ Hempel stand gerade auf der Leiter. Deshalb legte Düsterloh das Dokument auf die Tischschranke und ich, als der Direktor gegangen war, meine Aktenmappe daneben. Zufällig hatten sich die Blätter des Exposés ein wenig verschoben – Sie erinnern sich wohl, daß es ein lose geheftetes Schriftstück ist? –, und auf der rechten oberen Ecke des zweiten Blattes bemerkte ich, während ich da stand und auf Herrn Doktor Hempel wartete, einen winzigen Stich, wie von einer Nadel oder einer feinen Reißzwecke. Es schien mir, als ob man versucht hätte, die geringfügige Verletzung durch Streichen und Drücken, vielleicht mit dem Fingernagel, wieder zu verwischen. Sie werden begreifen, Herr Doktor, daß mich diese Beobachtung stark interessierte. Da Herr Hempel noch immer auf seiner Leiter zu tun hatte, prüfte ich verstohlen auch die übrigen Seiten des Schriftstücks und ...«

»... entdeckten das gleiche?«

»Ungefähr – ja. Auf einigen Blättern auch wieder solche verwischten Stiche an den äußersten Ecken, an anderen leichte kreisförmige Eindrücke, wie sie wohl der Kopf eines Reißnagels hervorbringen kann ...«

»Weiter! Und dann –?«

»Nun – ich fragte mich: Wie kommen die Abdrücke dahin? Und fand nur die eine Erklärung: Man mußte die Blätter einzeln auf eine Unterlage geheftet haben. Zu welchem Zweck? Um sie zu photographieren!«

Blaß vor Ärger und Zorn schlug Fortuyn mit der Faust auf den Tisch und rannte im Zimmer hin und her.

»Ich weiß nicht, wozu das geschah«, fuhr Wittebold fort. »Kann Ihnen auch nicht angeben, wer es tat. Ich habe leider nicht den geringsten Verdacht...«

Fortuyn blieb stehen, sah Wittebold durchdringend an. »Mann! Wissen Sie auch, daß es hier um Kopf und Kragen geht?«

Wittebold erschrak vor dem drohenden Blick. »Ich kann Ihnen nichts weiter sagen!« stotterte er.

»Nun - so will ich's Ihnen sagen!«

War's die Überraschung, war's der Ton in Fortuyns Stimme - auch Wittebold sprang auf. »Sie -? Sie wissen das? Sie wußten also schon, was ich Ihnen eben erzählte?«

Fortuyn schüttelte den Kopf. »Nein! Sie verstehen mich nicht. Was Sie da an dem Exposé beobachtet haben, wußte ich nicht. Aber andere Dinge, die ich weiß, haben jetzt durch Ihre Angaben eine Erklärung gefunden... Wenn ich's Ihnen jetzt sage... vielleicht begehe ich eine Torheit und bin der Betrogene...« Er faßte Wittebold an den Schultern, sah ihm in die Augen. Der hielt den Blick aus; kein Muskel in seinem Gesicht zuckte.

Nach einer Weile ließ Fortuyn ihn los. »Wie es geschah, weiß ich nicht. Ich weiß nur, wer es tat - oder tun ließ. Es war Ihr Freund Headstone!«

»Head... stone...?« keuchte Wittebold. Er griff sich an die Stirn. »Endlich komm' ich ihm auf die Spur!« Er legte bittend die Hand auf Fortuyns Arm. »Lieber Herr Doktor, erzählen Sie... erzählen Sie mir mehr! Wenn Sie wüßten, was das für mich bedeutet! Endlich eine Spur von diesem Schuft!«

»Nun, so hören Sie denn, daß man jetzt in Detroit nach meinem Verfahren arbeitet, und zwar aufgrund dieses Exposés!«

Und dann sprachen sie noch lange – über das Exposé, über Detroit und über Headstone.

* * *

Schlaflos verbrachte Fortuyn den Rest der Nacht, ließ sich am nächsten Morgen bei Geheimrat Kampendonk melden. Der saß an seinem Schreibtisch, einen Brief in der Hand, dessen Inhalt, nach dem Ausdruck seines Gesichtes zu schließen, nicht angenehmer Art war.

»Nun, was ist, Herr Doktor Fortuyn?« Aus der Stimme des Geheimrats klang Mißmut, Gereiztheit. Kaum, daß er Fortuyn flüchtig die Hand reichte. Er vergaß auch, ihm einen Stuhl anzubieten; knurrte nur, als Fortuyn nicht gleich zu sprechen begann: »Nun – was ist denn, Herr Doktor?«

»Störe ich vielleicht, Herr Geheimrat?«

In Fortuyns Frage mochte wohl der Unterton einer gewissen Empfindlichkeit klingen. Der Geheimrat sah ihn einen Augenblick an, schob dann den Brief, der ihn offenbar schwer gereizt hatte, kurz beiseite und sagte: »Bitte nehmen Sie Platz! Was ist denn nun eigentlich los?«

»Sie haben, wie es scheint, Herr Geheimrat, heute morgen schon Ärger gehabt. Ich fürchte, ich werde Ihnen Mitteilungen zu machen haben, die auch recht unerfreulich sind.«

»Das hätte mir gerade noch gefehlt!« brummte Kampendonk vor sich hin. »Na – ein Unglück kommt selten allein. Schießen Sie los, Herr Doktor!«

»Bevor ich spreche, erst eine kleine Bitte, Herr Geheimrat: Möchten Sie wohl die Güte haben, mir die beiden anonymen Briefe zu zeigen – die mit dem Eichenblatt?«

»Die Eichenblattbriefe? Die können Sie gern haben.« Kampendonk schloß seinen Schreibtisch auf, nahm die beiden Schreiben heraus.

Fortuyn legte die Schriftstücke vor sich hin, holte aus

seiner Brieftasche zwei andere und breitete sie neben den Eichenblattbriefen aus. Seine Augen gingen scharf vergleichend über die Blätter.

Kampendonk sah ihm verwundert zu. »Was machen Sie denn da, Herr Fortuyn?«

Der stand auf, trat zu dem Geheimrat, legte die vier Schriftstücke geordnet vor ihn hin. »Wollen Sie bitte auch einmal diese Kopien mit den Originalen vergleichen!«

»Kopien? Sie haben Kopien dieser Briefe? Ja was soll denn das heißen? Da hätten wir also endlich unseren Anonymus! Wer ist es denn?«

»Darüber später, Herr Geheimrat! Mich interessierte zunächst zu wissen, ob die Schriftstücke, die ich mitgebracht habe, tatsächlich Kopien der Eichenblattbriefe sind. Wie Sie sich wohl selbst überzeugt haben, ist ein Zweifel nicht möglich.«

Kampendonk nickte. »Aber was soll denn das alles?« fragte er ungeduldig.

»Oh, diese Sache hat nunmehr keine weitere Bedeutung. Sie diente nur dazu, mir Sicherheit über das zu geben, was ich jetzt vorzubringen habe.«

»Wie ...? Was ...?« stotterte der Geheimrat. »Das soll ohne Bedeutung sein? Gestatten Sie, daß ich darüber anderer Ansicht bin. Ich verlange von Ihnen zu wissen, von wem Sie diese Kopien haben!«

Fortuyn hob beschwichtigend die Hand. »Später, Herr Geheimrat! Ich bitte, mich jetzt darüber nicht weiter zu befragen. Das, was mich veranlaßte, Sie um eine Unterredung zu bitten, ist von einer viel größeren Wichtigkeit. Ich kann nun, nachdem ich die Eichenblattbriefe gesehen habe, viel sicherer sprechen.« Fortuyn verwahrte die Kopien wieder in seiner Brieftasche. »Jetzt möchte ich Sie bitten, Herr Geheimrat, mein Exposé über die Elektrosynthese von Kautschuk aus dem Archiv kommen zu lassen.«

Kampendonk schüttelte verwundert den Kopf. »Rätselhaft, das alles ... Aber meinetwegen – Sie sollen Ihren

Willen haben!« Er rief Dr. Hempel an, teilte ihm seinen Wunsch mit. »Und nun, lieber Herr Fortuyn, äußern Sie sich doch endlich deutlicher!«

»Ich bitte um Verzeihung, Herr Geheimrat! Ich möchte erst sprechen, wenn das Schriftstück hier ist, um eine Störung zu vermeiden.«

Kampendonk warf einen durchdringenden Blick auf Fortuyns Gesicht. Was er in dessen Augen las, erfüllte ihn mit einer gewissen Unruhe. Der Mann, der so gelassen sprach ... nichts Gutes lauerte hinter dessen verschlossener Miene.

Das Eintreten Dr. Hempels unterbrach die Stille. Der Archivverwalter überreichte dem Geheimrat das Exposé. Der gab es schweigend an Dr. Fortuyn. Sah erstaunt, wie der sich hastig darüberneigte, es scharfen Blickes Seite für Seite durchmusterte.

Jetzt hob Fortuyn den Kopf. »Vielleicht darf Herr Doktor Hempel im Zimmer von Doktor Knappe warten, Herr Geheimrat?«

»Gewiß ...« Kampendonk deutete auf die Tür zu dem Zimmer seines Sekretärs.

Kaum hatte sich die Tür hinter Dr. Hempel geschlossen, da sprang Fortuyn auf, war mit ein paar hastigen Schritten an Kampendonks Seite. Mit leicht zitternden Händen entfernte er die Klammern, die die Blätter des Exposés zusammenhielten, begann dann zu sprechen. Seine Stimme klang zwar vollkommen beherrscht, doch verriet sein heftiges Atmen starke innere Bewegung.

»Sie sehen hier, Herr Geheimrat, an den Ecken der Blätter bald deutlich, bald undeutlich die Spuren von Reißnägeln!«

Kampendonk blickte nur flüchtig auf die Stellen, die Fortuyn ihm zeigte; er konnte seine Unruhe nicht länger bemeistern. »Hören Sie endlich auf, mir Rätselaufgaben zu stellen! Sagen Sie, um was es sich handelt!«

»Jawohl, Herr Geheimrat. Es handelt sich um folgendes: Am einundzwanzigsten April hat sich Herr Direktor

Düsterloh von Doktor Hempel dieses Exposé geben lassen und es mit nach Berlin genommen. Am Mittag des übernächsten Tages gab er es zurück. Und ich behaupte, das Schriftstück ist in Berlin von irgendeiner Seite, die Interesse daran hatte, Blatt für Blatt photographiert worden. Daher die Spuren der Reißnägel!

Am zweiten Mai bekamen Sie, Herr Geheimrat, von dem Agenten der Rieba-Werke in Detroit die Nachricht, daß man dort nach meinem Verfahren unter Benutzung hiesigen Materials arbeite. Damals zerbrachen wir uns allesamt den Kopf, auf welche Weise die da drüben in den Besitz unserer Fabrikationsgeheimnisse gelangt seien. Jetzt dürfte diese Frage gelöst sein. Die Photos meines Exposés waren jene Unterlagen, von denen unser Vertrauensmann berichtete.«

Fortuyn ging tief durchatmend an seinen Platz zurück und setzte sich.

Kampendonk hatte den Kopf in die Hand gestützt, sah zur Seite. »Was Sie da vorbringen, Herr Doktor ... wirklich kaum glaublich ... und doch ... Nur eins vorweg!« Er sprach es laut, betont. »Ich halte es für gänzlich ausgeschlossen, daß etwa Düsterloh an diesen - hm! - von Ihnen vermuteten Manövern direkt oder gar aktiv beteiligt ist.«

»Ich habe mit keinem Wort - auch nicht andeutungsweise - Herrn Direktor Düsterloh beschuldigt«, erwiderte Fortuyn, ebenfalls mit starker Betonung. »Ich möchte Sie überdies bitten, Herr Geheimrat, mich bei der weiteren Untersuchung völlig aus dem Spiel zu lassen.«

Kampendonk nickte. Sprach nach einer Weile: »Ich werde natürlich sofort alles das, was Sie mir gesagt haben, Herr Doktor, aufs schärfste nachprüfen und Ihnen dann Nachricht geben.«

»Sehr wohl, Herr Geheimrat. Doch ehe ich gehe, möchte ich Ihnen noch eine weitere Sache zur Kenntnis bringen, die gleichfalls von großer Bedeutung ist. Teile meines Materials, darunter sehr wichtige Dinge, sind in einem Rollschrank in meinem Büro aufbewahrt. Am Schlüsselloch dieses Rollschranks waren« - Fortuyn stockte einen Augenblick - »heute morgen Spuren von Wachs zu entdecken. Ich hege daher begründeten Verdacht, daß jemand einen Wachsabdruck nahm, um sich einen Nachschlüssel anfertigen zu lassen.«

Kampendonk schlug mit der Faust auf den Tisch, sprang auf. »Ja ist man denn hier vollständig verraten und verkauft?« Seine Finger rissen furchend durch den langen Bart. Er ging eine Weile in heftiger Erregung durch das Zimmer, blieb dann vor Fortuyn stehen. »Haben Sie schon mit Wolff gesprochen?«

»Noch nicht, Herr Geheimrat.«

»Dann tun Sie's sofort! Er soll mir später berichten. Die Sache mit dem Exposé werde ich natürlich selbst in die Hand nehmen. Übrigens - Sie dürfen mir diese Frage nicht verübeln -: Wie ist Ihnen das alles zu Ohren gekommen? Eigene Beobachtungen?«

Fortuyn besann sich einen Augenblick. »Ich möchte Ihnen nur ein Wort sagen, mehr darf ich nicht, Herr Geheimrat: Nehmen Sie an, der Mann mit dem Eichenblatt ...«

Kampendonk trat erstaunt einen Schritt zurück. »Wieder dieser geheimnisvolle Unbekannte! Sie wollen ... dürfen mir seinen Namen nicht nennen?«

»Nein, Herr Geheimrat. Und ich glaube auch, es ist besser so. Der Mann hat ein unbedingtes Interesse daran, im verborgenen zu arbeiten. In Rieba haben die Wände Ohren ...«

Kampendonk stampfte ärgerlich auf. »Ist der Ausdruck nicht etwas zu stark, Herr Doktor Fortuyn?«

»Leider nein, Herr Geheimrat. Ich nenne zum Beispiel diese Eichenblattbriefe. Offiziell wurde mir davon nichts mitgeteilt; es ist über die Briefe in geheimer Verhandlung beraten worden ... Und doch, Herr Geheimrat: Ich kann beim besten Willen nicht sagen, von wem ich's erfahren habe ... ich habe es jedenfalls erfahren.«

Kampendonk wandte sich ärgerlich ab, ging ohne

Gruß ins Nebenzimmer zu Dr. Hempel. Und Fortuyn suchte Dr. Wolff auf. –

Eine Stunde später kam der Geheimrat in Fortuyns Zimmer. »Ich habe in der Sache einstweilen nichts weiter unternehmen können, Herr Doktor. Direktor Düsterloh ist noch nicht in seinem Büro, wird aber erwartet. Doch hat Doktor Hempel mir Ihre Angaben bestätigt. Was haben Sie mit Wolff verabredet?«

»Zunächst mal werde ich in der Mittagszeit alles Wichtige aus dem Rollschrank entfernen, Herr Geheimrat. Den größten Teil des Materials gebe ich in die Sicherheitsräume der Registratur. Doktor Wolff hat außerdem einen Plan entworfen, nach dem mein Büro und besonders der Rollschrank durch Alarmvorrichtungen gesichert werden sollen. Er hofft bestimmt, dadurch sowie durch schärfste Beobachtung meines Laboratoriums und der zugehörigen Räume den Spion zu fassen.«

Kampendonk nickte beifällig; doch schien es, als habe er nur mit halbem Ohr zugehört. Ein Papier, mit dem seine Hand nervös spielte, schien seine Gedanken in Anspruch zu nehmen. Er räusperte sich ein paarmal, legte das Blatt auf Fortuyns Schreibtisch. »Wollen Sie bitte den letzten Absatz dieser Mitteilung unseres Detroiter Agenten lesen, Herr Doktor?«

Fortuyn las halblaut: *»Man hat von Rieba aus die ›United‹ vor mir gewarnt.«* Er richtete sich auf. »Sehr sonderbar, Herr Geheimrat ... Das gibt zu Vermutungen Anlaß, die ...«

»... niederschmetternd sind!« vollendete Kampendonk. Er ließ sich schwer in Fortuyns Schreibstuhl fallen. Seine hohe, trotz seines Alters noch straffe Gestalt schien in sich zusammenzusinken, als trügen die Schultern nicht mehr die schwere Bürde seiner verantwortungsvollen Stellung. Mit müden Fingern faltete er den Brief, steckte ihn zu sich. »Ich brachte dieses Schreiben zunächst zu Ihnen, Herr Doktor – der Sie ja von dem Umfang der gegnerischen Spionage beste Kenntnis haben –, um Sie auch in diesen neuen Vorfall einzuweihen. Außerdem tat ich's« – über das Gesicht des Geheimrats glitt ein etwas verlegenes Lächeln –, »um Ihnen anheimzustellen ...« Der Geheimrat stockte; zögernd kamen die Worte: »... anheimzustellen, Ihrem Freund Eichenblatt eventuell Mitteilung zu machen ... hiervon ... Das heißt, ich weiß ja nicht, wie weit der Mann Vertrauen verdient ... will Sie deshalb auch nicht direkt dazu veranlassen ... Immerhin – bei der zweifellos außerordentlichen Beobachtungsgabe, die dieser Herr besitzen muß, würde er möglicherweise einiges von dem, was wir heut morgen besprachen, als Fingerzeig benutzen können, um vielleicht ...«

Fortuyn unterdrückte ein leises Lächeln, verneigte sich stumm. Als Kampendonk gegangen war, saß er noch lange Zeit nachdenklich an seinem Schreibtisch, die Person des Bürodieners Wittebold vor seinem inneren Auge.

Dieser Mann – damals den Lockungen des Dollars erlegen ... Charakterschwäche? ... Einem schwachen Charakter solche Dinge anvertrauen –? Unmöglich! Und doch: das Wesen, die Züge dieses Mannes – sympathisch, vertrauenerweckend ... Wie war die Kluft zwischen Denken und Handeln bei ihm entstanden?

Ah, hatte er nicht auch andeutungsweise von einer Frau gesprochen – seiner Frau? Gewiß! Er war ja verheiratet gewesen in Ludwigshafen, war mit ihr nach Amerika übergesiedelt ... Und dort? Was war dort mit der Frau geschehen?

Wut – Haß gegen einen Mann ... wer war es doch gleich? Nein, darüber hatte er nichts Näheres gesagt. Hm – hm ... Fortuyn kniff die Augen zusammen. Sollte nicht hier die Ursache für den Riß in Wittebolds Charakter zu suchen sein? War die Liebe zu seiner Frau der Grund, daß er so kläglich Schiffbruch erlitten ...? Und sein Haß gegen Headstone? War Headstone vielleicht jener Mann, der ...

Je länger Fortuyn grübelte, desto unschlüssiger wurde er. Sollte er es wagen, Wittebold volles Vertrauen zu schenken? Ja, wenn er das bestätigt wüßte, was er sich selbst eben als wahrscheinlich zusammengereimt hatte, dann durfte er's wohl wagen... Was tun? An wen sich wenden, um Sicherheit zu bekommen?

Plötzlich sprang er auf. Ein Gedanke: Was ein Mann eines anderen Mannes Ohr wohl verschwieg, einer Frau würde er es leichter anvertrauen. Zu Tilly wollte er gehen! Sie, auf deren Verschwiegenheit er sich verlassen konnte, sollte versuchen, aus Wittebold all das herauszuholen, was ihm selber noch fehlte, um sich ein abschließendes Bild von dem Charakter des Mannes zu machen.

* * *

Sofort nachdem Kampendonk Fortuyn verlassen hatte, war Dr. Wolff zu dem Geheimrat gekommen, hatte in langer Unterredung seinen Plan, dem Spionageunwesen zu Leibe zu gehen, entwickelt. Immer wieder war dabei Kampendonk der Gedanke gekommen: Wie gut wäre es doch, wenn dieser Eichenblattmann aus seiner Verborgenheit hervorträte! Ein Zusammenarbeiten mit Wolff würde äußerst zweckdienlich sein. Gewiß, Wolff war sehr tüchtig und pflichteifrig; aber er war erst seit kurzem im Werk und verfügte noch nicht über größere Erfahrungen.

Kampendonk sah auf die Uhr, sprach dann ins Telephon: »Wollen Sie Herrn Direktor Düsterloh zu mir bitten!«

Der trat bald darauf ein. Der kühle Empfang durch Kampendonk, die Anwesenheit Wolffs befremdeten ihn.

Der Geheimrat schlug eine Mappe auf, in der das Fortuynsche Exposé lag. »Dieses Dokument, Herr Düsterloh, hatten Sie sich am einundzwanzigsten April im Archiv von Doktor Hempel geben lassen?«

Düsterloh nickte zustimmend.

»Sie haben dieses Schriftstück mit nach Berlin genommen. Wozu? Warum?«

Düsterlohs Miene verriet Verlegenheit. »Allerdings, Herr Geheimrat. Ich nahm es mit, um es unserem alten Freund Janzen für einen Tag zur Verfügung zu stellen. Der hat bekanntlich mit Professor Bauer eine Kontroverse, brauchte wissenschaftliches Material. Ich übergab es ihm zu treuen Händen und bin sicher, daß kein Mißbrauch damit getrieben wurde.«

»Hm! Was zunächst mal die Sache selbst betrifft, so muß ich mich, offen gestanden, sehr wundern, Herr Düsterloh, daß Sie, der Sie schon so lange dem Werk angehören, ein wichtiges Schriftstück aus dem Werk – ja, aus Rieba – für längere Zeit entfernten. Es hätte Ihnen doch klar sein müssen, daß damit – von Professor Janzen abgesehen – leicht etwas passieren konnte. Um ein einfaches Beispiel zu nehmen: Ihr Koffer konnte gestohlen werden. Das kommt doch, möchte ich sagen, tagtäglich vor. In der Eisenbahn, im Hotel ... Haben Sie daran nicht gedacht?«

Düsterloh rückte unruhig auf seinem Stuhl hin und her. »In gewisser Beziehung ja, Herr Geheimrat. So ganz ohne Bedenken war ich nicht. Aber ich habe das Dokument stets in meiner Aktentasche bei mir gehabt – abgesehen von den Stunden, wo es sich im Hause Professor Janzens befand. Aber was soll das alles? Das Exposé ist doch da!«

»Allerdings. Aber nachdem es heimlich photographiert worden ist, Herr Direktor Düsterloh!«

»Unmöglich! Ausgeschlossen!« Düsterloh sprang auf, trat näher an Kampendonk heran. »Das Exposé ist nicht aus meiner Hand gekommen, und in Janzens Ehrlichkeit Zweifel zu setzen, erscheint völlig absurd. Wie kommen Sie zu Ihrer Annahme? Welche Beweise haben Sie dafür, daß mit dem Dokument Mißbrauch getrieben wurde?«

»Wollen Sie sich bitte hier mal die Ecken der Blätter ansehen, Herr Düsterloh! Vielleicht mit diesem Vergrößerungsglas! Dann wird es noch deutlicher ... daß sich nämlich auf jedem Blatt Abdrücke von Reißnägelköpfen bemerkbar machen. Welche Erklärung haben Sie dafür?«

Düsterloh richtete sich auf, trat mit hochrotem Kopf einen Schritt zurück. »Reißnägelabdrücke? ... Sollte Professor Janzen ...?«

»Nein, Herr Düsterloh! Wollte sich Herr Janzen eine Kopie machen, dann hätte er nicht die Kamera, sondern die Schreibmaschine benutzt. Seine Vernehmung ist mit größeren Umständen verbunden; würde auch erst nötig sein, wenn Sie uns beweisen könnten, daß ein Mißbrauch des Exposés, solange es sich in Ihrem Besitz befand, unmöglich war.« Düsterloh wollte aufbrausen, doch Kampendonk gebot ihm Schweigen. »Wollen Sie bitte Platz nehmen, Herr Düsterloh, und die Fragen beantworten, die Ihnen Doktor Wolff stellen wird!«

»Ein Verhör?« Wieder wollte Düsterloh aufbegehren. »Ein regelrechtes Verhör durch Herrn Doktor Wolff?«

»Allerdings! Und es wird viel davon abhängen - für Sie wie für uns -, wie diese - hm! - Befragung ausläuft. Sie erinnern sich doch, daß unser Agent aus Detroit vor einiger Zeit meldete, man arbeite dort mit Fortuynschem Material? Allem Anschein nach sind wir jetzt dahintergekommen, auf welche Weise Detroit in den Besitz dieses Materials gelangt ist. ›Material‹ und ›Exposé‹ dürften in diesem Fall das gleiche sein!«

Düsterloh war blaß geworden. Er wollte sprechen, konnte aber nur zusammenhanglose Worte hervorbringen. Auf einen Wink Kampendonks begann Dr. Wolff die Vernehmung, stellte Stunde für Stunde jeden Schritt fest, den der Direktor seit dem Verlassen des Werkes an jenen Tagen getan. Düsterloh dankte im stillen dem Himmel, daß er sich in Berlin nicht einige seiner sonst üblichen Eskapaden geleistet, sondern den Abend solide in der angenehmen Gesellschaft Bosfelds und der englischen Dame verbracht hatte.

Nachdem Wolff mit ihm alles bis zu seiner Rückkehr nach Rieba durchgesprochen hatte, glaubte Düsterloh erleichtert aufatmen zu können. Da begann der Inquisitor sich noch einmal peinlich für das Souper im Restaurant ›Lahti‹ zu interessieren.

Nach unzähligen Kreuz- und Querfragen wandte er sich zu Kampendonk und sprach betont: »Der Diebstahl oder, wenn man es so nennen will, der Mißbrauch mit dem Exposé ist bei ›Lahti‹ verübt worden.«

In kurzen, bestimmten Sätzen erklärte er, wie er zu dieser Annahme komme, und Düsterloh wurde von Minute zu Minute bedrückter; er wagte, als endlich Wolff die Kette seiner Beweisgründe schloß, nicht mehr den Mund zu öffnen. Niedergeschmettert saß er da. Seine Lippen bewegten sich, unfähig, Worte zu formen.

»Auf jeden Fall«, beendete Wolff seine Darlegungen, »werde ich mich der Sicherheit halber sofort eingehend über die Person dieses Herrn Bosfeld erkundigen. Die verführerische Engländerin«, setzte er mit leichtem Lächeln hinzu, »wird wohl längst in ihre Heimat zurückgekehrt sein.«

»Ich habe anschließend eine Sitzung des Direktoriums anberaumt«, erklärte Kampendonk. »Sie werden einsehen, Herr Düsterloh, daß ich dem Direktorium von alledem Mitteilung machen muß. Sie persönlich sind von der Teilnahme an dieser Sitzung entbunden.«

Mit einem leichten Kopfnicken war Düsterloh entlassen. Kampendonk winkte Wolff. »Kommen Sie mit, Herr Doktor! Sie sollten an der Sitzung teilnehmen.«

Als Kampendonk in den Sitzungssaal trat, sah er dort auch Dr. Moran und Dr. Fortuyn. Er winkte Knappe zu sich. »Was sollen die beiden hier?«

»Verzeihung, Herr Geheimrat: Ich sollte dieselben Herren zu der Sitzung zusammenbitten, die bei der vorigen zugegen waren, und da glaubte ich ...«

»Nun - meinetwegen! Wenn sie einmal da sind ... Immerhin dürften Sie wissen, daß die beiden Herren nicht zum Direktorium gehören, Herr Doktor Knappe!«

Kampendonks Ausführungen schlugen wie eine Bombe zwischen die versammelten Direktoren. Niemand - auch keiner von den Freunden Düsterlohs -

fand ein Wort der Entschuldigung für ihn. Als sich die Wogen der Erregung gelegt hatten, ließ sich Kampendonk die letzte Mitteilung aus Detroit geben und las jene Stelle, die er auch schon Fortuyn gezeigt hatte, laut vor.

Als er geendet hatte, herrschte wohl eine Minute lang Stille in dem Raum. Von jenem ersten Brief des Agenten war nur im engsten Kreis des Direktoriums gesprochen worden. Wie war es möglich, daß man in Detroit von diesem Brief Kenntnis erhalten hatte? Jeder der Anwesenden sah geradeaus. Keiner wagte, den Nachbarn anzusehen - aus Furcht, der Blick könnte als eine Beschuldigung, als ein Vorwurf aufgefaßt werden. Ein lähmendes Gefühl der Unsicherheit lag über allen.

Kampendonk ergriff wieder das Wort. »Anscheinend hat niemand von Ihnen, meine Herren, hierzu etwas zu sagen. Auch ich stehe dieser Meldung ratlos gegenüber. Wie schwer mich das alles trifft, können Sie, die Sie schon so lange mit mir zusammenarbeiten, sich wohl denken. Noch wehre ich mich gegen den Argwohn, in meiner Nähe einen Verräter, einen Spion zu vermuten. Aber ...« Kampendonk unterbrach sich, machte hinter seinem Platz ein paar kurze Schritte. »Ich habe Ihnen nichts weiter zu sagen, meine Herren, und schließe hiermit die Besprechung.«

Als eine Stunde später Dr. Wolff die Nummer Bosfelds in Leipzig anrief, wurde ihm gesagt, der Herr sei verreist.

* * *

Düsterloh saß derweil mit schweren Gedanken in seinem Arbeitszimmer. Daß gerade ihm solch unangenehme Sache passieren mußte! Dieser Bosfeld - sollte er sich so in dem Mann getäuscht haben, den er schon seit längerem als fidelen Jagd- und Zechgenossen kannte? Und doch: Die scharfsinnigen Folgerungen Dr. Wolffs ließen sich nicht aus der Welt schaffen ...

Und die englische Lady, dieses Teufelsweib? Ein Lockvogel nur, dessen Girren er blindlings gefolgt war, um auf der Leimrute klebenzubleiben? Er, der gerissene Frauenkenner –?

Frauenkenner ... Irgend jemand hatte doch noch in den letzten Tagen das Wort für seine Person gebraucht... Ah, jetzt wußte er's: Gallardo! Ein eisiger Schreck durchzuckte ihn. Leichter Schweiß perlte auf seiner Stirn. Diese Adrienne? Vielleicht auch solch ein Lockvogel, den ihm der ausgekochte Exote angedreht?

Ihm stockte der Atem. Er riß die Uhr aus der Tasche. Jetzt mußte sein Bote schon in Leipzig sein. Wenn der auftragsgemäß sofort im Taxi zu seiner Wohnung fuhr und die Kundenlisten abholte, konnte er bequem den ersten Nachmittagszug noch erreichen, der ihn eine weitere Stunde später nach Rieba zurückbrachte.

Einen Augenblick vergaß Düsterloh alles andere. Immer wieder klangen die Worte Kampendonks in seinem Ohr: »Es dürfte Ihnen doch bekannt sein, daß es nicht gestattet ist, wichtiges schriftliches Material aus den Mauern des Werkes zu irgendwelchen Zwecken zu entfernen.« Und er, Düsterloh, hatte ausgerechnet die so streng gehüteten Kundenlisten bei sich in seiner Leipziger Wohnung! Am Monatsende mußte er in der Aufsichtsratssitzung einen Vortrag über die Absatzgestaltung des letzten Halbjahres halten. Als Unterlagen brauchte er dazu die Kundenlisten und Absatzaufstellungen. Statt diese Arbeit in seinem Büro im Werk zu machen, hatte er sich das ganze Material im Auto mit nach Leipzig genommen. Dort lag es nun schon seit Wochen. Für die in- und ausländische Konkurrenz mußte die Kenntnis dieser Listen von allergrößter Bedeutung sein. Kämen sie einem Unberufenen in die Hände, würde das Werk kaum wiedergutzumachenden Schaden erleiden.

Düsterloh ging zu einem Wandschrank, holte sich eine Flasche schweren Weines, füllte sich ein Glas, stürzte es hinunter. »Ach was!« murmelte er vor sich hin. »Ich sehe Gespenster am hellen Tage! Wie hätten Adrienne oder Gallardo wissen können, daß ich die

Kundenlisten zu Hause habe und wie lange ich sie dabehalte? Niemand außer Lohmann und mir weiß ja davon – und Lohmann ist doch zweifellos ein Ehrenmann!«

Er trank zu seiner Beruhigung noch ein zweites Glas Wein und setzte sich wieder an seinen Schreibtisch. Aber zu arbeiten vermochte er nicht. Seine Gedanken kehrten immer aufs neue zu den Ereignissen des Vormittags zurück.

Als die Uhr die letzte Nachmittagsstunde schlug, wurde ihm etwas leichter zumute. In einer weiteren Stunde würde sein Bote, der Bürodiener Wittebold, ihm die Kundenlisten bringen.

* * *

Wittebold war, wie Düsterloh ihn geheißen, in Leipzig sofort mit einer Autodroschke vom Bahnhof zu dessen Wohnung in der Sedlitzer Straße gefahren. Als er in den Vorgarten trat, öffnete sich gerade die Haustür, und eine ältere Frau, mit einem Staubtuch in der Hand, kam heraus. Wittebold zog den Hut. »Guten Tag! Ich bin von Herrn Düsterloh hierhergeschickt worden. Sind Sie vielleicht Frau Körner?«

»Ja – ich bin die Wirtschafterin des Herrn Direktors. Was wollen Sie denn?«

»Ich heiße Wittebold und soll Akten holen, die in einer Mappe auf seinem Schreibtisch liegen. Hier ist ein Brief, in dem der Herr Direktor das auch noch mal aufgeschrieben hat.«

Achtlos nahm Frau Körner das Papier an sich. »Die Akten wollen Sie holen? Ja gewiß – die liegen auf seinem Schreibtisch. Ist aber 'n schweres Paket. Kommen Sie doch lieber selber mit rauf und holen Sie sich's!«

Oben auf dem Flur machte Wittebold einen Augenblick halt, sah sich um.

»Das letzte Zimmer auf dem Gang!« sagte Frau Körner. »Da müssen wir hin!«

Im selben Augenblick klingelte es unten. Die Wirtschafterin blieb unwillkürlich stehen, hörte, wie das Dienstmädchen die Haustür öffnete und ein Mann hereinkam.

Gleich darauf klang es von unten: »Frau Körner, der Monteur ist da! Will die elektrische Flurlampe in Ordnung bringen!«

»Gott sei Dank!« rief die Wirtschafterin. »Das war ja nicht mehr zum Aushalten mit der verflixten Lampe!« Frau Körner überschüttete den Monteur mit einer Flut von Klagen über die schlechte Installation. Dreimal schon habe der Chauffeur daran herumgepusselt, aber das habe nichts geholfen; die Leitung sei immer wieder kaputtgegangen. Wie konnte Frau Körner auch wissen, daß die Attentate auf die »verflixte Lampe« ausgerechnet von Herrn Direktor Düsterloh selbst verübt worden waren! Denn der Weg von seinem Zimmer zu dem Appartement des Fräuleins Adrienne L'Estoile führte über diesen Flur, und die hundertkerzige Birne erhellte unnötig nächtliche Exkursionen, die ein anderes Ziel als die Toilette anstrebten ...

Währenddessen stand Wittebold vor der Tür zu Düsterlohs Arbeitszimmer. Da Frau Körner nicht die Absicht zu haben schien, den Monteur so ohne weiteres freizugeben, rief Wittebold aus dem Hintergrund: »Ich habe Eile, Frau Körner! Muß zur Bahn!«

»Ach, gehen Sie doch rein und nehmen sich die Mappe selber weg!«

Als Wittebold eintrat, war es ihm, als bewege sich ein Vorhang, der das Arbeitszimmer von einem anderen trennte. Gleich darauf hörte er eine Tür dieses Nebenzimmers ins Schloß fallen.

›Hm‹, dachte er, ›hab' anscheinend hier jemand verscheucht!‹ Seine Hand tastete über das Kissen des Schreibtischstuhles. Es war noch warm; ein Federhalter mitten auf dem Schreibtisch noch tintenfeucht; die Klappe der Ledermappe zurückgeschlagen. Ein paar Schriftstücke ragten heraus, als seien sie in größter Hast eingeschoben worden.

»Hm, hm!« Wittebold schob die Schriftstücke glatt. »Ganz sicher hab' ich da jemand gestört.« Sein Blick fiel auf das Löschpapier der Schreibunterlage. Er kannte die breiten, energischen Schriftzüge Düsterlohs. Was er da auf dem Löschblatt sah, war die feine Schrift einer Frauenhand.

Es zuckte ihm in den Fingern, das Löschblatt abzulösen. Doch es war bereits stark benutzt, und sein Fehlen mußte unbedingt auffallen. Er zog die Mappe an sich. Allerdings, sie war recht schwer. Doch was war das? Durch den Druck der Mappe beim Wegziehen hatten sich ein paar Zeitungen verschoben, unter denen jetzt ein halbbeschriebener Foliobogen* zum Vorschein kam. Der trug dieselben Schriftzüge, wie sie in Spiegelschrift auf dem Löschblatt standen.

Mit schnellem Blick überflog Wittebold den Inhalt. Wieder zuckte es in ihm, das Blatt mitzunehmen. Doch er beherrschte sich, nahm die Mappe und ging hinaus. Der Monteur stieg gerade auf eine Leiter. Frau Körner sah er eben noch die Treppe hinunter verschwinden. Während er sich mit Mühe um die Leiter herumzwängte, hörte er auf dem unteren Flur ein Telephongespräch. Es war zweifellos die Stimme des Fräuleins Adrienne, die sprach. Er hatte den Klang neulich vom Hotel her noch gut im Ohr; der französische Akzent war unverkennbar.

Wittebold fand die Arbeit des Monteurs an der Deckenlampe anscheinend äußerst interessant. Er blickte nach oben und beobachtete genau, wie der Monteur die Schrauben der Lampenfassung löste. Auch wenn der seinen Gedanken: ›Du dummes Luder da unten, was haste denn da zu gucken?‹ laut ausgesprochen hätte, würde das Wittebold nicht gestört haben, denn er horchte angestrengt auf das Telephongespräch.

Wie es schien, eine schlechte Nachricht für Fräulein Adrienne. Er hörte, wie sie jetzt sagte: »Wie meinst du,

---

* großformatiger Papierbogen

Onkel Albert?... Sehr schlimm?... Ach, du machst mir aber Angst! Ist sie denn bei Besinnung, die gute Tante?... Ach – die arme Pate!... Sie möchte mich sehen? Ja gewiß – ich würde ja auch ganz gern bei ihr sein... aber die weite Reise! Ich bin hier in Leipzig... Was sagst du? Der Arzt gibt keine Hoffnung? Wie schrecklich! Dann komm' ich natürlich! Nur weiß ich nicht, wann der nächste Zug fährt. Ich packe sofort. Morgen bin ich schon in Basel!«

Bei den letzten Worten war Wittebold auf die Treppe zugegangen, warf durch die Geländersprossen einen schrägen Blick nach unten. Die gute Frau Körner hörte das Gespräch zwar auch mit an, hatte aber, um nicht zu neugierig zu erscheinen, der Französin den Rücken zugekehrt und wischte mit dem Staublappen den Wandsockel ab. So konnte sie auch nicht sehen, was Wittebold sah: daß nämlich Fräulein Adrienne beim Telephonieren eine bemerkenswert malerische Stellung einnahm; in lässiger Haltung ließ sie den rechten Arm auf der Gabel des Apparates ruhen, so daß überhaupt keine Verbindung mit dem Amt zustande gekommen sein konnte.

›Ganz gute Schauspielerin, dieses Fräulein Adrienne!‹ dachte er. ›Aber wohl noch nicht lange genug auf der Bühne. Sonst würde ihr der kleine Kunstfehler mit der Telephongabel nicht unterlaufen sein. Sie hätte besser getan, zur nächsten Poststelle zu gehen und ein Telegramm an sich aufzugeben; dann schnell nach Haus, den Telegraphenboten abfangen, vom Formular die Aufgabestelle abreißen... Na, jedenfalls: Die Dame bereitet ihren Abgang vor. Deubel noch eins! Jetzt heißt es aber sich sputen!‹

Wittebold rief das nächste Taxi herbei, fuhr zur Bahn. Sein Zug ging erst in einer halben Stunde. So hatte er noch Zeit, sich beim Portier zu erkundigen, wann die Züge nach Basel gingen. 16.03 Uhr fuhr der nächste. –

In Rieba angekommen, begab sich Wittebold auf schnellstem Wege ins Werk zu Direktor Düsterloh. Der nahm mit merklichem Aufatmen die Listen entgegen.

Doch ehe er Zeit gefunden hatte, etwas zu sagen, war Wittebold schon wieder draußen, eilte zu Fortuyn. »Ich hätte eine kleine Bitte, Herr Doktor. Würden Sie mir wohl dreißig Mark leihen?«

»Gern. Hier haben Sie das Geld!«

Wittebold dankte kurz, ging schnell zur Tür, rief, halb schon von draußen: »Es ist nicht für mich, Herr Doktor! Ich brauch's für gewisse Zwecke!«

Am nächsten Taxistand nahm er eine Droschke nach Leipzig zum Hauptpostamt. Dort wählte er Düsterlohs Telephonnummer. Frau Körner meldete sich.

»Ist vielleicht Fräulein Adrienne L'Estoile zu sprechen?« fragte Wittebold mit verstellter Stimme.

»Nein – die Dame ist fort. Sie will nach Basel zu ihrer ...«

Hier hängte Wittebold ein, während Frau Körner noch lange dem tauben Telephon die Gründe auseinandersetzte, weshalb das Fräulein so plötzlich abreisen mußte.

Als Wittebold aus dem Postamt trat, schlug es gerade vier Uhr. So schnell er auch zum Bahnhof eilte, kam er doch erst auf den Bahnsteig, als die Coupétüren zuflogen und der Beamte den Stab zur Abfahrt hob. Er rannte am Zug entlang bis zum ersten Wagen zweiter Klasse, stellte sich auf die Zehenspitzen, suchte mit den Augen die Zugfenster ab. In einem Abteil glaubte er bestimmt, Adrienne zu erkennen. Vorsichtshalber fragte er bei den Beamten der Fahrkartenschalter nach, erzählte eine glaubhafte Geschichte von Verfehlen und Zugversäumen und erfuhr zu seiner Beruhigung, daß eine Dame von dem Aussehen, wie er Adrienne beschrieb, tatsächlich ein Billett nach Basel genommen hatte.

Der nächste Zug nach Rieba ging zwar erst in einer knappen Stunde, aber das war nicht schlimm. Kurz vor sechs würde er an Ort und Stelle sein und Dr. Wolff noch erreichen können. –

In Rieba eilte er sofort zu einem der Fernsprechautomaten im Bahnhof.

Wolff saß in seinem Büro und hatte gerade einen Fall vor sich, der nach langem Bemühen jetzt endlich Erfolg versprach. Ein englischer Korrespondent in der Abteilung ›Cb 16‹ war nicht der junge Kaufmann Friedrich Windeys aus Hannover, sondern - hier fehlte noch ein kleines Stückchen, bevor Wolff zur Entlarvung schreiten wollte - wahrscheinlich ein Chemiker aus Edinburgh.

Das Schrillen des Telephons riß ihn aus seinem Grübeln. Er warf einen Blick auf die Uhr. Sechs. Wer wollte da noch was? »Hier Wolff, Rieba-Werk ... Was? Wie? ... Eichenblatt? Was soll das heißen? ... Wer sind Sie? Der Mann, der die beiden Briefe mit einem Eichenblatt unterzeichnete?« Der Bleistift in Wolffs Hand zerbrach, ohne daß er's merkte. »Wichtige Sache für mich?«

Nicht ohne Mühe zwang er seine Stimme zu ruhigem Sprechen. Mit fiebriger Hand schrieb er nieder, was die Stimme am anderen Ende der Leitung sagte. Sprach, als der andere geendet, hastig seinen Dank und stürmte hinaus. Auf der Straße sprang er in das nächste Taxi und fuhr zu Kampendonk.

Als er in dessen Zimmer geführt wurde, ließ er Kampendonk gar nicht erst zu Worte kommen, sprudelte los: »Verzeihen Sie, Herr Geheimrat, meine Hast! Aber ich habe da eben einen Telephonanruf bekommen - vom Schreiber der Eichenblattbriefe ... Hören Sie bitte!« Er entfaltete seinen Zettel, las: »Eine junge Dame namens Adrienne L'Estoile hat eine Woche lang in Leipzig bei Direktor Düsterloh gewohnt. Ich habe die Dame in dringendem Verdacht, während dieser Zeit in der Abwesenheit des Herrn Direktors die Kundenlisten und Absatzaufstellungen kopiert zu haben. Die Dame hat heute nachmittag Leipzig verlassen und ist mit dem Zug um 16.03 Uhr nach Basel abgefahren. Falls sie keine Komplizen hat, müssen sich die Kopien in ihrem Gepäck befinden.«

»Unglaublich! Unerhört! Ist denn Düsterloh ganz von Gott verlassen?« brach Kampendonk los. »Das wird ja immer toller! Natürlich sofort zugreifen! Auf jede Gefahr hin! - Einen Augenblick!« Er griff zum Telephon, meldete ein dringendes Ferngespräch nach Leipzig an. »Es ist auf alle Fälle gut, wenn wir erst feststellen, ob die Dame sich tatsächlich im Hause Düsterlohs aufgehalten hat. Wann ist sie gefahren? 16.03 Uhr?« Der Geheimrat zog die Uhr. »Hm! Dann dürfte sie jetzt in der Nähe von Gotha sein ... Wohin wollen Sie sich wenden? Nach Eisenach?«

»Nein, Herr Geheimrat. Ich glaube, Frankfurt ist vorzuziehen. Die dortige Polizei ist besser auf derartige Manöver eingespielt. Sie kann Beamte nach Hanau schicken, die dort den Zug besteigen und schon während der Fahrt die Dame ermitteln.«

Es ging auf Mitternacht zu, als Dr. Wolff vom Riebaer Polizeiamt aus in der Villa Kampendonks anrief. »Herr Geheimrat, die Dame ist verhaftet! Die Papiere hat man ihr abgenommen!« -

Wittebold hatte sich in seiner Wohnung als Ersatz für das versäumte Mittagessen ein kleines, frugales Mahl bereitet und wollte sich eben ein bißchen aufs Ohr legen, da kam Frau Luise Schappmann herein und brachte ihm einen Brief. »Einen schönen Gruß von Frau Kanzleirat Gerland ... Portiers kleiner August hat eben den Brief for Sie abgegeben.«

Wittebold schnitt den Umschlag auf. Ein heller Glanz trat in seine Augen. Stand doch da, daß die Frau Kanzleirat Gerland sich die Ehre gebe, Herrn Wittebold am Abend zu einer Tasse Tee einzuladen ...

Frau Schappmann, die stets voll Stolz von sich sagte: »Bei mir Staub? Bei mir können Se von die Diele essen!« - diese Frau Schappmann fand plötzlich viel Staub in Wittebolds Zimmer. Sie wischte krampfhaft auf der Mahagonikommode, obwohl doch selbst mit dem Mikroskop dort kein Staubkörnchen zu entdecken war. Dabei schielte sie immer nach dem Brief, der vor Wittebold auf dem Tisch lag. Sie brannte innerlich vor Neugierde zu erfahren, was da wohl drinstehen mochte.

Doch sie wartete vergeblich auf ein Wort aus Wittebolds Mund. Der saß da wie in tiefes Nachdenken versunken; schien gar nicht zu sehen, daß sie noch anwesend war. Vergebens räusperte sie sich ein paarmal recht laut; stieß schließlich sogar ärgerlich die beiden kostbaren Prunkrömer, ihren Stolz, heftig zusammen, daß es einen lauten Klang gab. Alles umsonst.

Endlich konnte sie ihre Neugierde nicht länger meistern. Nach ein paar vernehmlichen »Hm - hm!« trat sie von ungefähr vor Wittebold hin und sagte in sanftestem Flüsterton: »Nun, Herr Wittebold? Was schreibt Ihnen denn die gute Frau Kanzleirat? Was ist denn das so Wichtiges, daß Sie es noch am Abend erfahren müssen? Hat es nicht bis morgen früh Zeit?«

Wittebold, aus seinen Gedanken aufgestört, sah sie einen Augenblick fragend an. »Was meinten Sie, Frau Schappmann? Der Brief da - was da drinsteht? Nun - eine Einladung für heute abend.«

»For Ihnen, Herr Wittebold?« Unbegrenztes Staunen, vermischt mit Hochachtung, lag in Frau Luises Worten.

»Jawohl, Frau Schappmann: for mir!« antwortete Wittebold lächelnd. »For mir! Darüber wundern Sie sich wohl?«

»Na - aber selbstverständlich, Herr Wittebold! Darüber wundere ich mir sehr. Is doch eine ganz ungewohnte Ehre, die Ihnen Frau Kanzleirat da antut.«

»Nun ja, Frau Schappmann - wie man's gerade nimmt. Ich denke mir, daß Fräulein Tilly mit mir so einiges zu besprechen hat, wozu sich im Labor keine Zeit findet. Na« - er sah auf die Uhr -, »in einer Stunde werden wir klüger sein.

Bringen Sie mir doch bitte etwas warmes Wasser zum Rasieren! Ich will mich gleich zurechtmachen.«

* * *

Als Fortuyn am nächsten Morgen durchs Laboratorium ging, nickte er Tilly Gerland bedeutungsvoll zu. Die folgte ihm in sein Zimmer.

»Nun, Fräulein Tilly, wie war's? Ist er gekommen? Ja? Und hat er freiwillig erzählt, oder haben Sie es nur mit weiblichem Scharfsinn herausgeholt?«

Tilly schüttelte den Kopf. »Nein, das hatte ich nicht nötig. Im Gegenteil! Mir kam es vor, als ob der Mann danach gelechzt hätte, mal eine Seele zu finden, der er sein Herz ausschütten könne. Und ich kann Ihnen versichern, Herr Doktor Fortuyn, er hat alles ausgeschüttet, was er auf dem Herzen hatte. Die äußersten Winkel hat er ausgefegt. Er konnte sich kaum genugtun mit Selbstanklagen, Beteuerungen ... Es ist natürlich so, wie Sie vermuteten. Fast ließe sich das abgegriffene Wort gebrauchen: ›Cherchez la femme!‹* Und nun will ich Ihnen noch einmal ohne alle Beschönigung das alles wiedererzählen, was er sich gestern abend von der Seele geredet hat ...«

Während Tilly erzählte, schaute Fortuyn sie immer wieder verwundert an. Wie doch, von Frauenmund erzählt, solch - gewiß tragisches - Schicksal viel stärker packte! Doch in Erinnerung an die groben Vertrauensbrüche, wie sie im Werk in der letzten Zeit so häufig passiert waren, suchte Fortuyn sich von dem Eindruck, den Tillys Schilderung auf ihn ausübte, wieder frei zu machen.

Als Tilly geendet hatte, fragte er so leichthin: »Sie haben ja anscheinend einen außergewöhnlich guten Eindruck von Wittebold bekommen, Fräulein Gerland?«

Tilly sah ihn einen Augenblick erstaunt an. War's ihr doch, als ob aus Fortuyns Worten ein leichter Zweifel klänge. Verletzt schaute sie zur Seite, sagte nur: »Ich wünschte, Herr Doktor, Sie wären gestern abend in meiner Wohnung zugegen gewesen. Ich glaube kaum, daß Sie dann noch einen Zweifel hätten.«

»Gut! So mag es sein!« Fortuyn streckte Tilly die Hand entgegen. »Ich danke Ihnen, Fräulein Tilly. Ich verlasse mich - wie ja immer - vollkommen auf Sie. Wenn Sie Wittebold sehen, schicken Sie ihn bitte zu mir!«

---

* »sucht nach der Frau« (die hinter allem steckt)

»Jawohl, Herr Doktor. Nur noch eine Frage: Wie kamen Sie denn dahinter, daß dieser schlichte Bürodiener in Wirklichkeit der Chemiker Doktor Hartlaub ist?«

»Ich machte im Laufe der Zeit öfter mal Beobachtungen, die mir auffielen. So zeigte es sich, daß Wittebold, wenn er Aufträge für Chemikalien bekam, ungewöhnlich gut Bescheid mit der Sache wußte und daß ihm viele chemische Formeln geläufig waren. Auch erwischte ich ihn eines Tages im Botenzimmer bei der Lektüre einer amerikanischen Chemiezeitschrift, die er wohl aus einem Papierkorb aufgelesen hatte. Lauter Verdachtsmomente also, die mich mißtrauisch machten. Und während meiner letzten Reise nach Süddeutschland fand mein Argwohn neue Nahrung.

Bei einem Freund in Ludwigshafen hing ein Bild aus dessen Studienzeit. Scherzeshalber fragte er mich: ›Findest du mich wohl unter denen raus?‹ Ich sah mir die einzelnen Köpfe daraufhin natürlich sehr genau an, und da fiel mir das Gesicht eines Studenten auf, das nur bis zum Mund sichtbar war. Diese Züge kämen mir merkwürdig bekannt vor, meinte ich. Der Freund machte eine abfällige Handbewegung: ›Mein früherer Kollege Hartlaub; war auch mal hier als Assistent angestellt und ging in der Inflationszeit unter wenig schönen Umständen nach Amerika.‹

Dadurch wurde mein Verdacht noch verstärkt. Denn wenn unser Wittebold wirklich mit diesem Hartlaub identisch war, dann konnte er zu keinem anderen Zweck nach Rieba gekommen sein, als um Spionage zu treiben. Ich beschloß daraufhin, ihn scharf im Auge zu behalten; glaubte, ihn nach jener Leipziger Nacht auf frischer Tat ertappt zu haben – da kam diese überraschende Aufklärung!«

* * *

»Sie haben mich rufen lassen, Herr Doktor Fortuyn?«

»Ja, Herr Wittebold. Bitte nehmen Sie Platz! Vermutlich hat das Werk es wieder dem Herrn Eichenblatt zu verdanken, daß jener französischen Dame in Frankfurt noch glücklich unsere hochwichtigen Kundenlisten abgejagt werden konnten?«

Wittebold nickte vergnügt. Sagte dann scherzend: »Die dreißig Mark, Herr Doktor Fortuyn, die Sie mir gestern geliehen haben, kann ich Ihnen leider nicht gleich zurückgeben. Meine Extraausgaben waren in der letzten Zeit größer, als es meinem fürstlichen Gehalt als Bürodiener angemessen ist.«

»Stopp, mein Lieber! Es darf nicht sein, daß Sie bei Ihren für uns so wichtigen Bemühungen auch noch gezwungen sind, sich die nötigen Barmittel am Leibe abzusparen! Von Zurückgeben an mich kann gar keine Rede sein. Zu geeigneter Zeit - das Wann steht ja in Ihrem eigenen Belieben - wird Ihnen die Werkleitung natürlich alle Auslagen reichlich ersetzen. Auf keinen Fall dürfen Sie etwa aus Geldmangel irgendwelche nötigen Schritte unterlassen! Jeder Betrag steht Ihnen durch mich zur Verfügung ... Darf man übrigens wissen, wie Sie hinter diese Leipziger Affäre gekommen sind?«

»Der Gott Zufall hat da wieder mal eine große Rolle gespielt. In Detroit machte mich ein Bekannter auf einen Señor Gallardo aus Südamerika aufmerksam, dem wir gerade begegneten. Der sei Einkäufer für Grossisten, leiste sich nebenher aber noch allerlei finstere Geschäfte; jedenfalls habe er drüben in Europa überall seine Hände in unseren Spionageagenturen - ein äußerst gerissener Bursche.

Vor einiger Zeit nun, als ich eben aus dem Labor kam, sah ich diesen Gallardo das Verwaltungsgebäude verlassen; er ging zu einem Auto, das auf ihn wartete. Ich mußte an der linken Seite des Wagens vorbei und hörte, wie Gallardo den Schlag auf der anderen Seite öffnete und zu einer Dame im Innern sagte: ›Ça ira! Il viendra demain à Leipzick chez moi!‹* Die Dame war, wie ich flüchtig sah, jung und schön ...« Wittebold zuckte

* ›Es wird klappen! Er wird morgen zu mir nach Leipzig kommen!‹

die Achseln. »Nun, da machte ich mir so meinen Vers. In meiner Rolle als Zeitungshändler haben Sie mich dann ja beobachtet. Als ich erforscht hatte, daß die Dame nachher bei Direktor Düsterloh Wohnung nahm, war mir klar, daß da irgendein Streich gespielt werden sollte. Nur konnte ich zunächst nicht rauskriegen, um was es ging.

Da half mir ausgerechnet Herr Düsterloh selbst. Er schickte mich nämlich gestern mittag in seine Wohnung nach Leipzig, um dort eine Aktenmappe zu holen, die auf seinem Schreibtisch lag. Nun, der alten Haushälterin war die Mappe zu schwer. Sie ließ mich allein in Düsterlohs Arbeitszimmer gehen. Was ich aber dort sonst noch sah und hörte, machte mich mehr als stutzig...« Und nun erzählte Wittebold, wie sich durch Kombination verschiedener Umstände - Schreibtisch, fingiertes Telephongespräch und so weiter - bei ihm der Verdacht, daß Adrienne eine Spionin sei, bis zur Gewißheit verdichtet hatte.

Fortuyn lachte belustigt auf. »Alle Achtung vor Ihren kriminalistischen Fähigkeiten! Schade, daß Sie heute morgen nicht im Verwaltungsgebäude waren! Haben Ihnen nicht die Ohren geklungen?* Alle Welt zerbricht sich den Kopf, wer dieser geheimnisvolle Anonymus ist, der so Schlag auf Schlag die schwierigsten Fälle löst. In welchem Ansehen Sie bei unserem Geheimrat stehen, welch hohe Meinung er von Ihnen hat - dafür ein deutlicher Beweis!« Fortuyn lehnte sich, immer noch lachend, in seinen Schreibstuhl zurück, sah Wittebold zwinkernd an.

»Wieso? Was?« stotterte der. »Man weiß doch von mir nichts?«

»Natürlich nicht! Man weiß nur von der Existenz eines Eichenblattmannes - und daß der mir bekannt ist.«

---

* Redewendung für: Haben Sie nicht gespürt, daß von Ihnen gesprochen worden ist?

»Aber Herr Doktor Fortuyn! Ist das nicht gegen unsere Verabredung?«

Fortuyn hob bedauernd die Hände. »Leider muß ich das zugeben. Der Geheimrat wollte durchaus erfahren, durch wen ich Kenntnis von dem photographierten Exposé hätte. Ich konnte ihn nicht anders beschwichtigen, als daß ich ihm sagte, meine Kenntnis komme von dem Mann, der die Eichenblattbriefe geschrieben hat. Da ließ er mich in Ruhe. Aber, was ich sagen wollte und worüber ich eben lachen mußte: Kampendonk war später persönlich bei mir und stellte mir anheim, dem Schreiber der Eichenblattbriefe Mitteilung zu machen von einem Brief des Riebaer Agenten in Detroit, der mit den Worten schließt: *Man hat von Rieba aus die ›United‹ vor mir gewarnt.*«

»Ah!« Wittebold sprang auf. »Die Existenz des Agenten, der Briefwechsel mit ihm sind doch sicherlich tiefstes Geschäftsgeheimnis? Nur von einem der Eingeweihten könnte doch diese Warnung herrühren!«

Fortuyn zuckte die Achseln. »Ja, mein lieber Wittebold: Um das rauszubekommen, gab ich Ihnen ja die Nachricht weiter. Ich muß gestehen, es ist eine harte Nuß. Aber bei Ihrer besonderen ›Zuneigung‹ für Detroit dürfte Ihnen die Aufgabe vielleicht nicht unwillkommen sein?« Fortuyn erhob sich: »Nochmals: Geldmittel stehen Ihnen natürlich in jeder Höhe zur Verfügung.« –

Als Fortuyn später durch das Gebäude ging, begegnete er Dr. Wolff. »Wohin so eilig?«

»Zum Geheimrat, Herr Fortuyn. Na, Sie wissen ja schon von der neuesten Sache? Das Liebchen hat, wie eben das Polizeitelegramm aus Frankfurt meldet, gleich alles gestanden!«

»Gratuliere!«

Wolf nahm nur zögernd die Hand, die Fortuyn ihm bot. »Darf eigentlich Ihren Glückwunsch nicht annehmen. Wenn ich ehrlich sein will, bin ich doch in diesem Falle nichts anderes gewesen als ausführendes Organ dieses verflixten Eichenblattmannes ... Ob ich den wohl jemals zu Gesicht kriege? Ist doch ein ganz außergewöhnlich raffinierter Mensch ... Sicher ein sehr interessanter Zeitgenosse!«

Fortuyn sah das schlichte, harmlose Äußere Wittebolds vor sich, dachte im stillen: ›Dann würden Sie wohl ziemlich enttäuscht sein, Herr Doktor Wolff!‹

An der Tür Kampendonks trennten sie sich.

»Nun, wie ist's, Herr Doktor Wolff?« rief der Geheimrat. »Gute Nachricht?«

»Jawohl, Herr Geheimrat! Fräulein Adrienne L'Estoile hat ein vollständiges Geständnis abgelegt. Soweit der kurze Polizeibericht aus Frankfurt erkennen läßt, müssen das allerlei interessante Dinge sein, die sie da erzählt hat. Ihr Auftraggeber ist ein französisches Büro, hinter dem aber wahrscheinlich Detroit steckt. Nun, wenn Fräulein L'Estoile nach Leipzig zurückgebracht worden ist, wird man das ja alles aus ihr herausholen. Übrigens: Leipzig ... Meine Anfragen bei verschiedenen Stellen über diesen Herrn Bosfeld sind nicht ungünstig beantwortet worden. Seine Abreise – wohin, konnte oder wollte seine Hausdame allerdings nicht angeben – ist nach deren Behauptung schon früher geplant gewesen. Nun, ich mache da trotzdem ein kleines Fragezeichen. Habe einen Leipziger Privatdetektiv beauftragt, das Leben und Treiben des Herrn Bosfeld etwas schärfer unter die Lupe zu nehmen.«

* * *

»Ist doch eine verfluchte Schweinerei, mein lieber Boffin«, sagte Bosfeld, »daß ausgerechnet im letzten Augenblick diese Adrienne noch verschüttgegangen* ist!«

Boffin verzog sein Gesicht zu einem breiten Grinsen. »Ja, mein Lieber, warum hat man die Sache nicht mir anvertraut? Warum wollte Monsieur Gérard, unser ver-

* hier: verhaftet worden (Gaunersprache)

ehrter Chef in Paris, die Sache absolut selbst mit seinen Leuten machen? Ich glaube kaum, daß mir so etwas passiert wäre. Bin überzeugt, Fräulein Adrienne wäre dann unangefochten über die Grenze gekommen. Um in Ihrem Jargon zu bleiben, teuerster Herr Bosfeld: Wie konnte man so töricht sein, die Sore* nicht sofort durch x Hände weiterzugeben? Monsieur Gérard scheint die richtige Regie derartiger Unternehmen nicht perfekt zu beherrschen.« Man sah es Boffins Miene an, daß er nur mit Mühe seine Schadenfreude verbarg.

»Muß aber 'n hübsches Weib sein, diese Adrienne!« sagte Bosfeld. »Der gute Düsterloh ist ja ein Mann von Geschmack. Nun, ich werde vielleicht in Leipzig sein, wenn die Gerichtsverhandlung ist.«

Boffin schüttelte den Kopf. »Wer weiß, wann die sein wird ... In der Zwischenzeit werden die blühenden Farben der schönen Adrienne wahrscheinlich stark verblaßt sein. Die Untersuchungshaft, die fortwährenden Verhöre ... man wird doch versuchen, alles Mögliche aus ihr herauszuholen, wenn sie nicht etwa gleich alles gestanden hat ... Fatale Sache - höchst fatale Sache! Gerichtlicherseits wird man ja Monsieur Gérard in Paris nichts anhaben können, aber ...«

»Sie meinen, das könnte noch zu Weiterungen führen?« fragte Bosfeld. »Verflucht! Gérard hat meine Adresse!«

»So? Hat er? Dann ist's um so verwunderlicher, daß er Sie nicht in die Kombination einbezog. Wo Sie doch in Leipzig sitzen und so leicht die Papiere von Adrienne hätten in Empfang nehmen können!«

Bosfeld schlug mit der Hand auf den Tisch. »Sie sagen, das sei verwunderlich? Ich sage vielmehr, es ist dumm und gemein! Denn schließlich war ich's doch, der die ganze Sache entriert** hat. Ich habe doch bei dem Prunk- und Schausaufen in Düsterlohs Leipziger

---

* Diebesgut (Gaunersprache)

** eingefädelt

Wohnung die Kundenlisten auf seinem Schreibtisch entdeckt. Aber Gérard, der alte Filz,* wollte die Prämie dafür nicht in so viele Teile gehen lassen. Hat deshalb die Sache nur mit Gallardo und der L'Estoile aufgezogen ... Na, ist die Sache nun schon mal so weit schiefgegangen, wird hoffentlich wenigstens die Demoiselle Adrienne dichthalten ... Unsre teure Juliette würde es in solcher Lage jedenfalls tun.«

»Unsre Juliette! Ja, das ist ganz was anderes!« sagte Boffin und küßte mit Feinschmeckermiene seine Fingerspitzen.

»Wäre sie nicht schon als Mrs. Alice Johnson mit Düsterloh bei ›Lahti‹ gewesen«, warf Bosfeld ein, »hätte man lieber sie zu Gallardos Freundin ernennen sollen.«

Boffin wandte sich in gemachtem Entsetzen ab, streckte abweisend die Hände von sich. »Juliette?! Was denken Sie, Herr Bosfeld? Glauben Sie etwa, unsre Juliette hätte ein derartiges ›Bäumchen, wechsle dich!‹ gespielt? Um Gottes willen! Gewiß, sie arbeitet mit allen Kräften für uns ... aber das hat bei Juliette seine Grenzen.«

»Oho, Herr Boffin! So ein Pflänzchen Rührmichnichtan? Mr. Headstone ist doch verlooooobt!« Er zog das Wort sarkastisch in die Länge. »Oder besteht diese Verlobung nur in einer geschäftlichen Interessenvereinigung? Sagten Sie nicht neulich mal, Sie hätten ein Bild von Headstones Braut?«

»O ja! Habe ich! Das heißt, das Brautpaar ist auf einem Bild.« Boffin kramte in seinem Schreibtisch und holte eine Photographie heraus.

Bosfeld betrachtete das Bild einen Augenblick, sagte nur trocken: »Was muß die Geld haben!«

Boffins Schnauzbart geriet in heftige Zuckungen; der Kneifer kam wiederholt ins Rutschen. Er wagte nicht, bei dieser offenbaren Verspottung Dollys zu applaudieren, prustete dann aber doch schließlich laut heraus.

---

* hier: Geizhals

In diesem Augenblick klingelte es.

»Sollte es Juliette sein?« Boffin ging zur Tür, überschüttete die Erwartete mit überschwenglichen Begrüßungsworten. Dann führte er sie an seinem Arm in das Zimmer. »Eine kleine Überraschung, meine Gnädigste! Herr Bosfeld ist hier - ein alter Bekannter.«

»Ah, wirklich - Sie sind es, Herr Bosfeld? Ist ja sehr nett!«

Lachend reichte sie Bosfeld die Hand, der die in ihrer duftigen Frühlingstoilette entzückende Frau mit den Augen verschlang. »Ist Ihre Freude wirklich echt, teuerste Frau Juliette?«

»Aber natürlich, Herr Bosfeld! Waren Sie doch mein Partner bei meinem Debüt! Und wie glänzend wir uns damals unterhalten haben...! Übrigens, wie wär's?... Doch nein, erst eine Vorfrage: Sind Sie heut abend frei?«

»Frei? Für Sie immer, Gnädigste!«

»Wie wär's, wenn wir zusammen soupierten? Ich hörte von Miss Collins, Sie könnten so nette Jagdgeschichten erzählen - oder vielmehr: Geschichten von Jagdessen. Miss Collins schwärmt direkt für Sie - respektive für diese Geschichten. Unser guter Boffin, der alte Löwenjäger, geht auch mit, und wir feiern einen vergnügten Abend, gewürzt durch Bosfelds Jagdgeschichten!«

Die beiden Herren sprangen auf, küßten ihr abwechselnd die Hände. »Entzückend! Großartig! Juliette, Sie sind das göttlichste Weib auf Erden! Machen wir! Machen wir!«

»Schön! Schön!« rief Juliette lachend. »Und wir gehen natürlich wieder zu ›Lahti‹. Dort wollen wir...« Sie unterbrach sich, sah erstaunt in die Gesichter der beiden Herren.

»Nicht zu ›Lahti‹!« Boffin schüttelte den Kopf. »Sie wissen doch, wie oft ein... nun, sagen wir mal: ein Mensch, dem das Gericht auf den Fersen ist, dadurch ertappt wird, daß er zum Tatort zurückkehrt. Das soll man nie tun. Sie mögen das vielleicht für Aberglauben halten. Aber ich muß offen sagen, das Vergnügen des Abends wäre für mich nur halb.«

»Ja, ja, Frau Juliette«, bestätigte Bosfeld. »Ist tatsächlich so. Man tut so etwas nicht. Könnten da doch Personen sein, denen gewisse Erinnerungen auftauchen. Gehen wir lieber zum ›Rebstock‹! Da ist's auch sehr nett.«

In diesem Augenblick schlug die Schreibtischuhr die zwölfte Stunde. »Nun dürfte Herr Meyer wohl bald fällig sein«, sagte Bosfeld. »Möchte wissen, was der auf dem Herzen hat. Muß gestehen: Sehr sympathisch ist mir der Kerl nicht.«

Boffin wiegte den Kopf. »Schon richtig, Herr Bosfeld. Aber er leistet uns wirklich sehr gute Dienste.« Schritte auf dem Flur ließen ihn aufhorchen. Er ging hinaus, rief durch die halboffene Tür zurück: »Er ist da!«

Meyer begrüßte die anderen mit einer linkischen Verbeugung, setzte sich, entnahm seiner Tasche eine gewaltige Zigarre, biß die Spitze ab und begann mächtig zu qualmen. Juliette warf ihm naserümpfend einen Blick zu, den der Herr Büfettier jedoch nicht verstand.

Bosfeld, der hinter Meyer saß, machte mit komischen Grimassen den Büfettier so täuschend ähnlich nach, daß Juliette laut auflachen mußte. Meyer, der wohl ahnen mochte, daß dieses Lachen auf seine Kosten ging, wurde rot vor Verlegenheit.

Boffin, dem das nicht angenehm war, kam ihm schnell zu Hilfe, schlug ihm mit jovialer Gebärde auf die Schulter. »Na, mein Lieber, was bringen Sie uns denn Wichtiges?«

»Was ich bringe? Einen Plan bring' ich! Ein feines Plänchen, Herr Boffin! Na, Sie werden ja Augen machen! Aber erst will ich mal was andres erzählen. Schön ist's ja gerade nicht: Das Ding mit dem Rollschrank ist verpfiffen.«

»Was? Wie? Verpfiffen?« Boffin war einen Schritt zurückgetreten. Sein im gewöhnlichen Verkehr so drolliges Wesen, sein ewiges urkomisches Mienenspiel – wie mit Zauberhand war alles von ihm abgewischt. Die kleine Gestalt gestrafft, die buschigen Brauen eng zusammengezogen, starrte er scharf prüfend in Meyers Gesicht. »Ist das Ihr Ernst? Überlegen Sie sich Ihre Worte wohl! Keine Dummheiten bitte!«

Meyer zuckte die Achseln. »Es muß so sein, Herr Boffin. Am Dienstagmittag, als das Labor leer, alles zum Essen gegangen war, hat Fortuyn mit der Gerland so ziemlich alles, was in dem Schrank war, rausgetragen. Hat's in die Sicherheitsräume des Archivs gebracht. Den Rest hat er mit sich nach Hause genommen. In der Nacht kamen dann ein paar Monteure von außerhalb - woher die waren, weiß ich nicht - und legten im Zimmer von Fortuyn - und in dem Schrank noch extra - elektrische Alarmvorrichtungen.

Mir schwante so was. Ich hatte Nachtdienst in der Kantine, ging immer mal raus und guckte zu den Fenstern von Fortuyn rüber. Wie da mal Licht war, dachte ich: ›Halt, jetzt gilt's!‹ Ich lief schnell in den Wasserturm - der liegt so schön bequem gerade gegenüber -, und die dummen Kerle hatten natürlich vergessen, die Vorhänge zuzuziehen. Da konnte ich die ganze Bescherung mit ansehn. Na, die können ja lange warten, bis wir uns an die gesalzene Kiste ranmachen!«

»Fatal! Höchst fatal!« knurrte Boffin vor sich hin. »Endlich mal 'ne Gelegenheit, wo wir einen fetten Fang hätten machen können, den man in Detroit gut honoriert ... Was nun?«

Meyer schlug sich klatschend auf die Schenkel. »Was nun? Nun kommt mein Plan, Herr Boffin - mein Plänchen!«

»Na, da bin ich neugierig!« sagte Boffin lachend. »Plan? Plänchen?«

»Ja, mein lieber Herr Boffin: Spaßhafte Sache wird das! Lächerliche Sache! Ich meine, es wird einer eklig dabei lachen.«

»Na - nun mal ernst, Herr Meyer! Mir steht der Sinn wirklich nicht nach Lachen. Die Sache mit dem Rollschrank ist mir stark an die Nerven gegangen. Ich hatte da unbedingt mit einem Erfolg gerechnet. Übrigens: Was ist denn mit dem Material aus dem Rollschrank geworden?«

Meyer lachte überlegen. »Sehen Sie, jetzt kommen Sie so allmählich drauf! War nämlich auch mein erster Gedanke. Also, wie ich Ihnen schon sagte, einen Teil hat Fortuyn in seine Wohnung genommen. Das wird natürlich das Wichtigste sein. Das andre ist ins Archiv gekommen. Also nochmals, Herr Boffin: Das Beste hat Fortuyn in seiner Wohnung!«

Meyer sah Boffin erwartungsvoll an. Der preßte die wulstigen Lippen aufeinander, daß sich der Schnurrbart sträubte, ließ dann ein leichtes Grunzen hören. »Tippe auf Einbruch bei Fortuyn, Herr Meyer - was? Hm, hm! Die Sache - hm - wird nicht so ganz einfach sein!«

»Zum Lachen einfach, Herr Boffin! Alle werden lachen! Wir - und Fortuyn auch.«

»Ach, lassen Sie das! Sprechen Sie ernst!«

»Na - auch recht. Also passen Sie auf! Sie kennen doch alle Lachgas? Vor 'nem halben Jahr passierte mal im Werk 'ne dolle Geschichte. Da war ein Tank mit Lachgas undicht geworden, und am nächsten Morgen lag die ganze Nachtschicht in dem Raum bewußtlos durcheinander, total beteert, beduselt, betrant. Die Sache war ja weiter nicht schlimm, hat den Leuten gar nichts geschadet. Ist nämlich ein sehr freundliches Gas. Man schläft ein, träumt sehr süß, und wenn's einer nicht kubikmeterweise schluckt, dann tut es ihm nichts.«

»Na, und?« unterbrach ihn Boffin.

»Ja, die Sache ist so: Unter Fortuyn wohnt der pensionierte Rentmeister Schulte. Die Wohnung ist sehr groß, und der Schulte vermietet immer zwei Zimmer davon. In acht Tagen, am Ersten, werden die Zimmer frei. Neue Mieter hat er noch nicht, denn die Wohnung ist teuer. Ich hab' mir die Sache nun so gedacht: Zwei von Ihren Leuten, Herr Boffin, mieten die Zimmer und bringen in ihren Koffern solch einen Lachgastank da hinein. Eines Nachts, wenn Fortuyn ins Bett gegangen ist und sein Licht ausgemacht hat, leiten die ihm durch die Decke - sie müssen irgendwo ein Loch bohren - 'ne ordentliche Ladung Lachgas ins Schlafzimmer. Und wenn er dann richtig beduselt ist, gehen die beiden nach oben - die olle Haushälterin schläft nach hinten raus, merkt nichts -, knacken die Tür auf und nehmen mit, was haste, was kannste. Sie können dem die ganze Bude ausräumen. Sie haben ja den großen Koffer mit, in dem sie die Gasflaschen hatten. Die können natürlich ruhig stehen bleiben. Ein tüchtiger Autofahrer hält mit seinem Wagen irgendwo in der Nähe. Alles in das Auto rin! Los!«

Boffin kniff das linke Auge zu. Sein Gesicht verzog sich zu einer schiefen Grimasse. »Hm, hm«, kam es langsam durch die Nase. »Bißchen sehr anrüchig, Herr Meyer!«

»Na - nu schlägt's dreizehn! Ich glaubte, Sie würden vor Vergnügen an die Decke springen über mein Plänchen! Und da machen Sie 'n Gesicht, als hätt' ich Ihnen sonst was getan?«

Boffin drehte sich halb zu Bosfeld um, sah ihn von der Seite an.

Der hob abwehrend die Hände. »Nichts für mich, Herr Boffin! Gänzlich ausgeschlossen! In die Asche mögen andere ihre Finger stecken! Da macht man sich dreckig und - kann sich eklig verbrennen! Also, ich will Ihnen natürlich auf keinen Fall abraten. Das müssen Sie mit sich allein ausmachen, ob Sie das ›Plänchen‹ des Herrn Meyer ausführen wollen oder nicht. Im übrigen: Ich weiß von nichts - mein Name ist Hase! Empfehle mich den Herrschaften gehorsamst! Küss' die Hand, Gnädigste! Auf Wiedersehen heut abend.«

Boffin sah unschlüssig von Meyer zu Juliette. Die hatte ein Journal ergriffen, blätterte darin, als ginge sie das alles gar nichts an. Boffin trippelte unschlüssig hin und her. ›Die Collins!‹ schoß es ihm plötzlich durch den

Kopf. War doch ein raffiniert kluges Frauenzimmer; hatte ihm schon manchen guten Rat gegeben ... »'n Augenblick, meine Herrschaften! Will nur mal schnell was nachsehen. Komme gleich wieder!«

Meyer kam sich, allein mit der eleganten Dame, auf den Pfropfen gesetzt* vor. Er fühlte innerlich den Drang, ein Gespräch anzufangen, konnte aber beim besten Willen keinen Anknüpfungspunkt finden. Da kam sie ihm selbst zu Hilfe, fragte: »Was ist das eigentlich für ein Mann, dieser Herr Doktor Fortuyn? Sie kennen ihn doch?«

Meyers Augenbrauen wölbten sich. »Hohes Tier, mein Fräulein! Hat 'ne große Nummer in Rieba! Will künstlichen Gummi machen. Ist zwar vorläufig noch Essig. Aber wenn er's mal raus hat« – hier kamen Meyer die Worte einer Zeitungsnotiz in Erinnerung –, »wird das eine epochemachende Erfindung sein, die unsere Wirtschaft von Grund auf revolutioniert.«

Juliette hob das Zeitungsblatt höher, um ihr Lachen zu verbergen. Zu komisch, das wichtigtuende Gesicht dieses Burschen! »Wie alt ist er denn? Ist er verheiratet?« fragte sie weiter.

»Nee – noch nicht, mein Fräulein. Wählerischer Herr! Könnte zehn für eine haben.«

»Übrigens, Herr Meyer: Sie kennen wohl alle die Herren aus den Laboratorien in Rieba?«

»Aber selbstverständlich kenn' ich die!«

Das Zeitungsblatt rückte noch etwas höher hinauf. Kaum, daß Juliettes Haarschopf darüber hinwegsah. Wie nebenbei fragte sie: »Ist da nicht auch irgendwo ein Doktor Hartlaub?«

Meyer sann einen Augenblick nach. »Nein, mein Fräulein, den Namen hab' ich noch nie gehört. Wo soll er denn sein?«

»Das weiß ich nicht. Ich dachte, er wäre vielleicht in Rieba – kann mich auch geirrt haben.«

---

* auf dem Pfropfen (gemeint ist der Stöpsel eines Pulverfasses) sitzen: in großer Verlegenheit sein

Boffin kam zurück. Schlenkerte beruhigt die Kneiferschnur um die Finger. Die Collins hatte wieder mal guten Rat gegeben. »Also, Herr Meyer, Ihre Idee ist nicht schlecht. Hab' mich aber so'n bißchen informiert. Die Sache mit dem Lachgas ist nicht so ungefährlich, wie Sie sich das denken. Ich muß mir die Geschichte erst mal reiflich überlegen. Wenn ich's mache, schreib' ich Ihnen: *Die Sache wird gemacht.* Die vier Worte nur. Gehen Sie jetzt rüber zu Fräulein Collins und machen Sie Ihre Liquidation mit ihr ab!*«

»Denken Sie wirklich daran, die Sache zu machen?« fragte Juliette, nachdem Meyer gegangen war.

Boffin wand sich wie ein Schraubenzieher. Sein Gesicht schnitt eine Serie von Grimassen, um die ihn ein höchstbezahlter Clown beneidet hätte. »Verflixte Geschichte, das Ganze! Wenn ich daran denke, daß man dort die dicksten Rosinen ergattern könnte! Mit einem Schlag denen da drüben alles auf den Tisch legen, was sie brauchen –!

Hab' schnell mal unter ›Lachgas‹ nachgesehen. An sich ganz nett – aber wenn's der Teufel will und der Doktor schläft in seinem Bett in den Jüngsten Tag rein ... Na – ich glaube, Headstone machte sonst was mit uns!«

»Die Sache eilt ja nicht. Fragen Sie doch mal drüben an!«

Boffin lachte mitleidig. »Sie naives Menschenkind! Den Brief müßten Sie lesen, den ich dann kriegte! Denen ist nichts unsympathischer als das Wörtchen ›Verantwortung‹. Die überlassen sie uns. Geht's schief, müssen wir's eben ausbaden. Ich muß die Geschichte erst noch ein paarmal beschlafen. Wird übrigens auch gar nicht einfach sein, die passenden Leute für das Unternehmen zu finden. Ich selbst muß natürlich, um später nicht reingezogen zu werden, im Hintergrund bleiben. Muß die ganze Sache einem anderen in die

* rechnen Sie Ihre Unkosten mit ihr ab!

Hand geben ... Schwierigkeiten über Schwierigkeiten! Aber lassen wir das! Jetzt zu unserer Sache!« Er setzte sich neben Juliette. »Mein Feldzugsplan gegen Rieba war ein ganz anderer. Sollte ich dem Meyerschen ›Plänchen‹ keinen Geschmack abgewinnen, dann führe ich meine Idee aus. Dazu brauch' ich aber unbedingt auch Sie, liebe Juliette. Also hören Sie mal zu.«

Schon bei seinen nächsten Worten verzog sich ihr Gesicht. Je weiter er sprach, desto größer wurde der Widerwille in ihren Mienen. Schließlich stand sie auf, warf Boffin einen entrüsteten Blick zu. »Nein, das tue ich nicht!«

Boffin hob beschwörend die Hände, ging ihr nach, führte sie zu ihrem Platz zurück. »Lassen Sie mich doch erst ausreden! Urteilen Sie nicht so schnell! Sie werden sehen: Die Sache hat auch ihre großen Reize!« Wieder begann er in leisem Flüsterton auf sie einzureden, schloß mit den Worten: »Nun, hab' ich nicht recht?«

Juliette schüttelte mit saurer Miene den Kopf, zeigte Boffin ihre wohlgepflegten Hände. »Haben Sie kein Mitleid damit, Mr. Boffin?«

Statt zu antworten, ergriff er ihre Hände, bedeckte sie mit Küssen. »Mitleid mit diesen entzückenden Händen? Warum Mitleid? In Gold sollen Sie die später waschen, diese Engelshände!«

Juliette machte sich lächelnd frei, gab Boffin einen Klaps auf die Backe. »Sie sind ein Tyrann, Boffin! Ein scheußlicher Tyrann! Aber es fällt mir gar nicht ein, ja zu sagen. Ich werde es machen wie Sie – verlange Bedenkzeit. Nach drei Tagen sag' ich Ihnen dann: Wird gemacht! Oder: Wird nicht gemacht! – Am liebsten wär' es mir jedenfalls, wenn Sie das Stück à la Meyer vorzögen. Für heute Schluß! Auf Wiedersehen, Mr. Boffin!«

* * *

Als Franz Meyer nach Rieba zurückkam, sagte sein Bruder, der Kantinier, zu ihm: »Höchste Zeit, daß du kommst! Bei Direktor Lindner heute abend 'ne kleine Fete. Du sollst kellnerieren. Beeil dich! Mußt spätestens um sieben da sein! Beim Decken helfen, den Gästen die Sachen abnehmen. Fix, fix!«

»Na, paßt mir ganz gut«, sagte Franz Meyer lachend. »Berlin - teures Pflaster! Die Trinkgelder kommen mir gerade recht. Na, denn also rein in die alte Kluft!« -

Im Schmuck seines besten Fracks aus seinen früheren Kellnerzeiten empfing Meyer die ankommenden Gäste in der Garderobe. Zwei Herren des Werkes, die an der Tür gewartet hatten, bis eine Gruppe junger Damen sich ihrer diversen Pelze und Schals entledigt hatte, traten jetzt zu Meyer und gaben ihm ihre Hüte und Mäntel. Meyers scharfes Ohr hörte, wie sie dann ihr unterbrochenes Gespräch wieder aufnahmen.

»Ich ahnte schon immer«, sagte der eine im Flüsterton, »daß der alte Schürzenjäger mal an die Falsche gerät.«

»Düsterloh ist doch sonst ein gerissener Kunde!«

»Ist er auch! Aber wenn er ein schönes Weib sieht, vergißt er alle Vorsicht. Vorläufig ist er jedenfalls suspendiert. Ob wir ihn jemals wiedersehen werden? Nach dieser Dublette* glaub' ich's kaum!«

»Haben Sie eigentlich 'ne Ahnung, wie das rausgekommen ist?«

»Keine Spur! Kampendonk sagt kein Wort. Wolff erst recht nicht. Daher kursieren natürlich alle möglichen Gerüchte. Alle laufen darauf hinaus, daß irgendwie ein geheimer Detektiv im Werk ist, den niemand kennt als Kampendonk; höchstens noch Wolff.«

»Offen gestanden, das scheint mir auch die einzige Möglichkeit. Denn wie sollte es sonst zu erklären sein, daß jetzt ein Spion nach dem anderen geklappt** wird?«

Neue Gäste kamen. Während Meyer ihnen beim Ablegen der Garderobe behilflich war, ging ihm das, was er

---

* hier: Doppeltreffer

** erwischt, ergriffen

über den geheimen Detektiv gehört hatte, fortwährend im Kopf herum. Er fühlte eine gewisse Unbehaglichkeit; sein Frack kam ihm auf einmal sehr eng vor. Seine Gedanken schweiften in alle Richtungen. Auch der Kurfürstendamm kam ihm in Erinnerung und – der Bürodiener Wittebold. Er rechnete nach. Wie lange war der hier? Hm ... richtig: Gleich darauf ging's ja los, daß sie einen nach dem anderen schnappten! Jedenfalls hieß es sich vor dem Kerl in acht nehmen. –

Ein tückischer Zufall wollte es, daß Fortuyn und Johanna Terlinden an der Tafel so gesetzt waren, daß sie sich weder sehen, geschweige denn miteinander sprechen konnten. Eine gewisse Entschädigung bot Fortuyn die Unterhaltung mit seinem Nachbarn, einem japanischen Geschäftsfreund des Werkes. Herr Oboro, ein liebenswürdiger, hochgebildeter Plauderer, verstand es, ihn in ein überaus fesselndes Gespräch zu verwickeln. Auch nach Aufhebung der Tafel attachierte* er sich immer wieder mit fernöstlicher Zähigkeit an ihn.

Selbst wenn Fortuyn es auf Kosten der Höflichkeit versucht hätte, sich ihm zu entziehen, wäre er Johanna doch nicht näher gekommen. Die war von einer Gruppe älterer Damen ummauert. Rezepte gegen Krankheiten und für Torten, die ersten Zähne von Enkelkindern, die Anmaßung der modernen Dienstboten gaben endlosen Gesprächsstoff. Ein Herr, der es gewagt hätte, Johanna aus diesem Ring zu entführen, hätte mehr Heldenmut besitzen müssen als jener sagenhafte Siegfried, der Brünnhilde aus der Waberlohe befreite. Nur einen flüchtigen Blick konnten sie bisweilen tauschen, der ihre innersten Gedanken aussprach. Dann mußten sie ihre Aufmerksamkeit wieder ihrer Umgebung widmen.

Der Japaner überschüttete Fortuyn jetzt gar mit einer Flut von statistischen Zahlen und bewies, daß sich Japan, gemessen an den Autoprozenten per Einwohner, im Laufe der letzten zwei Jahre wieder um zwei Stellen der ameri-

---

* sich attachieren: sich anschließen

kanischen Union genähert hatte. »Unser Kautschukimport«, fuhr er fort, »hat sich dementsprechend auch sehr verstärkt. Wenn man bedenkt, daß das in den nächsten Jahrzehnten so weitergehen könnte, kommt man auf ganz phantastische Zahlen. Es sei denn« - hier verzog sich sein Gesicht zu einem respektvollen Lächeln -, »daß Sie, Herr Doktor, eines Tages die Welt von der Plantagenwirtschaft unabhängig machen und die ungeheuren Summen, die heute noch außer Landes gehen, von der einheimischen Industrie verdient werden können. Rechnet man diese Zahlen für die ganze Welt zusammen, so erreicht man eine Riesensumme, die, plötzlich in andere Kanäle geleitet, der Weltwirtschaft einen Stoß versetzen kann, der nicht unbedenkliche Erschütterungen der Börsen zur Folge haben muß...«

»Gewiß, Herr Oboro. Aber das ›Wann‹ steht vorläufig noch dahin.«

»Oh, wenn S i e das sagen, Herr Doktor - die Chemosynthese wird ja voraussichtlich keine große Bedeutung gewinnen -, ja, dann...« Der Japaner stockte. Er schien etwas auf dem Herzen zu haben, für das er vorsichtig die richtigen Worte suchte. »Es scheint mir - vielleicht irre ich mich da -, als setze man in Deutschland noch nicht das volle Vertrauen in den glücklichen Erfolg Ihrer Arbeiten. Ich darf Ihnen versichern, daß man bei uns zu Haus Ihrem Wirken mit der größten Teilnahme folgt. Vor meiner Abreise hatte ich Gelegenheit, mit unserem Kultusminister zu sprechen, der ziemlich offen zu erkennen gab, daß er jederzeit bereit wäre, Ihnen an der Universität Tokio einen Lehrstuhl anzubieten... Sie fänden natürlich daneben Zeit, an Ihrem Verfahren weiterzuarbeiten, wozu man Ihnen Mittel in jeder Höhe zur Verfügung stellen würde.«

Bei den letzten Worten war das stete Lächeln, das wie eine undurchsichtige Maske auf dem Gesicht des Japaners lag, geschwunden. Mit offenem, ernstem Gesicht schaute er zu Fortuyn empor.

Der überlegte kurz, wie er, um nicht zu viel zu sagen,

antworten sollte. Er verbeugte sich leicht. »Gewiß, mein Herr, Ihre Worte sind außerordentlich schmeichelhaft für mich. Doch irren Sie sich, wenn Sie vielleicht glauben, hier stünden mir nicht die nötigen Mittel zur Verfügung. Ein Abbruch meiner Arbeiten hier würde mich um viele Monate zurückwerfen. Ist es doch nicht allein mein Kopf, sind es doch auch die Leistungen meiner Mitarbeiter, die zu fruchtbarem Weiterschaffen gehören.«

»Auch darüber«, begann, vorsichtig die Worte wägend, der Japaner, »wäre vielleicht ...«

»Nun, Herr Oboro«, unterbrach ihn Lindner, »haben Sie sich gut unterhalten? Gleich wird der Tanz beginnen! Die jungen Herrschaften werden schon unruhig. Wie stellen Sie sich dazu? Werden Sie ebenfalls ...?«

»Aber gewiß, Herr Direktor! Wir sind bemüht, auch darin unseren westlichen Freunden nachzueifern.«

Fortuyn ließ die ersten Touren vorübergehen, forderte dann Johanna auf.

»Wie schade!« sagte sie und drückte seinen Arm leicht an sich. »Der halbe Abend ist schon herum, und wir haben noch kein Wort miteinander gesprochen. Dabei hatte ich mich doch so auf diesen Tag gefreut! Du mußt so oft mit mir tanzen, wie es irgend geht! Ich habe so vieles auf dem Herzen, was mich bedrängt. Warum bist du so lange nicht gekommen? Eine Ewigkeit, scheint es mir!«

Über Fortuyns Gesicht glitt ein Schatten. »Es wird mir mit jedem Male schwerer, euer Haus zu betreten«, sagte er mit gedrückter Stimme. »Clemens wird immer abweisender. Ich ertrage es nicht, mich diesen stummen Vorwürfen und Anklagen immer wieder auszusetzen.«

Die Musik setzte von neuem ein. Die Körper im Rhythmus des Tanzes aneinandergeschmiegt, überließen sie sich dem Genuß des Augenblicks. Und sooft ein neuer Tanz sie zusammenbrachte, vergaßen sie all das Häßliche, Drohende, gaben sich ganz dem wunderbaren Gefühl hin, sich immer wieder in den Armen halten zu dürfen.

Gerade war ein Tanz zu Ende. Während Fortuyn Johanna zu ihrem Platz zurückgeleitete, trat ihnen Kampendonk in den Weg. »Freue mich sehr, meine liebe Frau Terlinden, Sie nach langer Zeit auch mal wieder in unserem Kreis zu sehen! Wie geht es Ihrem Gatten?«

»Danke vielmals, Herr Geheimrat! Sein Befinden wechselt, wie immer. Doch Clemens hat in der letzten Zeit neue Hoffnung geschöpft.« Sie wollte fortfahren: ›Onkel Düsterloh ...‹, vermied aber den ominösen Namen und sagte: »Man hat ihn auf Doktor Vocke aufmerksam gemacht. Der hat in Angelfingen im Spessart ein Sanatorium für Lungenkranke, speziell für Leute mit Gasvergiftungen.«

»Doktor Vocke? Ja! Erinnere mich auch des Namens. Aber sollte Ihr Gatte ...« Der Geheimrat unterdrückte den Rest des Satzes. »Nun - ein Versuch kann natürlich nichts schaden! Sie haben sich wohl schon mit Vocke in Verbindung gesetzt?«

»Ja, Herr Geheimrat. Clemens hat ihm durch unseren Hausarzt ein Krankheitsbild übermitteln lassen. Doktor Vocke antwortete zwar ausweichend, aber Clemens besteht darauf, sich in das Sanatorium zu begeben.«

Fortuyn war bei Johannas Worten etwas zur Seite getreten, so daß sie Kampendonk unmittelbar gegenüberstand und zu ihm nun freier das aussprechen konnte, was Fortuyn gegenüber auszusprechen ihr wohl schwerfallen mußte.

»Dann soll die Übersiedelung wohl bald stattfinden?« fragte Kampendonk.

»Gewiß, Herr Geheimrat. Clemens brennt vor Ungeduld, obgleich sein Zustand augenblicklich nicht so gut ist, wie es für eine derartig weite Reise zu wünschen wäre. Ich werde ihn selbst in das Sanatorium bringen und dann eine große Vetternreise unternehmen.«

»Das ist gut, meine liebe kleine Frau! Das ewige Krankenzimmerhocken ist auf die Dauer nichts. Sie sehen mir recht blaß aus. Wann werden Sie fahren? ... Übermorgen? Oh - dann werde ich leider keine Gelegenheit mehr haben, Ihren Gatten besuchen zu können. Grüßen Sie ihn von mir, und überbringen Sie ihm meine besten Wünsche zur Genesung!«

In Fortuyn wirbelte das Gehörte durcheinander. Tausend Fragen drängten sich ihm auf. Da wandte sich Kampendonk zu ihm. »Einen Augenblick, Herr Doktor Fortuyn. Sie gestatten doch, Frau Terlinden?«

Und dann war es nicht anders als vorher mit Herrn Oboro. Aus dem Augenblick, von dem Kampendonk gesprochen hatte, wurden Viertelstunden. Fortuyn stand wie auf glühenden Kohlen. Immer wieder suchten seine Augen Johanna. Er wunderte sich im stillen, warum Kampendonk ihn ihr eigentlich entführt hatte. War doch das meiste, was er da sprach, nicht von besonderer Wichtigkeit.

»Es ist übrigens ein Bericht unseres Agenten aus Detroit angekommen, der mir sehr rätselhaft, wenn nicht gar unglaubwürdig vorkommt.« Kampendonk unterbrach sich und nahm vom Servierbrett des Kellners Meyer ein Glas Wein. Setzte es dann wieder zurück und orderte zwei Gläser zu einem kleinen Tischchen, an dem er sich mit Fortuyn niederließ. »Wie gesagt: Der Bericht unseres Agenten ist mir vollkommen schleierhaft.«

Beide achteten nicht darauf, daß der Kellner mit seinem Wischtuch andauernd die Platte bearbeitete, obgleich nicht das geringste Fleckchen darauf war. Hätten nicht ein paar durstige Herren ihn energisch zu sich gerufen, würde er sich wohl noch länger dort bemüht haben, obwohl doch die Worte Kampendonks nur für Fortuyns Ohren bestimmt waren.

»Nun, mein lieber Doktor, vielleicht können Sie mir da Aufklärung geben. Der Agent behauptet, man habe neues Material von hier bekommen. An sich von größter Wichtigkeit - doch seien alle Versuche, danach zu arbeiten, bisher gescheitert. Was mag da los sein? Ich will mal darüber hinwegsehen, daß es wieder auf irgendeine rätselhafte Weise gelungen ist, hier Material zu stehlen ...«

Fortuyn überlegte einen Augenblick. Dann spielte trotz des Ernstes der Sache ein sonderbares Lächeln um seinen Mund. Hohn, Spott, Freude.

Der Geheimrat schaute ihn verwundert an. »Nun, was ist? Ihr Gesicht ist mir, offen gestanden, ebenso rätselhaft.«

Fortuyn wollte sprechen, da stellte der Kellner Meyer höflicherweise einen Aschenbecher zwischen die beiden Herren, obwohl keiner von ihnen rauchte. Fortuyn wartete, bis Meyer sich entfernt hatte, sprach dann leise: »Ich freue mich gewissermaßen über Ihre Nachricht, Herr Geheimrat. Zeigt sie mir doch, daß gute Vorsicht belohnt wurde! Wie Sie wissen, steh' ich in Verbindung mit Professor Bauer in Aachen, der sich des öfteren Rat für seine literarischen Veröffentlichungen von mir erbittet. Wegen seiner notorischen Zerstreutheit gab ich ihm bei einer Zusammenkunft die Notizen, die er als Unterlagen benötigte, mit fingierten Werten. Da die Werte selbst für Bauer ja keine Bedeutung haben, konnte ich das ruhig tun. Ich kann mir nun nichts anderes denken, als daß es der Gegenseite irgendwie gelungen ist, sich bei Bauer in diese Notizen Einblick zu verschaffen. Und nun sind die Herrschaften da drüben prompt auf den Leim gekrochen und arbeiten verzweifelt mit diesen falschen Zahlen!«

Auch der Geheimrat konnte ein leichtes Lächeln nicht unterdrücken. Schüttelte dann den Kopf. »Ist und bleibt doch unglaublich, wie raffiniert die Spionage getrieben wird! Wie konnte man wissen, daß Professor Bauer von Ihnen Material hatte, und wie hat man es ihm gestohlen?«

»Ich werde gleich morgen mit Doktor Wolff sprechen, Herr Geheimrat. Der wird es wohl irgendwie an den Tag bringen.«

»Ja, tun Sie das! Ich bin wirklich gespannt. Ich habe Ihnen wohl schon einmal gesagt, daß es mir manchmal direkt unheimlich wird. Die Last meines Amtes drückt mich oft schwer – fast zu schwer. So habe ich in der letzten Zeit schon hin und wieder daran gedacht, mich nach einer passenden Stütze umzusehen.« Er hob sein Glas, trank Fortuyn zu. »Wie würden Sie sich dazu stellen, Herr Fortuyn?« Der Geheimrat strich seinen Bart, sprach betont: »Aller Wahrscheinlichkeit nach wird ja in nächster Zeit ein Direktorposten frei ... Würden Sie eventuell ein derartiges Amt übernehmen?«

Fortuyn horchte auf. Kampendonks Worte trafen ihn so unvorbereitet, daß er einen Augenblick mit der Antwort zögerte.

Der Geheimrat schien dies falsch auszulegen. Er fügte hinzu: »Der Posten würde Sie natürlich nicht zu sehr in Anspruch nehmen; denn eine Störung Ihrer bisherigen Arbeiten soll selbstverständlich vermieden werden. Ich mache Ihnen dies Anerbieten auch nicht ... mit Rücksicht ... auf Ihre außergewöhnlich lange Unterhaltung mit Herrn Oboro«, setzte er mit feinem Lächeln hinzu. »Ich will da keine Fragen stellen, aber ich glaube wohl, das Richtige zu erraten?«

Fortuyn nickte lachend. »Irgendwelche Bedenken meinerseits, den Posten anzunehmen, bestehen natürlich nicht, Herr Geheimrat. Im Gegenteil, ich kann Ihnen nicht warm genug danken. Sehe ich doch jetzt die Möglichkeit, den anderen Traum der letzten Jahre verwirklichen zu können!«

»Und der wäre?« fragte Kampendonk.

»Nun, ich gebe mich - in meinen Träumen - mit dem bloßen Erfolg, die Elektrosynthese zu schaffen, nie zufrieden. Träume vielmehr auch davon, später einmal mit eigener Hand die Riesenorganisation aufzuziehen, die nötig wäre, um die Erfindung auszunutzen ... für das Werk ... für Deutschland ... für Europa.«

Der Geheimrat schaute ihn prüfend an. Er wußte, Fortuyn war eher bescheiden als großsprecherisch. Die Sicherheit aber, mit der er eben gesprochen hatte, ließ ihn aufmerken. Er unterdrückte eine Frage, die sich ihm auf die Zunge drängte, sagte nur, indem er Fortuyn zum Abschied die Hand reichte: »Ich wünschte wohl, es noch als Generaldirektor zu erleben, daß Fortuyn der Organisator Fortuyn den Erfinder ablöst.«

Franz Meyer, der in diesem Augenblick die leeren Gläser wegnahm, wußte mit den letzten Worten Kampendonks leider sehr wenig anzufangen.

Für die lange Pause glaubte Fortuyn sich durch ein paar Tänze mehr entschädigen zu dürfen. Jetzt, da das, was Johanna so bedrückt hatte, durch Kampendonks glückliches Dazwischentreten Fortuyn in zwangloser Unterhaltung zu Ohren gebracht war, fühlte sie sich freier. Auch Fortuyn, durch Kampendonks Anerkennung innerlich gehoben, warf die Gelehrtenperücke ab und gab sich als der frohe, gesellige Mensch, der er von Natur aus war. Bald bildete sich gegen seine eigentliche Absicht eine Gruppe um sie, die gern mittat. Die Stimmung pflanzte sich fort, bis schließlich die ganze Gesellschaft davon ergriffen wurde.

Es war »ein überaus gelungener, vergnügter Abend«, wie die Gäste beim Scheiden den Gastgebern versicherten, und er blieb auch vielen noch lange in Erinnerung. Dabei besonders die Person Fortuyns, der wieder einmal den Leuten auf seine Weise eine angenehme Enttäuschung bereitet hatte.

Erst in dem Trubel des Aufbruchs fanden Fortuyn und Johanna Zeit, sich ungestört ein paar Augenblicke zu unterhalten. Die Reise Johannas ... ihr Ziel, die Dauer ihres Fortbleibens vorläufig noch unbestimmt ... so viele Gedanken in beiden, die unausgesprochen blieben - bleiben mußten.

* * *

Die letzten Worte Kampendonks kamen dem Büfettier Meyer wieder wörtlich in Erinnerung, als er am nächsten Morgen Fortuyn begegnete, der die Treppe zu seinem Büro hinaufging. Meyer hatte sich an diesem Morgen schon in mehreren mühevollen Versuchen angestrengt, alles das, was er gestern abend aufgeschnappt hatte, in einem Brief an Boffin möglichst verständlich zu Papier zu bringen. Doch er war sich bewußt, daß ihm das nur zum Teil gelungen war. War ihm doch vieles – darunter auch diese Worte Kampendonks – unverständlich geblieben. Es widerstrebte ihm, die Worte so, wie er sie im Gedächtnis hatte, niederzuschreiben.

Boffin, das wußte er wohl, war ein Stückchen schlauer als er. Aber diese Tatsache gestand er sich nur ungern ein. Er wollte selbst versuchen, in die chaotischen Brocken, die er aufgeschnappt hatte, einen Sinn zu bringen, der seine Intelligenz bei Boffin ins rechte Licht setzte. So ging sein Brief erst mehrere Tage später ab. Aber auch dann noch, ohne daß es ihm gelungen war, einen Bericht zu geben, dessen Sinn er vollständig erfaßt hatte. Er kam um dies unangenehme Eingeständnis nicht herum.

Was hätte er für Augen gemacht, wenn er Boffin beim Lesen seines Briefes gesehen hätte! Gerade bei jenen letzten Worten Kampendonks geriet der Amerikaner in größte Erregung. Er schnaufte, prustete, und sein Klemmer machte unzählige Rutschpartien. »Wär's möglich?« stieß er durch die Zähne. »Der Organisator soll bald den Erfinder ablösen? Die Sache ist also schon spruchreif! Wird's jedenfalls bald werden. Jetzt heißt's handeln!«

Er nahm aus einem Schränkchen den bebilderten Prospekt eines Abzahlungsgeschäfts von A. Häder, Berlin NO,* tat ihn in ein Kuvert und machte ihn als Drucksache fertig: *An Herrn Büfettier Meyer.* –

Meyer fand am Morgen nach jenem Fest noch eine andere günstige Gelegenheit zu wichtigen Beobachtungen, über die er sofort an Boffin berichtete. Aus der Unterredung zweier Laboranten hatte er gehört, daß an diesem Vormittag die große Anlage in Morans Laboratorium zum erstenmal voll arbeiten würde. Mit

* Die Einteilung der Berliner Postbezirke nach Himmelsrichtungen wurde bis in die 1950er Jahre beibehalten.

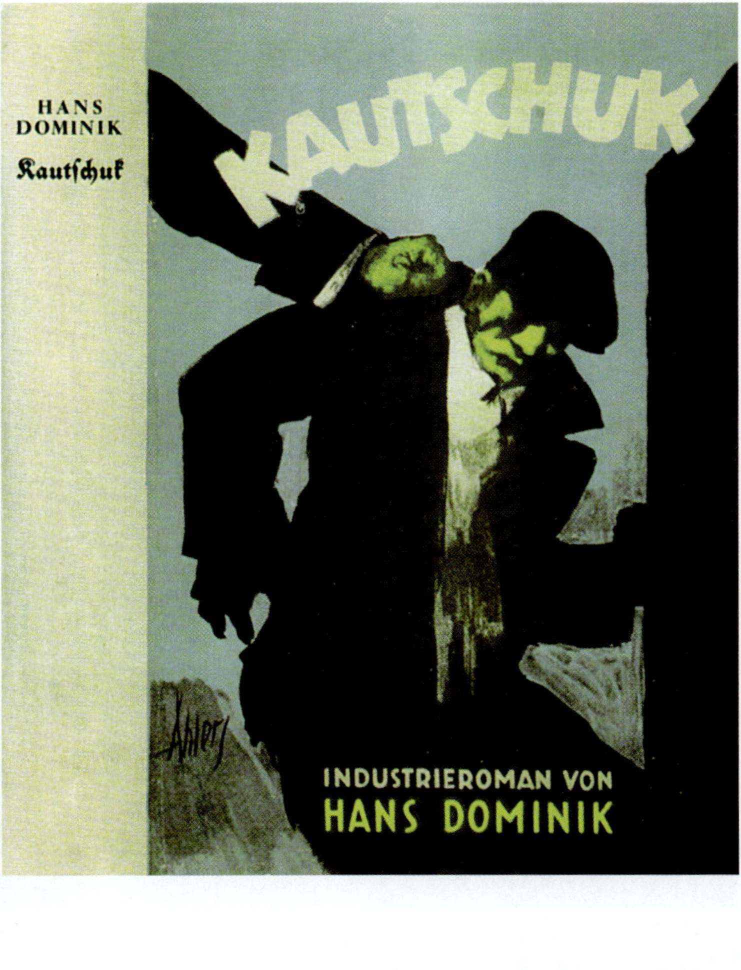

Schutzumschlag der Leinenausgabe im Verlag Scherl, Berlin 1930

Leineneinband der Dominik-Ausgabe im Verlag Scherl, Berlin (gehobene Ausstattung)

Leineneinband der Dominik-Ausgabe im Verlag Scherl, Berlin (Standardausstattung)

Halbleinenausgabe des 76.–85. Tausends
im Verlag Scherl, Berlin 1942

Taschenbuchähnliche Ausgabe als ›Der deutsche Tauchnitz‹, Band 108, Leipzig 1941

Schmuckblatt (Karikatur von 1942) zum Roman ›Kautschuk‹ vom Verlag Scherl, Berlin (Erstveröffentlichung)
Gestaltung: Gerhard Brinkmann

Schutzumschlag der deutschen Nachkriegsausgabe im Gebrüder Weiss Verlag, Berlin 1953
Gestaltung: Bernhard Borchert

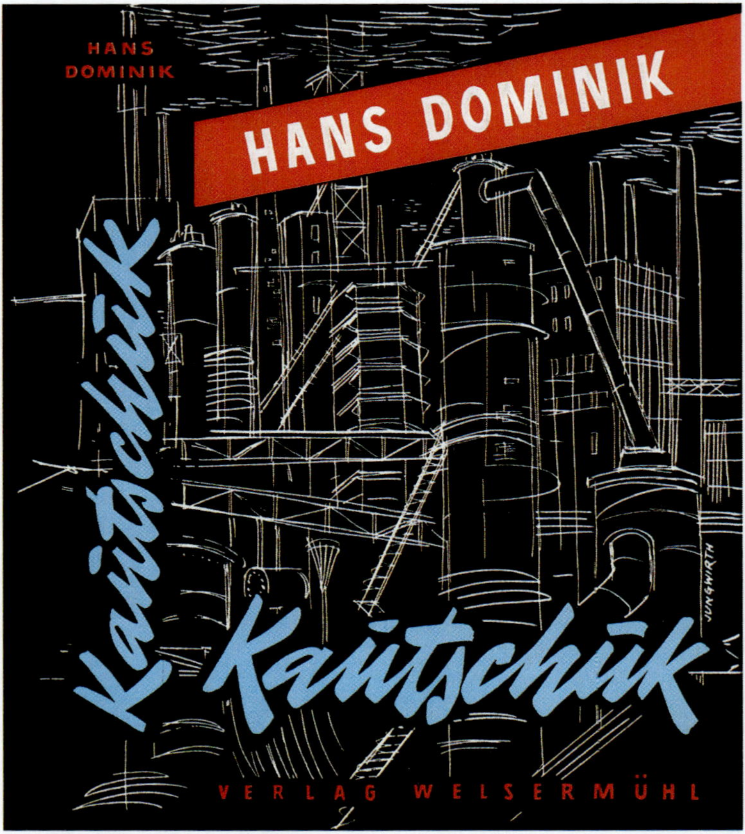

Schutzumschlag der österreichischen Nachkriegsausgabe im Verlag »Welsermühl«, Wels 1957

Ausgabe des Wegweiser-Verlags um 1962

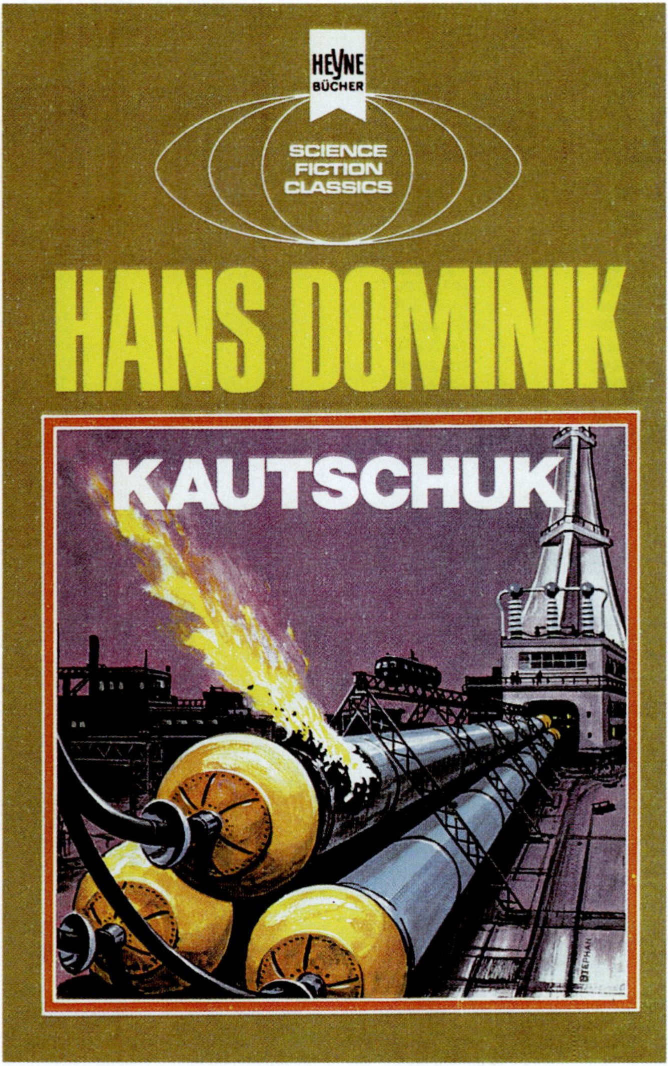

Taschenbuchausgabe im Wilhelm Heyne Verlag, München 1975
Gestaltung: Karl Stephan

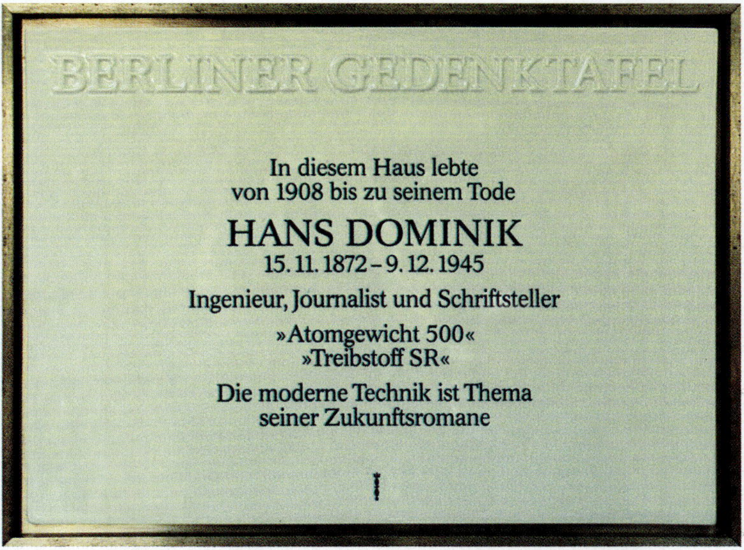

Gedenktafel an Dominiks Wohnhaus in Berlin-Zehlendorf, enthüllt am 2. 7. 1999 (s. ›Neues um Hans Dominik‹)

Aus Anlaß des Festaktes vom 2. 7. 1999 geschmücktes Dominik-Porträt; gemalt im Mai 1939 von Wilhelm Imkamp

Geschick verstand er es, seinen Korb am Arm, den Laboratoriumsraum nach vergessenem Geschirr abzusuchen. Alles war so mit der Beobachtung der arbeitenden Apparate und des Betriebes beschäftigt, daß sich keiner um den harmlosen Büfettier kümmerte. Und da gab es sehr interessante Dinge zu sehen.

Auch Rudi Wendt, der zufällig, gerade als die Versuche begannen, in Morans Laboratorium kam, um mit Dr. Göhring über eine frühere Arbeit zu sprechen, wurde so interessiert und gefesselt, daß er den Zweck seines Kommens vergaß und mit gespannter Aufmerksamkeit den Vorgängen und den Erklärungen Morans folgte.

Die Maschinen funktionierten ohne Störung, wie es von ihnen verlangt wurde. Die chemischen Vorgänge, die in ihrem Fortschreiten teilweise durch verglaste Beobachtungsluken zu verfolgen waren, verliefen vollkommen exakt. Als dann schließlich die Schleusen zu arbeiten begannen und das fertige Produkt auswarfen, als der reine Para-Kautschuk in handlichen Blöcken dalag, hallte der Saal wider von Beifallsrufen und Glückwünschen für Moran.

Ein leichter Rippenstoß weckte Rudi aus seinen Gedanken. Er drehte sich um. Göhring stand neben ihm, nickte ihm mit glänzenden Augen zu. »Tolle Sache! Was, mein Lieber? Wie meinte doch der liebe Kollege Abt neulich? ›Incertus an, incertus quando‹ bei euch! Na – der erste Teil ist wohl übertrieben, aber das ›quando‹ mag doch noch einige Zeit dauern, wie?«

»Hm!« meinte Rudi. »Da müssen Sie schon Doktor Fortuyn selber fragen! Oder, noch besser, unsere geliebte Tilly! Na – die würde Ihnen ja helfen!

Im übrigen: Was ich da gesehen hab', ist zweifellos nicht übel. Aber was ich fragen möchte – Sie sind ja mit den ganzen Vorgängen viel besser vertraut als ich, der ich's nur einmal mit angesehen habe, Kollege Göhring –: Wie stellen Sie sich eigentlich das Aufziehen der Großfabrikation vor?«

Göhring sah ihn verwundert an. »Haben Sie da irgendwelche Zweifel? Einmal eins ist eins und einmal zehn ist zehn, sollt' ich denken.«

»Hm!« machte Rudi wieder. »Hm ... Daß einmal zehn gleich zehn ist, ist ja richtig; will mir aber hierbei absolut noch nicht einleuchten.«

Göhring schlug ihm lachend auf die Schultern. »Mensch, sind Sie verrückt?« Er drehte sich zu den anderen um, wollte sie auf Rudis Bemerkungen aufmerksam machen, doch der fiel ihm abwehrend in den Arm. »Um Gottes willen! Hetzen Sie nicht die ganze Gesellschaft auf mich! Ich will lieber gar nichts gesagt haben.«

Er wollte gehen, doch Göhring hielt ihn fest. »Nun mal im Ernst, Kollege! Haben Sie hier tatsächlich irgendwelche Bedenken?« Göhring wußte wohl, daß Rudi trotz seines oft jungenhaften Benehmens ein ganz schlauer Kopf war, mit einem guten Sinn fürs Praktische. Er fragte weiter: »Was meinten Sie denn?«

»Tja, mein Lieber, ich dachte so in meinem dummen Laienverstand: Die Übertragung der Vorgänge in dem zweiten Tank auf das Zehnfache - oder, sagen wir, auch auf das Hundertfache - dürfte bei der Art, wie es Moran hier macht, ein ganz anderes Produkt ergeben als in dieser Laboratoriumsapparatur.«

Göhring starrte ihn ungläubig an. »Die Vorgänge im zweiten Tank? Sie meinen, daß die Polymerisierung* des Isoprens** im Stadium des zweiten Tanks beim Großverfahren anders verlaufen würde? Wie kommen Sie zu der Annahme?«

»Na - ich hatte vor einiger Zeit mit derartigen Versuchen zu tun ... Aber ich werde mich hüten, aus der Schule zu plaudern ... Friedrich August*** - macht

---

* chemische Reaktion zur Bildung von Makromolekülen

** flüssiger, ungesättigter Kohlenwasserstoff; einer der möglichen Grundbausteine für synthetischen Kautschuk

*** vgl. S. 40, Z. 25 ff.

euern Dreck alleene! Incertus quando bei euch, sag' ich. Adschüß!«

Göhring sah mit nachdenklichem Gesicht hinter ihm her. Er machte ein paar Schritte auf Moran zu, besann sich, wandte sich zu seinem Arbeitstisch. –

»Fräulein Doktor Gerland, möchten Sie vielleicht ein paar Blöcke prima Para-Kautschuk frisch aus der Retorte sehen?«

Tilly sah Rudi mißtrauisch an. Was für einen Unsinn würde der n u n wieder verzapfen?

»Ja, mein teures Fräulein, dann bemühen Sie sich doch selber mal in das Labor unseres Kollegen Moran! Da können Sie sehen, wie die Kautschukblöcke fallen ... wie die Äpfel vom Pferd – Pardon: Baum!«

»Wo waren Sie denn gestern abend, junger Mann?« erwiderte Tilly mit einem verächtlichen Blick.

»Gestern abend? Keine Ahnung! Hab' ich längst vergessen. Wahrscheinlich in schlechter Gesellschaft. Bei Ihnen ist ja alles schlechte Gesellschaft, was mit mir verkehrt.«

»Rudi! Mein Gott, werden Sie denn nie vernünftig werden? Wollen Sie ewig dieser ...« Sie suchte vergeblich nach einem passenden Wort.

»... dumme Junge bleiben?« vollendete Rudi grinsend. »Sprechen Sie's ruhig aus, teure Labormama!«

»Frech wie ... Schwefelkohlenstoff!« sagte Tilly lachend. »Aber jetzt mal raus mit der Sprache, Rudi! Sie waren wohl drüben, haben die neue Fabrikation mit angesehen? Ich hab' gestern davon gehört. Heute sollte es losgehen. Also die Kautschukblöcke, die fallen da wie ... Schloßen?* Hoffentlich ist Ihnen keiner auf den Kopf gefallen ... wär' schade um den Block!«

Rudi griff sich an die Stirn. »Ach, Sie meinen wohl die kleine Beule hier? Gestern abend beim Nachhausekommen stieß das Weltsystem meines Kopfes mit dem Weltsystem meines Kleiderschranks zusammen.«

---

* große Hagelkörner

»Rudi! Mißbrauchen Sie nicht die sowieso noch recht wacklige Elektronentheorie der Materie für die Beschönigung Ihrer alkoholischen Exzesse! Reden Sie vernünftig!«

»Ich war ja im besten Fahrwasser. Da fielen Sie mir ins Wort mit Ihren Kautschukblöcken. Nun aber wirklich im Ernst: Das klappt da drüben wie im Pantinenkeller. Die lieben Kollegen schreien hurra und bravo. Allgemeine Feststimmung ... Ich würde an Morans Stelle ein Fäßchen auflegen.«

»Ach! Dann wird ja bald das Bauen losgehen. Der schöne freie Platz vor unserm Haus wird wohl dran glauben müssen!«

»Hm!« machte Rudi. »Ich denke – will sagen: hoffe –, daß das noch eine Zeitlang dauert. Gewiß, einmal muß der Platz dran glauben. Aber ich meine, dann wird für u n s gebaut!«

Tilly wollte Rudi wieder zum Ernste mahnen. Da sah sie in sein Gesicht und unterdrückte die Rüge. Rudis Jungengesicht konnte manchmal ausnahmsweise recht ernst aussehen, und dann, wußte sie, war es der Ausdruck schärfster kritischer Überlegung.

Er fuhr zunächst mit ein paar »Hm!« weiter fort, sagte dann wie beiläufig: »Eine Polymerisierung von Isopren dürfte sich doch wohl nicht nach dem Rezept ›Einmal zehn gleich zehn‹, wie die da drüben annehmen, ins Große übertragen lassen?«

Tilly sprach kein Wort, sah Rudi nur unverwandt an. Der, wie von plötzlichem Eifer ergriffen, rückte sich einen Stuhl an Tillys Seite und begann im Nu einen großen Bogen Papier mit Zahlen und chemischen Zustandsgleichungen zu bedecken. Kaum, daß Tilly seiner Feder folgen konnte. Zuletzt zog er einen dicken Strich unter das Geschriebene, daß die Tinte spritzte. »Ergebnis? Vacat,* meine teure Tilly! Großer Irrtum,

* Mit Rudis Lateinkenntnissen steht es erneut nicht zum besten: »Vacat« bedeutet zwar »Es fehlt«, aber im Sinne von »Es ist leer«.

daß einmal zehn gleich zehn ist. Stimmt absolut nicht, die Geschichte! Oder meinen Sie etwa was andres? Dann erlaube ich Ihnen, zu Doktor Göhring zu gehn. Dem hab' ich nämlich, als er mich anflachste, auch so'n bißchen den Star gestochen.* Ja - dann gehn Sie ruhig rüber und sagen Sie, der Doktor Rudolf Wendt wäre ein Idiot!«

»Das werde ich, glaub' ich, nicht tun, mein lieber Rudi. Aber bei der Fixigkeit, mit der Sie Ihre Formeln hier hingehauen haben, kann schließlich ein Irrtum unterlaufen sein, den ich nicht sofort feststellen kann. Doch Geduld!« Sie schob ihre Arbeiten beiseite. »Ich werde mich gleich daranmachen. Und wenn's stimmt, Rudi, dann ...«

Rudi formte die Lippen zu einem Kuß. Da hob Tilly drohend den Finger. »... erhalten Sie morgen 'ne Einladung zu Ihrem Leibessen - puh, mir graut's! -: Schlesisches Himmelreich**.«

»Prima, prima, Tilly!« rief Rudi strahlend. »Werde von jetzt an fasten. Denn stimmen tut's, das kann ich Ihnen sagen! Ihre Portion esse ich jedenfalls mit! - Haben Sie sich übrigens mal den Fall überlegt, wie Sie sich stellen würden, wenn Ihr zukünftiger Gatte ausgerechnet ein Liebhaber dieses köstlichen Gerichts wäre? Ich würde mich unbedingt scheiden lassen, wenn etwa meine Zukünftige es mir nicht jede Woche wenigstens einmal auf den Tisch setzte!«

»Gut, daß Sie das sagen, Rudi! Ich werde mich danach richten.«

»Wie meinen Sie das?«

»Ich meine, Rudi, daß Sie - abgesehen von einigen wenigen löblichen Momenten - ein großer Frechdachs sind!« -

Die Mittagsglocke schrillte. Rudi wollte fortgehen, doch Tilly hielt ihn zurück und gab ihm den beschrie-

* Bescheid gestoßen
** mit Backobst gekochter Schweinebauch und Hefeklöße

benen Bogen. »Es stimmt tatsächlich! Möchten Sie mir 'nen Gefallen tun, Rudi?«

»Aber selbstverständlich, Tilly! Was soll ich denn?«

»Bringen Sie doch das alles noch mal mit erläuternden Ausführungen in anständiger Form zu Papier! Wissen Sie: so, wie Sie's etwa als Examensarbeit machen würden.«

Rudi machte ein saures Gesicht. »Na - meinetwegen! Wann wollen Sie es denn haben?«

»So bald wie möglich!«

»Na, schön! Auf Wiedersehn!«

* * *

Am nächsten Morgen übergab Rudi Tilly ein ziemlich umfangreiches Schriftstück. Die nahm es, durchblätterte es. »Menschenskind! Wann haben Sie denn das gemacht? Das sind ja weit über zwanzig Seiten!«

»Na, wann soll ich's gemacht haben? Heute nacht. Fünf Stunden meiner unentbehrlichen Nachtruhe hab' ich geopfert.«

Tilly reichte ihm die Hand. »Danke Ihnen herzlich, Rudi! Sie sind doch ein Prachtkerl!«

»Werde Sie gelegentlich daran erinnern, Tilly!«

Rudi ging an seinen Platz und schob seine Apparate zurecht. »Verfluchter Kram!« murmelte er brummend vor sich hin. »Siebzehn Versuche mit den Kohlenwasserstoffen vom Pentan bis zum Oktan hab' ich schon hinter mir ... Resultat: null Komma null! - Weitere siebzehn blühen mir sicher noch ... Der Teufel soll den langweiligen Kram holen!«

Er ging zu Tillys Tisch zurück und sagte: »Sie haben sich ja auch schon mit den negativen Versuchen der Methanreihe beschäftigt. Was halten Sie davon, wenn man mal ungesättigte Kohlenwasserstoffe in gewissen Prozenten zugibt?«

»Rudi! Sind Sie des Teufels? Lassen Sie das ja sein!«

»Ach, Sie meinen wegen der Explosionsgefahr? Das kann man ja mit der nötigen Vorsicht machen. Aber könnten Sie sich nicht vorstellen, daß man auf die Manier die Reaktion vielleicht durch spontane Hydrierung* erzwingt?«

Tilly schüttelte den Kopf. »Mit den Homologen** der Äthylenreihe wäre die Sache schon mehr als riskant... aber etwa gar mit der Azethylenreihe? Da sagen Sie's lieber vorher! Dann geh' ich nämlich weg! Könnte so allerhand passieren.«

Rudi ging ruhig zu seinem Platz zurück. »Äthylen?« brummte er vor sich hin. »Gibt wieder wenigstens vierzig Versuche.«

Er setzte sich, warf ein paar Formeln aufs Papier und überlegte. Mit der Azetylenreihe müßte es gehen. Aber sollte er's riskieren? Bei vorsichtigster Dosierung konnte schließlich nicht allzuviel passieren ... ein paar Glassplitter allenfalls; mehr nicht.

Die anderen außer Tilly, die, Rudis Ausarbeitung vor sich, an ihrem Platz festgeschmiedet schien, machten ihre Frühstückspause. Rudi saß mit rotem Kopf. Seine Augen hingen an dem Glaszylinder, auf dessen Inhalt die elektrische Hochfrequenz wirkte ...

Der Büfettier Meyer war gerade in das Laboratorium gekommen, fragte die anderen nach ihren Wünschen, rief Rudi von weitem zu: »Was möchten Sie, Herr Doktor Wendt?«

Das war Rudis Glück. Er richtete sich auf, wandte sich zu Meyer um, wollte sagen: ›Eine Tasse Bouillon‹ – da tat es einen lauten Knall.

Rudi sah plötzlich den gefüllten Korb Meyers am Boden liegen. Nach allen Seiten hin verstreute sich dessen Inhalt. Er staunte. Was war das? Kam der Knall daher? Da fühlte er eine warme Flüssigkeit an seinem Hinterkopf herunterrieseln.

---

* Anlagerung von Wasserstoff

** Gruppe chemisch nahe verwandter Verbindungen

Gleichzeitig war Tilly aufgesprungen, eilte zu ihm. »Rudi! Unglücksmensch! Was haben Sie angestellt?«

Doch der hatte schon begriffen und sich zu seinem Tisch gewandt. Starrte, aufs höchste interessiert, in den heil gebliebenen Boden des Glases. Was war das? Was sah er da? ... Ah! Triumphierend hielt er Tilly das Bodenstück hin. »Etwas Hexadien gefällig, Tilly?«

»Ach, lassen Sie die Dummheiten! Merken Sie denn nicht, daß Sie bluten?«

»Ach was, Tilly! Die paar Kratzer fallen neben meinen Terzen und Quarten* nicht weiter auf. Hier, meine Teure! Hier haben wir das Zeug! Glauben Sie, daß Doktor Fortuyn zufrieden sein wird? Ich sollte denken, mit diesem kleinen Kladderadatsch hätte ich ihm ein paar Wochen Arbeit erspart!«

Tilly drückte Rudi jetzt auf seinen Stuhl nieder und wusch ihm mit einem nassen Schwamm den Kopf. »Müßte Ihnen ganz anders den Kopf waschen, Sie leichtsinniger Bruder! Ist wahrhaftig, Gott sei Dank, noch verhältnismäßig gutgegangen. Auf die paar Schrammen werde ich Ihnen nachher ein Heftpflaster kleben.«

»Aber da!« Rudi lachte laut. »Gucken Sie doch mal, Tilly! Unser geschätzter Mitbürger Meyer, wie der sich seine Würstchen und Semmeln zusammenklaubt!«

Meyer hatte die Scherben in den Korb gesammelt. Las jetzt die verstreuten Lebensmittel auf. Er warf Rudi einen ärgerlichen Blick zu, der den aber nicht im geringsten genierte.

»Schlechte Nerven, Herr Meyer! Wie kommt das? Sie trinken wahrscheinlich zuwenig Bier – oder fahren zuviel nach Berlin. Ja, ja, Herr Meyer!« sprach Rudi unbekümmert um die wütenden Blicke, die der andere ihm zuwarf, weiter. »Von nix kommt nix, Herr Meyer!

---

* Rudis Lateinkenntnisse sind weiterhin schwach: ›Terzen‹ und ›Quarten‹ sind Klingen*haltungen* beim Fechten; was er meint, sind die Fecht*verletzungen*, die Schmißnarben.

Von nix kommt auch kein Hexadien, teure Tilly! Wenn Sie sich doch mal endlich überzeugen möchten!«

Tilly wischte ihm noch einmal mit dem feuchten Schwamm über den Kopf, band ein weißes Tuch turbanartig darum. Lachend hielt ihm ein anderer Kollege einen Spiegel vor. Rudi warf einen Blick hinein. Machte dann ein zeremoniöses Gesicht, sagte, auf sich deutend und dann auf Tilly: »Der Maharadscha und seine Lieblingsfrau!«

Ein ziemlich derber Klaps von Tillys Hand schloß ihm den Mund. Alles drängte sich um Rudis Tisch und schaute interessiert auf die Glasscherben. »Wirklich Hexadien, Rudi?« schrie es durcheinander.

»Das werden wir gleich haben«, sagte Tilly und bereitete ein Reagens vor.

Während sie eifrig arbeitete, verzehrte Rudi vergnügt sein Frühstück. »Na, Sie ungläubiger Thomas«, sagte er, den letzten Bissen in den Mund schiebend, »stimmt's immer noch nicht?«

Tilly richtete sich auf. »Scheint wahrhaftig Hexadien zu sein. Sie haben recht. Fortuyn wird zufrieden sein. Wenn ich Ihnen raten darf, setzen Sie sich a tempo auf die Hosen und suchen Sie einen Weg, daß die Reaktion weniger stürmisch verläuft! Denn die Methode an sich ist unbedingt richtig.«

In diesem Augenblick trat Fortuyn in das Laboratorium. Rudis Turban leuchtete ihm schon von weitem entgegen. Mit schnellen Schritten ging er auf seinen Assistenten zu, fragte besorgt: »Etwas passiert, Herr Kollege?«

Rudi zögerte einen Augenblick unsicher, da nahm ihm Tilly das Wort ab. »Herr Doktor Wendt hat auf seine Weise die Bildung von Hexadien erreicht. Der gute Herr hat in ... seinem Eifer« – Tilly warf Rudi einen ironischen Blick zu – »mit Homologen der Azetylenreihe operiert.«

»Ah, Herr Kollege, das war allerdings ein Husarenstückchen, das Sie sich da geleistet haben! Wußten Sie denn nichts von der Explosionsneigung dieser Reihe?«

»O gewiß, Herr Doktor!« sagte Rudi mit rotem Kopf. »Aber nach der Theorie war dabei die Bildung von Hexadien zu erwarten, und ich schlug den Weg ein, um, offen gesagt, meine Arbeit abzukürzen. Immerhin gab ich die Dosierung so vorsichtig, daß kein großer Schaden passieren konnte. Die Sache da« - er deutete auf seinen Kopf - »ist durchaus unbedenklich. Ein paar Kratzer, die Fräulein Gerland zu tragisch nimmt. Mit etwas Heftpflaster ist der Schaden kuriert.«

»Das wäre ja sehr erfreulich. Aber bitte kommen Sie mit in mein Büro! Wir wollen dort den Fall gründlich durchsprechen.«

Als Fortuyn an Tillys Tisch vorbeiging, überreichte sie ihm Rudis Arbeit. »Noch ein Stückchen unseres tüchtigen Kollegen Wendt, Herr Doktor! Vielleicht interessiert Sie das auch.«

Nach einiger Zeit kam Rudi aus Fortuyns Zimmer zurück, und sein ohnehin stets vergnügtes Gesicht war noch um einige Grade vergnügter. Der Büfettier Meyer, der inzwischen mit neuem Frühstücksmaterial erschienen war, erhielt ein Trinkgeld, das in Anbetracht des zu Ende gehenden Monats königlich genannt werden konnte. Meyers Laune war merklich gehoben, als er in die Kantine zurückkehrte.

»Hier, Franz!« sagte seine Kollegin vom Ausschank. »Liebesbrief aus Berlin!« Und lachte laut dabei.

Auch der Büfettier Meyer lachte über den Scherz. War es doch nur eine offene Drucksache. Wie schon auf dem Kuvert ersichtlich, die Anpreisung eines Abzahlungsgeschäftes. Er wollte es eben in den Müll werfen, da wurden seine Augen plötzlich auf einen Tintenklecks hinter seinem Namen aufmerksam. Er steckte den Brief sorgfältig in die Brusttasche - viel sorgfältiger, als man gewöhnlich mit derartigen Drucksachen umzugehen pflegt.

Kaum hatte die Kantine sich etwas geleert, ging er hinaus zur Toilette. Der Gelegenheiten waren hier viele. Die Augen des Büfettiers fanden alsbald eine unbesetzte heraus, die von zwei anderen unbesetzten flankiert wurde. Aber wer weiß, daß der Mechanismus dieser ›Besetzt‹-Schildchen öfters mangelhaft funktioniert, und wer auf nahe Nachbarschaft keinen Wert legt, sollte sich besser durch Probieren vergewissern.

Meyer dachte nicht daran, und derjenige, der gerade die linke Gelegenheit okkupiert hatte, verhielt sich, in Nachdenken versunken, zufälligerweise so still, daß Meyer in seiner Täuschung verharrte.

Der unfreiwillige Nachbar war gerade aus seinem Nachdenken erwacht, da fiel ihm auf, daß in Meyers Abteil öfters Streichhölzer angerissen wurden. ›Der verbrennt hier wohl etwas?‹ dachte er sich im stillen. Doch der durchdringende Geruch verbrannten Papieres blieb aus. Noch mehrmals hörte er das Anreißen von Streichhölzern. Dann wurde die Spülung gezogen; Meyer entfernte sich, nicht ohne daß ihn der unfreiwillige Lauscher durch den Türspalt von hinten erkannt hätte.

Eine Minute später trat Wittebold - das war der zufällige Nachbar gewesen - aus seinem Gelaß in jenes andere. Er hätte es wohl trotz des unverständlichen Anzündens so vieler Streichhölzer kaum getan, wenn er nicht schon seit einiger Zeit aus anderen Ursachen ein Auge auf diesen Büfettier gehabt hätte.

Auch hier war von verbranntem Papier nichts zu merken. Auf der Erde lagen mehrere stark abgebrannte Streichhölzer und der Umschlag eines Briefes. Wittebold hatte das Rauschen der Spülung deutlich gehört. Trotzdem trat er mit einem schwachen Hoffnungsschimmer an die Toilette heran. War's, wie das Kuvert anzeigte, eine umfangreiche Drucksache gewesen, so mochte vielleicht die Kraft des Wassers nicht ausgereicht haben, sie in die Tiefe zu bringen.

Er hatte richtig vermutet. Die Drucksache, flüchtig zusammengeknüllt, steckte noch im Wasserknie. Mit zwei Fingerspitzen nahm Wittebold sie heraus. Nur der unterste Teil des Papiers war durchweicht. Er legte es draußen auf den Heizkörper, ging dann zurück und nahm auch den Briefumschlag an sich. Um sein Warten nicht auffällig zu machen, wusch er sich am Waschbecken wieder und immer wieder die Hände, bis die sonderbare Beute auf der Heizung so weit trocken geworden war, daß er sie in ein Zeitungsblatt legen und einstecken konnte.

* * *

Als am Abend dieses Tages bei Schappmann alles schlief, saß Wittebold an seinem Tisch und hatte jene harmlose Drucksache vor sich, die er unter so wunderlichen Umständen in seinen Besitz gebracht hatte. Wohl die meisten dieser umfangreichen Offerten von Abzahlungsgeschäften verschwinden in ähnlicher Weise auf Nimmerwiedersehen. Dieser hier, die auch der Büfettier Meyer schon mit besonderer Sorgfalt behandelt hatte, schien ein interessanteres Schicksal bevorzustehen. Für alle Fälle standen wieder die verschiedenen Gläschen mit allerlei Mixturen auf dem Tisch.

»Nun«, murmelte Wittebold vor sich hin, »ich denke, die Kerze wird das Geheimnis enthüllen, wenn hier wirklich eins verborgen ist!«

Die umfangreiche Offerte zeigte neben den Abbildungen, Namen und Preisen wie üblich viele weiße unbedruckte Stellen größerer und kleinerer Art. Wittebold begann jetzt, Blatt für Blatt die weißen Bereiche an die Kerzenflamme zu bringen. War nach einer Weile das Papier heiß geworden, heftete sich sein Auge scharf auf diese Stelle.

Die ersten beiden Seiten verrieten nichts. Auf der dritten Seite, wo eine Korbmöbelgruppe abgebildet war, zeigten sich beim Halten über die Flamme nach der Erwärmung auf den unbedruckten Stellen blaue Schriftzüge.

Ehe sich Wittebold daranmachte, die Schrift zu entziffern, lehnte er sich, befriedigt über seinen vorläufigen Erfolg, auf seinem Stuhl zurück und zündete sich die Pfeife an. Dachte dabei im stillen: ›Der Absender hat mit

Kobaltchlorür* geschrieben ... Es war doch dumm von Meyer, so viele Streichhölzer anzuzünden. Hätte er sich eine Kerze besorgt, würde ich nicht auf ihn aufmerksam geworden sein. Aber zwei Dutzend Streichhölzer hintereinander - wenn das nicht auffällt, an solchem Ort?‹

Schmunzelnd betrachtete er den Umschlag. »Wieder ein Fehler«, brummte er, »der nicht hätte passieren dürfen! Der Poststempel zeigt Berlin W; die Firma von A. Häder sitzt NO. Es ist doch kaum anzunehmen, daß sie ihre Drucksachen erst nach Berlin W befördert und da der Post übergibt ...«

Seine Hand fuhr prüfend über die Adresse. Diese war nicht direkt auf den Umschlag geschrieben, sondern, wie es große Firmen ja häufig machen, auf einen weißen Klebezettel. Er nahm einen feuchten Schwamm, legte ihn über die aufgeklebte Adresse und schob das Kuvert beiseite.

Dann nahm er die Offerte wieder zur Hand. Die blauen Schriftzeichen waren spurlos verschwunden; doch sobald er das Papier über der Kerzenflamme erwärmte, kamen sie wieder zum Vorschein. Mit der Linken hielt er jetzt die Stelle neben den Korbmöbelbildern an die Flamme; mit der Rechten schrieb er die Buchstaben, wie sie nacheinander wieder sichtbar wurden, auf ein Blatt Papier. Das erste Wort schien bald gefunden. »Die« hieß es.

Eine weitere Erwärmung dieser Stelle ergab nichts. Langsam ließ er die nächsten weißen Partien an der Flamme vorübergleiten. Am unteren Rand, zwischen den Beinen eines Tischchens, erschienen wieder blaue Flecken, doch sehr undeutlich. Hier war Wasser ins Papier gedrungen. Die Schriftzüge waren teilweise stark verwischt. Das Wort fing jedenfalls mit »Sac« an, und da war es nicht allzu schwer, sich den Rest zu ergänzen. »Die Sac« mußte aller Wahrscheinlichkeit nach »Die Sache« heißen.

---

* Chlorür: Salz der Salzsäure

Die nächste Seite zeigte schon am oberen Rand Schriftzüge. Deutlich war zu lesen »wird«. Der untere Rand lieferte nur blaue, kaum noch entzifferbare Flecken, da hier das Wasser gewirkt hatte. Aber nach dem Sinn des Ganzen und den ungefähren Schriftzügen mußte es »gemacht« heißen. Der Rest des Papiers lieferte keine Zeichen mehr, enthielt auch keine Spur vom Absender.

»Schade!« brummte Wittebold. »Vielleicht gibt der Briefumschlag einen Fingerzeig.«

Er nahm den Schwamm vom Kuvert. Die aufgeklebte Adresse *Herrn Büfettier Franz Meyer, Rieba-Werke*, war so weit erweicht, daß sie sich unschwer abziehen ließ.

»Ah!« Wittebolds Blick stürzte sich auf die Stelle, wo die Adresse geklebt hatte. »Wieder flüchtig gearbeitet, der Herr! Der alte Zettel ging ihm nicht schnell genug ab. Statt einen Schwamm zu nehmen, hat er versucht, die Adresse mit dem Messer abzukratzen, aber nur mit halbem Erfolg.«

Er nahm eine Lupe vors Auge, las »Bo ... in ... lin W ... Kurf ...«

»Hm, hm - ich will mich hängen lassen, wenn das nicht Herr Boffin vom Kurfürstendamm in Berlin ist! Na, um ganz sicher zu gehen, kann ich ja noch die beiden Dreipfennigmarken ablösen, die statt einer Fünfpfennigmarke aufgeklebt sind. Die eine sollte ja wohl sicherlich den Poststempel auf dem Umschlagpapier verdecken.«

Mit Hilfe des Schwammes gelang auch das, und da war denn alles klar. Unter der einen der abgelösten Marken befand sich eine Fünfpfennigmarke, die richtig mit *Berlin NO* abgestempelt war. Die beiden Dreipfennigmarken waren nur darübergeklebt, um den Rest des Poststempels zu verdecken.

Immer wieder überflog Wittebold die vier Worte, die er sich notiert hatte. Was sollten sie besagen? Irgend etwas Gleichgültiges, Unwichtiges kam ganz bestimmt nicht in Frage. Dazu hätte schließlich eine gewöhnliche

Postkarte genügt. Der an sich unverfängliche Text mußte eine Mitteilung von schwerwiegender Bedeutung bergen. Es hieß jedenfalls, ein scharfes Auge auf den Büfettier zu haben.

Lange überlegte Wittebold bei sich, ob er Fortuyn Mitteilung machen sollte. Er kam zu keinem Entschluß. Während er sich eine neue Pfeife anbrannte, gingen seine Gedanken zu dem Auftrag Kampendonks an Fortuyn: den zu finden, der den deutschen Agenten in Detroit von hier aus verpfiffen hatte!

Wittebold war davon überzeugt, daß die Person dieses Menschen und desjenigen, der die Materiallieferungen besorgte oder besorgen ließ, dieselbe sei. Fand er den einen, hatte er den anderen auch. Aber ihn finden, den einen! Was hatte er nicht schon alles versucht! Keiner von den Leuten, die irgendwie mit den Fortuynschen Arbeiten verbunden waren, kam in Frage.

Der Büfettier Meyer –? Wittebold schüttelte den Kopf. Gewiß, das war ein ganz gerissener Bursche. Aber zu solcher raffinierten Spionentätigkeit reichte seine Intelligenz nicht aus. Möglich allerdings, daß er die Kreatur irgendeines Höhergestellten war.

Höhergestellten –? Ja, da rannte er immer wieder gegen eine unübersteigbare Mauer. Der Verdacht war nicht von der Hand zu weisen, daß der Verräter unter den höheren Angestellten des Werkes zu suchen war. Aber wäre das, woran er bei nüchterner Überlegung nicht glauben konnte, wirklich wahr, dann war er ja ohnmächtig. Diesen Leuten nachzuspüren, hatte er weder Zeit noch Gelegenheit. Er konnte vorläufig nichts anderes tun, als Meyers Tätigkeit aufs schärfste zu beobachten. Vielleicht kam er dann zu seinem Ziel.

Als er am nächsten Morgen Fortuyn im Werk begegnete, kam ihm der Gedanke wieder in den Sinn, dem die Sache mit Meyer zu erzählen. Aber im letzten Augenblick unterließ er es doch. Wahrscheinlich würde Fortuyn darauf dringen, daß alles Dr. Wolff mitgeteilt würde. Und das wollte Wittebold auf keinen Fall. Hatte er bis jetzt stets ohne fremde Hilfe gearbeitet, wollte er es auch in Zukunft tun.

Fortuyn kam von der Villa Terlinden, wo er seine Karte abgegeben hatte.* Eigentlich war es seine Absicht gewesen, am Bahnhof von Clemens und Johanna Abschied zu nehmen. Doch er hatte den Gedanken wieder fallenlassen, und das war in gewisser Beziehung gut so. Er wäre dort nämlich mit dem Direktor Düsterloh zusammengetroffen, was ihm keineswegs angenehm gewesen wäre.

Düsterloh erschien, mit zwei gewaltigen Blumensträußen bewaffnet, auf dem Bahnsteig. Da der Zug ziemliche Verspätung hatte, fand er zum Leidwesen Johannas reichlich Zeit, in seiner gewohnten polterndlauten Art auf sie einzuschwatzen.

Dem Kranken stellte er beste Genesung in Aussicht. Für Johannas Vetternreise zeigte er das größte Interesse. Er selbst habe ebenfalls einige Wochen Urlaub genommen ... sie hätten ja wohl auch von diesen unangenehmen Dingen gehört? Alles sei maßlos übertrieben – wenn nicht gar direkt unwahr. Bei näherer Untersuchung würde sich die Harmlosigkeit aller dieser Dinge herausstellen ... Wahrscheinlich würde er in der nächsten Zeit gleichfalls an den Rhein fahren. Vielleicht, daß er Johanna dann träfe.

Johanna suchte verzweifelt nach immer neuen Ausflüchten. Unterbrach bisweilen brüsk das Gespräch; tat, als ob der Zug in Sicht käme. Sie atmete auf, als sie endlich mit Clemens im Abteil saß. –

Wie Johanna befürchtet hatte, kam Clemens in sehr schlechter Verfassung im Sanatorium an. Ehe sie am Abend weiterfuhr, hatte sie mit Dr. Vocke eine lange Aussprache unter vier Augen.

Der Arzt sagte ihr offen, daß von einer Genesung des

* Wenn man bei einem besonderen Ereignis seine Anteilnahme zum Ausdruck bringen wollte, aber einen Besuch für unpassend hielt, pflegte man in gehobenen Kreisen seine Visitenkarte abzugeben.

Patienten keine Rede sein könne. Gewiß würde er ihn mit den Mitteln, die ihm zur Verfügung stünden, eine kurze Spanne länger am Leben erhalten können. Doch auch so sei unbedingt mit einem baldigen Ende zu rechnen. Er sagte weiter: »An sich, gnädige Frau, würde es sich empfehlen, den Kranken wieder nach Hause zu schaffen. Doch Sie werden mir wohl beipflichten, wenn ich davon abrate. Ihr Gatte würde daraus entnehmen, daß keine Rettung mehr möglich ist. Die Folgen –? Ich glaube, wir könnten das beide nicht verantworten.«

Johanna nahm einen langen Abschied von Clemens. Sie ahnte, daß sie ihn nicht lebend wiedersehen würde. Viele Gedanken bewegten sie. Clemens war an sich ein durchaus ehrenwerter, anständiger Charakter. Dabei in seinen gesunden Tagen liebenswürdig, heiter. Gewiß, sie hatte ihn nicht aus reiner Liebe geheiratet... Aber wäre er gesund geblieben, hätten sie Kinder bekommen - wahrscheinlich würde ihre Ehe mit ihm ganz harmonisch verlaufen sein. Jener Unglückstag hatte ihre Ehe an der Wurzel zerstört...

Sie beugte sich zum Abschied noch einmal über ihn, küßte ihn auf die heiße Stirn. Er drückte ihre Hand, sah sie mit dankbaren, hoffnungsfrohen Augen an.

»Wirst du bald wiederkommen?« fragte er. »Vergiß nicht, oft zu schreiben, Johanna! Ich werde dir auch immer schreiben, wie's mir geht. Es muß ja... muß ja jetzt besser werden! Der Wärter erzählte mir vorhin von einem Fall, der noch viel schlimmer war als meiner; und der ist auch gesund geworden!«

Die Tür des Sanatoriums war hinter Johanna ins Schloß gefallen. Mit starken Schritten ging sie den Hang hinunter, der zu der kleinen Bahnstation führte.

Frei jetzt! Innerlich war sie ja schon längst von ihm geschieden. Nur Mitleid hatte sie noch an seiner Seite festgehalten. Frei jetzt! Ha, wie wohl das tat, als freier Mensch ein neues Leben beginnen zu können! Clemens konnte sie nicht mehr helfen, nichts mehr nützen. Wenn ein übles Geschick sie diese Tragödie erleben ließ, so stand doch keinem das Recht zu, ihr jetzt noch die Freiheit des Handelns zu verwehren.

Sie hatte mehr ertragen, als alle, außer Fortuyn, wußten, ahnten. Hatte nach dem Maß ihrer Kräfte alles getan, um dem Mann, an den sie gefesselt war, das Leben tragen zu helfen. Jetzt hatte der Spruch des Arztes den Abschluß gebracht. Was hinter ihr lag, durfte, mußte begraben sein. Ein neuer Abschnitt ihres Lebens lag vor ihr. Eines Lebens, das sie mit eigener Hand formen wollte.

Ihr erstes Reiseziel war Ludwigshafen, wo das Stammhaus ihrer Familie stand. In einem Brief teilte sie Fortuyn offen mit, was Dr. Vocke ihr gesagt hatte. Fortuyn saß lange nachdenklich, die Zeilen Johannas in der Hand. Eine sonderbare Art, wie das Schicksal hier seine Fäden gewoben! Jener Unglücksfall - sein Rettungswerk ... was war daraus alles entstanden!

So saß er noch, als später Dr. Wolff zu ihm kam.

»Die Sache ist geklärt«, sagte der. »Ist so, wie ich's gedacht habe, Herr Doktor Fortuyn. Ich sprach persönlich mit Professor Bauer und war sofort im Bilde, als er mir die Geschichte von seinem vertauschten Koffer berichtete.«

In kurzen Worten erzählte Wolff das Manöver der Spionin, die sich auf so raffinierte Weise in den Besitz des Fortuynschen Materials gesetzt hatte. »Muß ein gerissenes Frauenzimmer sein, die schöne junge Dame! Bauer sprach - seine Gattin war gerade nicht im Zimmer - in Tönen höchster Bewunderung von seiner entzückenden Reisegenossin. Leider genügten seine Angaben nicht, um die Polizei auf diese Person aufmerksam machen zu können.«

* * *

Juliette saß gerade bei Boffin, unterbrach sich plötzlich, fragte: »Welches Ohr klingt,* Mr. Boffin?«

»Das rechte«, sagte der lachend.

---

* vgl. S. 170, Z. 23 und Fußnote

»Richtig, Mr. Boffin! Also das ist ja nett: Da spricht einer sehr gut über mich! - Ich bin übrigens doch froh, daß Sie die Sache ohne mich machen wollen.«

Boffin wiegte den buschigen Kopf. »Aufgeschoben ist nicht aufgehoben, meine teuerste Juliette! Man schläft nicht immer im besten Hotel oder Schlafwagen erster Klasse. Aber - wie lange kann es denn dauern, bis Ihr Freund aktionsbereit ist?«

»Oh - höchstens drei Tage. Vor einer Stunde bekam ich sein Telegramm. Mein erster Gedanke war: Das ist der Mann, den mein lieber Mr. Boffin sucht!«

»Hauptsache, daß er ein sicherer Autofahrer ist...«

»Er nimmt's mit jedem Rennfahrer auf!«

»Gut«, nickte Boffin. »Mit der Sache selbst wird er ja kaum was zu tun haben.«

»Das freut mich sehr. Denn, offen gesagt, in direkte Aktion möchte ich ihn nicht bringen.«

»So teuer ist er Ihnen?« fragte Boffin, mit dem Finger drohend. »Fürchten Sie denn nicht, daß ›Er‹ es erfahren könnte?«

Juliette lächelte schnippisch. »Was dem einen recht ist, ist dem andern billig. James - wollte sagen: Mr. Headstone - wird kaum erwarten, daß ich ein Klosterleben führe.«

»Wann fahren Sie?«

Juliette sah auf die Uhr. »In zwei Stunden geht mein Zug. Geben Sie mir bitte tausend Mark Vorschuß! Ich brauche das Geld dringend.«

Boffin legte ihr den Betrag anstandslos auf den Tisch. »Abgemacht! Sie werden mir also an dem Morgen, an dem Sie von Köln abfahren, telegraphieren. Ich lasse alles vorbereiten, und die Sache wird dann noch in derselben Nacht steigen!« -

Johanna hatte sich auf ihrer Reise auch zwei Tage in Wiesbaden aufgehalten, wo noch viele ihrer Verwandten wohnten. Ihr nächstes Ziel war Köln. Als ihr Zug in Niederlahnstein hielt, stand sie am Fenster und besah sich den lebhaften Umsteigeverkehr.

Eine junge Dame fiel ihr auf, die sich, von einem Gepäckträger begleitet, ihrem Wagen in großer Hast näherte. Die diskrete Eleganz ihrer Erscheinung, das hübsche, durch die Eile gerötete Gesicht fingen Johannas Blicke. Kaum war die Reisende eingestiegen, ruckte der Zug an. Als sich Johanna zu ihrem Abteil umwandte, ging die fremde Dame gerade an ihr vorbei. Johanna sah ihr nach, bis sie in einem anderen Abteil des Wagens verschwand. ›Ein entzückendes Geschöpf!‹ dachte sie bei sich. ›Wer sie wohl sein mag?‹

Nachdem der Zug in Köln eingelaufen war und Johanna durch die Sperre schritt, sah sie die junge Dame von vorhin, die wohl schneller ausgestiegen war, in den Armen eines jungen Mannes. ›Verliebte Leutchen!‹ dachte sie im stillen und betrachtete amüsiert die beiden, die sich immer wieder umarmten und küßten. –

Johanna fuhr in einem Taxi zu ihrer Freundin Margarete Ochsenius, bei der sie absteigen wollte. Als sie in die Wohnung kam, fand sie alles in ziemlicher Aufregung. Eines der Kinder des Ehepaars Ochsenius war plötzlich an Scharlach erkrankt; die anderen mußten streng von ihm getrennt gehalten werden und waren in die Fremdenzimmer einquartiert worden. Unter diesen Umständen mußte Johanna ein Hotel aufsuchen und beschloß, schon am nächsten Tag nach Berlin weiterzufahren. Sie bestellte sich gleich von der Wohnung ihrer Freundin aus ein Zimmer in einem Hotel am Domplatz und ging am Abend dorthin.

Bevor sie ihr Zimmer aufsuchte, ließ sie sich im Restaurant noch eine Tasse Tee geben. Während sie ein Journal durchblätterte, hörte sie am rechten Nebentisch, der durch eine Garderobenwand von dem ihren getrennt war, den Namen »Fortuyn« nennen. Neugierig bog sie sich zur Seite, blickte durch eine Lücke, um festzustellen, wer die wohl sein mochten, die hier über Fortuyn sprachen. Zu ihrem Erstaunen sah sie das verliebte Pärchen von heut mittag dort sitzen.

Gespannt horchte sie auf das Gespräch der beiden.

Nur einmal noch hörte sie Fortuyns Namen, häufig dagegen einen Namen »Boffin«. Aus den Bruchstücken des Gesprächs, die sie verstand, entnahm sie, daß die beiden am nächsten Morgen nach Berlin fahren würden.

Die jungen Leute gingen frühzeitig nach oben. Johanna saß noch eine Weile, dachte darüber nach, was die wohl über Fortuyn zu sprechen hätten und wie gar Fortuyn mit einem gewissen Boffin in Verbindung zu bringen wäre. Den Namen hatte sie noch nie gehört.

Ihre ursprüngliche Absicht war gewesen, einen späteren Zug nach Berlin zu nehmen und nochmals bei ihrer Freundin vorbeizuschauen. Doch irgendein Gefühl der Unruhe oder Sorge - sie konnte sich darüber selbst keine Rechenschaft geben - bewog sie, von diesem Besuch abzustehen und mit demselben Zug zu fahren wie jene beiden. Wer mochten sie sein? Immer wieder dieselbe Frage. Eheleute? Kaum. Der junge Herr machte äußerlich nicht ganz den Eindruck, als ob er der Gatte dieser so vorzüglich gekleideten Dame sei.

Johanna ließ sich den Morgenkaffee auf ihr Zimmer bringen und ging dann frühzeitig zur Bahn. Das junge Paar kam erst ziemlich spät. Unauffällig folgte ihnen Johanna in einen Wagen, wo sie zwei anscheinend bestellte Fensterplätze einnahmen. Da die beiden Gangplätze bereits belegt waren, wählte sie den einen der beiden Mittelplätze, so daß sie dem jungen Herrn schräg gegenübersaß.

Das Gespräch der beiden, die sich am Abend vorher in geläufigem Deutsch unterhalten hatten, wurde in englischer Sprache geführt und bewegte sich zunächst um gleichgültige Dinge. Sie betrachteten die vorübergleitende Landschaft. Ein paarmal fragte der Herr seine Begleiterin nach besonderen Punkten, sah jedoch dabei auch Johanna fragend an, als ob sie vielleicht Auskunft geben könne.

Johanna tat, als merke sie das nicht, und vertiefte sich immer wieder in ihre Zeitungen. Als sie sich Düsseldorf näherten, stellte der Herr in englischer Sprache direkt die Frage an Johanna, ob sie bald nach Düsseldorf kämen.

Johanna zuckte die Achseln, schüttelte den Kopf, sagte auf deutsch: »Verstehe leider nicht, mein Herr.«

Der Angeredete zuckte nun seinerseits die Achseln und sah Johanna mit verständnislosem Lächeln an, bis seine Begleiterin ihm in englischer Sprache zurief: »Die Dame hat gesagt, sie verstehe dich nicht - sie versteht wohl kein Englisch!«

Als der Zug Düsseldorf verlassen hatte, sagte die Dame zu ihrem Begleiter: »Nun, Waldemar, erzähl noch ein bißchen von deinen französischen Erlebnissen! Wie war's denn eigentlich im Prison?«

Johanna hörte mit Erstaunen, wie der Herr allerlei kleine, mehr oder weniger heitere Scherze aus einem französischen Gefängnis zum besten gab. Ein sonderbares Pärchen! Sie schielte verwundert auf ihre Nachbarin, die sich vor Lachen ausschütten wollte.

»Da hast du nicht mal Gelegenheit gefunden, einen Spaziergang durch den Park von Saint-Cloud zu machen? Weißt du noch - die Katastrophe damals, wo du mit Dolly Farley und ich mit James Headstone uns geradewegs in die Arme liefen? Das Gesicht dieser Dolly werde ich in meinem Leben nicht vergessen!«

»Aber natürlich, Juliette! Das vergess' auch ich so leicht nicht. Wo sind die beiden übrigens?«

»Wahrscheinlich noch an der Riviera. Ich habe lange nichts von Headstone gehört.«

Johanna wurde innerlich immer unsicherer. Der Name »Headstone« war ihr natürlich geläufig. Sie hatte auch von seiner Verlobung mit einer Dame namens Farley gehört. Was bestand für ein Zusammenhang zwischen diesen zweifelhaften Leuten neben ihr und den amerikanischen Millionären? Jetzt horchte sie plötzlich gespannt auf. Juliette sprach gerade:

»Ich glaube, daß er nicht so bald nach New York zurückkehrt. Nicht allein seiner Dolly wegen, sondern dringender Geschäfte halber wird er wohl noch etwas länger in Europa bleiben.«

»Ah, du meinst wohl damit diese Sache mit Fortuyn?«

Das Zeitungsblatt in Johannas Hand begann zu zittern. Der Name »Fortuyn« aus dem Munde dieser Leute in Verbindung mit Headstone ... Eine unbeschreibliche Erregung überkam sie; sie mußte all ihre Selbstbeherrschung aufbieten, um äußerlich ruhig zu bleiben.

»In gewisser Beziehung ja. Die Sache mit Fortuyn ist natürlich für ihn von größtem Interesse ... Obgleich ...« Juliette hielt ihm abwinkend die Hand entgegen. »Obgleich er selbstverständlich von unsrer Geschichte nichts weiß - auch nichts wissen darf!«

Waldemar schnitt eine Grimasse. »Du meinst, das Stückchen sei selbst für einen Mann wie Headstone, der einen Pneumatik* statt eines Gewissens besitzt, etwas zu stark?«

»Ja, das ist nun mal so«, meinte Juliette mißmutig. »Klappt's, ist's gut. Geht's schief, passiert was, heißt's: Ja, wie konnten Sie auch so etwas ...?«

»Ich weiß nicht, was bei der Sache eigentlich so ... so bedenklich ist. Einen Mann ... zum Lachen zu bringen, ist doch schließlich nicht strafbar!«

Juliette sprach zögernd: »Ich weiß ja mit diesem Zeug nicht Bescheid. Aber ich kann mir nicht denken, daß die Sache so ganz harmlos sein wird ... Na, das müssen die wissen!«

Der Gong des Kellners rief zum Mittagessen. Die beiden standen auf und gingen hinaus.

Johanna saß eine Weile wie betäubt von dem Gehörten da. Eine unbestimmte Ahnung in ihr ließ sie an irgendeine schwarze Tat denken. Und doch: diese beiden Leute Verbrecher? Sahen die wie Verbrecher aus? Nein, unmöglich! Sie hatte hinreichend Gelegenheit gehabt, das Gesicht des jungen Mannes zu studieren.

---

* Schlauch des Autoreifens; hier: Anspielung darauf, daß Headstones Entscheidungen ganz vom Kautschuk diktiert werden

Hübsche, offene Züge. Nichts darin deutete auf einen Verbrecher. Aber hatte er nicht von seinen Erlebnissen in einem französischen Gefängnis erzählt?

Sie stand vor einem Rätsel, versuchte vergeblich, sich ein klares Bild dieses Menschen zu machen. Seine Gesichtsbildung, seine ganze Redeweise ließen wohl auf einen schwachen Charakter schließen, nicht aber auf einen Verbrecher.

Und seine Begleiterin? Dieses natürliche, frische Geschöpf, dessen Eleganz und Schönheit ihr, wenn nötig, Anbeter in Hülle und Fülle verschafften – die eine Verbrecherin? Niemals!

Sie schalt sich überängstlich, nervös. Suchte sich zu beruhigen. Doch es gelang ihr nicht ganz. Warum die Täuschung, nicht Deutsch sprechen zu können? Warum nannten sie Fortuyns Namen? Wäre das nicht gewesen, wäre sie wohl allmählich zur Ruhe gekommen. Doch der Name des Geliebten aus dem Munde dieser fremden, zweifelhaften Menschen?

Ab Hannover war das Abteil voll besetzt. Das junge Paar am Fenster verhielt sich ziemlich einsilbig. Schließlich lehnte der Herr den Kopf an das Polster, sagte gähnend: »Will ein bißchen Schlaf vorwegnehmen.« –

Um halb sieben traf der Zug fahrplanmäßig im Bahnhof Friedrichstraße ein. Schon beim langsamen Einfahren hatten zwei Herren von draußen dem jungen Paar, das am Fenster stand, zugewinkt. Auf dem Bahnhof setzte sofort eine lebhafte Bewillkommnung ein. Der Herr wurde besonders freudig begrüßt.

Johanna folgte der Gruppe unauffällig durch die Sperre. In dem Lärm und Gedränge konnte sie nur wenige Worte von der an sich reichlich lauten Unterhaltung verstehen. Unten am Ausgang blieb das Paar mit einem der Herren stehen, während der andere ein Taxi besorgte. Johanna tat, als ob sie den Fahrplan studiere, und hörte, wie der Fremde sagte: »Du mußt dich beeilen, Waldemar! Um neun Uhr dreißig mußt du mit dem Wagen in der Lützowstraße sein.«

»Soll ich an der nächsten Ecke halten?« fragte der.

»Nein, ist nicht nötig. Kannst direkt vor dem ›Schultheiß‹ am Magdeburger Platz vorfahren.«

Der andere winkte ihnen vom Ausgang her zu. Waldemar und Juliette verabschiedeten sich und fuhren fort. Johanna ging, in Gedanken versunken, durch die Friedrichstraße auf die ›Linden‹* zu. Ein plötzlicher Regen setzte ein. Sie blieb vor einem Schaufenster stehen. Eine Ausstellung von Regenmänteln in der Auslage brachte sie auf einen Gedanken. Sie trat in das Geschäft, wählte sich einen einfachen Mantel mit dazugehöriger Kapuze und ließ die gekauften Stücke in das Dorotheen-Hotel schicken, wo sie auch Wohnung nahm.

Eine halbe Stunde später verließ sie das Hotel, mit dem neuen Mantel angetan, die Kapuze tief ins Gesicht gezogen. Ein paarmal blieb sie vor den Spiegelscheiben der Geschäfte stehen, war zufrieden mit dem gänzlich veränderten Bild, das sie jetzt bot. Für jemand, der sie nicht sehr genau ansah, war sie schwer wiederzuerkennen.

Trotz des rieselnden Regens ging sie die Strecke bis zum Potsdamer Platz zu Fuß, und trotz aller Beschwichtigungsversuche wurde die innere Unruhe in ihr immer größer. Die Gesichter der beiden Leute auf dem Bahnsteig hatten ihr wenig gefallen. Mehrfach tauchte der Gedanke in ihr auf, zu einem Postamt zu gehen, und in Rieba anzurufen. Doch immer wieder scheute sie davor zurück. Was sollte sie Fortuyn sagen? Ihn warnen vor einer Gefahr? Vor welcher Gefahr? Und wenn's keine Gefahr gab, wenn alles nur Einbildung war – wie würde sie dann vor sich selbst, vor Fortuyn dastehen wegen ihrer kindischen Angst?

Während sie so noch mit sich selbst uneins war, fiel ihr Auge auf ein Leuchtschild *Postamt*. Unwillkürlich trat sie hinein, meldete ein dringendes Gespräch nach

---

* Kurzform der Berliner Straße ›Unter den Linden‹, die zum Brandenburger Tor führt

Rieba an. Sie schreckte auf, als der Beamte sie an den Apparat rief. Alles, was sie sich vorher an Worten zurechtgelegt hatte, war vergessen. Sie ergriff den Hörer. Die Stimme von Fortuyns Wirtschafterin klang ihr aus dem Apparat entgegen.

»Ist Herr Doktor Fortuyn nicht da?« fragte Johanna.

»Nein, er ist vor kurzem ausgegangen. Wann er wieder zurückkommt, weiß ich nicht. Es kann spät werden.«

Enttäuscht legte Johanna den Hörer aus der Hand. Sie hatte es vermieden, ihren Namen zu nennen. Dachte jetzt im stillen: ›Vielleicht ist es gut so; vielleicht war ja am Ende doch alles Hirngespinst!‹

Es war gerade acht Uhr. Sie stieg in eine Elektrische* und fuhr zur Lützowstraße. Nach einigem Suchen fand sie das Restaurant. Als sie eintrat, sah sie die beiden Fremden vom Bahnhof Friedrichstraße an einem Tisch in der Nähe des Büfetts sitzen. Johanna nahm an einem Nebentisch Platz, so, daß sie den beiden den Rücken zukehrte. Sie bestellte sich eine Kleinigkeit und beschäftigte sich einstweilen mit einer Zeitung.

Was die beiden sprachen, konnte sie bei scharfem Hinhören ganz gut verstehen; aber es waren gleichgültige, harmlose Dinge, um die sich ihr Gespräch drehte. Nach einer kleinen Weile kam ein Mann in das Restaurant, der sich zu den beiden setzte. Jetzt wurde die Unterhaltung leiser, beinahe im Flüsterton geführt. Trotz größter Anstrengung vermochte Johannas Ohr nur wenige Worte aufzufangen. Doch diese wenigen und zusammenhanglosen Worte genügten, um sie von neuem in größte Angst zu versetzen.

Der Zuletztgekommene sagte einmal betont: »Passieren darf ihm nichts - sonst mache ich nicht mit!« Derselbe sprach eine Weile später: »... eine Alarmvorrichtung an der Tür? ... Muß dann anders ...«

---

* Straßenbahn (›Elektrische‹ zur Abgrenzung gegenüber ihrem Vorläufer, der von Pferden gezogenen Straßenbahn)

Während der Kellner die Teller vor Johanna hinstellte, drehte sie sich unauffällig zur Seite. Da sah sie, wie der Letztgekommene ein Bündel Geldscheine in seine Brieftasche steckte, das er augenscheinlich von einem der beiden anderen bekommen hatte, und lachend sagte: »So weit wär's ja richtig!«

Je näher die Uhr auf halb zehn ging, desto nervöser wurde Johanna. Sie hatte gleich bezahlt, um später nicht aufgehalten zu werden. Als der Zeiger auf halb stand, hörte sie von draußen die Hupe eines Autos. Auch die am Nebentisch hatten das Signal vernommen. Einer stand auf, sah durch die Tür, winkte den anderen.

Johanna erhob sich, ging zur Tür und trat fast gleichzeitig mit den dreien auf die Straße. Im Schein der Autolaternen erkannte sie am Steuer des Wagens ihren Reisegefährten von Köln her. Der zuletzt in das Lokal Gekommene stieg allein in den Wagen. Einer der beiden anderen reichte ihm eine anscheinend sehr schwere Ledertasche, sagte: »Erich soll nicht vergessen, das Zeug hinterherzuschicken!« Die Tür fiel ins Schloß. Die beiden Zurückbleibenden winkten dem Chauffeur grüßend zu: »Gute Fahrt, Waldemar!« Dann verschwand das Auto in Richtung Potsdamer Straße.

Johanna stand eine Weile und schaute dem Wagen nach. Ein beklemmendes Angstgefühl stieg in ihr auf. Planlos ging sie eine Strecke hinter den beiden Fremden her, die in Richtung Lützowplatz weitergegangen waren. Blieb dann wieder stehen, überlegte, ob sie ihnen noch länger folgen sollte.

Nein, besser wäre es gewesen, sie hätte ein Taxi genommen, wäre hinter dem Wagen hergefahren. Jetzt war's zu spät. Unschlüssig ging sie an dem Platz hin und her. Immer höher stieg ihre Angst. Sie mußte zu einem Entschluß kommen; die qualvolle Unruhe drohte sie zu überwältigen.

Ein Autobus hielt mit knirschendem Bremsen dicht vor ihr. *Anhalter Bahnhof* lautete das Schild am Kopf. Ohne weitere Überlegung sprang sie hinein. Auf dem

Bahnhof fragte sie hastig nach dem nächsten Zug in Richtung Leipzig. In einer knappen Stunde fuhr ein Eilzug, der Anschluß nach Rieba hatte. Kurz entschlossen löste sie eine Fahrkarte, telephonierte vom Bahnsteig aus mit dem Dorotheen-Hotel wegen ihres Gepäcks.

Vergeblich suchte sie sich die Zeit durch Zeitungslektüre zu verkürzen. Immer wieder sprangen ihre Gedanken von den Zeilen nach Rieba ... zu Fortuyn ... zu dem Wagen - dem Wagen, an dessen Steuer dieser Waldemar saß. -

Jener Wagen hielt gerade auf der Landstraße zwischen Potsdam und Beelitz. Seine Insassen waren eifrig beschäftigt, die beiden Nummernschilder des Autos abzunehmen und durch andere eines fremden Bezirks zu ersetzen. Herr Rentier Metzsch aus Zwickau, dessen eigener Wagen um diese Zeit friedlich in der Garage stand, hatte keine Ahnung, daß es seine Autonummer doppelt gab, und er würde sich über dieses Faktum sicherlich stark gewundert haben, wenn er darum gewußt hätte.

Als der Zug, in dem Johanna saß, über die Wittenberger Elbbrücken fuhr, hatte der Wagen mit der Autonummer des Herrn Metzsch diese Brücken bereits vor einer halben Stunde passiert.

* * *

Es war ein glücklicher Tag für Fortuyn gewesen. Am Morgen war Kampendonk zu ihm in sein Arbeitszimmer gekommen. Nach einigen Fragen über den Stand seiner Arbeiten sagte der Geheimrat: »Soweit ich im Bilde bin, Herr Doktor, dürfte der Verwirklichung meiner Idee, Sie auf den frei werdenden Direktorposten zu bringen, nichts im Wege stehen. Die Stimmung gegen Düsterloh ist derartig, daß von seinem Verbleiben im Werk keine Rede sein kann. Ich möchte Ihnen schon jetzt mitteilen, daß man Sie auffordern wird, bereits an der morgigen Direktionssitzung teilzunehmen. Von gewisser Seite wurden zwar dagegen Bedenken geäußert - in dieser Sitzung soll der Plan einer Großfabrikation nach dem Moranschen Verfahren besprochen werden -, aber ich habe zu Ihrer Objektivität volles Vertrauen und werde, wie gesagt, veranlassen, daß Ihnen eine Aufforderung zugeht.«

»Äh ... Verzeihung, Herr Geheimrat!« Fortuyn stockte einen Augenblick. »Ich möchte Sie bitten, von meiner Teilnahme an dieser Sitzung abzusehen.«

Kampendonk machte ein erstauntes Gesicht, wollte nach dem Grund fragen - da ging Fortuyn zu seinem Schreibtisch, nahm Rudis Arbeit, überreichte sie Kampendonk. »Hier, Herr Geheimrat, finden Sie meine Ansicht über die eventuelle Aufnahme der Großfabrikation nach der Moranschen Methode in ganz vorzüglicher Weise niedergelegt. Das heißt« - ein Zug von Humor huschte über sein Gesicht -, »dies hier ist nicht mein Elaborat, sondern die Arbeit eines meiner Assistenten, eines Doktor Wendt. Vielleicht erinnern Sie sich dieses Namens, Herr Geheimrat? Sein Vater ist Mitbesitzer der chemischen Fabrik Wendt & Co. in Oberschlesien.«

Kampendonk nickte. »Ich erinnere mich.«

Und nun erzählte Fortuyn, wie Rudi den wunden Punkt in Morans Verfahren instinktiv erkannt und dann privatim seine Meinung zu Papier gebracht hatte. Daß aber nicht er selbst, sondern die Assistentin Dr. Gerland ihm diese Arbeit zur Begutachtung gegeben habe.

»Und Ihre Meinung ist -?«

»Meine Meinung, Herr Geheimrat, deckt sich vollkommen mit der in dieser Arbeit vertretenen: daß eine Großfabrikation aufgrund der bisherigen Moranschen Laboratoriumsfabrikation - zur Zeit wenigstens - unmöglich ist.«

»Ah!« Kampendonk blätterte das Schriftstück durch. »Das wäre allerdings eine unangenehme ...« Er suchte nach einem Wort. »... sagen wir: Überraschung!« Es war ersichtlich, daß er das andere, was ihm auf der Zunge lag, unterdrückte.

Er wollte gehen, da sagte Fortuyn: »Ich erlaube mir, Ihnen vorzuschlagen, Herr Geheimrat, diese Arbeit alsbald vervielfältigen zu lassen und an die Herren, die an der Sitzung teilnehmen, zu verteilen. Es würde mich natürlich lebhaft interessieren, die verschiedenen Meinungen von Freund und Feind zu hören. Aber ich möchte nicht den Anschein erwecken, als sei dies alles« - er deutete auf das Schriftstück - »auf meine Veranlassung geschehen und als läge mir daran, das Moransche Verfahren zu diskreditieren.«

Als Kampendonk ihn verlassen hatte, nahm Fortuyn die durch den Besuch des Geheimrats unterbrochene Arbeit wieder auf. Vielleicht durch Rudis Husarenstückchen angespornt, hatten auch andere Assistenten bei ihren Arbeiten eine besonders glückliche Hand gehabt. Eine Reihe günstiger Umstände gestattete ihm schon heute Kombinationen, die erst später zu erwartende Resultate in greifbare Nähe rückten. So war er schon seit gestern beschäftigt, teilweise mit Tillys Hilfe, die Ergebnisse der letzten Versuchsreihen auszuwerten.

Als Tilly ihn nach dem Ende der Bürozeit noch mit Stößen von Material beschäftigt sah, erbot sie sich bereitwillig, ihm behilflich zu sein. Entdeckerfreude, wissenschaftlicher Ehrgeiz hatten sie jetzt mehr denn je ergriffen.

»Dann müßten Sie, mein liebes Fräulein Tilly, schon mit mir nach Hause kommen. Ich habe einen großen Teil des Materials dort, und eine endgültige Zusammenstellung kann ich hier leider nicht machen. Haben Sie Lust dazu?« fragte er mit leichtem Lächeln. »Meine Wirtschafterin würde für eine kleine Stärkung sorgen.«

»Gewiß - gern, Herr Fortuyn! Ich muß sagen, ich brenne darauf, das Schlußergebnis zu sehen. Wenn wir das Oktadien so schnell bekämen wie Hexadien und Heptadien, dann ...«

»Ja, Fräulein Tilly, wenn - wenn -! Sie wissen ebensogut wie ich, daß das leider nicht der Fall sein wird. Das achte Kohlenstoffatom anzureihen, wird selbst mit

Wendtschen Gewaltmitteln nicht so schnell zu machen sein. Hier heißt's, streng wissenschaftlich Schritt für Schritt probieren und wieder probieren. Ich habe mir schon vorgenommen, den Herren morgen im Labor über die jetzt beginnenden Arbeiten einen kleinen Vortrag zu halten und sie vor allen Extravaganzen ausdrücklich zu warnen.«

Fortuyn hatte inzwischen alles Nötige zusammengepackt. Er sah auf die Uhr. »Ah, wie unangenehm! Da haben wir uns verplaudert. Das Archiv wird schon geschlossen sein... Vielleicht doch...« Er griff zum Telephon, verlangte Dr. Hempel.

»Es meldet sich niemand«, sagte die Zentrale. »Scheint keiner mehr da zu sein.«

»Ärgerlich!« sagte Fortuyn. »Dann müssen wir wohl das ganze Zeug hier mit in meine Wohnung nehmen. Es empfiehlt sich ja aus gewissen Gründen nicht, es hierzulassen.« Er deutete auf den Rollschrank. »Früher war der alte Bursche für solche Fälle gut. Jetzt hat er ausgedient. Die Alarmvorrichtungen sind zwar noch da – aber man muß auf der Gegenseite wohl doch irgendwie Wind davon bekommen haben. Bis jetzt haben sie sich noch nicht gerührt... Jedenfalls, trotz aller Alarmvorrichtungen, wäre es gewagt, gerade dieses Material hierzulassen.« –

Und so saßen sie, während die Zeit verrann, in Fortuyns Wohnung. Der Imbiß, den die Wirtschafterin ihnen hereingebracht, blieb unangerührt. Endlich hatten sie die einzelnen Reaktionen gruppenweise zusammengestellt. Die Auswertung der Zusammenstellungen war die weitere Arbeit. Da legte Fortuyn die Feder hin, sagte: »Jetzt aber mal Pause!«

Aufatmend strich er sich das Haar aus der Stirn, atmete lang aus. Er schob die Papiere beiseite, stellte das Tablett auf den Schreibtisch. »So, Fräulein Tilly, nun zugelangt!« Er sah auf die Uhr. Es war kurz vor acht. »Wollen Sie wirklich das Endergebnis abwarten? Zwei Stunden wird es sicher noch dauern.«

»Na, das wäre ja noch schöner!« Tilly biß herzhaft in ein belegtes Brot. »Natürlich muß ich das wissen! Könnte doch sonst nicht schlafen!«

»Aber diese dummen Störungen durch das Telephon will ich vorsichtshalber unterbinden«, meinte Fortuyn. »Werde mal gleich meiner Wirtschafterin Bescheid sagen, daß ich nicht zu Hause bin.« Er ging hinaus.

Währenddessen machte Tilly, an ihrem Brötchen knabbernd, ein paar Schritte durch das Zimmer. Auf einem kleinen Tisch neben dem Diwan sah sie eine Photographie, um die ein paar frische Blumen gelegt waren. Neugierig nahm sie das Bild in die Hand.

Wer war das? Das Gesicht kam ihr so bekannt vor ... Ah gewiß, natürlich, das war doch Frau Direktor Terlinden! Fortuyn verkehrte ja viel im Hause Terlinden. Doch wie kam das Bild hierher? Der Platz, an dem es stand ... frische Blumen darumgelegt ... Ihr Herz zuckte zusammen. Das also war's! Mit zitternder Hand, wie bei etwas Unrechtem ertappt, stellte sie das Bild wieder an seinen Platz.

Im Moment hatte sie alles begriffen. Fortuyn häufiger Gast in der Villa Terlinden ... der Gatte ein lebender Leichnam ... die junge, schöne Frau lebenslustig, nach Liebe, Glück dürstend ... Fortuyn in ständigem Zusammensein mir ihr ... Wie konnte es anders sein, als daß die beiden sich fanden?

Mit müden, schweren Schritten ging sie zu ihrem Platz, fuhr sich, wie aus schwerem Traum erwacht, über die Stirn. Mechanisch ergriff sie die Feder. Murmelte immer wieder vor sich hin: »Tapfer sein, Tilly! Tapfer sein! Nicht klein werden!«

Mit zusammengebissenen Zähnen beugte sie sich über eine Tabelle, fing krampfhaft an zu rechnen. Die erste Kolonne stimmte. Jetzt die zweite ... die dritte ... Sie hatte richtig gerechnet. Arbeiten! Arbeit - die beste Medizin, sich vor dummen Gedanken zu schützen!

Als Fortuyn wieder eintrat, zeigte sie ihm, wie immer, ein gleichmütiges, ruhiges Gesicht.

Fortuyn sah auf das Tablett. »Aber Fräulein Tilly, Sie haben ja kaum gegessen! Wollen schon wieder anfangen zu arbeiten? Das gibt's nicht! Sie müssen mir Gesellschaft leisten!«

»Unmöglich, Herr Fortuyn! Ich kann beim besten Willen nicht mehr essen.« Tilly sah ihn mit einem tapferen Lächeln an. »Wollte mal eben prüfen, ob die Aufrechnungen richtig waren. Es stimmt. Jetzt seh' ich schon fast das Endergebnis voraus.«

Sie legte einen neuen Bogen vor sich hin und begann mit der Auswertung der bisher errechneten Ergebnisse. Als die Uhr die zehnte Stunde schlug, warf sie triumphierend die Feder hin. »Wie ich's erwartet hab'! Wir haben die Polymerisierung zu Oktadien!«

»Und das Wichtigste: Wir haben die richtige Kopulationsfrequenz!« fügte Fortuyn hinzu.

»Gott sei Dank, wir haben sie!« fuhr Tilly fort. »Wenn ich noch an unsere endlosen Versuche denke, wo uns aus den Molekülen vorn ein Kohlenstoffatom abgeschleudert wurde, während wir uns mühten, hinten eins anschwingen zu lassen! Die Höhe haben wir erreicht. Das Ziel liegt zwar nicht greifbar vor uns, aber der Weg ist offen.«

»... wenn auch noch weit«, vollendete Fortuyn. »Und es soll nicht eher ein Wort an die Direktion von meinen Lippen kommen, bis wir nicht tatsächlich den letzten Schritt getan haben.«

Fortuyn füllte zwei Gläser mit Wein und stieß mit Tilly an. »Meinem besten Mitarbeiter!«

Einen Augenblick zitterte das Glas in Tillys Hand. Dann hob sie es schnell an ihre Lippen, stürzte es in einem Zug hinunter.

»Nun Schluß für heut!« Fortuyn sah mit bedenklichem Gesicht auf die Uhr. »Ist doch sehr spät geworden. Da darf ich Sie nicht allein gehen lassen. Ich werde Sie nach Hause begleiten.« –

Als er sich auf dem Rückweg wieder seiner Wohnung näherte, sah er einen Mann vor sich hergehen, der ihm bekannt schien. Näherkommend erkannte er Wittebold.

»Wohin so spät, Herr Wittebold?«

Der drehte sich bei der Frage hastig um. »Guten Abend, Herr Doktor Fortuyn! Kommen Sie erst jetzt nach Hause? Ich sah doch vorhin Licht bei Ihnen!«

»Ich war auch den ganzen Abend auf meinem Zimmer. Habe nur Fräulein Gerland nach Hause gebracht, die mit mir gearbeitet hat. Aber warum interessiert Sie ...?«

Fortuyn glaubte so einen gewissen Ton in Wittebolds Worten gehört zu haben, der ihn aufmerken ließ. Wittebold murmelte etwas vor sich hin. Sagte dann: »Ja, ich bekam unwillkürlich einen kleinen Schreck, als ich Sie eben so plötzlich neben mir sah, und ... wußte doch, daß da oben Licht war.«

»Nun aber mal langsam, Herr Wittebold! Sie glaubten doch nicht etwa, da oben seien fremde, ungebetene Gäste?«

Wieder brummelte Wittebold etwas in seinen Bart. »Was weiß ich, was ich dachte? War mir den ganzen Abend so unbehaglich zumute.« Er sah zum trüben Nachthimmel hinauf. »Vielleicht gibt's anderes Wetter. Na, kurz und gut: Ich fühlte mich nicht recht wohl zu Hause. Dachte: Gehst ein bißchen raus an die Luft!«

»Hat aber auch nicht viel geholfen!« sagte Fortuyn lachend. »Sehen ja Gespenster!« Er deutete nach seiner Wohnung.

»Gespenster?« knurrte Wittebold. »Gespenster sind's gerade nicht. Sah in den letzten Tagen ein paarmal Gesichter hier in der Gegend, die mir wenig gefallen wollten und absolut keine Gespenster waren.«

Sie waren durch die Nebenstraße zu Fortuyns Haus gekommen und konnten jetzt das hellerleuchtete Arbeitszimmer, das nach hinten lag, gut sehen. Das sonderbare Wesen Wittebolds begann Fortuyn allmählich nervös zu machen. Er dachte im stillen: ›Das wäre nun gerade das Tollste, was passieren könnte, wenn ausgerechnet heute einer mir einen nächtlichen Besuch machen würde!‹

Unruhig geworden, verabschiedete er sich von Wittebold und stieg zu seiner Wohnung hinauf. Als er in sein Zimmer trat und alles so daliegen fand, wie er es verlassen hatte, atmete er wieder leichter. Er legte die Schriftstücke zusammen, trug sie in sein Schlafzimmer. ›Besser ist besser!‹ dachte er dabei. ›Hier soll mir keiner rankommen!‹

Er sah auf die Uhr. Die elfte Stunde nahte heran ... Zu Bett gehen? Er fühlte, es klang noch zuviel in ihm nach. Der Schlaf würde doch nicht gleich kommen. Er streckte sich auf den Diwan, versank in Nachdenken. Ab und zu glitt sein Blick zu dem Bild an seiner Seite. Wo mochte Johanna jetzt sein? Die Mitternachtsstunde schlug, als er aufstand und sich in seinem Schlafzimmer zur Ruhe begab. –

Auch Wittebold machte sich bereit, zu Bett zu gehen. Er begann sich auszukleiden, hielt dann aber inne, warf sich halb angezogen auf sein Bett.

›Was hatte ... was hatte der verdammte Kerl in den letzten Tagen da immer rumzuschleichen?‹ dachte er im Halbschlaf. Sein Ohr glaubte noch undeutlich das Knattern eines Motorwagens vorn auf der Straße zu hören. Der schien kurz zu bremsen und gleich wieder anzufahren ... Dann schlief Wittebold ein.

* * *

Aus dem Wagen war, während er bremste, ein Mann gesprungen, der jetzt schnell um die Ecke bog und auf Fortuyns Haus zuging. Der Mann trug in der Rechten ein schweres Gepäckstück. Der Wagen hatte das Haus bereits vor ihm passiert, wobei der Chauffeur einmal kurz hupte.

Als der Fremde jetzt vor Fortuyns Haus angekommen war, drückte er den Türgriff nieder. Die Tür war unverschlossen, ging auf. Er trat in den Hausflur. Eine elektrische Birne flammte eine Sekunde auf.

Im Flur stand ein Mann, der den Ankömmling kurz begrüßte und mit sich in ein dunkles Zimmer der Parterrewohnung zog. »Legen Sie Ihre Sachen hier ab!« sagte er mit gedämpfter Stimme.

Der Angekommene tat, wie ihm gesagt, wandte sich dann zu dem ersten: »Gestatten Sie: Mein Name ist Erwin Rothe.«

Der andere erwiderte kurz: »Feldmann.« Fragte: »Was haben Sie denn da noch mitgebracht?«

»Werden Sie gleich sehen«, sagte Rothe und zog ein Paar Gummihandschuhe an.

»Wozu das?« fragte Feldmann.

»Vorsicht ist die Mutter der Porzellankiste. Am Alex haben sie mich schon im Album.* Sie hätten auch besser getan, sich ein Paar Handschuhe mitzubringen. Oder sind Sie noch nicht drin?«

Feldmann schüttelte den Kopf.

»Besser ist besser!« knurrte Rothe und machte die Tasche auf. Er entnahm ihr ein paar glänzende stählerne Werkzeuge, legte sie beiseite. Holte dann eine bauchige Stahlflasche hervor. »Ihre Freunde haben mir das noch mitgegeben«, sagte er. »Sie sollen's hinter dem Lachgas herschicken.«

»Was ist das nun wieder?« brummte Feldmann. »Das Lachgas, das ich habe, reicht vollkommen. Der Teufel soll die holen, wenn sie mich in die Bredouille bringen!«

»Die meinten, das Lachgas würde nicht langen, wenn der vielleicht die Tür zu seinem Wohnzimmer auf hat. Deshalb sollen Sie das hier noch dazunehmen. Ihr Freund Karl hat auch gesagt, wie es heißt. Hab's vergessen. Es war so was von – von Neo ... stick ... weiß nicht mehr. Mir wollte es auch zuerst nicht passen. Es ist doch abgemacht, daß es dem da oben nicht ans Leben gehen darf. So was macht Erwin Rothe nicht. Aber die haben mir hoch und heilig geschworen, die Sache wäre ganz harmlos.«

Feldmann murrte unzufrieden vor sich hin, sagte: »Paßt mir gar nicht, die Sache – aber meinethalben!« Er

---

* Im Polizeipräsidium am Alexanderplatz in Berlin befand sich die Zentralkartei straffällig gewordener Personen für ganz Deutschland.

sah auf die Uhr. »Das Licht ging vor einer halben Stunde aus. Zu Bett liegt er. Denke, er wird eingeschlafen sein. Wir wollen anfangen!«

Sie gingen in das Nebenzimmer, dessen Fenster mit Decken dicht verhängt waren.

Feldmann deutete nach oben. Aus einem Loch in der Zimmerdecke dicht neben der Wand ragte ein handlanges Stück Glasrohr. »Mündet gerade unter seinem Bett!« Er stieg auf den Tisch und schob einen langen Gummischlauch, dessen anderes Ende zu zwei Stahlflaschen führte, auf das Rohr. Vorsichtig drehte er ein Ventil ein wenig auf. Ein leichtes Zischen und Rauschen wurde hörbar.

»Kommen Sie mit rüber! Wir haben Zeit!« Feldmann ging mit Rothe in das dunkle Zimmer. Jeder zündete sich eine Zigarette an. »Die beiden Zylinder hätten vollständig gereicht«, betonte Feldmann noch einmal. »In einer halben Stunde sind sie leer. Dann werden wir ruhig riskieren können, nach oben zu gehen. Haben Sie denn gutes Werkzeug hier?«

Rothe lachte leise. »Ist doch ’ne einfache Holztür, wie mir gesagt wurde. Die will ich bald aufhaben! Wenn da wirklich ein starkes Kunstschloß dran ist, sägen wir einfach drum herum.«

Beide sprachen nur wenig miteinander. Ab und zu ging Feldmann in das Nebenzimmer und sah auf die Manometer an den Stahlflaschen. Nach einer Weile meinte Rothe: »Wissen Sie denn mit den Papieren Bescheid, die wir da oben mitnehmen sollen?«

»Ja!« antwortete Feldmann kurz. Im Halbdämmer des Zimmers konnte Rothe nicht sehen, wie ein dunkler Schatten über Feldmanns Gesicht ging, wie ein bitteres, ironisches Lächeln seinen Mund verzerrte. Es war gewiß kein alltäglicher Weg: vom Provisor* über den Koksschieber** bis zum Komplizen eines Einbrechers …

---

* erster Gehilfe eines Apothekers

** Kokaindealer

Nach einer Weile prüfte Feldmann wieder die Flaschen. »Sie sind ziemlich leer. Bringen Sie Ihren Ballon hier rein!« Einen Augenblick noch stand er zögernd, als könne er sich nicht entschließen. »Verfluchter Kram! Sie können sich nicht mehr erinnern, wie die das nannten?«

Rothe schüttelte den Kopf. »Neo ... stick ... oxyd - oder so was.«

»Neostickoxydul?« murmelte Feldmann vor sich hin. »Kenne das Zeug nicht. Aber Stickstoffoxydul ist ja das andere Zeug - also wird's irgendeine ähnliche Verbindung sein, die nicht schlimmer ist, nur vielleicht stärker wirkt ... Na, denn mal los!«

Er schloß die Flasche an. Der Ballon begann auszuzischen. Wieder gingen beide in das dunkle Zimmer zurück, da drang das Klingen einer Schelle von obenher zu ihnen.

Einen Augenblick saßen beide wie erstarrt. Was war das? Telephon? Nein - der Klang war dunkler gewesen als der einer Telephonklingel. Mit ein paar Sprüngen war Feldmann am Fenster. Beugte sich zur Seite, spähte hinter dem Vorhang in den Vorgarten.

»Was ist los? Wer ist's? Polente?« zischte Rothe ihm ins Ohr.

»Eine Frau - eine Dame ist's! Zum Donnerwetter! Wer ist das? Was will die jetzt in der Nacht hier?«

Von neuem begann die Klingel in der oberen Wohnung zu schrillen; doch diesmal viel andauernder. Die beiden standen mit angehaltenem Atem hinter dem Fenstervorhang. Nach einer Weile hörten sie über sich Schritte gehen. Ein Fenster wurde geöffnet. Die Stimme einer Frau fragte: »Wer ist denn da?«

»Ich bin's, Frau Linke ... Frau Terlinden. Ist Herr Doktor Fortuyn zu Hause?«

»Gewiß, meine Dame! Er war den ganzen Abend zu Hause. Liegt schon längst zu Bett.«

»Ich muß ihn aber dringend sprechen, Frau Linke. Öffnen Sie doch bitte schnell die Haustür!«

Die Wirtschafterin zögerte einen Augenblick, murmelte allerlei vor sich hin, was Johanna nicht verstand. Dann schien sie sich besonnen zu haben; die Tür klinkte automatisch auf. Johanna schritt durch den Flur und eilte die Treppe empor.

Gerade als Frau Linke ihr die Wohnungstür öffnete, glaubte Johanna zu hören, wie die Haustür unten wieder aufging, glaubte auch Schritte zu vernehmen. Sie drehte sich hastig um, sah hinunter – da war alles still.

Sie stand einen Augenblick schwer atmend, suchte vergeblich nach Worten, der Wirtschafterin eine Erklärung für ihr Kommen zu geben. Fing dann an, stotternd, zusammenhanglos zu sprechen. »Sie werden sich wohl sehr wundern, Frau Linke ... Ich war in Berlin – habe auch von dort angerufen ... Herr Fortuyn sei nicht da, sagten Sie. Ich fuhr von Köln nach Berlin ... hörte da im Zug Leute miteinander sprechen ... von Doktor Fortuyn und ... von Schriftstücken ... Ich verstand nicht alles, aber es kam mir so unheimlich vor. In Berlin sah ich die Leute wieder. Meine Angst wurde immer größer. Einer sollte nach Rieba fahren ... Aber nein – Sie werden mich ja doch nicht verstehen!« Sie ging hastig ein paar Schritte weiter. »Bitte, liebe Frau Linke, klopfen Sie doch an Herrn Fortuyns Tür! Wecken Sie ihn! Sie brauchen nicht zu sagen, wer hier ist. Wenn er antwortet, aufsteht, bin ich schon zufrieden – werde dann gleich gehen ...«

Die Wirtschafterin sah Johanna verwundert, erschrocken an. ›Was ist mit der Frau?‹ dachte sie. ›Ist die krank? Sie sieht so verstört aus, schwatzt so tolles Zeug. Da kann man sich ja fürchten ...‹

Sie schrak zusammen, als Johanna plötzlich ihren Arm ergriff, sie weiterzog. »Schnell, schnell! Ich hab' nicht eher Ruhe. Ich vergehe vor Angst. Wecken Sie ihn! Klopfen Sie an!«

Frau Linke pochte mit dem Finger gegen Fortuyns Tür. Nichts rührte sich.

»Stärker! Stärker müssen Sie klopfen!« sagte Johanna drängend.

Frau Linke klopfte wieder. Da schlug Johanna, unfähig, ihre Aufregung zu meistern, mit beiden Fäusten gegen die Tür, rüttelte am Türgriff.

Die Tür war verschlossen. Nichts rührte sich. Erneut trommelten Johannas Fäuste dagegen. »Walter! Walter!« Ihre Stimme überschlug sich. »Hörst du mich nicht?«

Wieder atemloses Lauschen. In dem Zimmer alles still. Johanna brach in lautes Weinen aus, rang die Hände. »Ich ahnte es! Ich wußte es! Ein Unglück, Frau Linke! Wir müssen zu ihm ... ihm helfen!« Sie warf sich mit Gewalt gegen die Tür, doch die wich nicht.

»Aber was ist denn passiert? Was ist denn los, Frau Direktor?« jammerte die Wirtschafterin, die jetzt auch ängstlich geworden war. »Ist denn der Herr Doktor krank? Er hat ja noch vor ein paar Stunden mit mir gesprochen.«

»Nein, nein, Frau Linke! Ein Verbrechen! Was für eins? Ich weiß es nicht. Können Sie nicht jemand zu Hilfe rufen, der uns die Tür aufbricht?«

»Ich werde die Leute unter uns wecken!« rief Frau Linke und eilte zur Flurtür. Da ging die gerade auf. Ein Mann stand da. Die Wirtschafterin stieß einen lauten Schreckensschrei aus.

»Seien Sie ruhig!« herrschte der sie an. »Ich will Ihnen nichts tun. Was ist hier los?« Er verstummte, als er Johanna sah. »Frau Direktor Terlinden? Bitte sagen Sie mir, was hier vorgeht! Ich heiße Wittebold. Bin Bürodiener bei Herrn Doktor Fortuyn.«

Johanna eilte auf ihn zu. »Ein Unglück! Was es ist, weiß ich nicht. Wir haben geklopft – er antwortet nicht. Die Tür ist verschlossen. Helfen Sie uns! Schnell, schnell muß es sein! Er stirbt! Vielleicht ist er schon tot!«

Wittebold sah sich um. Die Tür zur Küche stand offen. Er lief hinein, packte einen Feuerhaken. »Haben Sie kein Beil?« fragte er Frau Linke. Die holte ihm eine Handaxt.

Wittebold stürmte damit zu Fortuyns Tür. Mit ein paar Schlägen hatte er eine Füllung herausgeschlagen, schob den Riegel zurück ... Die Frauen wollten sich herandrängen, da hielt er sie zurück. »Bleiben Sie hier! Ich rieche Gas!«

Mit angehaltenem Atem eilte er durch das Zimmer, riß die Fenster auf, lehnte sich einen Augenblick hinaus, um frische Luft zu schöpfen. Dann stürzte er zur Tür, die zum Wohnzimmer führte, öffnete sie, riß auch im Wohnzimmer die Fenster auf. Ein kräftiger Durchzug fegte durch die Räume. Jetzt wagte er es, den elektrischen Schalter zu drehen. Die Deckenlampe flammte auf. Er trat an Fortuyns Bett. Der lag bewußtlos.

Ohne sich um das Jammern und Klagen der Frauen zu kümmern, ging Wittebold ins Wohnzimmer zum Telephon, rief die Unfallstation des Werkes an.

Als Johanna die Worte hörte: »Doktor Fortuyn ... schwere Gasvergiftung«, brach sie besinnungslos zusammen.

* * *

Die für den folgenden Tag angesetzte Direktionssitzung stand unter dem Eindruck der Ereignisse der vergangenen Nacht. Wohl noch nie, seit das Werk bestand, hatte eine derartige Aufregung unter den leitenden Personen geherrscht. Der Raum war mit nervöser Spannung geladen. In erregter Unterhaltung standen die Direktoren in Gruppen zusammen, als Kampendonk eintrat.

Der gab einen authentischen Bericht über die Geschehnisse. Er schloß seine Ausführungen: »Irgendwelche Zweifel über die Ungeheuerlichkeit dieses teuflischen Planes bestehen nicht. Die zurückgelassenen Apparate und Werkzeuge, die sonstigen Feststellungen am Tatort geben ein völlig klares Bild des beabsichtigten, teilweise gelungenen Verbrechens. Von besonderer Wichtigkeit für die Verfolgung der Täter wird natürlich die Aussage der Frau Direktor Terlinden sein. Augenblicklich leidet die Dame noch an den Folgen eines Nervenschocks. Es liegt zweifellos eine gewisse Tragik in dieser - ich möchte sagen - Duplizität der Ereignisse:

erst der Unfall ihres Gatten, jetzt das Verbrechen an Doktor Fortuyn, einem Freund ihres Hauses ... beide Male durch Gas!«

»Bestehen irgendwelche Vermutungen, wer hinter dem Ganzen steht, wer der eigentliche Urheber des Verbrechens ist?« fragte Direktor Lindner.

Kampendonk schüttelte den Kopf. »Es ist nur erwiesen, daß die Gasbehälter französisches Fabrikat sind. Über den weiteren Gang der Untersuchung werde ich die Herren auf dem laufenden halten.

Ich will nun zu dem eigentlichen Gegenstand unserer Konferenz kommen. Es handelt sich um die Frage, ob wir jetzt die Großfabrikation von Kautschuk nach dem Verfahren Doktor Morans aufnehmen sollen oder nicht. Ich habe Herrn Lindner zum Berichterstatter bestimmt. Wollen Sie bitte Ihr Referat geben, Herr Direktor!«

Lindner ergriff das Wort. »Ich nehme an, daß sämtliche Herren im Besitz der Arbeit von Doktor Wendt sind? Ich kann mich daher darauf beschränken, auf diese Ausführungen zu verweisen, da sie die Frage vollkommen klar und erschöpfend behandeln. Ich unterschreibe dieses Gutachten Wort für Wort und habe ihm nichts hinzuzusetzen.«

Eine Reihe anderer Direktoren schloß sich der Meinung Lindners an. Andere, Freunde Morans, opponierten. Von verschiedenen Seiten wurde der Wunsch ausgesprochen, Dr. Moran selbst zu hören. Kampendonk pflichtete dem bei.

Nach einer Weile trat Moran ein. Kampendonk wandte sich zu ihm: »Wir verhandeln gerade über die Arbeit des Herrn Doktor Wendt. Das Interesse der Sache und das Billigkeitsgefühl Ihnen gegenüber, Herr Doktor Moran, lassen es wünschenswert erscheinen, daß Sie selbst sich zu den Ausführungen Doktor Wendts äußern. Die Meinungen der Herren hier sind geteilt.«

Moran begann zu sprechen. Mochte er nun unter dem Eindruck der allgemeinen Spannung stehen, mochten andere Gründe mitsprechen – seine Ausführungen machten trotz der Gewandtheit und Lebhaftigkeit, mit der er sie vortrug, einen Eindruck der Unsicherheit, Verlegenheit. Er endete mit der Erklärung: »Ich gebe zu, daß der Aufnahme der Großfabrikation im Augenblick noch gewisse Bedenken entgegenstehen können. Unter Berücksichtigung des großen Risikos für das Werk möchte ich daher bitten, die Untersuchungen - speziell zur Klärung der Polymerisierungsvorgänge - fortsetzen zu dürfen. Damit will ich jedoch durchaus nicht sagen, daß ich die Einwände des Kollegen Wendt für unbedingt stichhaltig ansehe, und hoffe, binnen kurzem den Beweis dafür zu bringen ... gegebenenfalls mein Verfahren entsprechend zu ergänzen.«

Kampendonk machte ein wenig erfreutes Gesicht, sagte kurz: »Wir werden in den nächsten Tagen dazu Stellung nehmen und Sie benachrichtigen, Herr Doktor.«

Als Moran gegangen war, erklärte Kampendonk: »Den zweiten Punkt der Tagesordnung, die Bestellung eines neuen Direktors für den ausscheidenden Herrn Düsterloh, möchte ich mit Rücksicht auf die Erkrankung Herrn Doktor Fortuyns absetzen.«

Kaum war die Versammlung geschlossen, als der Geheimrat ans Telephon gerufen wurde. Der Arzt des Krankenhauses teilte mit, daß sich Fortuyns Befinden weiter gebessert habe; die Lähmung der Glieder sei gewichen, der Patient außer Gefahr.

Kampendonk nahm Hut und Stock. Er wollte zur Villa Terlinden, um Johanna einen Besuch zu machen. Als er an Fortuyns Laboratorium vorbeikam, fiel ihm etwas ein. Er trat hinein und fragte nach Fräulein Dr. Gerland.

Die saß in Fortuyns Büro. Wittebold stand neben ihr und erzählte von der Nacht.

»Ich bin natürlich auch schon ein paarmal vernommen worden. Besonders Doktor Wolff setzte mir wegen meines nächtlichen Spaziergangs eklig mit Fragen zu. Ich mußte mich drehen und winden, um ihn nicht hinter meine Karten sehen zu lassen. Unsere gute Polizei begnügte sich mit meiner Erklärung, ich hätte noch einmal so spät weggehen müssen, um einen Brief in den Kasten zu werfen.«

In diesem Augenblick trat Kampendonk ein. Tilly gab Wittebold eine Mappe. »Bringen Sie diese Sachen gleich zur Registratur, Herr Wittebold!«

Bei der Nennung des Namens wandte sich der Geheimrat an Wittebold: »Sie sind also der Mann, der in der letzten Nacht so rechtzeitig zur Stelle war?« Kampendonk stellte noch einige Fragen, entließ dann den Bürodiener mit ein paar freundlichen Worten.

»Ich wollte Ihnen die Mitteilung machen, Fräulein Gerland, daß es Herrn Fortuyn bedeutend besser geht. Sie können also damit rechnen, daß Sie von seiner Vertretung bald entbunden werden.« Während der Geheimrat sprach, fiel sein Blick auf eine offene Mappe, in der Bauzeichnungen lagen. »Womit beschäftigen Sie sich denn da?« forschte er erstaunt.

Tilly errötete. »Herr Doktor Fortuyn zeigte immer besonderes Interesse für die eventuellen fabrikatorischen Anlagen ... für den Fall, daß sein Verfahren laboratoriumsmäßig abgeschlossen wird ...«

Der Geheimrat fiel ihr interessiert ins Wort: »Und da entwirft man hier schon Bauzeichnungen? Ich weiß im Augenblick nicht, was ich dazu sagen soll ... Entweder hat man hier - ich will mal sagen - der Wirklichkeit weit vorauseilende Träume ... oder Herr Doktor Fortuyn muß ...« Er sah in Tillys verlegenes Gesicht. »Doch darüber werde ich mit ihm selber sprechen, wenn er wiederkommt.«

Als Tilly den Geheimrat durch den Laboratoriumssaal begleitete, blieb er bei dem Arbeitstisch Dr. Wendts stehen und gab ihm die Hand. »Kommen Sie bitte morgen früh zu mir! Ich habe mit Ihnen über Ihre interessante Arbeit zu sprechen.« Er verließ das Laboratorium.

»Na, Rudi! Mit wieviel Gehaltszulage rechnen Sie denn?« fragte Tilly scherzend.

Rudi stellte sich in Positur. »Ich hörte von einem frei werdenden Direktorposten sprechen. Vielleicht ...«

»Da scheine ich ja was Schönes angerichtet zu haben!« rief Tilly. »Wenn Sie an Größenwahn sterben, bin ich noch daran schuld!« –

Auf seinem Weg dachte der Geheimrat Kampendonk immerfort an die Baupläne in Fortuyns Arbeitszimmer. Als er die Villa Terlinden betrat, befand er sich jedenfalls in glänzender Laune ... trotz allem, was geschehen war.

* * *

»Was willst du schon wieder in Berlin?« fragte der Kantinier Richard Meyer seinen Bruder Franz. »Die Bestellung kannst du ebensogut schriftlich machen!«

Franz murmelte ein paar undeutliche Worte vor sich hin. »... Da ist doch auch noch diese alte Differenz in der Rechnung vom Dezember«, sagte er nach einigem Überlegen. »Die muß endlich aus der Welt. Ist schon besser, ich fahre selbst zu Boffin.«

Sein Bruder knurrte einige wenig schmeichelhafte Worte, wie »unnötig Geld ausgeben ... in Berlin rumtreiben ...«, und ließ ihn stehen. –

Schon als Franz Meyer zum Bahnhof ging, schaute er sich häufig um. Es war ihm seit einiger Zeit immer, als folge ihm ein Schatten. In Berlin nahm er nicht den direkten Weg zu Boffin, sondern raste erst durch verschiedene Warenhäuser, um eventuelle Verfolger abzuschütteln. Als er in Boffins Büro kam, empfing ihn der mit saurem Gesicht.

»Ihr Plan, Ihr ›Plänchen‹, Herr Meyer! Hm! Schöne Schweinerei! Hm!«

»Was kann ich dafür«, brauste Meyer auf, »daß die Sache schiefgegangen ist? Die Dummheit muß doch hier in Berlin gemacht worden sein! Die Frau Terlinden ist schließlich aus Berlin gekommen!«

Boffin zog ärgerlich die buschigen Brauen zusammen. Dasselbe hatte er sich auch schon gesagt, hatte aber nicht die geringste Spur entdecken können, wo der Fehler gemacht worden war. Ärgerlich brummte er: »Damit ist noch lange nicht gesagt, daß sie in Berlin irgend etwas erfahren hat. Dieser Kerl von Bürodiener – wie hieß er doch gleich? Wittebold? – ist doch n i c h t in Berlin gewesen und muß trotzdem auf irgendeine Art Wind von der Sache bekommen haben. Was ist das denn eigentlich für ein Mensch?«

Meyer verzog das Gesicht. »Der Teufel weiß es!« knurrte er vor sich hin. »Der Kerl kommt mir schon seit einiger Zeit nicht ganz geheuer vor. Es war mir nämlich ein paarmal so, als wenn der hinter mir herspürte.«

Boffin machte ein bedenkliches Gesicht, sagte gedehnt: »Sooo?! Dann wär's vielleicht gut, wenn wir ihm einen von unseren Leuten auf die Fersen setzten. Gegenspionage ist manchmal lohnender als eigene.«

»Können Sie ruhig tun, Herr Boffin! Ich traue dem Kerl nicht über den Weg. – Wo stecken denn die beiden Bewußten?«

»Feldmann und der andere? Die sind längst über die Grenze. Hoffe, daß da nichts weiter nachkommt... Eins wird aber auf jeden Fall nachkommen«, setzte er nach einer Weile hinzu, »der Anranzer von...« – ›Mr. Headstone‹, hatte er sagen wollen, verbesserte aber schnell in: »... von Detroit!«

Gleichgültig betrachtete Meyer die in Erwartung dieses Anranzers schon einigermaßen zerknirschte Miene Boffins. Sagte mit deutlichem Hohn: »Es wäre doch besser gewesen, Herr Boffin, wenn Sie mich ein bißchen mehr hätten in Ihre Karten gucken lassen. Aber bei so großen Sachen, die viel Pinke-Pinke bringen, läßt man Franzen nicht mitspielen. Und... ›Große Sache‹, sagte ich? Na wissen Sie, mein lieber Herr Boffin: ›Große Sache‹ ist ja gar kein Ausdruck dafür. Was ich so den andern Tag im Casino* gehört habe... Doktor Fortuyn

* hier: Speiseraum eines Betriebs

hat ja ausgerechnet an dem Abend den ganzen Klumpatsch da oben bei sich gehabt!«

»Was... was heißt hier Klumpatsch?« fuhr Boffin hoch.

»Na, den... den ganzen Kram von seiner Erfindung!«

Boffin prustete und schnaufte eine Weile bedenklich. »Ist das wirklich wahr, Meyer?«

»Es ist wahr, wenn die Herren im Casino, die heut mittag darüber sprachen, nicht gelogen haben.«

»Und wo ist das ganze Material jetzt hingekommen? Fortuyn ist doch im Krankenhaus.«

»Ist alles in den Sicherheitsraum vom Archiv gebracht worden.«

Boffin rang verzweifelt die Hände. »Zum Blödsinnigwerden! Jetzt ist natürlich alles vermasselt. Eisenbetonwände – meterdicke Stahltüren – Alarmvorrichtungen... na, kann's mir schon denken!«

Meyer lächelte überlegen. »Durchaus nicht, Herr Boffin. Da denken Sie eben eklig falsch!«

Boffin trat dicht vor ihn hin, riß den Kneifer ab, schaute ihn mit großen Augen an. »Sie sagten doch eben: ›in den Sicherheitsraum‹! Was heißt denn ›Sicherheitsraum‹?«

»Sicherheitsraum ist... gar nichts!« sagte Meyer mit einer großspurigen Handbewegung. »Was *Sie* meinen, das heißt doch Tresor. So was haben wir im Keller... Hätte eigentlich schon immer mal gerne gewußt, was *da* drin ist«, sagte er sinnend.

»Na, was ist denn nun eigentlich Ihr Sicherheitsraum?« fuhr Boffin auf ihn los.

»Gar nischt weiter wie das Zimmer hier auch. Nur, daß Boden, Wände und Decken feuersicher gebaut sind.«

»Und die Türen?« fragte Boffin interessiert.

»Na, eiserne Türen natürlich. Von ganz anständiger Dicke.«

»Hm!« Boffin bot Meyer eine Zigarre an und verschwand für einige Augenblicke. Als er wiederkam, sagte er: »Nun schießen Sie mal los, Meyer! Sie haben doch todsicher was auf der Pfanne.«

Nach einigen Präliminarien,* die sich um die Sicherung Meyerscher Ansprüche bei einem guten Ausgang des Unternehmens drehten, begann dieser, seinen Plan im einzelnen zu entwickeln. Je weiter er sprach, desto mehr glätteten sich die Sorgenfalten auf Boffins Stirn. Als Meyer geendet hatte, verschwand Boffin wieder für einige Augenblicke; hatte aber vorher seinem Gast ein Glas Wein vorgesetzt.

Diesmal wurde die Unterhaltung zwischen Boffin und der Collins noch kürzer als das erstemal. »Die einzige Möglichkeit für Sie, sich bei Headstone wieder ehrlich zu machen,** mein lieber Boffin!« hatte die Collins gesagt.

Meyer wurde von Boffin mit großer Herzlichkeit zur Tür geleitet.

* * *

Juliette und Waldemar saßen in seiner Wohnung am Kaffeetisch. Die Likörgläser waren schon des öfteren gefüllt und geleert worden, aber es wollte sich trotzdem keine rechte Stimmung einstellen. Sie machten beide Gesichter, als ob sie sich gezankt hätten.

Eigentlicher Zank war es zwar nicht gewesen, aber Juliette hatte Waldemar heftige Vorwürfe gemacht. Er sei schuld; er habe auf der Fahrt von Köln nach Berlin die Rede auf Fortuyn und Rieba gebracht. Sie habe erst gar nicht darauf eingehen wollen; schließlich sei sie dummerweise auf seine Fragen reingefallen. Die Dame, die während der ganzen Fahrt neben ihnen gesessen hatte, sei ganz wahrscheinlich dieselbe, die da zu so unrechter Zeit in Fortuyns Haus gekommen sei.

Die Ursache dieser Auseinandersetzung war ein langes, peinliches Verhör, das Boffin mit Juliette angestellt hatte.

---

* vorab geführte Verhandlungen

** sich ehrlich machen: eine Schande vergessen machen

Nur durch eine grobe Unvorsichtigkeit eines der Beteiligten, hatte er gesagt, könne die Sache verpfuscht worden sein, und hatte sie dann auf das genaueste ausgefragt.

Schon bei der Erwähnung der Dame, die nachts in Fortuyns Haus gekommen war, war Juliette schwül zumute geworden. Natürlich hatte sie Boffin gegenüber jede Unvorsichtigkeit abgeleugnet. Aber innerlich machte sie sich die heftigsten Vorwürfe über den Leichtsinn, in offenem Gespräch - wenn auch in englischer Sprache - so viel mit Waldemar geplaudert zu haben.

Der wollte Juliettes Vorwürfe nicht auf sich sitzenlassen, schob ihr den gleichen Teil an der Schuld zu. Vom langen Streiten ermüdet, saßen sie verdrossen da. Da schrillte das Telephon. Boffin war am Apparat. Juliette solle sofort zu ihm kommen. -

Was Boffin ihr zu sagen hatte, trug nicht dazu bei, ihre Stimmung zu verbessern. Wieder dieser alte, häßliche Vorschlag! Sie sträubte sich lange, doch vergebens. Mit Hilfe von Miss Collins gelang es endlich, sie zu überreden.

* * *

Eine Woche war seit jener Unglücksnacht verflossen, aber noch immer bildete das ungewöhnliche Verbrechen den Gesprächsstoff in Rieba. Am meisten Kopfzerbrechen machten sich die Leute natürlich darüber, auf welche geheimnisvolle Weise Frau Direktor Terlinden von dem Anschlag erfahren hatte.

Allmählich begann man sich auch über die häufigen Besuche dieser Dame bei dem Opfer des Attentats zu wundern. Täglich fuhr der Wagen der Frau Direktor vor dem Krankenhaus vor. Frau Terlinden überbrachte dem Kranken stets frische Blumen, verweilte oft stundenlang an seinem Lager.

Eines Tages war Tilly zu Fortuyn ins Krankenhaus gekommen, um von ihm eine Auskunft zu erbitten. Als sie in das Krankenzimmer trat, traf sie dort auf Johanna Terlinden.

Fortuyn bewillkommnete Tilly mit größter Freundlichkeit und Wärme. Auch Johanna, die Tilly aus Fortuyns Gesprächen schon lange als dessen bewährte und vertraute Mitarbeiterin kannte, begrüßte sie herzlich. Fortuyn geriet in beste Laune. Er scherzte, neckte, brachte die beiden immer wieder zum Lachen.

Der eintretende Arzt machte ein zufriedenes Gesicht, als er seinen Patienten so vergnügt vorfand. Als er beginnen wollte, Fortuyn zu untersuchen, benutzte Tilly die Gelegenheit, sich schnell zu verabschieden.

Draußen sog sie tief atmend die freie Luft ein. Mit beschleunigten Schritten eilte sie den Weg zur Stadt entlang. Hastend, als wollte sie fliehen vor etwas, das sie vergessen, nicht sehen wollte – und dem sie doch nicht entrann; das neben ihr, mit ihr ging, sie begleitete.

An jenem Abend, als sie in seiner Wohnung gewesen, als sie dort das Bild Johannas gesehen, war ihr ja schon klargeworden, wie es mit Fortuyn stand. Einen Riß in ihrem Herzen hatte es gegeben. Tapfer hatte sie die Zähne aufeinandergebissen, hatte versucht, den Schmerz durch angestrengte Arbeit zu betäuben, alle Gefühle für Fortuyn aus ihrem Herzen zu verbannen; glaubte sich schon fast frei.

Doch Wahn nur! Das Zusammensein mit den beiden Glücklichen da oben ... eine Qual war's für sie gewesen! Jeder Blick, den sie tauschten, sprach ja von Liebe und Leidenschaft. Während ihr Mund zu Fortuyns Scherzen lachte, schrie ihr Herz vor Leid.

Den Weg weitereilend, nannte sie sich immer wieder eine Törin, schalt auf ihr weiches, dummes Herz. »Aber warte nur, du unnützes Ding! Ich will doch mal sehen, ob ich dich nicht zur Räson bringen kann!« Mit Gewalt riß sie sich zusammen, suchte wieder die alte, resolute Tilly zu sein, die doch so leicht nichts anfocht. Mochte auch das Herz rebellieren, mit Gewalt zwang sie sich zu schärfstem logischem Denken. Mit unbarmherziger Objektivität begann sie zu analysieren.

»Wie steht's denn eigentlich? Was bist denn du gegen

sie? Du bist ein studiertes Mädchen, das recht und schlecht seine Pflicht im Labor tut. Daß du schön bist, kann nur ein Schmeichler sagen. Sympathisches Wesen? ... Ja, das will ich dir zur Not zugestehen. Und außerdem? ... Nichts davor und nichts dahinter!

Dagegen diese Frau: Alle Vorzüge, die eine Frau haben kann - sie hat sie! Jung, schön, reich! Dazu Sproß aus alter chemischer Dynastie ... liebenswürdig, gut ...«

Sie machte eine Bewegung mit der Hand, als streiche sie einen mathematischen Ansatz durch. »Falsch gedacht! Die Gleichung geht nicht auf!« Sie atmete ein paarmal schwer. Schlug sich dann ärgerlich auf die Brust. »Schweig doch still, du dummes Herz! Wie konntest du denn nur ...?«

Stets gewohnt, gründlich und exakt zu arbeiten, meinte Tilly, nach diesem mathematischen Versuch auch den Fall Fortuyn als Fehlproblem beiseite werfen zu können. Als sie die Stadt erreichte, glaubte sie auch wirklich, das Schwerste schon überwunden zu haben. Doch da war ein großer Irrtum in ihrer Rechnung: Sie mußte die Erfahrung machen, daß das Menschenherz keine Retorte ist und seine Reaktionen nicht gehorchen wie die eines toten Apparates.

Mehr als einmal fand ihre Mutter sie in trübem Nachdenken. Und als sie daraufhin schärfer beobachtete, sah sie mit Besorgnis die Veränderung, die mit ihrer Tochter vorgegangen. Das war nicht mehr ihre alte Tilly. Wo war ihr frisches, frohes Wesen geblieben? Woher dieses stille, ernste Gesicht? Oft drängte es sie, ihr Kind zu fragen, um teilnehmen, trösten zu können. Doch immer wieder vermied es die Mutter. ›Herzenskrisen‹, dachte sie im stillen. ›Wem bleiben sie erspart? Besser nicht daran rühren!‹

Die Tage und Wochen gingen ins Land. Allmählich begann sich die Wunde in Tillys Herz zu schließen. Wohl gab es noch einsame Stunden, in denen ihr alles um sie her grau erschien. Doch auch die wurden immer seltener. Und als der Tag kam, an dem Fortuyn aus dem

Krankenhaus entlassen werden sollte, hatte sie sich durchgekämpft, war wieder die alte.

* * *

Nach Dienstschluß war Tilly, mit einem Blumenstrauß in der Hand, rüber zu Schappmanns gegangen. Man feierte dort den Geburtstag der guten Luise. Tilly wollte, nachdem sie der alten Frau gratuliert hatte, gleich wieder gehen. Doch sie hatte den vereinten Bitten der alten Leutchen nicht widerstehen können. Hatte an dem festlich geschmückten Kaffeetisch Platz nehmen müssen und mit den anderen mitgehalten.

Als später Wittebold mit den beiden Alten allein zusammensaß, sagte Schappmann schmunzelnd: »Is doch ein Prachtmädel, das Fräulein Tilly! So vergnügt habe ick ihr ja noch nie gesehn wie heute. War ein schöner Geburtstag, meine gute Luise!« Er legte zärtlich den Arm um ihre Schulter, sprach dabei weiter: »Und fing heute morgen doch gar nich so schön an! Is nun schon das zweite Mal, daß ich zum Gericht mußte von wegen diesen verfluchtigen englischen Hund, den Bernhard. Weiß gar nich, wozu das noch nötig war. Der Kerl soll doch gestanden haben! Ich konnte auch gar nichts anderes sagen wie beim ersten Mal. Habe bloß den Gerichtsherrn gebeten, er soll dem falschen Kerl extra was aufbrummen, weil er mir so schmählich betrogen hat wegen meiner Nächstenliebe.«

»Na«, meinte Wittebold lachend, »der wird sowieso schon nicht so billig wegkommen! Billiger werden sie's wohl nicht machen als bei Embacher, der nun schon seine fünf Jährchen kassiert hat!«

»Lange nich genug!« ereiferte sich die gute Luise. »Der müßte noch mal soviel kriegen, von wegen diese Gemeinheit an meinen guten Ollen! Und, was ich sagen wollte: Haben sie denn noch gar keine Spur nich von den Kerlen, die das grausame Attentat auf Herrn Doktor Fortuyn gemacht haben?«

Wittebold schüttelte den Kopf. »Leider nicht, Frau Schappmann. Wundere mich ja auch, denn es war ja nicht einer, waren ja ein paar ... und die müßten sie doch ...« Nach einigem Nachdenken fuhr er fort: »Die werden wohl längst über die deutsche Grenze gebracht sein ... schwimmen vielleicht schon auf dem großen Wasser!«

»'s war doch wirklich ein großes Glück«, meinte die gute Luise, »daß Sie noch dazukamen, Herr Wittebold! Hätt' es noch länger gedauert, wäre der arme Doktor Fortuyn an das Gift gestorben.«

Schappmann wiegte den Kopf. »Gestorben? ... Vielleicht wäre ihm das auch so gegangen wie dem Herrn Direktor Terlinden. Wie lange hat sich der arme Mann quälen müssen, bis er nu endlich vorgestern gestorben is! Ick habe ihm gut gekannt. Wäre auch gern mit auf seine Leiche gegangen. Aber er wird ja in Wiesbaden begraben, wo seine Familie herstammt.«

»Die arme Frau Terlinden!« klagte die gute Luise. »So jung und schon so viel Leid ins Leben! Kinder hat se ooch nich. Kann einen wirklich leid tun, die Frau!«

»Sie werden sich wundern, lieber Schappmann, wenn Sie mal zu uns ins Werk rüberkommen«, sagte Wittebold. »Hat wieder einige Änderungen gegeben. Was da eigentlich passiert ist, weiß ich nicht. Aber es kommt mir so vor, als wenn es aus wäre mit der Herrlichkeit von dem neuen Herrn Moran. Ein paar von seinen Assistenten, die früher bei Doktor Fortuyn gearbeitet haben, sind wieder in dessen Labor zurückversetzt worden.«

»Wat Se nich sagen, Herr Wittebold! Wer is denn det alles?«

Wittebold nannte Dr. Göhring und noch ein paar andere Namen.

»So? Und Doktor Abt nicht?« fragte Schappmann. »Der war doch früher auch bei Fortuyn.«

»Nein! Der gerade nicht. Wundert mich!«

»Ach!« machte Schappmann. »Hätt' ich ooch nich getan, an Doktor Fortuyns Stelle! Hätt' den Doktor Abt ooch nich wiedergenommen. Weeß nich, der Herr hat mir niemals gefallen.«

»Warum denn, Herr Schappmann?« fragte Wittebold interessiert. »Was haben Sie denn gegen ihn?«

»Was soll ich gegen ihn haben? Er gefällt mir eben nich - hat mir von Anfang an nich gefallen. Schon wie der zu uns kam, hörte ick so nebenbei allerhand Sachen, die nich schön waren. Der hat da irgendwo in Berlin 'ne Frau sitzen gehabt, um die er sich so gut wie gar nich gekümmert hat. Sie mußte ihn verklagen. Un denn is se geschieden worden ... Un denn hat er immer so 'ne Weiber aus Leipzig hier mit hergebracht. Ein Skandal war's, wie er mit die hier in die besten Lokale rumgezogen ist und sich gezeigt hat! - Na«, setzte Schappmann befriedigt hinzu, »det haben se ihm ja auch von obenher nich schlecht übelgenommen, und da hat er's denn lassen müssen.«

»Scheint mir überhaupt ein Lebemann zu sein, der Herr Doktor Abt«, meinte Wittebold. »Wie ich so sehe und höre, ist er ja in den ›Vier Jahreszeiten‹ bester Gast. Muß Geld haben. Denn mit seinem Gehalt kann er doch eigentlich so große Sprünge nicht machen. Von seinen Leipziger Reisen ganz zu schweigen.«

»Nee!« sagte Schappmann bestimmt. »Geld hat der nich! Höchstens Schulden. Weeß noch, wie oft der Gerichtsvollzieher im Anfang, als er hier war, ihn besuchen kam! Det Geld muß er erst später gekriegt haben.«

»Hm!« Wittebold schaute nachdenklich auf die Reste des Napfkuchens, als ob er da sehen könnte, woher das Geld des Herrn Dr. Abt käme.

»Da wir nu mal gerade von Geld sprechen«, fing Schappmann an. »Ick habe nächstens mal wieder Gelegenheit, ein paar Groschen zu verdienen.«

»Wollen wohl wieder mal einen vertreten?« fragte Wittebold.

»Will ick!« versetzte Schappmann. »Un auf zwei Monate gleich.«

»Nanu?« unterbrach ihn Wittebold erstaunt. »Davon

haben Sie ja noch gar nichts gesagt. Wann denn? Wo denn?«

»Hab' ick gestern ooch noch nich gewußt«, schmunzelte Schappmann. »Wie ick heute morgen den Kollegen Börner begegne, hält der mich fest un sagt, er wird in den nächsten Tagen auf zwei Monate in den Harz geschickt von wegen seinen Blasebalg.« Schappmann klopfte sich dabei auf seinen mächtigen Brustkasten. »Der arme Kerl hat doch auch vor ein paar Jahren 'ne ordentliche Prise Gas geschluckt. Von det Zeug, wat se im Krieg auch in die Granaten getan haben.* Ob ick mir denn zutraute, ihn die ganze Zeit zu vertreten, hat er gefragt. ›Na‹, sagte ick, ›det wär' ja noch schöner, wenn ick nich die acht Wochen für dich abmachen könnte. So klapprig is der alte Schappmann doch noch nich.‹ Na, der Börner freute sich nich schlecht. Nahm mich gleich mit ins Büro, un in Null Komma nix war die Sache abgemacht!«

»Er spricht man so«, sagte die gute Luise kopfschüttelnd zu Wittebold. »Acht Wochen lang nich ins Bett kommen... Is das nich leichtsinnig von so 'nen alten Mann?«

»Ah richtig«, meinte Wittebold. »Börner hat ja die Aufsicht über die Scheuerfrauen im Hauptgebäude... Acht Wochen lang Nachtschicht, lieber Schappmann?«

Der strich sich selbstbewußt den grauen Schnurrbart. »Ach wat! Alte Leute haben nich viel Schlaf nötig. Ick kann am Tage genug schlafen. Außerdem dürfen Sie nich vergessen, Kollege, daß es Pinke-Pinke für den Nachtdienst gibt. Und det Geld, det kann ick gut brauchen!«

»Hoho! Hoho!« machte Wittebold lachend. »Was haben Sie denn Schönes vor?«

»Wat ick vorhabe? Det sollen Sie gleich wissen. Ick sitze nu mit meine gute Luise schon vierzig Jahre hier in Rieba. Und in die vierzig Jahre, da sind wir doch nich

* Anspielung auf die Giftgasepisode im 1. Weltkrieg

einmal aus dem Nest rausgekommen. Wenn ick det viele Geld kriege, denn fahren wir zusammen ins Riesengebirge, wo meine Luise her is, un gucken uns da alles an, was wir da mal in unsre Jugend gesehn haben.« Schappmann hob sein Glas, trank seiner Frau und Wittebold zu. »Na, prost! Daß wir noch recht oft so frisch un munter Geburtstag feiern können!«

Er wollte Wittebolds leeres Glas wieder füllen, doch der wehrte ab. »Genug, Herr Schappmann! Es wird Zeit, ins Bett zu gehen.«

Er stand auf und ging in sein Zimmer hinüber. Lag bald darauf im Bett, doch der Schlaf kam nicht.

Das, was er eben von Schappmann über Dr. Abt gehört hatte, wollte ihm nicht aus dem Kopf gehen. Immer wieder tauchte in ihm die Frage auf: Woher bekam Abt das Geld für seinen kostspieligen Lebenswandel? Das alte Rezept? Die schwache Seite eines Menschen auszunutzen, um ihn gefügig zu machen und in die Hände zu bekommen? ... Er hielt in seinem Gedankengang inne. Ein Schauer überflog ihn. War er doch auch ... damals ...

Abt bezahlter Spion in fremden Diensten? Je länger Wittebold grübelte, desto stärker wurde sein Verdacht. Schon seit einiger Zeit glaubte er bemerkt zu haben, daß zwischen Dr. Abt und dem Büfettier Meyer gewisse Beziehungen bestanden, die zwar keineswegs besonders auffällig waren, die ihm aber, der ja Meyer als längst Verdächtigen im allgemeinen und in seinem Verkehr mit anderen scharf beobachtete, nicht entgangen waren.

Meyer! ... Fast jede freie Minute, jeder freie Gedanke Wittebolds waren diesem Büfettier gewidmet. Daß der ein unehrliches Spiel trieb, war ihm klar. Besser gesagt: davon war er überzeugt; denn trotz aller Überwachung, trotz schärfster Überlegung konnte er keine Klarheit gewinnen, worin das unehrliche Spiel Meyers bestand. Der war ohne Zweifel ein Spion. Aber in wessen Diensten stand er? Worauf erstreckte sich seine Spionage?

Wittebolds Streben zielte ja, wie er sich bei seiner

Abfahrt von New York zugeschworen hatte, darauf hin, Headstone entgegenzuarbeiten, ihm Paroli zu bieten. Nun wußte er durch Fortuyn, daß Detroit ein ausgedehntes, mit bestem Erfolg arbeitendes Spionagesystem in Rieba unterhielt. Seit der Zeit hatte er sich den Kopf zermartert, um einen Anhaltspunkt zu finden, den Headstoneschen Spionen auf die Spur zu kommen.

Meyer!? Vielleicht, daß hier eine Spur war. Der Verkehr des Büfettiers mit dem amerikanischen Kaufmann Boffin, der sich in so absonderlichen Formen abspielte! Boffin - eine Kreatur Headstones?

Seitdem er jene Beziehungen Meyers zu Dr. Abt festgestellt zu haben glaubte, war sein Verdacht, Meyer sei ein Glied dieses Spionagesystems, jener Boffin vielleicht der Leiter, immer stärker geworden. Daß nämlich die eigentliche aktive Spionage - das heißt der Diebstahl Fortuynschen Materials - nur von jemand, der damit durchaus Bescheid wußte, ausgeübt werden konnte, war ihm klar. Dr. Abt hatte bis vor kurzem in Fortuyns Abteilung gearbeitet. Auch jetzt, in seiner Stellung bei Moran, konnte es Abt nicht allzu schwerfallen, sich bei unauffälligen Besuchen in der Registratur, wo sich immer mal Gelegenheit fand, Fortuynsche Arbeiten einzusehen, wichtiges Material zu verschaffen.

Aber wie darüber Gewißheit erlangen? Schon mehrmals hatte Wittebold, verzweifelt bei dem Gedanken, daß seine eigenen Kräfte nicht ausreichten, Dr. Wolff Mitteilung machen wollen. Doch immer wieder hatte er den Gedanken fallenlassen. Nicht nur, weil ihn der Ehrgeiz trieb, allein derjenige zu sein, der Headstone bekämpfte und besiegte. Nein, auch weil er das ungewisse Gefühl hatte, daß dann übereilt gehandelt würde. Wahrscheinlich würden Meyer und Abt verhaftet werden. Aber das konnte nur eine Schwächung des Feindes, niemals seine Vernichtung bedeuten.

Denn noch zu anderen Stellen - und gewiß nicht zu untergeordneten - mußte der Feind seine Verbindungen geknüpft haben. Jene Mitteilung des deutschen Agenten an Kampendonk, daß man von Rieba aus vor ihm gewarnt habe, ging ihm nicht aus dem Kopf. Von wem rührte diese Warnung her? Gewiß: Manches, was in geheimer Sitzung besprochen worden war, sickerte doch öfters mit der Zeit in andere Kreise ...

Dr. Abt arbeitete bei Moran und war sein bevorzugter Mitarbeiter. Am Anfang schien diese Stellung [illegible] Göhring zuzufallen. Dann aber war ganz offensichtlich Dr. Abt derjenige geworden, der Moran von allen Assistenten am nächsten stand. Vielleicht, daß Moran mal in einer unvorsichtigen Äußerung etwas über den Inhalt jener Direktionskonferenz gegenüber Abt hatte verlauten lassen?

Wittebold hatte sich damals sofort eine genaue Liste derjenigen Personen verschafft, die an der Direktionssitzung teilgenommen hatten, in der Kampendonk jene Mitteilung machte.

Dr. Moran? ... Blitzartig zuckte in Wittebold ein Gedanke auf: Auch der? ... Doch ebensoschnell, wie er gekommen, war der Gedanke verworfen. Nein! Gänzlich ausgeschlossen! Moran war ja auch gewissermaßen ein Opfer Headstones. Der hatte ihm doch bei jener Fusion der ›Central Chemical‹ mit der ›Western Chemical‹ den Stuhl vor die Tür gesetzt.

Stundenlang lag Wittebold schlaflos in unfruchtbarem Grübeln. –

Als er dann am Morgen ins Büro kam, fand er zu seinem Erstaunen Dr. Fortuyn bereits anwesend.

Der empfing ihn mit großer Herzlichkeit. Er hatte Wittebold zwar schon, als der ihn einmal im Krankenhaus besuchte, seinen Dank für die Hilfe in jener Nacht ausgesprochen. Aber er wiederholte ihn jetzt noch einmal mit herzlichen Worten und schloß: »Wenn ich heute wieder hier erscheinen konnte, so glaub' ich, es nicht zum geringsten Teile Ihnen, Herr ...« Hier machte er eine kleine Pause, fuhr dann fort: »... Ihnen, Herr Kollege Doktor Hartlaub, zu verdanken!«

In Wittebolds Zügen regte sich nichts bei Fortuyns

Worten, doch in seinem Herzen schrie es, dem Mann zu danken, der seinen alten Namen wieder in vollen Ehren nannte.

»Mich drängt es«, fuhr Fortuyn jetzt fort, »von Ihnen etwas über unseren gemeinsamen Feind zu erfahren. Haben Sie vielleicht ...?«

Wittebold wiegte wie verneinend das Haupt. Sprach dann langsam, zögernd: »Leider kann ich Ihnen, Herr Doktor Fortuyn, da keine wichtige Mitteilung machen ... Möglich allerdings wäre es, daß ich eine Spur gefunden habe, die vielleicht - vielleicht zu einem Ziel führen könnte.«

In Fortuyns Gesicht zuckte es hell auf. Er wußte, wie verschlossen Wittebold war, wie vorsichtig er sich auszudrücken pflegte. Fortuyn war überzeugt, daß sicherlich mehr hinter den Worten steckte, als er merken sollte. Er sagte: »Die Schwierigkeiten, die Sie da haben, sind die vielleicht mit Geld zu beheben? Sie wissen: Jede Summe steht Ihnen zur Verfügung.«

Wittebold schüttelte den Kopf. »Geld? Mit Geld ist hier nichts zu machen. Aber ...« Ein Gedanke schien ihm zu kommen. Er trat näher an Fortuyn heran. »Wäre es möglich, Herr Doktor Fortuyn, daß Sie mir einen Generalausweis ausstellten, der mir gestattet, zu jeder Tages- und Nachtzeit das Verwaltungsgebäude und die Laboratoriumsanbauten zu betreten?«

Fortuyn machte eine abwehrende Handbewegung. »Ein Ausweis, von mir ausgestellt, der würde doch nicht anerkannt werden.«

Wittebold verneigte sich lächelnd. »Gewiß: Der Name ›Dr. Fortuyn‹ darunter würde allein wohl nicht genügen. Aber die Unterschrift des Herrn Direktors Dr. Fortuyn würde wirksam sein.«

»Direktor? Was sagen Sie da? Bin ich Direktor?« Fortuyn trat lachend einen Schritt zurück.

Wieder machte Wittebold seine komische Reverenz. »Noch nicht, Herr Doktor Fortuyn! Aber die Sonne wird wohl nicht untergehen, ehe Sie's sind.«

»Der Teufel! Was Sie da sagen!« fiel Fortuyn ihm fröhlich ins Wort. »Woher kommt denn Ihre Weisheit?«

»Nun - das pfeifen doch die Spatzen von den Dächern! Ich würde mich jedenfalls freuen, wenn es Ihre erste Amtshandlung sein sollte, dem Bürodiener Wittebold den besagten Ausweis zu unterschreiben.« -

Und es war so, wie Wittebold prophezeit hatte: In der noch am selben Morgen stattfindenden Direktionssitzung erfolgte Fortuyns Ernennung zum Direktor.

Während einer kleinen Pause nahm Kampendonk ihn beiseite und sagte: »Mein lieber Herr Doktor, wenn Sie nun Ihre Arbeiten wieder aufnehmen, möchte ich Sie bitten, doch mit Ihrem Material und demjenigen Ihrer Assistenten recht vorsichtig umzugehen. Alles, was nicht unmittelbar gebraucht wird, hat seinen Stand im Sicherheitsarchiv, zu dem außer dem Archivar Doktor Hempel nur Sie einen Schlüssel bekommen. Daß Sie wichtige Tagesergebnisse Ihrer Assistenten nach Dienstschluß ebenfalls in den Sicherheitsraum bringen, ist wohl selbstverständlich. Ich möchte Sie ferner auch bitten, jede häusliche Arbeit zu unterlassen. Sollten Sie in Ihrem Schaffensdrang, mein lieber Doktor« - der Geheimrat begleitete die Worte mit einer konziliannten Bewegung -, »auch außerhalb der Dienstzeit arbeiten wollen, so steht Ihnen dafür im Werk alles, auch das erforderliche Personal, jederzeit zur Verfügung.«

Hier fiel Fortuyn der Wunsch Wittebolds ein. »Dann wäre ich auch berechtigt, Herr Geheimrat, von Fall zu Fall entsprechende Ausweise auszustellen?«

»Gewiß! Auch darin haben Sie freie Hand. Ich werde Ihnen Blankoausweise gegenzeichnen.«

In diesem Augenblick trat Dr. Wolff ins Zimmer. »Bitte, meine Herren«, rief Kampendonk, »wir können jetzt fortfahren! Herr Doktor Wolff ist da ... Wollen Sie bitte berichten, Herr Doktor Wolff!«

Der räusperte sich ein paarmal, begann dann: »Ich war gestern in Leipzig, um dem letzten Verhör dieses Bernhard beizuwohnen. Zu meinem Erstaunen verlegte der sich plötzlich aufs Leugnen, nachdem er bisher alles, soweit es seine Person betraf, gestanden hatte. Ich hatte sofort das Gefühl, daß irgendein Manöver dahintersteckte, um eventuell die Untersuchung noch länger hinauszuziehen. Ich sage ›eventuell‹ – für den Fall nämlich, daß der Versuch, den Gefangenen an diesem Tage zu befreien, nicht glückte ... Leider, meine Herren, ist er geglückt! Als der Gefangene nach Beendigung der Vernehmung über den Korridor geführt wurde, fiel eine Frau in Krämpfen schreiend zu Boden. In dem Gedränge, in dem allgemeinen Tumult gelang es Bernhard, zweifellos mit tatkräftiger Unterstützung von Komplizen, zu entfliehen. Bis jetzt ist es noch nicht gelungen, seiner wieder habhaft zu werden.«

Die erregten Zwischenrufe, die dieser Mitteilung folgten, unterbrach Dr. Wolff, indem er weitersprach: »Doch dies ist nicht die einzige Hiobsbotschaft, die ich zu melden habe. In der Nacht von gestern auf heute ist auch die Adrienne L'Estoile, wie sie sich nennt, aus dem Gefängnislazarett entflohen. Wie man jetzt festgestellt hat, waren ihr im Untersuchungsgefängnis von außen her opiumhaltige Mittel zugesteckt worden, deren Genuß die Dame in einen gewissen Krankheitszustand versetzte, so daß sie ins Lazarett kam. Auf irgendeine Weise ist sie dort in den Besitz einer Schwesterntracht gekommen. In dieser Verkleidung konnte sie ungesehen verschwinden. Wahrscheinlich wird man von ihr nie wieder etwas hören. Denn die Polizei glaubt sicher zu sein, daß sie von einem Flugzeug, das zwischen Leipzig und Delitzsch auf freiem Felde landete, aufgenommen wurde. Diese Vorfälle sind überaus bedauerlich. Zeigen sie doch auch, wie stark der Rückhalt ist, auf den die Spione sich stützen können. Andere Spione, die das natürlich erfahren, sehen, wie fürsorglich man ihrer im Falle der Not gedenkt. In der Folge werden sie ihr Handwerk um so frecher treiben ... Das Entweichen dieser Adrienne L'Estoile ist besonders unangenehm. Lag es uns doch daran zu erfahren, woher die Gegenseite wußte, daß Herr Düsterloh gerade in der betreffenden Zeit die wichtigen Geschäftspapiere in seiner Privatwohnung in Leipzig hatte ...«

Eine Stimme rief den Namen »Lohmann!«

Wolff zuckte die Achseln. »Es ist möglich, vielleicht wahrscheinlich, daß Lohmann derjenige war, der der Gegenseite die günstige Gelegenheit verpfiff. Denn es ist natürlich mehr als auffällig, daß Herr Lohmann unmittelbar nach der Verhaftung der L'Estoile seine gute Position hier verlassen hat und niemals wieder ein Lebenszeichen von ihm nach Rieba gelangt ist.«

Kampendonk wollte die Sitzung schließen, da erhob sich Direktor Lindner und sagte: »Ich möchte darauf hinweisen, daß die Aktien der Rieba-Werke in der letzten Zeit in einer Weise gestiegen sind, die im Hinblick auf den allgemeinen Stand der Börsenpapiere als außerordentlich bezeichnet werden muß. Wäre es vielleicht möglich, eine Erklärung hierfür zu geben?«

Kampendonk strich sich lächelnd den weißen Bart. Sein Auge ging fragend über die Versammlung. Als sich niemand zu Wort meldete, wollte er selbst sprechen. Da wurde von ein paar Seiten der Name »Moran« gerufen.

Kampendonk schaute mit ironischem Lächeln in die Richtung, aus der diese Rufe laut geworden waren. »Wenn einige Herren meinen, die ... glücklichen ... Arbeiten des Herrn Doktor Moran gäben den Anlaß zu dieser Kurssteigerung, so dürften die Herren wohl in einem starken Irrtum sein. Diese unbekannten Käufer sind Leute, die auf lange Sicht arbeiten. Ich nehme viel eher an, daß die Kurssteigerungen auf Gerüchten basieren, die über Doktor Fortuyns Arbeiten umgehen. Sie wissen doch alle, daß man in Detroit einiges Material über diese Arbeiten hat, und man wird da vielleicht fester als anderswo« – Kampendonk betonte das Wort ›anderswo‹ – »an einen Erfolg glauben. Eine Gefahr droht uns aus diesen Käufen nicht. Selbst wenn die im freien Handel befindlichen Aktien sämtlich in einer Hand vereinigt wären, würde es nicht einmal zu einer qualifizierten Minderheit* langen. Wir können diesen Käufen ruhig zusehen.«

Die Versammlung wollte sich zerstreuen, da nahm der Geheimrat noch einmal das Wort: »Die Herren, die außer Herrn Doktor Fortuyn und mir an der Beisetzung unseres früheren Direktors Terlinden teilnehmen möchten, bitte ich, mir das noch im Laufe des Morgens mitteilen zu wollen.«

* * *

Selbst die größten Aktienkäufe könnten keine qualifizierte Minderheit zusammenbringen, hatte Kampendonk gesagt. Aber nur ein Zufall verhinderte es, daß Mr. James Headstone bei der nächsten Generalversammlung ein Paket Rieba-Aktien auf den Tisch des Hauses legen konnte, das eine solche Minderheit repräsentiert hätte.

Ungefähr zur selben Zeit, als Kampendonk jene beruhigenden Worte sprach, saßen James Headstone und Elias Brooker an der Côte d'Azur mit Dolly Farley zusammen.

Der lachende Himmel, die in herrlichem Sonnenschein liegende blaue Flut, das duftende, blühende Land um sie her - nichts von alledem vermochte ihre Augen zu fesseln. Mißmutig, verdrossen glitten ihre Blicke über die paradiesische Landschaft, als ob sie an einem wüsten Gestade säßen.

»Ich glaube, James, du wirst jetzt selbst einsehen, daß es keinen Zweck hat, länger hierzubleiben«, unterbrach Dollys scharfe Stimme die Stille. »Ich jedenfalls halte es hier nicht länger aus. Wir sitzen nun schon wochenlang an der gepriesenen Riviera. Riviera hin, Riviera her! Ich bin sehr enttäuscht. In Miami gefällt es mir weit besser

---

* Die heutige Fachbezeichnung ist ›Sperrminorität‹. Wer 25 % des Aktienkapitals + 1 Aktie besitzt, kann all die Beschlüsse der Hauptversammlung vereiteln, für die nach dem Aktiengesetz eine Dreiviertelmehrheit erforderlich ist.

als hier. Paris, Berlin - ja, das ließe ich mir noch gefallen. Aber dahin willst du ja nicht!«

»Ich dächte auch, Headstone«, kam Brooker ihr zu Hilfe, »wenn Sie selbst in Berlin gewesen wären, würden Sie diese Schlappe vermieden haben. Vielleicht fahren Sie doch noch hin und suchen zu retten, was zu retten ist?«

»Schlappe!« knurrte Headstone vor sich hin. »Etwas sehr euphemistisch* ausgedrückt, mein lieber Brooker! Ein schwerer Schlag, eine Niederlage ersten Ranges war das. Der verfluchte Japs! Weiß der Teufel, wie er es verstanden hat, diesen Büffel Düsterloh rumzukriegen!«

Brooker unterdrückte das Wort, das ihm auf der Zunge lag. Sprach dann, mit einem etwas bedenklichen Blick auf Headstones wütendes Gesicht, begütigend: »Das hätte man beim besten Willen auch nicht ahnen können, Headstone. Unser Bankier Holmgreen ist doch wahrhaftig ein gewiefter Geschäftsmann. Nach seinem Bericht - wie ihn dieser Düsterloh bei einem Versuch, ihm sein Aktienpaket abzukaufen, hat ablaufen lassen - konnte man doch bei Gott nicht annehmen, daß dieser ›Büffel‹, wie Sie ihn eben nannten, seine Rieba-Aktien plötzlich an Herrn Oboro veräußern würde.«

»Wüßte nicht, was ich in Berlin noch machen könnte«, brummte Headstone. »Oder glauben Sie etwa, dieser Herr Oboro ließe sich, selbst mit höchstem Aufgeld, das Düsterlohsche Aktienpaket abkaufen? Herr Oboro hat ein persönliches Vermögen von hunderttausend Dollar, wie ich aus sicherer Quelle weiß. Das Aktienpaket hat ihn, billig gerechnet, eine Million Dollar gekostet. Da steckt ein anderer dahinter. Wahrscheinlich seine Regierung.«

»Dann müßt ihr eben noch weiter am freien Markt kaufen!« fiel Dolly ein.

Headstone zuckte die Achseln. »Würde ein teurer Spaß werden, bei dem wahrscheinlich doch nichts raus-

---

* beschönigend

käme. Kann mir wenigstens nicht denken, daß wir durch Käufe am freien Markt die qualifizierte Minderheit bekommen.«

Brooker hatte seinen Notizblock gezogen und schrieb emsig Zahlen über Zahlen untereinander. Jetzt zog er einen Strich, addierte, sagte dann mit schwerem Seufzer: »Wir müssen kaufen, Headstone, und wenn die Kurse noch so sehr in die Höhe gehen! Erreichen wir auch nicht die qualifizierte Minderheit, so bekommen wir doch ein Paket zusammen, das uns die Macht gibt, den Herren in Rieba eine sehr unangenehme Opposition zu machen.«

Dolly Farley zuckte mit den Beinen, als hätte ihr jemand auf den Fuß getreten. »Oh, wir werden sehr teuer kaufen müssen! Sehr teuer!« stöhnte sie. »Ich begreife nicht, weshalb ihr nicht das tut, was ich immer wieder sagte: Bietet diesem Doktor Fortuyn doch die richtige Summe - und ihr werdet ihn haben! Sofort wären alle Schwierigkeiten aus der Welt geschafft.«

Headstone sah sie mit einem mitleidigen Lächeln an. »Alles kannst du kaufen, liebe Dolly« - in Gedanken setzte er hinzu: ›auch James Headstone‹ -, »aber diesen Fortuyn niemals!«

Dolly schüttelte den Kopf, als könne sie das nicht begreifen. »Sind denn diese Deutschen so schlechte Geschäftsleute?« sprach sie nach einer Weile.

»O nein, meine teuerste Miss Farley!« gab Brooker zur Antwort. »Die deutschen Kaufleute sind sogar sehr gute Businessmen. Aber ihre Gelehrten, ihre Wissenschaftler - je größer ihr Wissen, um so schlechtere Geschäftsleute sind sie. Nachdem Sie nun wissen, daß dieser Fortuyn ein first-class Scientist ist, werden Sie sich denken können, was für ein Geschäftsmann er ist!«

Dolly machte mit der Hand einige kreisförmige Bewegungen vor ihrer Stirn, womit sie ihre Meinung über Fortuyn ausdrücken wollte.

Headstone hatte während der letzten Worte nachdenklich vor sich hingestarrt. Als die anderen jetzt schwiegen, sah er auf, sagte: »Schön! Ich fahre nach Berlin!«

»Ah, gut, James!« Dollys Gesicht strahlte. »Berlin, die schönste Stadt Europas! Was kann man da alles sehen und ...« – ›erleben‹, hatte sie sagen wollen, verbesserte aber in: »... hören!« Im selben Augenblick huschte eine leichte Wolke über ihr Gesicht. Sie warf Headstone einen kurzen Blick zu, sprach etwas leiser: »Vergiß nicht, lieber James, daß ein gewisses Konto abgebucht ist!«

Der nickte freundlich. »Gewiß! Vergessen wir das nicht, meine liebe Dolly!«

Während sie aufstanden und sich zum Gehen anschickten, flogen seine Gedanken zu Juliette. Die war ja gar nicht in Berlin. War ganz woanders. Als ihm Boffin Juliettes Mission mitteilte, hatte er sofort dagegen protestiert. Doch Boffin hatte sich hinter seinem »Unmöglich« verschanzt. Unmöglich, ganz unmöglich sei es gewesen, eine andere Person für diesen Posten zu finden als Juliette. So hatte Headstone schließlich zugestimmt.

Während sie weitergingen, zog er eine Zeitung aus der Tasche und reichte sie Dolly Farley. »Bitte, liebe Dolly, lies hier den Kurszettel! Kautschukaktien sind wieder ein paar Punkte gefallen. Vorige Woche, als ich den Artikel im ›New York Herald‹ las, der sich mit der wissenschaftlichen Kontroverse zwischen diesen deutschen Professoren Bauer und Janzen befaßte, habe ich's dir ja gleich gesagt, daß Plantagenkautschuk fallen würde. Der heutige Kursstand ist sehr flau. Er liegt bei hundertdreißig, und du hast immer noch nicht verkauft. Willst du etwa warten, bis die Welt eines Tages von Rieba aus durch die Nachricht überrascht wird, daß das Fortuyn-Verfahren arbeitet?«

»Wenn die in Rieba wirklich bis zum letzten Augenblick dichthalten«, fiel Brooker ein, »wird die Welt ein Börsendesaster in Kautschukaktien erleben, wie es noch nicht da war.«

Dolly Farley faßte Headstone ängstlich am Arm. »Wirklich, James? So schlimm würde das werden?«

»Wenn ich wüßte, Dolly, daß das Fortuyn-Verfahren schon in nächster Zeit rauskommt, würde ich Plantagen à la baisse* spekulieren und bei einem Verkauf zu zwanzig noch ein gutes Geschäft machen!«

Dolly Farley sah Headstone mit offenem Munde an. »Unmöglich! Unmöglich! Der Kautschuk, den die Natur umsonst liefert, kann doch nicht einfach ganz wertlos werden!«

»Ganz wertlos natürlich nicht. Für die Länder, in denen der Gummibaum wächst, wird es sich immer noch lohnen, die Stämme anzuzapfen. Aber was will das heißen gegenüber dem Riesenverbrauch der anderen Länder? Ich sehe schon Umwälzungen an den Weltbörsen, wie sie noch nie da waren. Umwälzungen, die ein ganz neues Wirtschaftsleben einleiten.«

»Schweig still, James! Ich will nichts mehr hören! Verkaufe! Verkaufe so schnell wie möglich für mich!«

Headstone zog als formeller Geschäftsmann einen Block aus seiner Tasche, notierte den Auftrag und ließ ihn von Miss Dolly Farley unterschreiben.

* * *

In Fortuyns Laboratorium sah es ein wenig bunt aus. Der Raum war zwar derselbe geblieben, aber die Arbeitstische waren stärker besetzt. Fortuyn hatte sich am ersten Tag seiner Anwesenheit nicht viel um seine Assistenten kümmern können. Die Direktionssitzung, die Vorbereitungen für seine Reise nach Wiesbaden zur Beisetzung Terlindens hatten ihm nur wenig Zeit gelassen.

Tilly hatte nach einigen vergeblichen Bemühungen, Ruhe und Ordnung zu schaffen, den Kampf aufgegeben. Die neueingestellten Herren waren in fortwährender Unterhaltung mit den alten Mitarbeitern Fortuyns be-

* auf fallende Plantagenkurse

griffen. Die einzige Ausnahme machte Dr. Göhring, der sich mit verbissenem Eifer sofort an seine Arbeit setzte. Der Schlimmste war natürlich, wie immer, Dr. Wendt.

Fortuyn hatte ihm eine größere statistische Arbeit übertragen, doch Rudi dachte nicht im entferntesten daran, diese zweifellos sehr interessante Aufgabe anzufassen. Ein paarmal hatte Tilly ihn sehr energisch zur Ruhe bringen wollen, doch Rudi schlug alle ihre Mahnungen in den Wind. Mit seinen Schnurren und Witzen hielt er selbst die Willigen von der Arbeit ab. Als er gerade einmal an Tillys Tisch vorbeikam, hielt sie ihn ärgerlich fest. »Sie scheinen ganz zu vergessen, Herr Wendt, daß Herr Fortuyn morgen von Ihnen die Statistik erwartet!«

»Vergessen, teuerste Tilly? Warum soll ich das vergessen haben? Habe ja ganz deutlich gehört, wie Fortuyn sagte: ›Ich wünsche, daß Sie mir morgen die Arbeit übergeben!‹«

»Na ja!« fuhr Tilly ihn barsch an. »Da wird's aber Zeit, daß Sie anfangen!«

»Zeit? Ha! Massenhaft Zeit! In höchstens acht Stunden ist die Sache gemacht.«

»Was?« Tilly sah ihn entgeistert an. »Acht Stunden! Ja gucken Sie doch auf die Uhr, wie spät es ist!«

Rudi legte seine Hand beruhigend auf ihre Schulter. »Nur Ruhe, Ruhe, Tilly! Ruhe ist die erste Bürgerpflicht! Sie vergessen mal wieder ganz, daß es außer dem Tag noch die Nacht gibt. Morgen früh, das garantiere ich Ihnen, liegt die Statistik fertig in Fortuyns Zimmer.«

»Rudi, Rudi«, sagte Tilly mit leisem Stöhnen, »wann werden Sie mal vernünftig werden?«

»Haha!« lachte er laut heraus. »Hoffentlich so schnell noch nicht! ›Wir sind ja noch so jung – jung – jung!‹«, sang er in Gassenhauermelodie.

»Herr Doktor Wendt!« Die Stimme Wittebolds klang von der Eingangstür laut in den Raum. »Der Briefträger ist hier, mit einem eingeschriebenen Brief!«

»Au Backe! Au Backe! Tilly ... eingeschriebener Brief! Schon faul! Wenn Sie wüßten, liebe Tilly: Hab' vor nichts mehr Angst als vor eingeschriebenen Briefen ... Ach, du lieber Gott«, stöhnte er vor sich hin, »was wird das nun wieder sein?« Und markierte den gebrochenen Mann, während er unter dem Gelächter der anderen Assistenten zur Tür schlich.

Es dauerte eine ganze Weile, bis Rudi in das Laboratorium zurückkehrte. Seine Augen flogen zu Tillys Platz. Die war inzwischen in Fortuyns Zimmer verschwunden. Ohne sich um die scherzhaften Zurufe der Kollegen zu kümmern, ging er geradewegs dorthin und warf sich mit verdrossener Miene auf Fortuyns Schreibstuhl.

»Na, Rudi«, rief hinter seinem Rücken Tilly, die in einem Schrank kramte, »wieviel sollen Sie denn blechen? Langt ein halbes Monatsgehalt dafür?«

»Ach, Quatsch!«

»Wie meinten Sie, Herr Doktor Wendt? Quatsch? Kann mich gar nicht erinnern, daß ein Herr auf eine Frage von mir jemals gesagt hätte: Quatsch.«

»Doch Quatsch!« gab Rudi wütend zurück und schlug mit der Hand auf den Tisch. »Da - lesen Sie doch den Wisch! Bin überzeugt, daß Sie dann auch sagen: Quatsch!«

Tilly nahm den Brief und begann zu lesen.

»Ah - ein Brief Ihres Vaters!« Sie las weiter. »Aber das ist ja wundervoll, Rudi! Großartig! Gratuliere!«

»Was? Gratulieren? Ist das Ihr Ernst, Tilly?«

»Nun aber Punkt, Rudi! Statt vor Freude an die Decke zu springen, markieren Sie hier die gekränkte Leberwurst, weil Ihr Vater Sie gern nach Hause haben möchte, um Ihnen den Posten des ersten Chemikers in seiner Fabrik zu übertragen? Ihr Vater schreibt, sein erster Chemiker sei seit langem krank und würde kaum wieder arbeitsfähig werden. Er brauche unbedingt Ihre Hilfe. Und da wollen Sie kneifen?«

»Was heißt ›kneifen‹?« gab Rudi mißmutig zur Antwort. »Gekniffen hab' ich in meinem Leben noch nie.«

»Na ja! Also muß er jetzt mal ran an die Ramme, der feine Herr Rudi! Was mir das Spaß macht!«

»Sie haben's am allerwenigsten nötig, mich anzuflachsen, Tilly; denn Sie sind doch eigentlich an dem ganzen Malheur schuld. Sie haben mir damals die Geschichte mit den Moranschen Großversuchen angerührt. Der Direktor Merker, das alte Kamel, hat - als Studienfreund meines Vaters - ihm einen Mordsbrief geschrieben, als wär' ich die erste Kanone hier in Rieba, und jetzt haben wir den Salat... Aber« - Rudi setzte sich in Positur - »Sie könnten Ihre Schuld sühnen, mein teures Fräulein Gerland.«

»Na und wie?« gab Tilly lachend zurück.

»Sehr einfach! Sie übernehmen zu fünfzig Prozent meinen Posten.«

»Altes Faultier!« fuhr Tilly ihn an. »Das ist doch wirklich toll! Ich soll fünfzig Prozent Ihrer Arbeit übernehmen? Bedanke mich. Ihr Vater würde sich auch bedanken.«

»Das ist noch lange nicht raus, Tilly. Ich glaube sogar, der wär' hundefroh, wenn ich 'nen tüchtigen Partner mitbrächte.«

Bei seinen letzten Worten hatte sich Tilly zur Seite gewandt. »Ach seien Sie doch still, Rudi! Was reden Sie da für törichtes Zeug!«

»Törichtes Zeug, Tilly? Ich glaube, ich hab' nie in meinem Leben so überlegt und vernünftig geredet wie gerade jetzt.«

»Sie sollten doch wissen, Rudi, daß meine Arbeitsstätte hier in Rieba ist und nirgendwo anders.«

»Vorläufig - vergaßen Sie zu sagen, meine liebe Tilly. Und vorläufig denke ich auch noch gar nicht daran, den Riebaer Staub von meinen Füßen zu schütteln. Wenn Doktor Fortuyns Werk getan ist, dann will ich schon eher daran denken. Und dann, liebe Tilly, werden wir uns weiter unterhalten!«

* * *

»Na – noch mal gute Nacht, Luise! Denn wollen wir man gehn, Kollege Wittebold!«

Schappmann und Wittebold traten aus dem Haus und gingen zum Werk. Vor der Kantine blieben sie stehen. »Na, denn lassen Sie sich's man gut schmecken, Wittebold! Sie wollen einen Schoppen trinken, und ich mach' meinen Nachtdienst. Na ja – wird ooch vorübergehn ... un denn haben wir die Pinke!«

Während Schappmann die Treppe zum Hauptgebäude hinaufschritt, ging Wittebold in das Erdgeschoß, wo mehrere Kantinenräume lagen. Er nahm seinen Platz in der Nähe der Tür, die über einen kleinen Gang hinweg Sicht in das Angestelltencasino gewährte, und ließ sich ein Glas Bier geben.

›Was würde wohl der brave Schappmann sagen‹, dachte Wittebold, ›wenn er wüßte, daß sein solider Mieter in der letzten Zeit so häufig spät abends in die Kantine geht, um einen Schoppen zu trinken?‹

Als die Uhr elf schlug, rückte Wittebold seinen Stuhl so, daß er das Büfett des Casinos gut im Auge behalten konnte. Das Casino leerte sich; die Kellner räumten die Tische ab. Der Büfettier Meyer rechnete mit ihnen ab, verschloß dann Schränke und Türen.

Wittebold blieb sitzen, da die Kantine ja die ganze Nacht geöffnet war. Eine gute Viertelstunde mochte vergangen sein, da wurde die Tür des Casinos zum Zwischenflur geöffnet, und Meyer trat auf den Gang. Wittebold hörte, wie eine kleine Pforte aufging, die ins Freie führte.

»Endlich mal!« murmelte er vor sich hin, zahlte sein Bier und verließ die Kantine. Vor dem Fabriktor schlug er den Mantelkragen hoch und setzte die blaue Brille auf. Aus dem Futter seines Mantels zog er einen Spazierstock mit Gummifuß, an dem er wie ein gebrechlicher Invalide der Stadt zuhumpelte. Ungefähr fünfzig Meter vor ihm, auf dem anderen Trottoir, ging der Büfettier Meyer.

Als Wittebold um den Rathausplatz bog, zog er den

Kopf plötzlich noch tiefer in den Rockkragen. ›Verflucht noch mal – jetzt ist Essig!‹ dachte er bei sich.

Der Herr, der in diesem Augenblick dicht an ihm vorüberging, war Dr. Abt. Wittebold überlegte im Weiterhumpeln, ob er Meyer noch länger folgen sollte; denn wenn Abt mit Meyer was vorhatte, hätte er doch den Büfettier zweifellos im Vorbeigehen sehen müssen. Dann aber sagte er sich: ›Ist's nicht Doktor Abt, ist's vielleicht irgendein anderer, mit dem Meyer sich irgendwo treffen will. Also nur weiter!‹

Meyer war inzwischen in eine breite Seitenstraße eingebogen. Wittebold folgte ihm, indem er sich auch hier immer auf dem anderen Bürgersteig hielt. Die Straße war sehr schwach belebt. Soweit möglich, musterte Wittebold die Passanten.

Ein Herr, der eiligen Schrittes auf demselben Bürgersteig wie Meyer daherkam, fiel ihm auf. »Zum Donnerwetter – das ist ja noch mal Doktor Abt!«

Unwillkürlich beschleunigte auch Wittebold seine Schritte. Als Dr. Abt noch ungefähr zehn Meter hinter Meyer war, nahm er ein Paketchen, das er bisher in der Linken getragen hatte, in die Rechte. Obgleich das Trottoir reichlich breit war, ging Dr. Abt so dicht an Meyer vorbei, daß er ihn beim Überholen fast streifte. Eine Sekunde später sah Wittebold, daß das Paketchen aus Abts Hand verschwunden war, ohne daß der irgendeine Bewegung mit der Hand oder dem Arm gemacht hatte.

»Ah!« brummte Wittebold. »Ihre linke Manteltasche, mein lieber Meyer, ist ja plötzlich so dick geworden! Was gäbe ich drum, wenn ich wüßte, was dieses kleine Paketchen in Ihrer Tasche enthält!«

Er ließ den Zwischenraum zwischen Meyer und sich wieder größer werden und folgte ihm um den Häuserblock herum, bis Meyer wieder durch das Tor des Werkes trat. Der Büfettier hatte ja Tag und Nacht ungehinderten Zutritt, weil er bei seinem Bruder, dem Kantinenwirt, im Werk wohnte.

Wittebold zerbrach sich den Kopf, wie er es anstellen

könnte, von dem Inhalt des Paketes Kenntnis zu nehmen. Doch vergeblich. Er fand keinen Weg. –

Als er gegen Mittag des folgenden Tages an der Kantine vorbeikam, ging es ihm durch den Kopf: ›Na – das Paketchen wird ja schon längst unterwegs sein!‹

Doch dies war ein kleiner Irrtum. Hinter dem Bretterzaun, an dem Wittebold vorüberging, war der Büfettier Meyer gerade beschäftigt, einige Kisten als leere Emballagen* für die Firma Boffin in Berlin versandfertig zu machen. Eine kleine Kiste nagelte er mit besonderer Sorgfalt zu. Denn zwischen dem alten Packmaterial da drinnen befand sich auch das Paketchen, daß er Dr. Abt en passant** aus der Hand genommen hatte. In dem im üblichen Stil gehaltenen Frachtbrief der Sendung waren Zeichen und Nummern der Kisten einzeln aufgeführt. Der Punkt hinter der Nummer jener kleinen Kiste war etwas sehr groß geraten.

Als Boffin den Brief las, machte ihm jener mißratene Punkt anscheinend große Freude. Er fuhr selbst in seinem Auto zu dem Lagerraum und ließ sich die kleine Kiste aushändigen.

* * *

Als Schappmann sich an jenem vorhergehenden Abend von Wittebold getrennt hatte, traf er im Hauptgebäude den Kastellan*** Börner. »So, Börner, da bin ick! Nu stell mir mal deinen Harem vor!«

»Is eigentlich gar nich nötig, Schappmann. Kennst doch die olle Scheuergarde noch von früher her. Doch halt – nee! Eine Neue is da. Das heißt, aber nur als Vertretung. Nettes Mächen übrigens. Von mir aus könnt' se immer bleiben. Die olle Franzen is krank, und das Mächen, was se vertritt, das wohnt bei ihr. Ist Glasblä-

---

* dem Käufer in Rechnung gestellte Verpackungen (Kisten, Säcke, Fässer)

** im Vorübergehen

*** Pförtner, Hausmeister

serin bei Meister Kunze. Muß en ordentliches Mächen sind. Erst acht Stunden in der Glasbläserei, un denn noch sechs Stunden hier reinemachen – is doch allerhand for so'n junges Ding! Na, nu komm her! Ich werde dir mit den Schlüsseln Bescheid geben. Den Schlüssel zum Sicherheitsarchiv heb nur ja gut auf! Du mußt ihn jeden Morgen im Büro abgeben. Die anderen Schlüssel hast du unten in deiner Stube im Schrank. Und den Schlüssel zum Schrank mußt du natürlich auch abgeben.«

Langsam schritten sie durch die Korridore, wo überall Besen und Lappen lebhaft am Werke waren.

Vor einer der offenen Zimmertüren blieben sie stehen. Börner zeigte auf die arbeitende Frau darin. »Das is se! Anna Grätz heißt se!« Er rief sie an und deutete auf Schappmann. »Also, Fräuleinchen, das hier ist meine Vertretung, der Herr Schappmann. Wenn Se also 'nen Schlüssel brauchen, denn wenden Se sich an den!«

Das Mädchen richtete sich auf und sah einen Augenblick zu Schappmann hinüber. ›Wäre ein ganz hübsches Mächen, wenn sie bloß nich so schlampig wäre!‹ dachte Schappmann. ›Ihr Haar hat noch keinen Kamm gesehen heute morgen.‹

Eine Stunde später hatte Börner das Werk verlassen, und Schappmann war der alleinige Kommandant der Scheuergarde. –

Wochen waren vergangen. Die Vertretung Schappmanns neigte sich ihrem Ende entgegen. Ein paarmal schon hatte er die junge Scheuerfrau gefragt, ob denn nicht die alte Franzen bald wiederkomme. Doch die hatte immer nur gesagt, es sei noch gar nicht besser; es könne noch dauern.

»Na, Fräuleinchen«, hatte Schappmann gemeint, »wird Ihnen denn det nich doch zuviel auf die Dauer?«

»Ach ja!« hatte sie geseufzt. »Ich wollte gern, daß dies hier ein Ende hätte!« Dabei hatte sie ihre Hände betrachtet, die rot und verarbeitet aussahen. –

Auch Wittebold hatte vorübergehend für das Befinden der Frau Franz ein gewisses Interesse gehabt. Bei seiner Beobachtung des Büfettiers Meyer war er ihm einmal bis in das Haus gefolgt, in dem jene Frau Franz wohnte. Doch das, was er da in Erfahrung brachte, bot ihm keinen Anlaß zu irgendeinem Verdacht. Er hatte nur gehört, daß die Frau an einer sonderbaren Krankheit litt. Bald ging es ihr ganz gut, so daß der Arzt ihr Hoffnung machte; dann plötzlich war es wieder so schlecht, daß er vor einem Rätsel stand.

Als Wittebold eines Morgens etwas früher in seinen Dienst ging, traf er Schappmann, der sich gerade von den Frauen die Schlüssel aushändigen ließ.

»Wo is denn die Anna Grätz?« rief Schappmann.

»Die muß gleich kommen!« gab eine Frau zur Antwort. »Mach schnell, Anna!« rief sie in einen Korridor hinein, wo die Gesuchte eben die Fenster schloß. »Herr Schappmann lauert schon auf dich!«

Wittebold, der nicht länger warten wollte, ging zu seinem Gebäude, rief Schappmann im Weggehen noch zu: »Wenn Sie fertig sind, lieber Schappmann, kommen Sie doch mal zu mir rein!«

Als Schappmann in Wittebolds Zimmer kam, hatte der einen großen Stoß Akten vor sich, die er ordnen mußte.

»Na, wat soll ick denn, Kollege? Wieder mal helfen?«

»Ja, lieber Schappmann, helfen Sie mir doch bitte ein halbes Stündchen! Gibt heute wieder eine Mordsarbeit.«

»Hab' ick Ihnen ja gleich gesagt, Sie sollten sich nich auch noch die Abteilung von Doktor Moran aufschwätzen lassen. Sagte Ihnen gleich, det wird zuviel für eenen. Aber Sie wollten ja partout! Nu haben Se's!«

Wittebold gab keine Antwort, murmelte nur etwas Undeutliches in seinen Bart.

Als die Akten geordnet und Schappmann gegangen war, beeilte sich Wittebold, die Mappen in die verschiedenen Abteilungen zu bringen. Er wollte gerade zu Morans Abteilung hinaufsteigen, als ihm der Briefträger begegnete.

»Morgen, Herr Wittebold! Wollen Sie da zu Doktor Moran? Ja? Dann nehmen Sie doch seine Post mit rauf! – So, danke schön!«

Wittebold klemmte die Zeitungen und Briefe unter den Arm und ging zu Morans Zimmer. Der war noch nicht da. Er ließ die Post aus seinem Arm auf den Tisch rutschen und legte die Mappen daneben. Unwillkürlich warf er einen Blick auf die Briefe, die an Moran gerichtet waren.

Plötzlich wurde sein Blick starr. Er trat dicht an den Schreibtisch heran und beugte sich über einen der Briefe, die da durcheinanderlagen, wie sie gefallen waren. Er nahm den Brief auf, ging zum Fenster, las immer wieder die Anschrift: *Herrn Dr. Moran in Rieba.*

Diese Buchstaben – wie oft hatte er die charakteristischen Schriftzüge Headstones in Detroit gesehen! Headstone ... Was hatte der an Moran zu schreiben?

Der Brief in Wittebolds Hand begann leicht zu zittern. Sekundenlang schloß er die Augen. In jener Nacht, als er darüber gegrübelt hatte, ob Dr. Abt allein oder mit anderer Hilfe seine dunklen Geschäfte trieb – in dieser Nacht war doch vor seinem Auge unter anderem auch plötzlich die Gestalt Morans erschienen. Damals hatte er den Verdacht, so schnell er kam, gleich wieder verworfen.

Ohne sich seines Tuns recht bewußt zu sein, steckte er den Brief in die Tasche und eilte in sein Dienstzimmer. In fliegender Hast entzündete er einen Spirituskocher und stellte einen kleinen Kaffeekessel darauf. Ungeduldig wartete er, bis das Wasser zu sieden begann. Dann hielt er die Rückseite des Briefes in den ausströmenden Dampf, bis der Klebstoff des Umschlags erweicht war. Vorsichtig öffnete er die Klappe, zog mit zitternder Hand den Brief heraus, las den Briefkopf – die Unterschrift. Es war so, wie er geahnt: Der Brief war von Headstone – mit der Hand geschrieben und unterzeichnet.

Schnell überflog er den Inhalt, nahm ein Blatt und

schrieb den Text wortgetreu ab. Der Sinn der meisten Sätze war ihm unverständlich. Nur das eine ging klar aus den Zeilen hervor, daß Headstone Dr. Moran heute abend um neun Uhr im ›Kaiserhof‹ in Berlin zu einer Unterredung erwartete.

Wittebold tat den Brief in den Umschlag zurück und verschloß diesen wieder mit großer Sorgfalt. Eilte dann schnell zu Morans Büro. Möglich, daß der noch nicht da war und er den Brief wieder unter die anderen mischen konnte. Er atmete erleichtert auf, als er Morans Zimmer leer fand. Schleunigst schob er Headstones Schreiben unter die anderen Briefe und verließ den Raum.

In seinem Zimmer dann ließ ihn die ungeheure Erregung, die in ihm tobte, wie gelähmt auf einen Stuhl sinken. Wäre es möglich? Wäre das die Lösung des Rätsels? Moran der Dieb, der Spion? Moran in Headstones Diensten? ... In wildem Chaos wirbelten Wittebolds Gedanken durcheinander. Er saß ... saß, dachte, sann. Sein Begriffsvermögen drohte zu versagen.

Wie lange er so gesessen, wußte er nicht. Er fuhr erst auf, als die Glocke in seinem Zimmer schrillte.

Er eilte daraufhin in Morans Laboratorium, traf ihn neben Abts Arbeitstisch stehend. Moran gab ihm eine Mappe mit Unterschriften. Im Weitergehen hörte Wittebold noch, wie Moran sagte: »Wenn ich morgen etwas später kommen sollte, Herr Kollege, behalten Sie die Unterschriftsmappen bis gegen Mittag hier. Ich fahre heute kurz nach fünf nach Berlin.«

Als Wittebold an Fortuyns Laboratorium vorüberging, verlangsamte er seinen Schritt. Blieb einen Augenblick überlegend stehen. Dann ging er durch das Laboratorium zu Fortuyns Zimmer.

Der war in seinem Privatarbeitsraum an einer kleinen Maschine beschäftigt und sah erst auf, als Wittebold sagte: »Dürfte ich Sie um ein Darlehen von zweihundert Mark bitten, Herr Doktor?«

Verwunderung, Überraschung malten sich auf dessen Zügen. »Was haben Sie, Herr Wittebold? Was ist denn mit Ihnen? Sie sehen so verstört aus. Sie haben etwas vor. Was ist passiert?«

Wittebold schüttelte den Kopf. Sprach stockend, ausweichend: »Ich weiß nichts Bestimmtes, Herr Doktor. Ein Verdacht ... Wenn er wahr ist, vielleicht wäre dann alles, alles geklärt ... Ich will - ich darf noch nicht sprechen. Denn möglich wäre es doch, daß ich mich geirrt.«

Fortuyn ging in sein Büro und schrieb einen Scheck. Während er ihn Wittebold überreichte, blickte er prüfend in dessen Gesicht. Die starke Erregung, die er da sah, übertrug sich auch auf ihn. Es drängte ihn, Wittebold zu fragen, was er vorhabe. Mit Gewalt unterdrückte er das Verlangen, fragte nur: »Brauchen Sie Urlaub?«

»Nein. Ich möchte nur den Vieruhrzug nach Berlin noch erreichen. Spätestens morgen mittag bin ich wieder hier.«

Es dauerte lange, bis Fortuyn sein Gleichgewicht wiedergefunden hatte. Das sonderbare Wesen Wittebolds wollte ihm gar nicht aus dem Sinn gehen. Mit Mühe zwang er sich zu seiner Arbeit.

Die Mittagsstunde war herangekommen, da stellte er die Maschine aus. Auch hier gab's nun keinen Zweifel mehr. Aufatmend erhob er sich, ging in sein Büro, warf auf den Rand eines Schriftstücks ein paar Zahlen und schloß die Mappe.

Die Elektrosynthese des Kautschuks im Großverfahren nach Dr. Fortuyn stand in breiter Schrift auf dem Deckel. Er lehnte sich wuchtig in seinen Stuhl zurück. In seinen Augen leuchtete es von Sieges-, von Entdeckerfreude. Seine Rechte legte sich schwer auf die Mappe. Diese Blätter - sein Lebenswerk! Das Werk, an das sich für alle Welt, für alle Zeiten sein Name knüpfen würde.

Sein Auge glitt zu einem Stoß gleichaussehender Aktenstücke neben ihm: die Patentanmeldungen für alle Kulturstaaten der Erde. Morgen würden sie rausgehen. Morgen würde jener kleine Artikel in der Werkzeitung stehen, der, von der Weltpresse, von der größten Tageszeitung bis zum kleinsten Sonntagsblatt aufgegriffen, seinen Sieg über die ganze Erde hin verkünden mußte. Sieg ... Wer würde außer ein paar wenigen danach fragen, wie schwer dieser Sieg errungen war, wie lange er um ihn gekämpft hatte?

Als blutjunger Student saß er in einer Vorlesung über die Eigenschwingungen der Atome und Moleküle. Da hatte der Professor so beiläufig gesagt: »Hier, meine Herren, würden sich Möglichkeiten eröffnen, Chemie auf ganz neuen Wegen zu treiben: Wechselstrom-Elektrochemie, Hochfrequenz-Elektrosynthese. Ziele, die heute nur geahnt werden, würden sich damit erreichen lassen. Aber, meine Herren, diese Wege sind vorläufig nur in ihren allerersten Anfängen erkennbar. Schon nach wenigen Schritten verlieren sie sich in Gestrüpp, in Klüften und Wildnis. In Jahren erst, vielleicht Jahrzehnten, wird man diese Wege gangbar machen. Es sei denn, daß irgendeinem« – er blickte über die stattliche Hörerschar –, »vielleicht einem von Ihnen, ein göttlicher Funke die Erleuchtung früher bringt –!«

Die Worte des Professors waren im Geist des jungen Studenten haftengeblieben. Je weiter er in seinen Studien fortschritt, je tiefer er in seine Wissenschaft eindrang, desto mehr verwurzelte er mit dem Problem. Während der ersten Assistentenstellungen konnte er sich nur in seinen Mußestunden und theoretisch damit beschäftigen. Da kam er nach Rieba. Hier, wo es große wissenschaftliche Forschungslaboratorien gab, wagte er es eines Tages, dem Generaldirektor Kampendonk sein Problem zu unterbreiten. Der hatte es mit den Fachleuten im Direktorium besprochen. Obgleich Fortuyns Ideen bei denen nur wenig Anklang fanden, war Kampendonk auf Fortuyns Vorhaben eingegangen, hatte ihn erst mit kleineren, später mit größeren Mitteln an der Elektrosynthese des Kautschuks arbeiten lassen.

Harte Kampfjahre waren das gewesen. Zwar hatte sich allmählich die Zahl seiner Anhänger vermehrt; doch wirklich frei hatte er erst arbeiten können, nachdem Professor Janzen, sein hauptsächlichster Widersacher, Rieba verlassen hatte. Auch dann noch gab es immer wieder kritische Zeiten, doch Kampendonk persönlich hatte stets fest zu ihm gestanden; zuletzt, als eine starke Mehrheit im Direktorium das Engagement Morans durchdrückte.

Nur eins, was ihm schon die ganze letzte Zeit und auch jetzt noch die Freude an seinem Werk trübte: der Gedanke, daß feindliche Mächte ein dunkles Spiel trieben, ihn durch Entwendung seiner Entdeckungen um die Früchte seiner Arbeit zu betrügen suchten.

Fortuyns Gedanken gingen wieder zu Wittebold. Wo wollte der hin? Was hatte er vor? Wozu brauchte er die beträchtliche Summe für die kurze Zeit? Morgen wollte er wieder zurück sein ...

Noch grübelte Fortuyn darüber, als Kampendonk eintrat. Dessen erster Blick ging zu dem Stapel der Patentschriften. »Erledigt, Herr Doktor? Alles geprüft?«

»Ja, Herr Geheimrat. Die Patente können morgen früh rausgehen.«

»Gut, Herr Doktor! Mir wird ein Stein vom Herzen fallen, wenn ich die unterwegs weiß.«

»Sie sind doch sicher, Herr Geheimrat, daß der Mann, der die Abschriften der Patententwürfe gemacht hat, vollständig zuverlässig ist?«

»Seien Sie unbesorgt! Herr Doktor Knappe hat die Entwürfe in seinem Landhaus eigenhändig vervielfältigt. Niemand außer ihm und uns beiden weiß davon. Herr Doktor Knappe wird auch für die Versendung der Patente selber Sorge tragen.

Doch wie ist's nun mit der Konstanthaltung der Frequenz? Sie erinnern sich, daß die Frage gestern im Direktorium angeschnitten wurde. Ich muß gestehen, daß ich selber an diese Rückwirkung der fortschreitenden Synthese auf die Hochfrequenzmaschine nicht gedacht hatte.«

»Selbstverständlich, Herr Geheimrat, hatte ich die mögliche Rückwirkung der sich verändernden Dielektrizitätskonstante* des Gemisches auf die elektrische Maschinerie berücksichtigt und alle Vorkehrungen ins Auge gefaßt, um diese Schwankungen zu neutralisieren. Dazu stehen uns zwei Wege offen. Ich habe mir heut morgen das Vergnügen gemacht, den einen, der sich mit den vorhandenen Mitteln am leichtesten erproben ließ, durchzugehen. Wenn es Sie interessiert, Herr Geheimrat? Die Apparatur in meinem Arbeitsraum ist noch betriebsbereit. Der Versuch ist vollkommen gelungen. Ich habe zwar nie daran gezweifelt...« Er deutete mit leicht ironischem Lächeln auf die Patentschriften. »Wie hätte ich es sonst wagen können, Patente nehmen zu wollen? Aber um alle Zweifel hier im Werk zu beheben, machte ich mir, wie gesagt, das Vergnügen, den praktischen Versuch im kleinen zu unternehmen. Jeder Zweifler mag sich hier überzeugen.«

»Oh, das ist mir sehr angenehm zu hören, Herr Doktor. Denn bei den Riesensummen, die wir aufwenden müssen, um die Fabrikation einzuleiten, hätte es mich doch bedenklich gestimmt, wenn da in der Leitung des Werkes noch irgendwo das volle Vertrauen gefehlt hätte.

Ich bin übrigens neugierig, wie sich unsere ausländischen Konkurrenten, in erster Linie die Amerikaner, auf die Patentanmeldungen hin verhalten werden. Wie ich von Detroit erfuhr, befindet sich Mr. Headstone in Europa. Es wäre durchaus denkbar, daß wir in absehbarer Zeit etwas von ihm zu hören bekommen.«

* * *

Mr. Headstone führte zur selben Zeit von Berlin aus ein längeres Telephongespräch mit Rieba. Es mußte ihn aber wenig befriedigt haben; denn er warf schließlich

* Vermutlich schwebte Dominik die Elektrosynthese des Kautschuks als zwischen zwei Riesenplatten eines Kondensators stattfindend vor. Vereinfacht gesagt beschreibt die Dielektrizitätskonstante dabei die elektrischen Eigenschaften des Materials zwischen den Platten.

ärgerlich den Hörer auf die Gabel und verlangte ein neues Gespräch, diesmal mit Kurfürstendamm Nr. 77.

Nach dem Ton seiner Stimme zu schließen, konnte Morris Boffin nur froh sein, fünf Kilometer Luftlinie zwischen sich und James Headstone zu wissen. So brauchte er nur zu hören, nicht zu sehen. Und das war gut; denn das Gesicht von James Headstone war noch weniger liebenswürdig als seine Stimme.

Kaum hatte Boffin abgehängt, da schrillte das Telephon von neuem. Als Boffin die Stimme Morans erkannte, atmete er erleichtert auf. Gut, gut! Der würde gegen Abend zu ihm kommen. Sehr gut! Jetzt würde es endlich klappen. »Aha!« kicherte er schmunzelnd vor sich hin. »Danach, hoffe ich, dear Headstone, werden Sie einen anderen Ton in unserem Verkehr anschlagen!«

Als um neunzehn Uhr Boffins Büro geschlossen wurde, blieb er mit Miss Collins noch in seinem Privatkontor zusammen. Immer wieder ging sein Blick zur Uhr. »Kann's kaum erwarten, daß Moran kommt! Endlich, Gott sei Dank, ist's soweit! Paßt übrigens vorzüglich zu unserem Reiseplan. Wie's auch wird: Übermorgen früh fahren wir!«

»Was haben Sie wieder zu krächzen, alter Rabe?« fuhr Miss Collins ihn an. »Was heißt das: ›Wie's auch wird‹? Diesmal geht's sicher nicht schief!«

Endlich klang die Türglocke. Beide eilten hinaus. Es war Moran. –

Eine halbe Stunde waren sie schon in eifrigem Gespräch. Boffin saß mit hochrotem Kopf. Sein Klemmer, der, wie Miss Collins behauptete, aus den Anfängen der Optik stammte, wurde gröblichst mißhandelt. Bald saß er auf der Nase; bald rettete ihn nur ein schnelles Zugreifen vor jähem Sturz in die Tiefe; bald wurde er wie ein Dirigentenstab gehandhabt; bald rotierte er an der langen Schnur wie eine Feuerwerkssonne um Boffins Zeigefinger.

»Es müßte doch wirklich mit dem Teufel zugehn«, sagte Miss Collins, »wenn das nicht alles programmgemäß verliefe.« Mit großer Zungenfertigkeit fügte sie eine Serie von Cowboyflüchen aus Boffins Repertoire hinzu, um der Sache den richtigen Abschluß zu geben.

»Ich hätte aber doch lieber noch ein paar Wochen gewartet«, fiel Moran ein, »da sicher über kurz oder lang die Patentschriften fällig werden. Bis jetzt ist jedenfalls noch nichts in dieser Richtung geschehen. Ich habe mich darüber sehr eingehend nach allen Seiten erkundigt. Aber immerhin, die Sache ist zweifellos spruchreif.«

»Und warum haben Sie nicht noch länger gewartet?« fragte Boffin. »Auf ein paar Wochen weniger oder mehr wäre es doch am Ende nicht angekommen.«

Moran verzog das Gesicht zu einer Grimasse. »'s ist mir nicht mehr ganz geheuer in der letzten Zeit in Rieba. Weiß der Teufel ... Ob das die Aufregung macht? Hab' manchmal so den Eindruck, beobachtet zu werden. Auch Abt sagte mir noch gestern, er halte es nicht länger aus, er fühle sich in seiner Haut nicht mehr wohl. Na, ich weiß nicht so recht, wie ich's sagen soll. Mir scheint da irgendwas faul zu sein. Ich schlafe kaum noch. Ein paar Wochen länger hätte ich nicht mehr durchgehalten.«

Boffin starrte Moran betroffen an. »Meinen Sie etwa diesen verdammten Bürodiener?«

»Bürodiener? Was? Ja wen meinen Sie denn da?« kam es erschrocken aus Morans Mund.

»Na, den ... den ... wie heißt er gleich? Na, sagen Sie's doch, Collins!«

»Wittebold heißt der Mann, wie Herr Meyer sagte.«

»Wie? Was? Der Bürodiener Wittebold, der das Labor von Doktor Fortuyn und uns bedient? Der?« Morans Finger trommelten nervös auf der Tischplatte. »Mein Gott, nun sitzen Sie doch nicht so stumm da! Sagen Sie doch ein Wort! Was ist denn mit diesem Bürodiener?«

Boffin rutschte verlegen auf seinem Stuhl hin und her, warf Miss Collins einen vorwurfsvollen Blick zu. »Hab' ich's Ihnen nicht schon immer gesagt, wir müßten

Herrn Doktor Moran auf irgendeine Weise von dem in Kenntnis setzen, was Meyer uns sagte? Hab' ich's oder hab' ich's nicht?«

Miss Collins zuckte die eckigen Schultern. »Na – was hat denn Meyer groß gesagt, als er das letztemal hier war? Gewiß, er meint, der Bürodiener Wittebold wäre ihm manchmal zu so außergewöhnlicher Zeit begegnet. Wäre auch in Berlin gewesen, als er gerade hier war. Irgendwas Bestimmtes konnte er jedoch nicht sagen. Außerdem hatten wir Mücke und Wasmuth in Rieba Auftrag gegeben, den Kerl mal eine Zeitlang zu beobachten. Wenn Sie wollen, hole ich die Briefe von denen her. Die haben nichts Auffälliges gesehen und bemerkt.«

»Unangenehm!« Moran machte ein verdrießliches Gesicht. »Unangenehm, Mr. Boffin! Ich muß sagen, es war ein Fehler, daß Sie mir davon keine Mitteilung gemacht haben. Und wenn es der leiseste Verdacht gewesen wäre, Sie hätten mir davon Kenntnis geben müssen. Bedenken Sie doch, was alles auf dem Spiel steht!«

Er sprang auf und ging erregt im Zimmer auf und ab. Boffin wollte ein paar beruhigende Worte sprechen, doch Moran fuhr ihm barsch über den Mund. »Unerhört finde ich das, Mr. Boffin! Unglaublich! Durch Zufall, erst jetzt, gerade in diesem gefährlichen Augenblick, erfahre ich das. Geben Sie sofort Wasmuth und Mücke den Auftrag, diesen Menschen wieder unter schärfste Beobachtung zu nehmen! Wenn ich bedenke …« Er fuhr sich nervös durch die Haare. »Dieser Wittebold ist Bürodiener bei mir! Kann da natürlich eventuelle Beobachtungen – ich denke da an Abts und meine Post – sehr bequem und unauffällig anstellen. Es muß unbedingt irgend etwas geschehen! Selbst auf die Gefahr hin, daß alles nur ein falscher Verdacht ist. Ich habe sowieso schon den Kopf voll und muß nun auch noch sehen, wie ich diese unglaubliche Dummheit wieder einigermaßen reparieren kann!«

Boffin und seine Sekretärin gaben sich die größte

Mühe, ihn zu besänftigen. Meyer spreche manchmal allerlei unverdautes Zeug. Moran dürfe beruhigt sein: Mücke und Wasmuth würden auf jeden Fall auf ihrem Posten sein.

»Wie steht's mit den Pässen, Mr. Boffin?« fragte Moran.

Boffin gab der Collins einen Wink. Die öffnete den Schreibtisch und holte mehrere Pässe hervor.

Moran durchblätterte den, den sie ihm überreichte. »Nun, das scheint ja in Ordnung zu sein. Über Prag nach Triest - gut! Was sind denn das andere da für Pässe?«

»Diese beiden hier für Miss Collins und mich. Die sind natürlich regulär ausgestellt. Wir fahren direkt nach Paris. Ich übernehme, wie Sie ja wissen, den Posten von Monsieur Gérard und verwalte auch vorläufig die Berliner Stelle noch, bis ein neuer Leiter ernannt ist. Ich glaubte immer, Bosfeld würde es werden, aber man scheint in Detroit anders zu denken.

Die anderen Pässe« - er deutete auf ein Päckchen - »sind wie Ihrer auf Bestellung gearbeitet. Ich hoffe ja nicht, daß sie gebraucht werden. Aber für den Fall des Mißlingens müssen natürlich alle unmittelbar Beteiligten schleunigst verschwinden.«

»Es wird Zeit, Herr Doktor!« fiel die Collins ein. »Mr. Headstone wartet nicht gern.«

Mit kurzem Gruß verließ Moran das Büro und fuhr zum ›Kaiserhof‹. -

»Das hat lang gedauert!« brummte ein Herr vor sich hin, der während dieser Unterredung unauffällig auf der gegenüberliegenden Seite des Kurfürstendamms auf und ab gegangen war. Er sprang jetzt in ein vorüberfahrendes Taxi und gab ebenfalls den ›Kaiserhof‹ als Ziel an.

Als er durch die Drehtür des Hotels trat, waren Begrüßung und Verbeugung des Türhüters genau wie fünf Minuten zuvor, als Mr. Headstone durch dieselbe Tür geschritten war - obgleich doch zwischen dem

Beherrscher der ›United Chemical‹ und dem Bürodiener Wittebold ein nicht unerheblicher Unterschied bestand.

Aber in der Stunde, die Wittebold in Berlin für sich gehabt hatte, bevor er Herrn Dr. Moran am Anhalter Bahnhof abpaßte und ihm unbemerkt zum Kurfürstendamm folgte, waren in seinem Äußeren durchgreifende Veränderungen vor sich gegangen. Es war ein wohlsoignierter* älterer Herr mit tadellos gepflegtem Haar und Bart in einem gutsitzenden Sakkoanzug, einen hellen Sommerpaletot** über dem Arm, der in das Hotel trat. Die blaue Brille, die er draußen im hellen Sonnenschein zur Schonung der Augen getragen hatte, nahm er ab. Setzte sie aber, als ob ihn der Schein der Starklichtlampen störe, gleich wieder auf.

An der Tür des Hauptrestaurants blieb er einen Augenblick stehen, nahm die Brille noch einmal ab und putzte die Gläser. Dabei ließ er seinen Blick suchend über die Tische gleiten. »Pech!« murmelte er vor sich hin und setzte die Brille wieder auf. »Da ist schlecht rankommen.«

Headstone und Moran saßen mitten im Lokal, ganz frei nach allen Seiten. Trotz seines so stark veränderten Aussehens durfte Wittebold es nicht wagen, etwa an einem Tisch in ihrer Nähe Platz zu nehmen. Beide saßen sich gegenüber; beide kannten ihn. Einer hätte ihn sicher wiedererkannt. So blieb ihm nichts anderes übrig, als hinter einer Säule Platz zu suchen, wo er die beiden zwar beobachten konnte, aber von ihrer Unterhaltung kein Wort vernahm.

Das Gespräch zwischen Headstone und Moran, so interessant es auch für Wittebolds Ohr gewesen wäre, brachte keinerlei Bestätigung seines Verdachtes, daß etwa Headstone irgendwie um die finsteren Pläne wußte, die da in Rieba im Gange waren. Headstone gab Moran sogar seine Abneigung gegen irgendwelche

---

* soigniert: von gepflegter äußerer Erscheinung
** Paletot: Mantel

gewaltsamen Aktionen deutlich zu verstehen. Über das Gasattentat gegen Fortuyn äußerte er sich mit großer Entrüstung. Im weiteren drehte sich ihr Gespräch um ganz andere Dinge.

»Es ist schade, Herr Doktor, daß Sie nicht bestimmt zu sagen wissen, wann ungefähr Doktor Fortuyn mit seinen Arbeiten fertig wird. Das wäre doch für uns von großem Interesse. Denn wenn wir das wüßten, könnten wir doch wohl mit dem bereits in Detroit vorhandenen Material über die Elektrosynthese des Kautschuks in den Staaten einige Patente anmelden, die den späteren Patentanmeldungen Riebas Schwierigkeiten machen müßten. Selbstverständlich könnten wir ja schon jetzt Patente anmelden; aber je länger wir warten, desto valider* würden sie sein. Ich gäbe sonst was drum, wenn Sie in Erfahrung bringen könnten, ob und wann Rieba seine Patentschriften aufsetzt.«

Moran zuckte die Achseln. »Das kann in vier Monaten sein ... in vier Wochen sein ... in vier Tagen sein. Die Arbeiten Doktor Fortuyns werden seit jenem Attentat derartig geheimgehalten, daß man über ihren Stand nichts Bestimmtes sagen kann. Seine Methode ist übrigens unbedingt nachahmenswert. Er allein verarbeitet die Resultate seiner Mitarbeiter. Das ist zwar etwas zeitraubend, aber das Ergebnis bleibt unbedingt geheim. Wenn ich später wieder in Detroit bin, werde ich unsere dortigen Arbeiten in derselben Weise leiten.«

Headstone nickte. »Können Sie, Doktor! Möchte nur, daß Sie recht bald nach Detroit kämen! Die Sache ist ja von zu eminenter Bedeutung. Wenn ich so denke, wie die ahnungslose Welt die Augen aufreißen wird, sobald man den elektrosynthetischen Kautschuk hat! Allein die ungeheuren Ausnutzungsmöglichkeiten in der Bauwirtschaft! Straßen, Häuser würde man bauen damit. Unzählige Gebrauchsgegenstände entwickeln - Dinge, von denen man heute noch keine Ahnung hat.«

---

* rechtskräftiger; wirkungsvoller

Moran hatte sinnend vor sich hingestarrt. »Ich wäre auch froh, wenn ich bald von Rieba wegkönnte. Meine Stellung dort ist alles andere als angenehm. Muß da ausgerechnet so ein dummer Junge die Lücke in meinem so schön aufgezogenen Chemoverfahren entdecken. Gut, daß Fortuyn eine Menge Gegner in Rieba hat, die naturgemäß meine Freunde sind. Sonst wär's nicht zum Aushalten ... War ein langer, dornenreicher Pfad von Detroit über Wien nach Rieba ...«

»Gewiß - der Weg war lang, mein lieber Moran. Aber ich hatte ihn mir noch länger vorgestellt. Daß das alles so klappte mit Ihrer Niederlassung in Wien, Ihrer guten Aufnahme dort ... vor allem, daß dieser Professor Janzen ohne irgendwelche Beeinflussung von unserer Seite sich so für Sie engagierte, worauf dann Ihre Berufung nach Rieba erfolgte ... daß das alles so schnell klappen würde, hätte ich damals, als wir in Detroit den Plan schmiedeten, nicht geglaubt.« Headstone sah auf die Uhr. »Wenn Sie noch mit dem Nachtzug fahren wollen? Ich brauche Sie nicht mehr, Herr Doktor.«

Moran nickte, erhob sich. Beim Verabschieden sagte Headstone nochmals: »Denken Sie bitte immer daran, daß uns zur Zeit das Wichtigste ist, zu wissen, wann Rieba Patente nimmt.«

In früherer Zeit würde Moran wohl nicht den Nachtzug benutzt, sondern die Gelegenheit wahrgenommen haben, etwas in das Berliner Nachtleben einzutauchen. Doch heut war seine Stimmung nicht danach. Er nahm ein Taxi und fuhr zum Bahnhof. -

Wittebold benutzte denselben Zug. Nach der Ankunft in Rieba wartete er eine geraume Zeit, bis er annehmen konnte, daß Moran den Bahnhof verlassen hatte. Dann ging er auf die Sperre zu und schritt durch die Bahnhofshalle. Moran noch weiter zu folgen, hielt er für überflüssig. Und doch wäre es besser gewesen, wenn er ihm auf den Fersen geblieben wäre. Denn so passierte ihm etwas, was nicht ohne Folgen sein sollte.

Moran hatte keineswegs die Bahnhofshalle verlassen.

Er stand vor den ausgehängten Fahrplänen und notierte sich die besten Verbindungen von Rieba über Prag nach Triest. Gerade als Wittebold die Tür der Bahnhofshalle hinter sich zufallen ließ, drehte Moran sich um. Da fiel sein Blick auf Wittebold. Der hatte sich vor der Abfahrt des Zuges in Berlin wieder umgezogen, war in seiner alten, Moran wohlbekannten Kleidung.

»Verflucht!« zischte Moran vor sich hin. »Der Kerl war auch in Berlin! Ist mir gefolgt – ganz bestimmt! So muß es sein!«

Nervös lief er in der Halle des Bahnhofs hin und her. Was sollte er tun? In seiner Erregung benahm er sich wohl etwas auffällig. Er merkte, daß der Portier ihn verwundert ansah. Durch einen Seitenausgang der Halle trat er ins Freie. Hier schaute er sich vorsichtig nach allen Seiten um. Von Wittebold war nichts zu sehen. Auf Umwegen durch stille Nebenstraßen, sich immerfort scheu umblickend, erreichte er seine Wohnung.

Trotz der vorgerückten Stunde keine Möglichkeit, sich in solch aufgeregtem Zustand ins Bett zu legen. Seine Gedanken jagten sich. Tausend Möglichkeiten … erwogen … verworfen. Immer wieder klammerte er sich an die Hoffnung, daß der Zufall da stark im Spiel gewesen sei. Er wußte von dem Gemunkel, ein geheimer Detektiv sei von der Werkleitung angestellt … Wittebold dieser Detektiv? … Gewiß, es war möglich. Aber dann wären doch zum mindesten auch Dr. Wolff und Kampendonk im Bilde.

Mit Kampendonk war er gerade in den letzten Tagen öfters zusammengekommen. Dabei hatte der Geheimrat sich in seiner gewohnten freien, ruhigen Art gezeigt. Wäre dem irgendeine Verdächtigung seiner Person zu Ohren gekommen, er würde sich, wie Moran dessen gerades, offenes Wesen kannte, sicherlich nicht so harmlos mit ihm unterhalten haben. Immerhin: Diesen Wittebold leichtzunehmen, wäre falsch. Da mußte irgend etwas geschehen. Als der Morgen graute, hatte sich Moran seinen Plan gemacht. –

Auch Wittebold fand in dieser Nacht wenig Schlaf. Als er vom Bahnhof in die Hauptstraße von Rieba kam, war ihm Dr. Fortuyn begegnet. Der war mit ihm einige Schritte weiter in den Schatten eines Baumes getreten, hatte ein paar Worte mit ihm gewechselt.

Wittebold fühlte dabei sehr wohl, daß Fortuyn erwartete, irgend etwas von ihm zu hören. Doch er sagte ihm nichts von dem, was er in Berlin gesehen hatte. Daß Dr. Fortuyn zwei Tage verreisen wollte, war Wittebold nicht angenehm. Der wäre vielleicht geblieben, wenn er ihm sein Geheimnis preisgegeben hätte, aber das wollte Wittebold auf keinen Fall. –

Fortuyn bestieg den Zug, der nach Dresden ging. Im Laufe des Tages hatte er in der Bauabteilung eine mehrstündige Besprechung mit Kampendonk und den Herren des Baubüros gehabt. Kampendonk hätte Fortuyn gern einen längeren Urlaub gegönnt. Doch der brannte darauf, die vorbereitenden Arbeiten für die Aufnahme der Fabrikation selbst in die Wege zu leiten. Vor allem galt's ihm, die keramischen Teile der Apparatur und deren bestmögliche Formgebung mit den Fabrikanten selbst zu besprechen. Denn er war sich bewußt, daß gerade hierbei Theorie und Praxis sich schwer vereinigen ließen, daß es vieler Vorversuche bedurfte.

Als er am Nachmittag des nächsten Tages das Steinzeugwerk in Dresden verließ, war er nicht allzu befriedigt. Die Schwierigkeiten waren noch größer, als er geglaubt hatte. In Gedanken verlängerte er seine Anwesenheit schon um mehrere Tage.

Nachdem er eine Mahlzeit eingenommen hatte, ging er zur Brühlschen Terrasse, um hier im Genuß des wundervollen Rundblicks Erfrischung zu suchen. Doch er fand nicht die richtige Ruhe. Seine Gedanken weilten bald in der Dresdner Fabrik, bald in Rieba. Er stand auf, ging die Terrasse entlang. Da verhielt er plötzlich den Schritt: An die Brüstung der Terrasse gelehnt, stand Johanna Terlinden.

So groß war die gegenseitige Überraschung, daß sie

viele Herzschläge lang keine Worte finden konnten. Nur ihre Augen strahlten einander zu - sprachen von dem, was sie beide erfüllte. -

Eine Stunde schon waren sie die lange Promenade hin und her geschritten. Noch immer zitterte die Wiedersehensfreude in ihnen nach. Worüber sie gesprochen, was sie sich erzählt - keiner hätte es wohl sagen können, wenn ihn jemand danach gefragt hätte. Jeder der beiden war glücklich in dem Gefühl, den anderen zu haben, ihm sein Herz ausschütten zu dürfen.

Während der Beisetzungsfeier von Clemens Terlinden hatten sie nur wenige Worte wechseln können. Desto größer jetzt ihre Seligkeit über das unerwartete Zusammentreffen. So viel war in der Zwischenzeit passiert! Beide innerlich einsame Menschen, hatten sie nur jeder den anderen, der alles begriff und mitempfand. Johanna konnte sich nicht genugtun, zu fragen und immer wieder zu fragen nach Fortuyns Sieg. Alle Einzelheiten wollte sie wissen, alle seine Pläne für die Zukunft bis ins letzte hören. Und er sprach gern davon. Fühlte er doch, daß kein Mensch, auch Kampendonk nicht, seine Siegesfreude, sein Glück innerlich so mit ihm zu teilen vermochte wie Johanna.

Die Pläne für die Zukunft - in nüchternen, wohldurchdachten Sätzen hatte er sie Kampendonk dargelegt. Hier aber konnte er sein ganzes Ich frei verströmen lassen. Mit glühendem Eifer entwickelte er vor Johannas Blicken die Zauberbilder der märchenhaften Anlagen, die in Tag- und Nachtarbeit demnächst aus dem Erdboden wachsen, sich auftürmen würden.

Die Sonne ging unter. Noch immer weilten sie an dieser Glücksstätte. Die Nebel vom Strom krochen zu ihnen herauf. Johanna, in leichtem Sommerkleid, vermochte ein Frösteln nicht zu unterdrücken.

Ängstlich besorgt bot ihr Fortuyn seinen Überwurf. »Verzeih, du Liebe, Gute! Du mußt ja todmüde sein. Wie die Zeit verstrichen ist! Komm, Liebste, wir gehen zur Stadt!

Zwei Tage, hatte ich Kampendonk gesagt, würde ich hier in Dresden bleiben müssen. Ich belüge ihn nicht, wenn ich noch ein paar Tage zugebe. Denn bereits ehe ich dich traf, hatte ich eingesehen, daß die Zeit zu knapp bemessen war.«

»Wie? Was? Du bleibst länger hier? Und das hast du mir gar nicht gesagt? Ich glaubte, du wärest nur für diesen einen Tag hierhergekommen. Das ist ja herrlich! Ein paar Tage bleibst du hier? Wie freu' ich mich jetzt schon auf das morgige Wiedersehen!«

Als sie sich getrennt hatten, als sie schon weit auseinander waren, fiel es jedem ein, daß keiner ein Wort hatte fallenlassen über ihre Liebe – über ihrer Liebe Zukunft.

* * *

Wenn im Verlauf des nächsten Vormittags Wittebold im Hauptgebäude am Zimmer Dr. Wolffs vorbeikam, verlangsamte er jedesmal unwillkürlich seine Schritte. Immer wieder drängte es ihn, zu Wolff zu gehen und ihm alle seine Beobachtungen mitzuteilen.

Dieses ständige Auf-dem-Posten-Sein, Belauern, Bewachen, dieses zermürbende Grübeln in den schlaflosen Nächten, dieses Ahnen in seinem Unterbewußtsein, daß die Gegenseite etwas Schlimmes vorbereitete, die Angst, seine Kräfte könnten nicht ausreichen, um den Schlag zu parieren, etwas Fürchterliches könnte passieren … das alles hatte seine Nerven bis zur Erschöpfung beansprucht. Aber immer noch hatte er widerstanden, sich schwach gescholten. Allein, ganz allein wollte er den Kampf doch führen! Allein derjenige sein, der Headstone und seine Helfer schlug!

Als er nach der Mittagspause die Post in Morans Laboratorium brachte, fand er ihn an einem leeren Arbeitstisch beschäftigt. Beim Eintreten Wittebolds sah er auf und sagte: »Tragen Sie die Post in mein Zimmer und bringen Sie mir den Kleistertopf von dort hierher!«

Wittebold tat, wie ihm geheißen. Als er den Topf in

die Hand nahm, fand er ihn reichlich klebrig. Unwillkürlich griff er an andere Stellen des Topfes, aber auch die waren, wie es schien, stark beschmutzt. Er brachte Moran den Topf und wischte sich dann, die Hand in der Tasche, die Finger am Taschentuch ab.

Kaum war er draußen, als Moran aufstand und mit Dr. Abt in sein Privatzimmer ging, wobei er den Kleistertopf mitnahm. Er mußte wohl wissen, daß der sehr klebrig war, denn er faßte ihn ganz vorsichtig oben am Rand an. Dann arbeitete er eifrig zwei Stunden lang mit Dr. Abt in seinem Privatzimmer.

Als kurz vor Dienstschluß Wittebold wieder in Morans Abteilung kam, hielt der ihn an. »Tragen Sie bitte, wenn Sie nach Hause gehen, diese Akten in meine Wohnung und legen Sie sie auf den Schreibtisch! Ich kann sie nicht mitnehmen, da ich mit Doktor Abt einen längeren Spaziergang machen will.« –

Kaum war die Dunkelheit hereingebrochen, betrat ein Herr, der große Ähnlichkeit mit Dr. Abt hatte, das Haus, in dem Dr. Moran wohnte. Er schloß vorsichtig die Tür auf und ging über den Korridor in das Zimmer Dr. Morans. Hier öffnete er mittels eines anderen mitgebrachten Schlüssels den Schreibtisch, nahm ein Scheckbuch und einen wertvollen Ring heraus, brachte dann den übrigen Inhalt des Schreibtischkastens in ein wirres Durcheinander. Er ließ den Kasten halb offen und ging geräuschlos aus der Wohnung, ohne daß die Wirtschafterin Morans, die ihre Räume nach hintenheraus hatte, auch nur das Geringste gemerkt hätte.

Auf Umwegen ging der fremde Herr in das Stadtwäldchen, wo er an einer gewissen Stelle Moran traf. Dann schritten beide der Stadt zu. Als sie in den Schein der Straßenlaternen kamen, konnte man in Morans Begleiter jetzt unzweideutig Dr. Abt erkennen. Nur waren einige Kleinigkeiten in seinem Äußeren etwas anders als vorher. Die beiden schritten durch die Hauptstraßen der Stadt, wo sie mehrfach Bekannten begegneten, auf Morans Haus zu. Sie traten ein und stiegen die

Treppe hinauf. Moran klingelte ein paarmal stark, schloß dann aber selbst auf - gerade in dem Augenblick, als seine Wirtschafterin herbeigeeilt kam.

»Ach, entschuldigen Sie mein unnützes Klingeln, Frau Fehling! Ich glaubte, ich hätte meinen Schlüssel vergessen.«

Bei diesen Worten hatte Moran auch schon die Tür zu seinem Zimmer geöffnet. Im selben Augenblick stieß er einen Schrei der Überraschung aus.

Die Wirtschafterin und Dr. Abt eilten hinzu. Moran deutete auf den offenen Schreibtisch. »Hier sind Einbrecher am Werk gewesen!«

»Rufen Sie lieber sofort die Polizei an!« meinte Dr. Abt.

Die Wirtschafterin stand jammernd in dem Zimmer, wollte in den durchwühlten Kasten fassen. Da hielt Abt sie gewaltsam zurück. »Nichts anfassen, bevor die Polizei hiergewesen ist, Frau Fehling!«

Moran hatte inzwischen die Polizei angerufen. Nach kurzer Zeit erschienen zwei Kriminalbeamte. Der Doktor erzählte ihnen in kurzen Worten, daß er nach Dienstschluß mit Abt einen Spaziergang gemacht habe und eben erst nach Hause gekommen sei. Als er seine Zimmertür geöffnet habe, hätten er, Dr. Abt und die Wirtschafterin sofort den Einbruch bemerkt. Aber niemand habe den Schreibtisch berührt. Die Beamten möchten doch erst einmal nach eventuellen Fingerabdrücken suchen.

Der eine der beiden Beamten, der auf das Wort ›Einbruchsalarm‹ hin das nötige Gerät mitgebracht hatte, trat an den Schreibtisch heran und begann ihn unter Zuhilfenahme einer Lupe und einer sehr starken elektrischen Taschenlampe zu untersuchen. Sagte dann: »Nun, Fingerabdrücke gibt's hier genug. Fragt sich nur noch, wem sie gehören. Könnten auch Ihre sein, Herr Doktor. Wollen Sie bitte mal Ihren Daumen auf dies Papier hier drücken!«

Moran tat, wie ihm geheißen. Jetzt begann der Kriminalbeamte Morans Fingerabdruck mit den Abdrücken auf dem Schreibtisch zu vergleichen. »Allerdings - ein paar stimmen mit Ihrem Abdruck überein. Aber diese neuen, frischen sind anders. Wann haben Sie, Herr Doktor Moran, das Kästchen hier in dem Schreibtisch zuletzt in der Hand gehabt?«

»Seit Wochen nicht mehr.«

»Nun, dann wollen wir mal gleich sehen, wie's damit steht.« Der Beamte nahm das Kästchen vorsichtig heraus und prüfte es genau. Lachte vergnügt. »Hier auf dem weichen Lederbezug sind die Abdrücke tadellos zu erkennen.«

Bei diesen Worten hatte er das Kästchen geöffnet. Es war leer.

»Mein Ring!« rief Moran. »Mein schöner Ring ist fort!«

»Hm«, brummte der Polizeibeamte. »Wie sah denn der Ring aus?«

»Es war ein alter, glatter Goldring mit einem à jour* gefaßten Brillanten, daneben zwei Saphire.«

Der andere Beamte notierte alles, was Dr. Moran sagte, in sein Notizbuch. Dann nahmen die beiden die Wirtschafterin in ein Verhör. Doch die wußte gar nichts zu sagen. Kurz nach fünf habe der Bürodiener Wittebold Akten gebracht und in ihrem Beisein auf den Schreibtisch gelegt. Dann sei er wieder fortgegangen, und sie habe sich in die hinteren Räume begeben, sei gar nicht wieder nach vorne gekommen. Während der ganzen Zeit habe es nicht geklingelt, sei niemand anders gekommen.

»Hm!« Der Kriminalbeamte besah sich die Aktenmappe. Sie war aus genarbtem Rindsleder, in der Mitte etwas abgegriffen. Diese Stelle begann er jetzt mit Lampe und Lupe genau zu untersuchen. Fragte wie nebenbei: »Wie hieß dieser Bürodiener?«

---

* nur an den Kanten gefaßt, so daß der Boden des Edelsteins sichtbar bleibt

»Wittebold«, gab Moran zur Antwort.

»Und wie lange ist er im Werk?«

»Seit einem knappen Jahr.«

Jetzt sah der Kriminalbeamte Moran voll ins Gesicht. »Könnten Sie sich vorstellen, daß dieser Bürodiener Wittebold der Täter ist?«

Moran zuckte die Achseln. »Wie kommen Sie zu der Frage?«

»Nun – die Abdrücke an dieser Mappe stimmen vollkommen überein mit den Abdrücken auf dem Schreibtisch und dem Ringkästchen.«

»Ah! Das wäre allerdings ein starkes Stückchen!« sagte Moran entrüstet. »Ein schnöder Vertrauensbruch dieses Menschen, den ich immer für die ehrlichste Haut auf der Welt hielt!«

»Ja, Herr Doktor, man täuscht sich so manches Mal«, meinte der andere Beamte. »Bleibt natürlich nichts anderes übrig, als sich diesen Herrn Wittebold mal zu kaufen.«

»Wenn er inzwischen nicht Leine gezogen hat«, fiel der erste Beamte ein. Er ging zum Telephon und sprach mit dem Polizeibüro. »Wir gehen jetzt, Herr Doktor. Ich möchte Sie aber bitten, sich zur Verfügung zu halten, falls wir Sie noch im Laufe des Abends mit diesem Bürodiener konfrontieren müssen.«

Kaum waren die beiden gegangen und die Wirtschafterin aus dem Zimmer, da sagte Dr. Abt triumphierend: »So weit ist's gelungen! Den sind wir auf einige Zeit los!«

* * *

»Ein hartnäckiger Bursche!« sagte der Kommissar zu dem Protokollführer. »Hier gibt's doch wirklich nichts zu leugnen, Wittebold! Sind Sie denn ganz von Gott verlassen, daß Sie diesen erdrückenden Beweisen gegenüber überhaupt noch versuchen wollen, den Einbruch abzustreiten?«

Wittebold, müde der andauernden Fragen, schwieg.

Was sollte er auch sagen? Am Anfang des Verhörs hatte er immer wieder seine Unschuld beteuert. Der Kommissar hatte ihn ausgelacht.

Gewiß! Vom Standpunkt des Polizeibeamten aus war jedes Leugnen unsinnig. Wittebold wußte ja auch, daß ein Fingerabdruck ein untrügliches Kennzeichen des Verbrechers ist. Und man hatte ihm seine Fingerabdrücke an der Mappe und an dem Ringkästchen genau nachgewiesen.

»Ich will versuchen, ein Alibi zu erbringen ... muß mich da erst auf einiges besinnen. Im übrigen wiederhole ich Ihnen immer wieder, Herr Kommissar: Wäre Herr Doktor Fortuyn hier, würde ...«

Hier stockte Wittebold ... Ja, gewiß! Wäre Fortuyn hier, er würde für ihn eintreten ... Aber die Fingerabdrücke, dieses furchtbare, untrügliche Beweismittel? Würde Fortuyn demgegenüber nicht auch in Zweifel geraten? Die Blässe auf Wittebolds Gesicht vertiefte sich noch, als er dachte, daß auch Fortuyns Vertrauen in ihn erschüttert werden könnte.

»'s ist alles nutzlos, was Sie da reden, Wittebold! Ich kann Ihnen nur raten, ein offenes Geständnis abzulegen und vor allen Dingen zu sagen, wo Sie den Ring gelassen haben.«

Wittebold zuckte verzweifelt die Achseln. Er sah: Jedes Wort, das er sprach, war Verschwendung. Mißmutig wandte er sich zur Seite: »Ich sage Ihnen hiermit, daß ich von jetzt an auf keine Frage mehr antworten werde. Was ich Ihnen schon hundertmal versichert habe – daß ich unschuldig bin und irgendein Teufel mir da einen Streich gespielt hat –, das glauben Sie mir ja doch nicht.«

»Na ja, mein lieber Freund«, sagte der Kommissar ironisch. »Beruhigen Sie sich man! Sie werden schon mit der Zeit anderer Meinung werden. Vielleicht überlegen Sie sich das heute nacht? Morgen früh werde ich Sie mal besuchen.« Er gab dem diensttuenden Beamten einen Wink. Der führte Wittebold aus dem Zimmer einen Gang entlang, schloß eine Zelle auf, hieß ihn eintreten.

Aus der Ecke des halbdunklen Raumes scholl Wittebold ein kräftiges »Guten Abend!« entgegen. Er schaute dorthin, sah, daß da in der Ecke ein Mann auf einer Pritsche lag, der ihm grüßend die Hand entgegenstreckte. In dem unsicheren Gefühl, vielleicht längere Zeit mit diesem Zellengenossen zusammenbleiben zu müssen, überwand sich Wittebold, ging auf ihn zu und erwiderte seinen Händedruck.

Beim Schein der schwachen Lampe konnte er die Züge des Mannes nur undeutlich erkennen. Soviel er sah, war es ein noch ziemlich junger Mensch. Der überschüttete ihn mit einem Schwall von Fragen, auf die Wittebold kaum Antwort gab. Dabei zeigte er großes Interesse zu erfahren, weshalb der Neue ›verschütt‹ gegangen sei.

Als Wittebold immer wieder versicherte, er sei unschuldig verhaftet, wurde der andere schließlich ärgerlich.

»Denkst wohl, ich wär' so'n Achtgroschenjunge, der dich hier ausholen* soll? Zu so was gibt sich Franz Holl nicht her. Denk dir mal bloß, was die Polente von mir will! Ich soll da an einer Fassade hochgeklettert sein und in ein Fenster gewollt haben. Is natürlich Quatsch! An der Fassade war ich ja, als die beiden Schupos vorbeikamen; aber ich wollte noch 'ne Etage höher, wo die Zimmermädchen schlafen. Mit der Minna hatte ich mal auf 'nem Tanzvergnügen Bekanntschaft gemacht. Und weil ich sie lange nicht gesehn hatte, wollte ich sie mal wiedersehn ... Aber die glauben einem ja einfach gar nichts. Und die Minna – na weißte, treulos sind die Weiber ja alle. Das weiß die Menschheit, seitdem die Welt steht. Aber das hätte ich doch nicht gedacht, daß die Minna mich so gemein verleugnen täte. Hat gesagt, sie kennte mich nicht.«

---

* aushorchen, ausfragen

Wittebold hatte sich auf die Pritsche geworfen. Seine Nerven hielten nicht mehr. Er hörte kaum, daß der andere immerfort weitererzählte. Nur ein Gedanke in ihm: Ruhe finden! Ruhe! Ruhe!

Aber vergeblich war alles Bemühen um Schlaf. Dieser Streich, den man ihm gespielt... Von wem er kam, ahnte er. Man wollte ihn aus dem Wege räumen, unschädlich machen, bis...

Aber - hier sprang er, alle Müdigkeit vergessend, auf, durchmaß mit heftigen Schritten die enge Zelle - seine Gegner konnten doch unmöglich annehmen, daß er längere Zeit hier festgehalten würde! Denn irgendwie mußte es ihm doch gelingen, sich von dem Verdacht zu reinigen. Was sie also planten, mußte recht bald geschehen - womöglich gar schon heute nacht... Er rang verzweifelt die Hände.

»Se haben wohl vergessen, dir en Plümo* unterzulegen? Dir ist wohl die Pritsche zu hart?« scholl es ironisch aus der Ecke.

Wittebold gab keine Antwort. Ihm war zum Ersticken. Er rückte den Schemel unter das Fenster, stieg hinauf und riß den Flügel auf.

»Weiter geht's nich, Kollex! Da ist so'n schöner eiserner Vorhang draußen. Ich würde mich ja freuen, wenn du den auch aufkriegtest.«

Verzweifelt, wie er war, griff Wittebold an die Traljen** und rüttelte in ohnmächtiger Wut daran.

»Keene Sachbeschädigung, Kollex! Staatseigentum! Vergreif dich ja nich an den Dingern! Freut mich aber doch, daß du so 'ne große Sehnsucht hast, hier rauszukommen. Det möchten wohl alle... ich auch.« Bei seinen letzten Worten war Holl aufgestanden, trat zu Wittebold heran. In dem hellen Mondlicht konnte er dessen Züge wohl erkennen. Er schaute ihn lange durchdringend an. Sagte dann: »Ich glaube doch, du bist ehrlich.

---

* (verballhornt) Plumeau: dickeres, kleines Federbett

** Gitterstäbe

Das heißt, um keenen Irrtum aufkommen zu lassen: du bist keen Achtgroschenjunge.«

Wittebold sah ihn verständnislos an. »Ich weiß nicht, was Sie von mir wollen. Ich bin unschuldig verhaftet. Aber das ist es nicht allein. Heut nacht wird etwas passieren ... etwas Schlimmes! Ich ... ich muß es verhindern! Vielleicht ist's noch nicht geschehen ...« Er trat nah an Holl heran: »Sie wissen doch hier Bescheid. Wäre es möglich, daß ich den Wärter sprechen könnte, um ihm eine wichtige Nachricht zur Beförderung zu geben?«

»Nee, Kollex. Zu elektrischen Klingeln haben wir's hier noch nicht gebracht. Aber det könnte man ja jelegentlich anregen.«

Wittebold wandte sich verzweifelt zur Seite. Hätte er das doch nur vorhin bei seiner Vernehmung bedacht! Dr. Wolff würde, wenn er ihn hätte benachrichtigen lassen, sofort hergekommen sein. Er hätte ihn warnen können. Jetzt war es zu spät. Außer sich vor Verzweiflung schlug er sich vor die Stirn, starrte immer wieder zu dem Fenster empor.

»Nun mal keenen Schmonzes* mehr – nu wollen wir Tacheles reden, Kollex! Also: Daß du das ehrliche Bestreben hast, hier rauszukommen, sehe ich. Nu laß dir mal was sagen! Wenn du mit willst, ist's gut. Wenn du mich aber verpfeifst, kannst du später was erleben! – Also, nu komm mal schon her! Hier hab' ich 'ne prima Säge. Die eisernen Traljen schaffen wir damit in Null Komma nix. Ich hätte das auch schon längst gemacht, aber ich bin von Natur mal zu kurz geraten. Ich kann mich auf den Schemel stellen und mir die Arme ausrenken und komme doch nicht an die Traljen ran. Nu denke ich mir det so: Du nimmst mich auf die Schultern und kletterst auf den Schemel. Dann säge ich die Eisen durch, und die Sache ist erledigt.«

»Wieso erledigt? Wir sind hier im zweiten Stock. Wie wollen Sie da runter auf die Erde kommen?«

---

* Gerede, Geschwätz

Holl deutete auf die Betten. »Daraus mach' ich uns 'nen Strick, an dem die ganze Kollegenschaft runterrutschen kann; 'nen Hof und 'ne Mauer gibt's hier Gott sei Dank nich. Rieba is nich modern. Draußen, da is gleich die Straße. Na sag! Hast du Mumm? Ich übernehme jede Garantie.«

Wittebold befand sich in argem Konflikt. Flucht würde nach Geständnis aussehen. Aber schließlich: Er konnte sich ja am nächsten Tag wieder selbst stellen ... wenn ihn die Polizei inzwischen nicht sowieso wieder ergriffen hatte. Jetzt nur raus hier! Wenn möglich, denen noch das Spiel verderben!

Entschlossen streckte er Holl die Hand hin: »Ich bin bereit. Sie können auf mich zählen!«

Holl nickte befriedigt, schlug ein und holte aus dem Futter seiner Jacke eine feine Stahlsäge hervor. »So! Nu ran ans Geschäft!« Er ließ sich von Wittebold auf die Schultern nehmen. Dann stieg der mit ihm auf den Schemel.

Das Durchsägen ging nun keineswegs so in Null Komma nix, wie Holl behauptet hatte. Es dauerte geraume Zeit, bevor er die vier Stäbe durchgesägt hatte; und es währte noch eine ganze Weile, ehe er das Gitter so weit beiseite gedrückt hatte, daß ein Mensch durchkriechen konnte. Danach ließ sich Holl wieder zu Boden gleiten und machte sich daran, das Bettzeug zu zerschneiden und einen Strick daraus zu verfertigen.

Wittebold verging fast vor Ungeduld. Das nahm alles viel mehr Zeit in Anspruch, als er gedacht hatte. Inzwischen konnte schon wer weiß was passiert sein. Unruhig lief er in der Zelle auf und ab ... Ja was war es denn, was passieren konnte? Was hatten denn seine Gegner vor, wenn sie ihn jetzt unschädlich machten? Was sollte er tun, wenn er wirklich mit Holl aus dem Gefängnis entwichen war?

Zum Werk laufen? Wohin denn da? Das Werk war groß ... Zu Fortuyns Laboratorium mußte er! Kein anderes Ziel! Das Material dort – die fortwährenden

Diebstähle bewiesen es ja –, das mußte die begehrte Beute der Gegner sein … Aber dies Material war ja nachts im Sicherheitsraum. Es blieb nichts Wichtiges draußen …

Was sollte aus ihm werden, wenn alles umsonst war? Wenn er in das Werk kam und nichts sich ereignete? Würde ihm dann noch ein Mensch glauben, er sei ausgebrochen, um Schaden für das Werk zu verhüten? Keiner! Weder Fortuyn noch Fräulein Gerland noch Schappmann würden ihm glauben …

Aus seinen Zweifeln riß ihn die Stimme Holls. »So – det wär' gemacht! Jetzt los! Ich werde natürlich der erste sein, denn die jute Idee stammt von mir. Also, du nimmst mir's nicht übel, wenn ick jetzt den Strick da oben anbinde und verdufte. Du bist lang genug, alleene da raufzukommen. Helfen kann ich dir weiter nich. Mach's man so wie ich, denn wird's schon klappen!«

Er ließ sich von Wittebold hochheben, zwängte sich durch die verbogenen Traljen und verschwand … Ein leiser Pfiff von der Straße her: Es war gelungen!

Jetzt war die Reihe an Wittebold. Er schwang sich zum Fenster empor und sah eben noch, wie Holl um die Ecke verschwand. Da ergriff er entschlossen den Strick, ließ sich daran in die Tiefe gleiten.

In wilder Hast raste er die Straße entlang zum Werk. Der Ausweis Fortuyns war ihm natürlich mit seinen anderen Sachen von der Polizei abgenommen worden. Aber es mußte eben so gehen. Irgendwie würde er schon reinkommen.

Glücklicherweise war es ein bekannter Portier, der gerade Dienst tat. Wittebold eilte an ihm vorüber. Der Portier machte zwar eine Handbewegung, als wollte er ihn anhalten; aber als Wittebold weitereilte, ließ er's bleiben.

Wittebold lief zum Laboratoriumsgebäude und schrak zusammen. Alles dunkel!?

So schnell es bei dem mangelnden Licht ging, tappte er die Treppe empor. Als er um die Korridorecke bog, stand dort Schappmann mit einer Kerze in der Hand und untersuchte die elektrischen Sicherungen. Bei Wittebolds Anblick ließ er vor Schreck fast den Leuchter fallen.

»Wittebold! Mensch, wo kommen Sie her?«

»Unwichtig! Sagen Sie mir schnell, was hier los ist!«

Noch immer starrte Schappmann Wittebold entgeistert an. »Sie sind doch verhaftet, Kollege! Sind Sie denn freigelassen?«

Statt Schappmann gab eine der Scheuerfrauen Wittebold die Antwort: »Is gar nischt weiter los, Herr Wittebold. Hier is 'ne Sicherung kaputt, un Herr Schappmann hat sich 'ne neue beim Portier geholt un will se gerade reinschrauben.«

»Geben Sie her, Schappmann! Ich kann das schneller und besser machen!« Bei diesen Worten hatte Wittebold Schappmann die Sicherung aus der Hand genommen und drehte sie in die Fassung. Das Licht flammte wieder auf.

Schappmann, wieder einigermaßen gefaßt, hieß die Scheuerfrauen an ihre Arbeit gehen, wandte sich dann zu Wittebold. »Nu sagen Se doch endlich mal, Kollege – mir is ein Schreck in die Glieder gefahren, wie Sie da so auf eenmal vor mir stehn –: Was is denn passiert? Warum kommen Sie denn mitten in der Nacht hierher – un wie sehn Sie denn aus? Sie haben ja so große Löcher in Ihrem Rock!«

Wittebold schüttelte abweisend den Kopf. »Lassen Sie mich, Schappmann! Ich muß erst Gewißheit haben, daß ...«

Noch während er sprach, hatte Wittebold sich umgewandt und eilte den Korridor entlang. Als er in den Seitengang einbog, an dessen Ende das Sicherheitsarchiv lag, trat ihm die Scheuerfrau Grätz in den Weg, fragte: »Wer sind Sie denn? Was wollen Sie hier?«

Beim Klang der Stimme blieb Wittebold wie angewurzelt stehen. Bog sich zur Seite, um unter dem Kopftuch das Gesicht der Frau zu sehen. Prallte im selben Augenblick entsetzt zurück. »Juliette! ... Du!?«

Fast im gleichen Moment schrie auch sie laut auf: »Wilhelm! O Gott – ich bin verloren!«

»Verloren? ... Du?« Mit einem raschen Sprung stand Wittebold vor ihr, packte sie am Arm, schüttelte sie. »Was heißt ›verloren‹? Treibst du ein unehrliches Spiel? Wie kommst du hierher?«

Juliette schlug die Hände vors Gesicht, taumelte gegen die Wand. Aller Mut, alle Kräfte schienen sie verlassen zu haben. Dies unverhoffte Wiedersehen mit ihrem Mann in diesem Augenblick hatte sie so schwer erschüttert, daß sie keine Worte fand, sich zu rechtfertigen - sich herauszulügen ...

Da erlosch plötzlich das Licht von neuem. Instinktiv wandte sich Wittebold dem Sicherheitsarchiv zu. Kaum hatte er ein paar Schritte gemacht, als eine Taschenlampe aufflammte. Gleichzeitig erhielt er einen schweren Schlag auf den Kopf, der ihn zu Boden warf ...

Auf die Schreie Wittebolds und Juliettes hin war Schappmann, so schnell es seine alten Beine erlaubten, Wittebold nachgeeilt. Sah noch, wie der mit drohend erhobener Hand vor der weinenden Anna Grätz stand. Dann ging wieder das Licht aus.

Was danach geschah, darüber konnte er sich nie richtig klarwerden. Er sah noch, wie eine Taschenlampe aufblitzte, sah Wittebold fallen, wollte rufen, da wurde er plötzlich zu Boden geschleudert. Über ihn weg stürmten mehrere Männer ...

Sekundenlang lag Wittebold bewußtlos. Wie nach schwerem Traum kehrte ihm die Besinnung zurück. Er taumelte empor. Durch ein Flurfenster fiel vom Fabrikhof her ein schwacher Schein. Dadurch konnte er die Richtung zum Sicherheitsarchiv erkennen. Noch schwach unter der Nachwirkung des Schlages, tastete er sich die Wand entlang in das Archiv. Mit unsicheren Händen suchte er die Alarmvorrichtung. Endlich hatte er sie gefunden. Im Augenblick schrillten die Glocken aller Meldeapparate. Dann sank er von neuem bewußtlos zu Boden.

* * *

Kampendonk stand Wolff gegenüber, schüttelte nur immer wieder den Kopf. Was Wolff da berichtete, kam ihm so unglaublich, so unfaßbar vor, daß er immer wieder Fragen stellte, Erklärungen verlangte. Doch die vermochte Wolff nur unvollkommen zu geben. Das ganze Drum und Dran dieser Ereignisse war auch ihm vollständig unklar.

»Das Rätselhafteste«, sagte Wolff, »ist und bleibt das Verhalten dieses Bürodieners Wittebold. Der Mann ist wegen Einbruchs in die Wohnung Doktor Morans gestern abend von der Polizei verhaftet worden. In der Nacht erscheint er plötzlich im Werk. Die Polizei wußte noch gar nichts davon, daß er ausgebrochen war ... Was wollte er hier? Nach seinem Einbruch bei Moran sollte man annehmen, er wäre ein Komplize der gestrigen Einbrecher ... Das scheint aber nicht so zu sein.«

»Wo befindet er sich denn jetzt?« fragte Kampendonk.

»Ich habe ihn in das Werklazarett schaffen lassen. Der Arzt hat eine Gehirnerschütterung festgestellt, die durch einen starken Schlag mit einem stumpfen Gegenstand hervorgerufen wurde. Bis jetzt ist er noch nicht zur Besinnung gekommen.«

»Ja – wer hat denn dann die Alarmvorrichtung in Tätigkeit gesetzt?« wollte Kampendonk wissen.

Wolff ließ ratlos die Arme sinken. »Als er gefunden wurde, lag er unmittelbar neben dem Alarmhebel.«

Nachdenklich stand Kampendonk da. »Merkwürdiger Mensch, dieser Wittebold! Was ... was sind das für rätselhafte Gegensätze bei dem Mann: Dort wird er wegen Einbruchs verhaftet – hier verhindert er einen Einbruch!«

Wolff machte ein zweifelndes Gesicht. »Vielleicht ist er doch ein Komplize gewesen, dessen man sich entledigen wollte.«

Kampendonk schüttelte den Kopf. »Das will mir nicht eingehen. Fragen Sie doch mal gleich im Lazarett an, wie es mit ihm steht! Der Mann interessiert mich sehr.«

Wolff ging zum Apparat, fragte. Nickte dem Geheimrat zu. »Der Arzt sagt, der Patient sei vor kurzem wieder zum Bewußtsein gekommen. Das Sprechen scheine ihm aber sehr schwerzufallen. Er verlange nur immer wieder Doktor Fortuyn.«

»Hm! Merkwürdig … Gerade Doktor Fortuyn?«

»Doktor Fortuyn ist in Dresden«, warf Wolff ein.

»Spielt keine Rolle. Melden Sie sofort ein Ferngespräch nach Dresden an! Das geht ja um diese Stunde schnell. Doktor Fortuyn möchte sofort zurückkommen. Der wird Augen machen!«

»Und wird sich sicher freuen, daß nichts gestohlen worden ist«, sagte Wolff. »Die Verbrecher wurden gerade im rechten Augenblick gestört. Einer von ihnen muß über große Sachkenntnisse verfügen. Was sie da alles aus den Schränken herausgeholt und schon zu einem Bündel vereinigt hatten, waren gerade die wichtigsten Schriftstücke. Darunter auch die Patentschriften.«

»Mein Gott, ja!« fiel Kampendonk ein. »Die Patentschriften! Wenn die den Verbrechern in die Hände gefallen wären … nicht auszudenken! Heute, wo man jedes Schriftstück mit Bildfunk in kürzester Zeit an das andere Ende der Welt übermitteln kann!« –

Gegen Mittag stand Fortuyn an Wittebolds Lager. Der begrüßte ihn mit einem stillen, frohen Lächeln. Bedeutete ihm, sich zu ihm herunterzubeugen.

»… Doktor Moran … Abt … Franz Meyer … verhaften! Sie sind's –!«

Fortuyn prallte zurück. »Herr Wittebold, Sie sprechen im Fieber! Schweigen Sie lieber! Das Sprechen regt Sie auf, strengt Sie an.«

Wittebold schüttelte den Kopf. »… verhaften … alle drei … schnell – schnell!« Als Fortuyn immer noch zögerte, warf sich Wittebold stöhnend zur Seite. »Wolff! … Wolff soll kommen!«

Fortuyn sah, wie Wittebold sich quälte. Um ihn zu beruhigen – er redete ja zweifellos im Fieber –, holte er Dr. Wolff herein, der ihn zum Lazarett begleitet hatte und draußen wartete. Wolff trat an Wittebolds Bett und beugte sich teilnehmend über ihn.

Mit Mühe bewegte der die blutleeren Lippen. »Schnell verhaften! ... Moran ... Abt ... Franz Meyer!«

Wolff warf einen erstaunten Seitenblick zu Fortuyn, der bedrückt den Kopf schüttelte.

Da hob Wittebold die Hand, deutete auf sich, flüsterte: »Ich ... Eichenblatt -!«

Mit einem Ruck fuhr Wolff auf. »Eichenblatt?« Seine Augen gingen von Wittebold zu Fortuyn.

Der nickte. Sagte, als Wolff ihn sprachlos ansah: »Es ist wahr - er ist der Schreiber der Eichenblattbriefe!«

Kaum hatte Fortuyn geendet, stürmte Wolff aus dem Zimmer. Eilte, so schnell seine Füße ihn trugen, in das Laboratoriumsgebäude. Atemlos trat er in Morans Abteilung. »Wo sind Doktor Moran und Doktor Abt?« fragte er, noch außer Atem.

Die Assistenten zuckten die Achseln. »Die beiden Herren sind heute noch nicht hiergewesen.«

»Ah! So hat er doch recht gehabt!« Ohne den erstaunten Assistenten eine Erklärung zu geben, stürmte Wolff hinaus und raste zum Polizeiamt.

* * *

»Gut, daß Sie da sind, Herr Doktor Fortuyn!« Mit diesen Worten streckte ihm der Geheimrat erfreut die Hand entgegen. »Sie wissen ja wohl schon alles, was heut nacht passiert ist, von Doktor Wolff. Es ist ein Gotteswunder, daß nichts gestohlen wurde. Wenn ich denke, mit welchem Raffinement, mit welchen Gewaltmitteln die Gegenseite arbeitet, da möchte man doch wirklich allen Glauben an die Menschheit verlieren.

Nun bitte ich mir aber mal eine genaue Auskunft über diesen sonderbaren Bürodiener, den Wittebold, aus. Sie sind ja, nach allem, was ich höre, genauer mit ihm bekannt. Doch zuvor will ich Ihnen noch sagen, daß ich selbst mit dem Kriminalkommissar gesprochen habe. Er hat mir versichert, die Fingerabdrücke in der Wohnung Morans seien zweifelsfrei mit denen von Wittebold identisch. Daß dieses Kennzeichen untrüglich ist, steht ja unweigerlich fest.«

»Sie gestatten, Herr Geheimrat - ich bin da anderer Meinung. Daß Wittebold einen Einbruch bei Doktor Moran verübt hat, ist gänzlich ausgeschlossen. Wie seine Fingerabdrücke dorthin kommen, weiß ich allerdings nicht. Zweifellos ein Schurkenstreich von Moran und Genossen, um den Feind auf die einfachste Weise aus dem Weg zu räumen. Damit Ihnen meine Erklärung glaubhafter erscheint, muß ich Ihnen - es hat keinen Zweck mehr, das Wittebold versprochene Schweigen zu bewahren - muß ich Ihnen die ganze Geschichte dieses Mannes erzählen.«

Und dann gab Fortuyn dem Geheimrat einen Bericht über Wittebold, bei dem er an Worten nicht sparte.

Als Fortuyn geendet hatte, saß Kampendonk lange in nachdenklichem Schweigen. »Allerdings ein außergewöhnliches Schicksal!« sprach er dann stockend. »Das klingt ja beinahe romanhaft. Aber immerhin« - er wandte sich mit frohem Gesicht Fortuyn zu -, »der Mann macht mir Freude. Hat er doch sein Vergehen - ist ja damals leider öfters passiert - reichlich wiedergutgemacht! Und er muß nach dem, was er geleistet hat, ein durchaus tüchtiger Mensch sein. Das Werk ist ihm zu großem Dank verpflichtet. Wir werden selbstverständlich auf beste Weise seine Zukunft sicherstellen müssen.«

»Darüber habe ich schon lange nachgedacht, Herr Geheimrat, und werde mir erlauben, Ihnen zu gegebener Zeit Vorschläge zu machen. Denn neben dem Werk bin ich ihm ja auch persönlich zu größtem Dank verpflichtet. War er doch damals wahrscheinlich mein Lebensretter!«

Der Privatsekretär meldete Dr. Wolff. Der folgte gern Kampendonks Wink, sich zu setzen. Erschöpft lehnte er sich in den Stuhl zurück. Seit den ersten Morgenstunden war er unaufhörlich auf den Beinen gewesen, hatte alles versucht, um der Verbrecher habhaft zu werden.

Mit niedergeschlagener Miene gab er jetzt seinen Bericht. Die Gesuchten waren mit falschen Pässen entwischt. Bis Prag war ihre Spur verfolgt worden. Dort waren sie mit einem Flugzeug weitergereist. Wohin, war unbekannt.

»Die Haussuchungen sind auch gänzlich resultatlos verlaufen«, berichtete er weiter. »Das einzig Wichtige ist das hier.« Bei diesen Worten zog Wolff ein kleines Zinkklischee aus der Tasche und legte es vor sich hin. »Jetzt wissen wir wenigstens, wie die Fingerabdrücke Wittebolds an Morans Schreibtisch gekommen sind: Man hat sich einen Fingerabdruck von ihm verschafft, auf die Zinkplatte photographiert und einen Gummidäumling danach gemacht.«

Fortuyn nickte Kampendonk befriedigt zu. »Ich ahnte es ja, Herr Geheimrat.«

»Übrigens ist auch die Scheuerfrau Anna Grätz seit heute morgen verschwunden«, fuhr Wolff fort. »Auf ihr Konto kommt sicherlich der größte Teil der Vorbereitungen für diesen Einbruch. Sie ist in anderer Richtung entflohen. Vorläufig fehlt jede Spur von ihr.«

* * *

Eine Woche später fuhr Wittebold, einigermaßen wiederhergestellt, nach Berlin. Die Polizei hatte einen Mann verhaftet, der verdächtig war, an dem Riebaer Einbruch mitgewirkt zu haben.

Als Wittebold in das Vernehmungszimmer kam, wurde ihm bedeutet, daß er leider vergeblich gekommen sei. Der Verhaftete sei soeben entlassen worden, da sich sein Alibi als stichhaltig erwiesen habe.

Während Wittebold dem Ausgang des Gebäudes zuschritt, kam ihm der Gedanke, zum Einwohnermeldeamt zu gehen, um festzustellen, ob Juliette vielleicht ihren Wohnsitz in Berlin hatte oder gehabt hatte. Es gab zwar keinerlei Anhaltspunkte, daß Juliette schon längere Zeit in Deutschland, speziell in Berlin, war; aber da er sich nun einmal hier befand, wollte er den Versuch riskieren. Es kam ja nicht weiter darauf an.

Mehr als an all die anderen, die mit dem Einbruch zu tun hatten, dachte er an Juliette. An Juliette, seine Frau, die sie ja immer noch war. Wie kam sie nach Deutschland? Damals, als er von Amerika fortfuhr, war sie doch noch die Freundin Headstones. Wie hatte sich ihr Verhältnis so gestalten können, daß sie jetzt hier in Deutschland in Headstones Interesse niedrige Dienste bedenklichster Art verrichtete? Hatte vielleicht ihr brutaler Freund ihr eines Tages den Laufpaß gegeben? Hatten Hunger und Not sie zu solcher Betätigung gezwungen?

Obgleich er innerlich längst fertig mit ihr war, regte sich Mitleid in ihm. Vielleicht, daß er ihr helfen könnte, wenn er sie ausfindig machte. Gewiß, eine Rückkehr zu ihm war gänzlich ausgeschlossen. Aber trotz all der furchtbaren Enttäuschungen, die ihm die Ehe mit Juliette gebracht hatte, waren doch immer noch einige Spuren alter Zuneigung in seinem Herzen geblieben. Wenn er ihr irgendwie helfen könnte – gern würde er's tun.

Als der Beamte ihm den Auskunftszettel überreichte: *Frau Dr. Hartlaub. Graner Straße 37, zwei Treppen rechts, bei Frau Major Werner*, schwankte er einen Augenblick, ob er sich freuen oder erschrecken sollte. Er wußte, die Graner Straße lag im besseren Westen. Juliette konnte es, danach zu schließen, nicht gerade schlechtgehen. Unruhig, mit wechselnden Gedanken fuhr er dorthin.

* * *

»Tag, Waldemar! Menschenskind, du hast ja noch gar nicht gepackt!? Liegst hier auf dem Diwan und tust, als wenn nichts passiert wäre! Bist du denn komplett verrückt? Ich hab' dir doch vorhin telephonisch mitgeteilt, daß in Boffins Wohnung Haussuchung gehalten wird.«

Waldemar blieb ruhig liegen und blinzelte Juliette nur von der Seite an. »Mach doch keine Geschichten,

Juliette! Was soll uns passieren? Boffin geht mich gar nix an.«

»Du bist ein Gemütsmensch, Waldemar. Möglich, daß man deinen Namen in seinen Papieren nicht findet. Aber denk doch an mich!«

Waldemar machte eine ablehnende Handbewegung. »Die mögen bei Boffin drei Tage und drei Nächte suchen! Der Fuchs ist ihnen doch zu schlau. Da werden sie nichts finden. Von dir nichts und von mir erst recht nichts.«

Juliette stampfte wütend mit dem Fuß auf. »So was von Phlegma ist mir doch in meinem Leben nicht vorgekommen! Meinethalben mach, was du willst! Ich habe gepackt, fahre jetzt nach Hause – und los geht's. Vorläufig sieht mich Deutschland nicht wieder!« Sie wandte sich zur Tür, als ob sie gehen wollte.

Da hielt es Waldemar doch für angebracht, sich zu erheben. Er legte den Arm um sie und sah ihr ins Gesicht. »Wirklich, Juliette, das wolltest du? Wolltest von mir gehen, mich allein lassen?«

Sie wandte sich zur Seite. Diese Augen … die zwingenden Augen dieses Menschen … War es denn ganz unmöglich für sie, sich deren Macht zu entziehen? Mit einem gequälten Lächeln sah sie zu ihm auf. »Waldemar, ich bitte dich, komm! Denk weniger an dich als an mich! Wenn sie mich fassen …« Sie schauerte in seinen Armen ängstlich zusammen. »Entsetzlich! … Diese fürchterlichen Strafen! Ich denke immer noch mit Grauen an Rieba, wo ich unter so gräßlichen Verhältnissen die vielen Wochen arbeitete. Nie im Leben werde ich diese Zeit vergessen. Gefängnis … Zuchthaus stünde mir jahrelang bevor. Noch viel schlimmer als Rieba würde das sein. Kannst du nicht begreifen, daß ich vor Angst vergehe? Komm mit, Waldemar! Komm!« Sie hängte sich weinend an seinen Hals.

»Juliette, du regst dich zwar unnötig auf – aber so mag's denn sein! Ich werde schnell packen. Wir treffen uns in zwei Stunden am Potsdamer Bahnhof.« –

Wittebold stand im Flur des Hauses Graner Straße 37. *Frau verw. Major Werner, zwei Treppen rechts*, las er an einer Tafel. Schon eine ziemliche Zeit lang hatte er dort gestanden, überlegt. Sollte er hinaufgehen? Die Straße, das Haus machten einen so vornehmen Eindruck. Wie kam Juliette hierher? War sie vielleicht hier in Stellung gewesen?

Er sann darüber nach, ob er sich bei dem Portier nach Juliette erkundigen sollte, da ging die Haustür auf. Als er sich umdrehte, stand Juliette vor ihm. Kaum hatte sie ihn erkannt, überzog Leichenblässe ihr Gesicht. Erschrocken wandte sie sich zur Tür zurück, wie um zu fliehen.

»Hab keine Angst, Juliette! Ich will nichts Böses. Möchte dich nur um eine kurze Unterredung bitten – wenn du es willst.«

Sie atmete ein paarmal tief auf, trat näher an ihn heran. »Komm bitte mit nach oben in meine Wohnung!«

Sie stiegen die Treppen hinauf. Jeder glaubte, der andere müsse das Klopfen seines Herzens hören. In der zweiten Etage öffnete Juliette die Korridortür, ließ Wittebold eintreten, führte ihn in ein Zimmer. Verwirrt schaute er sich um. Der Raum war überaus elegant eingerichtet. Hier wohnte Juliette?

»Bitte, Wilhelm!« Sie deutete auf einen Sessel. »Nimm Platz! Entschuldige mich einen Augenblick!«

Sie verschwand in dem anstoßenden Schlafzimmer. Hier brach ihre künstliche Fassung zusammen. Sie ließ sich auf einen Diwan fallen und vergrub das Gesicht in den Händen. Ihr ganzer Körper bebte in wilder Erregung. Jedem anderen wäre sie unbewegt gegenübergetreten. Aber Wilhelm, ihrem Mann –? Da versagte alle Selbstbeherrschung und Kaltblütigkeit.

Endlich raffte sie sich zusammen. Sie griff auf das Tischchen neben sich. Mit zitternder Hand mischte sie sich ein Pulver in ein Glas Wasser, stürzte es hinunter. Nach einigen Augenblicken erhob sie sich, ging zum Toilettentisch, wusch sich mit einer erfrischenden Essenz Gesicht und Hände.

Währenddessen saß Wittebold in dem anderen Zimmer, suchte vergeblich eine Erklärung dieses Rätsels um Juliette zu finden. Wie reimte sich das alles zusammen? Das Leben in dieser vornehmen Wohnung – das Leben als Glasbläserin und Scheuerfrau in Rieba ...

Da kam Juliette zurück. Seine Verwunderung, sein Staunen mochte sie wohl in seinem Gesicht lesen. Sie nickte ihm mit einem schwachen Lächeln zu. »Ich kann mir wohl denken, Wilhelm, über was du so vergeblich sinnst. Anna Grätz – Juliette Hartlaub ... das paßt doch schlecht zusammen?«

Sie schöpfte ein paarmal Atem. Der verzweifelte Entschluß, zu dem sie sich drüben durchgerungen ... wie schwer fiel es doch, das alles dem Mann zu sagen, dem sie angetraut war, dessen Namen sie noch trug!

Endlich begann sie zu sprechen. »Ich werde dir volle Aufklärung geben. Selbst auf die Gefahr hin, daß du zur Polizei gehst und mich verhaften läßt.«

Und dann erzählte sie ihm rückhaltlos, ohne etwas zu beschönigen oder zu verschweigen, alles, was sie erlebt seit jener Stunde, da sie ihn dort drüben in Hoboken* verlassen hatte ...

Als sie geendet, saß Wittebold lange Zeit stumm. Diese Frau ... jetzt erst waren ihm Wesen und Charakter Juliettes völlig klargeworden. Juliette und er ... wohl selten hatte es ein ungleicheres Paar gegeben. Unmöglich der Gedanke, eine solche Frau in den kleinbürgerlichen Verhältnissen eines untergeordneten Angestellten heimisch zu machen. Eine Frau, deren Sinn vor allem darauf gerichtet war, alle Reize des Daseins in unaufhörlichem Genuß zu schlürfen. Eine Frau, deren abenteuerliches Blut immer wieder darauf drängte, sich in wildbewegtem Leben zu verströmen ...

---

* gegenüber dem südlichen Manhattan liegendes Hafengebiet von New Jersey

In zitternder Erwartung, mit weit geöffneten Augen schaute Juliette ihn an. Jetzt mußte er in maßlosem Zorn aufspringen, sie mit Vorwürfen, Schmähungen überschütten...

Doch er blieb stumm, blickte nur trübe vor sich hin. Sprach dann leise: »Das also bist du?... Wie hab' ich mich in dir geirrt! Jetzt kann ich dich endlich verstehen. Und weil ich dich so ganz verstehe, kann, muß ich dir auch verzeihen...«

»Wilhelm!« Juliette war aufgesprungen. »Wie sprichst du zu mir? Deine Worte... voll Liebe und Güte... das Herz zerreißen sie mir! Du mich verstehen? Du mir verzeihen?... Nein - unmöglich! Das kannst, darfst du nicht! Treulos war ich. Schlecht hab' ich an dir gehandelt... Hättest du mich beschimpft, geschlagen - ich hätte es ertragen. Aber diese Worte von dir? Keine schlimmere Strafe hättest du finden können. Nimm zurück, was du sagtest... von Verstehen und Verzeihen! Ich bin's nicht wert. Geh zur Polizei! Zeig mich an! Gefängnis, Zuchthaus - nichts ist zuviel für das, was ich dir angetan habe...«

Wittebold war aufgestanden, legte den Arm um sie. »Sprich nicht so, Juliette! Keiner, der dich so kennt wie ich jetzt, kann dich verdammen... Dein Blut ist dein Schicksal. Das muß sich vollenden, wie die dunklen Mächte in dir es wollen. Zu spät sehe ich's ein. Wir hätten nie zusammenkommen dürfen... Wenn ich jetzt gehe, für immer, scheide ich ohne Groll von dir. Nichts anderes soll mir in Erinnerung bleiben als die Tage unseres kurzen, schönen Glücks.«

»Wilhelm!« Juliette entriß sich seinem Arm, warf sich aufschluchzend in den Sessel. »Zuviel! Zuviel! Schweig! Deine Güte martert, tötet mich!«

Halb bewußtlos in ihrer Qual, fühlte sie kaum, wie ein Mund ihre Stirn streifte. Als sie wieder zu sich kam, war das Zimmer leer.

* * *

Ein schicksalsreicher Tag für Wittebold. Nach Rieba zurückgekehrt, fand er eine Vorladung zu Geheimrat Kampendonk.

Als er dessen Zimmer später verließ, ging seine Hand immer wieder zu der Tasche, in der die Bestellung des Dr. Wilhelm Hartlaub als Betriebsleiter bei den Gorla-Werken steckte, einer schlesischen Tochtergesellschaft der Rieba-Werke. Diese neue, so glückliche Wende in seinem Leben! Sein Herz strömte über von Freude, Stolz. Wenn er morgen hier fortging, war der Bürodiener Wittebold für immer vergessen, verschwunden. Er durfte sich wieder mit Ehren Hartlaub nennen.

Die vielen Bekannten, Freunde, die er sich in Rieba erworben hatte - keinem konnte, durfte er sich offenbaren. Mußte stumm das übergroße Glücksgefühl in sich tragen, durfte keinen an seiner Freude teilnehmen lassen. Der einzige - Dr. Fortuyn - war verreist. Wittebold kam gerade an dessen Laboratorium vorüber, trat hinein. Sein Blick fiel auf Tilly. Fast hätte er sich vor die Stirn geschlagen - wie konnte er die vergessen?

Tilly lächelte ihm freundlich zu. Ging dann, als ob sie ahnte, was er wollte, in Fortuyns Privatzimmer. Als sie allein waren, reichte ihm Tilly in freudiger Bewegung die Hand. »Gratuliere, Herr Doktor Hartlaub! Hörte schon vor ein paar Tagen so etwas läuten, als Doktor Fortuyn sich verabschiedete.«

Und wie sie so sprachen, und wie er immer stärker merkte, mit welch tiefem Mitgefühl sie stets an seinem Schicksal teilgenommen hatte, da drängte es ihn, sie auch das Letzte wissen zu lassen. Ihr anzuvertrauen, was er geglaubt hatte, für immer als tiefstes Geheimnis bewahren zu müssen. In höchster Spannung, klopfenden Herzens hörte Tilly von dem weiteren Leben Juliettes, und wie das Schicksal ihre beiden Lebenswege hier in so wunderbarer Weise zusammengeführt hatte.

Als Wittebold gegangen war, saß Tilly noch lange still da. Ihre Gedanken kamen nicht los von dem sonderbaren Geschick dieser beiden außergewöhnlichen Menschen.

Dr. Rudolf Wendt, der mit einem Brief in der Hand in das Zimmer trat, schaute sie verwundert an. »Was machen Sie denn für ein Gesicht, Tilly? Sehn ja aus, als wenn Ihnen die ganze Petersilie verhagelt wäre!«

»Ach, lassen Sie diese Redensarten, Herr Doktor Wendt!«

»Hoho, Tilly! So kratzbürstig? Kleine Laus über die Leber gelaufen? Wittebold kam eben hier raus. Was wollte denn der alte Knabe?«

Tilly fuhr auf. »Lassen Sie den Mann! Hinter dem steckt mehr als hinter Ihnen!«

»Nanu? Nu schlägt's fünfundzwanzig! Hoheit scheinen schlecht geschlafen zu haben. Werde warten, bis die Wolken von Euer Durchlaucht Stirn verschwunden sind.«

Dabei machte er eine so komische Reverenz, daß Tilly trotz ihrer ernsten Stimmung ein Lächeln nicht unterdrücken konnte. »Werden Sie denn niemals Vernunft annehmen, Rudi? Allmählich werden Sie doch zu alt für den ewigen Spaßmacher.«

»Spaßmacher sagen Sie, Tilly? Galgenhumor ist's! Hab' wieder mal einen Schreibebrief von meinem alten Herrn gekriegt. Jetzt ist der auch noch krank geworden. Soll jetzt unbedingt einen Punkt hinter meine Riebaer Tätigkeit machen. Unser Oberchemide zu Hause ist, wie Sie ja wissen, schon seit einiger Zeit außer Betrieb.«

»Allerdings ein niederschmetternder Gedanke für Freund Rudi, nun endlich seine Zelte in Rieba abbrechen zu müssen«, sagte Tilly lachend. Setzte dann hinzu: »Aber das kommt doch nicht so überraschend. Sie hätten sich schon längst mit dem Gedanken vertraut machen müssen!«

»Hab' ich auch. Und die Arbeit soll mir auch nicht zuviel werden. Ich bin nur der Meinung, das Leben besteht nicht aus Arbeit allein. Das Herz will doch auch was haben. Und wenn ich denke, ich soll da ganz allein in unserem Riesenhaus sitzen - meine Eltern wollen in ein Bad -, dann packt mich die Angst. Übrigens ...« Er zog aus seiner Tasche eine Photographie. »Hier haben Sie den Kotten!* Leider ist der große, schöne Garten nicht darauf zu sehen. Mein Vater ist ein Gartenfex. Hält ihn immer tadellos in Schuß. Ich habe wenig Sinn dafür. Schade um den Garten, wenn mein alter Herr mal nicht mehr da ist!«

»Na, dann nehmen Sie sich halt einen Gärtner!«

»Ach, Gärtner! Was heißt Gärtner? Immer einen fremden Menschen da rumlaufen zu haben! Ich fände es viel netter, wenn einer aus dem Hause, ein Nahestehender, den Garten mit Liebe betreute.«

Tilly wandte sich achselzuckend zur Seite.

Rudi trat mit schmeichelnder Miene zu ihr. »Der schöne Garten, Tilly! Sie sprachen doch einmal davon, wie Sie es in Ihrem Mietshaus so schmerzlich vermissen, kein grünes Fleckchen zu haben, das Sie pflegen, hegen können... Unser Garten ist tatsächlich sehr schön - hätten Sie wirklich keine Lust? An mir liegt Ihnen ja nicht viel - das weiß ich. Aber des armen, schönen Gartens halber ...«

Er wollte den Arm um ihre Schultern legen, aber sie wich zur Seite. »Rudi! Sie sind doch wirklich ein komischer Mensch! Ich soll also Ihren Garten heiraten?!«

»Warum nicht, liebe Tilly? Heiraten Sie den Garten und nehmen Sie mich mit in Kauf! Sie könnten mich ja als Zwerg oder Pilz in den grünen Rasen setzen.«

Ärgerlich über die Röte, die ihr bei seinen Worten in die Wangen stieg, trat Tilly zu einem Regal, machte sich daran zu schaffen. »Es ist ja nicht mehr lange bis Weihnachten«, sprach sie, halb über die Schulter gewandt. »Da werde ich Ihnen dann Bescheid geben - wegen des Gartens.«

Doch wenn sie geglaubt hatte, damit Rudi Wendt loszuwerden, so hatte sie sich sehr geirrt. Sie fühlte plötz-

---

* eigentlich: kleines, ärmliches (Holz-)Haus

lich zwei Hände sich von hinten um ihren Kopf legen. Und sosehr sie sich auch sträubte, die Küsse Rudis brannten auf ihren Lippen ...

* * *

Der Wiesbadener Zug lief in den Frankfurter Hauptbahnhof ein. Johanna Terlinden entstieg ihm und eilte zu dem übernächsten Bahnsteig, wo eben der Zug von Leipzig einrollte. Suchend ging ihr Blick über das Gewimmel der Aussteigenden. Da fühlte sie eine Hand auf ihrer Schulter, eine Stimme sprach: »Hier bin ich, Johanna!«

Schon lag sie in Fortuyns Armen ... Und dann schritten sie Arm in Arm den Bahnsteig auf und ab. Nur eine knappe Viertelstunde hatten sie für sich. Dann mußte Fortuyn weiterfahren nach Koblenz, nach Paris.

Während sie sprachen, glitten ihre Blicke immer wieder verstohlen zu dem Zeiger der großen Uhr, der unerbittlich und drohend Minute um Minute vorrückte. Unter dem Zwang der verrinnenden Zeit wagten sich Worte - vor kurzem noch scheu gemieden - von ihren Lippen; Worte, durchzittert vom glühenden Wunsch baldiger Vereinigung - Worte voller Hoffnung auf frohe, glückliche Zukunft.

... Türenschlagen - Abschiedsrufe um sie herum ... »Einsteigen!« ... Noch einmal lag Johanna in Fortuyns Arm, küßte ihn, drängte ihn zum Wagen.

Er stand am herabgelassenen Fenster, ergriff nochmals Johannas Hand. Da zeigte sie mit erschrockener Miene auf ein junges Paar, das Arm in Arm über den Bahnsteig ging, eben einen Beamten nach dem Basler Zug fragte.

»Walter, Walter, das sind die beiden, die damals mit mir von Köln nach Berlin fuhren! Du weißt wohl? Ich erzählte dir davon.«

Fortuyn warf einen neugierigen Blick auf Waldemar und Juliette, die, eng aneinandergeschmiegt, in lebhaftem, fröhlichem Geplauder an ihnen vorüberschritten. Einen Augenblick lang schoß es ihm durch den Sinn, irgend etwas zu tun ... Polizei? Doch als er in die glückstrahlenden Gesichter der beiden schönen jungen Menschen sah, beugte er sich tiefer zu Johanna hinab. »Sie sind glücklich, Johanna. Lassen wir sie in ihrem Glück!«

Der Zug rollte aus der Halle. Er trug Fortuyn nach Koblenz, wo er in den Pariser Zug umstieg. Hier traf er sich mit den Direktoren Lindner und Merker, um mit ihnen nach Paris zu James Headstone zu fahren.

Der Herrscher der ›United Chemical‹ hatte es vorgezogen, sich auf friedlichem Wege mit Rieba auseinanderzusetzen. Fortuyn, der Mann, mit dessen Namen der Elektro-Kautschuk für immer verbunden sein würde, war jetzt mit seinen beiden Kollegen auf dem Weg, sich mit dem Amerikaner an den Verhandlungstisch zu setzen.

War's die glückliche Hand der deutschen Unterhändler, waren es jene letzten unerquicklichen Ereignisse in Rieba, die, wie jedem Wissenden klar war, direkt oder indirekt auf das Konto Detroit kamen und Headstones Stellung stark handicapten ... Wie dem auch sei, der Vorfriede in Paris wurde unter den günstigsten Bedingungen für Rieba stipuliert.*

Ein großer internationaler Konzern würde entstehen, um den Fortuynschen Kautschuk der Weltwirtschaft nutzbar zu machen. Schon hatte die Presse Bilder von der Grundsteinlegung der neuen Riesenbauten in Gorla gebracht.

Gigantische Anlagen sollten hier in kürzester Zeit geschaffen werden. Eine Stadt, groß genug, um das Heer von Arbeitern aufzunehmen, würde gleichzeitig aus dem Boden wachsen – während auf der anderen Seite des Erdballs die unermeßlichen Kautschukplantagen unter der Rodehacke zu Boden sinken, Siedlungen und Häfen veröden mußten.

---

* vertraglich festgelegt

Die völlige Umwälzung einer großen Produktion, die für die Weltwirtschaft von besonders hoher Wichtigkeit war, würde damit eingeleitet werden. Eine Umwälzung, die sich nicht vollziehen konnte, ohne große Erschütterungen im Gefolge zu haben. –

In den Gorla-Werken hatte der Betriebsleiter Dr. Hartlaub eine Berliner Zeitung vor sich und las im Handelsteil ein in phantastischen Farben gehaltenes Referat über jene Pariser Verhandlungen. Nachdenklich ließ er das Blatt sinken. »So haben sie sich vertragen, die feindlichen Brüder – einen Strich unter alles gemacht ...«

Sein Blick ging zu einem Schriftstück auf dem Tisch. Auch da war ein Strich gemacht: Die Ehe des Dr. Wilhelm Hartlaub mit der Juliette Hartlaub war geschieden ...

Wo mochte sie jetzt sein, Juliette? Wie würde sich ihr wechselvolles Schicksal weiter gestalten? Niemals würde er sie wohl wiedersehen ... Und doch – er fühlte es –: Niemals würde er ganz von ihr loskommen ...

ANHANG

I. Der Autor und sein Mitarbeiter Hermann Hitzeroth über das Buch **Kautschuk**

Im folgenden legen wir sämtliche bisher im Nachlaß aufgespürten, weitgehend für sich selbst sprechenden Passagen zum vorliegenden Roman als Materialiensammlung vor. Der Anteil von Dominiks Mitarbeiter Hermann Hitzeroth am Buch **Kautschuk** ist derzeit nicht genau zu umreißen. Sicherlich war er maßgeblich an der Konzeption beteiligt (s. dazu S. 413 ff. im Anhang zu **Die Macht der Drei**). Inwieweit auch Textpassagen von ihm sind, muß offenbleiben.

a. Aus einem Brief von Hermann Hitzeroth an Hans Dominik vom 9. 12. 1933: *Zu Deinem Plan, einen neuen Roman zu schreiben, finde ich die Voraussetzungen - eine gute Idee - alles andere als üppig. Unser bestes Feld, das der energetischen Probleme, ist abgegrast. Ein ungefähr zeitgemäßes Problem à la Kautschuk wäre nur ein Notbehelf. Utopistische Romane wie Macht der Drei, Spur des Dschingis Khan, Erbe der Uraniden, Atlantis sind das richtigste. Von Jules Verne sind nur seine utopistischen Romane Dauerware geworden, seine unzähligen anderen sind vergessen.*

b. Aus einem Brief von Hans Dominik an Hermann Hitzeroth vom 2. 1. 1934: *In der Novemberabrechnung für 1932 schloß ›Kautschuk‹ mit 16800. Während des ganzen Jahres* [bis November 1933] *sind von Kautschuk nur 1000 Exemplare abgesetzt worden, was jammervoll ist. Ich muß schnellstens eine neue schlagende Romanidee entdecken, oder ich kann den Laden zumachen.*

Der schlechte Absatz von **Kautschuk** sollte bald der Vergangenheit angehören. Die Tabelle auf S. 346 f. zeigt sehr schön, daß sich Dominiks Ausführungen auf eine Zeit darniederliegender Wirtschaft und hoher Arbeitslosigkeit beziehen. Ab 1935 ließ sich **Kautschuk** ebensogut wie viele andere seiner Werke verkaufen.

c. In der Mappe **Aufsätze (Durchschlag)** fand sich unter der Überschrift **Stichworte für meine Romane** (verfaßt ca. Ende 1934 nach Dominiks neuntem Roman für den Scherl-Verlag):

7. Kautschuk

In naher Zukunft rollt die Handlung ab. Um die Synthese des Kautschuks dreht sich die technische Handlung auf dem Hintergrunde eines mit allen Mitteln ausgefochtenen Konkurrenzkampfes zwischen zwei chemischen Großkonzernen. Den Sieg erringt die deutsche Gruppe mit Hilfe der neuen Frequenz-Elektrochemie.

d. Aus einem Brief von Hermann Hitzeroth an Hans Dominik vom 16. 3. 1936: *Unser Roman Kautschuk ist nun auch überholt. Der künstliche Kautschuk ist da, soll aber ein ganzes Stück teurer sein.*

e. Datiert vom 4. 9. 1936 hat Dominik an Dr. Soll, den Leiter des Buchverlags Scherl, *Ausführungen über meine technischen Zukunftsromane zur gefl. Bedienung* (so im Text des Begleitbriefes) übersandt. Darin heißt es zu **Kautschuk**: *Die Herstellung künstlichen Gummis mit Hilfe einer neuartigen, die Eigenschwingungen der Atome ausnutzenden Elektrochemie gibt die Grundlage für den Roman Kautschuk, von dessen Inhalt gerade in den letzten Monaten vieles Wirklichkeit wurde.*

f. Aus einem Brief von Hermann Hitzeroth an Hans Dominik vom 29. 12. 1936: *Das Buch Kautschuk ist schneller, als man gedacht, unter dem Druck der Verhältnisse zur Wirklichkeit geworden. Als Autofahrer ist man an der beschleunigten Herstellung des Buna auch etwas interessiert, Ersatzreifen sind z. Zt. nicht zu haben.*

g. Abschließend die Textpassage zum vorliegenden Roman aus Dominiks Autobiographie:

Auch diese interessante Arbeit [Dominiks Buch über den Werkzeugmaschinenbau der Fritz Werner Aktiengesellschaft] *kam im Herbst des Jahres 1929 zum Abschluß, und ich kehrte zum Roman zurück. Dieses Mal mußte der synthetische Kautschuk den Stoff für die Erzählung hergeben. Unter dem Titel »Kautschuk« ist das Buch dann auch erschienen. Damals griff es der Zeit noch erheblich voraus. Heute, da wir im »Buna« einen vorzüglichen synthetischen Kau-*

tschuk besitzen, ist ein Teil dessen Wahrheit geworden, was damals noch Zukunftsmusik war.

Etwas anderes wurde noch schneller Wahrheit. In diesem Roman tritt eine raffinierte Spionin auf, die sich als Scheuerfrau in das deutsche Chemiewerk einschmuggelt. Ich hatte das Manuskript noch kaum zur Hälfte fertig, als man im Leuna-Werk eine Scheuerfrau verhaftete, die sich als die Frau eines ausländischen Agenten entpuppte und ganz tüchtig Spionage getrieben hatte. Wieder einmal hatte sich gezeigt, daß der Schriftsteller der Wirklichkeit sehr nahekommt, wenn er seine Szenen streng logisch aufbaut, sie geistig sozusagen mit Zirkel und Lineal konstruiert. (**Vom Schraubstock zum Schreibtisch**, S. 265)

In Dominiks Bemerkungen zur Spionage der Scheuerfrau scheint ein Widerspruch zu stecken. Der Autor betont, daß er nicht ein Geschehen aus der Wirklichkeit übernommen sondern schriftstellerisch quasi vorweggenommen habe. Nun wird das Scheuerfrau-Motiv jedoch erst in der zweiten Romanhälfte (ab S. 182) ausgeführt, während die realen Ereignisse stattfanden, als *das Manuskript noch kaum zur Hälfte fertig war* - woraus gefolgert werden muß, daß der Autor offensichtlich zuerst ein detailliertes Handlungsgerüst entwarf, bevor er daranging, die Handlungsfäden im einzelnen auszuschmücken. Und tatsächlich findet man auch v o r der Hälfte (S. 139, Z. 17 f.) einen ersten Hinweis: *Ein Heer von Scheuerfrauen war beschäftigt, die Räume zu säubern.*

II. Anzeige des Scherl-Verlags im ›Börsenblatt für den deutschen Buchhandel‹

Künstlicher Kautschuk – ein Zauberwort, das die Chemiker der ganzen Welt aufhorchen läßt! Das Ziel, synthetischen Kautschuk zu gleichem Preise wie den natürlichen zu gewinnen, ist vielleicht bald erreicht. Hans Dominik, dem wir schon so viele hervorragende Zukunftsromane verdanken, zeigt hier den Kampf um die für die Weltwirtschaft so außerordentlich wichtige Erfindung. Der Gefahr, daß es den Deutschen gelingt, durch ihre Erfindung das amerikanische Monopol in der Kautschukversorgung zu brechen, geht ein großer amerikanischer Chemietrust mit allen nur erdenklichen Mitteln zu Leibe. Die unerklärlichsten Dinge geschehen im deutschen Werk; durch Unbekannte werden wichtige Aufzeichnungen gestohlen, chemische Tabellen gelangen auf geheimnisvolle Art photographisch nach Amerika, und doch gelingt es, das Geheimnis für Deutschland zu wahren. Dominik entwirrt diesen tollen Wirbel der sich überstürzenden Ereignisse; atemlos, in höchster Spannung verfolgt man die Handlung; man hat Dominik den deutschen »Jules Verne« genannt – sein »Kautschuk« hebt ihn über Verne weit hinaus.

(abgedruckt in Nr. 245 vom 21. 10. 1930 auf S. 8113 und in Nr. 255 vom 3. 11. 1930 auf S. 8649)

III. Zu Hans Dominiks ›Eulenspiegeleien‹

Am siegreichen Kampf gegen die Widrigkeiten des Lebens, an der Überlistung festgefahrener Bürokratie und sturer Mitmenschen hat Dominik zeitlebens seine helle Freude gehabt. So finden sich auch in seinen Lebenserinnerungen Schilderungen mancher Ereignisse - selbst erlebte und lediglich wiedergegebene -, die der Autor hier und da als »Streiche« bezeichnet hat. Einige haben den Charakter handfester Eulenspiegeleien. Bevor wir unter **D.** eine unerwartete ›Enthüllung‹ präsentieren und mit **E.** den Bezug zu **Kautschuk** herstellen, seien mit **A.** bis **C.** von den zahlreichen in den autobiographischen Schriften aufgezeichneten Episoden drei quasi als Einstimmung vorangestellt.

A. [Der Elefantenapfel]

Der Chefredakteur der ›Woche‹, Paul Dobert, war fünfzehn Jahre früher [= 1890] *unter meinem Vater zweiter Redakteur der Zeitschrift ›Zur Guten Stunde‹ gewesen und hatte mich schon gekannt, als ich noch kurze Hosen trug. Der Scherl-Konzern hatte mit ihm keinen schlechten Griff getan, denn bis zum Ausbruch des Weltkrieges* [gemeint ist der 1. Weltkrieg] *verstand er es, die Auflage der ›Woche‹ auf einer Höhe von 400000 zu halten. Ich fand bei ihm jede Unterstützung, wenn ich sie einmal brauchte. Unser Verhältnis gestaltete sich gerade in Erinnerung an die alten Zeiten recht angenehm und kollegial. Oft verkündete er in den Redaktionssitzungen Sätze und Regeln, die ich früher schon aus dem Munde meines Vaters gehört hatte. […]*

Ein […] Steckenpferd von ihm war das »belebte Bild«. Wenn ich ihm Photos von technischen Anlagen brachte, auf denen keine Menschen oder Tiere zu sehen waren, fand ich damit keine Gnade vor seinen Augen. Es mußten dann Photomontagen gemacht und noch nachträglich allerlei Lebendiges hineinkopiert werden, bevor er die Veröffentlichung genehmigte.

Ich beschloß, mich dafür zu revanchieren. Zu seinem Geburtstag stellte ich ihm ein hübsches Geschenk auf den Redaktionstisch. Auf einer polierten Mahagoniplatte war ein glänzender dunkelbrauner

Körper von der Größe eines Straußeneies befestigt. An der Platte war eine Messingtafel mit der Aufschrift angebracht: »Harry seinem lieben Paul Dobert«.

Erst viele Wochen später bekam das Geburtstagskind heraus, was es mit diesem Geschenk auf sich hatte. Durch einen guten Bekannten aus dem Zoo hatte ich mir den größten Elefantenapfel, der dort gefallen war, besorgt und dieses Musterexemplar zu Hause auf der Zentralheizung sorgfältig getrocknet. Dann hatte ich es mit Firnis getränkt und zum Schluß mit bestem englischem Kutschenlack bepinselt. Schließlich war es mitsamt der Messingplatte auf der Mahagoniunterlage befestigt worden und auf Paulchens Geburtstagstisch gekommen. »Es ist eine seltene exotische Frucht«, sagte ich, als ich ihm gratulierte, und er stellte das Präsent auf die Platte des Kamins. Längst wußten die anderen Redaktionsmitglieder schon, was hinter dem Geschenk steckte, und machten Andeutungen, daß es von etwas »Lebendigem« käme, während Dobert immer noch an die exotische Frucht glaubte. Als er dann endlich den wahren Sachverhalt erfuhr, verschwand das kostbare Stück von seinem Ehrenplatz. (**Vom Schraubstock zum Schreibtisch**, S. 136 f.)

Als Jugendlicher hatte Dominik seine eigene Methode, einen freien Schulnachmittag am Gothaer ›Gymnasium Ernestinum‹ zu erhalten:

B. [Ein Bienenstich - und schulfrei!]

[…] Da bin ich in der Schule [meines Pensionsvaters, des Professors Matthias,] *ein richtiger Imker geworden. Habe Schwärme mit eingefangen, Honig aus den Waben geschleudert und überhaupt alles praktisch gelernt, was ein richtiger Imker anno 1888 wissen mußte. Daß ich dabei tausendmal gestochen wurde, versteht sich am Rande. Richtig immun bin ich dabei aber gegen das Bienengift nie geworden, jeder Stich gab immer noch eine mächtige Beule, die erst am nächsten Tage abschwoll. Diesen Umstand benutzte ich, wenn ich einmal den Nachmittagsunterricht zu vermeiden wünschte. Ich fing mir mittags eine Biene (die Tierchen so um die Taille zu greifen, daß sie nicht stechen konnten, hatte ich ja längst gelernt), drückte sie mir dicht über einem Auge an die Stirn und ließ mich stechen. Um zwei Uhr war das Auge zugeschwollen, und ich brauchte nicht in das Pennal zu gehen, da Herr Professor van Kampen - von den Schülern wegen seines pikfeinen Wesens »der Graf« genannt - geäußert hatte, daß er mich mit einem zerstochenen, verbeulten Gesicht nicht zu sehen wünsche. Sein Wunsch war mir Befehl. Manchen Nachmittag habe ich infolgedessen, gemütlich auf dem Sofa unseres Arbeitszimmers liegend und - mit allerdings nur einem Auge - Jules Verne lesend, verbracht, während die anderen im Pennal den ledernen Ovid zerpflücken mußten. Eine gewisse Begabung, die Schule zu schwänzen, muß ich schon damals gehabt haben. Später sollte sich ein Talent daraus entwickeln.* (**Erinnerungen aus meinem Leben I, 1872–1895**, S. 83 f.; unveröffentlichtes Manuskript von 1938)

C. [Die nächtliche Motorradpanne]

Im Frühjahr 1904 erfüllte ich mir nun einen alten Wunsch und schaffte mir ein Motorrad an. Durch meine ständige Mitarbeit an der Zeitschrift ›Der Motorwagen‹ war ich in Beziehungen zu den Corona-Werken in Brandenburg und zu deren Direktor, einem Herrn Ernst, gekommen. Die Firma fing damals eben mit Motorrädern an, und als Fachmann, Sachverständiger usw. bekam ich mein Rad zu dem Selbstkostenpreis von 400 RM. Es war noch ein 2¾-PS-Einzylinder (Fafnir-Motor) mit Keilriemen-Übertragung und Batteriezündung. (Wechselgetriebe, Starter usw. ruhten damals noch im Schoße der Zukunft, und Kinderkrankheiten gab es noch viele.)

Trotzdem habe ich mit dieser Maschine viele und große Touren gemacht. Beispielsweise habe ich meine Mutter, die mit Großmutter Mügge im Sommer in Bad Grund im Harz war, wiederholt dort besucht (Berlin-Grund = 300 km). Ich fuhr sonnabends früh um 6 Uhr los und war gegen 1 Uhr mittags in Grund, eben gerade recht zum Diner dort im Hotel ›Zum Römer‹. Sonntagnachmittag knatterte ich dann wieder los und war gegen 12 Uhr nachts zu Hause.

Das Motorfahren war sehr schön, aber einen Fehler hatte es: Ich wurde faul. Bis dahin war ich ein recht tüchtiger Radfahrer gewesen, war gut im Training, fuhr einen Halbrenner und machte spielend Tagestouren von 150 bis 200 km. Jetzt zog ich das Motorrad vor und kam aus dem Training heraus.

Ich müßte viele Seiten füllen, wenn ich die zahlreichen Pannen und Abenteuer erzählen wollte, die ich auf vielen Touren erlebte. Eine Nacht zum Beispiel, im Sommer 1904 auf der Rückfahrt von Grund nach Berlin: Auf der Elbebrücke bei Magdeburg fing die auf den Speichen des Hinterrades mit lächerlich winzigen Nippeln befestigte Riemenscheibe an zu funken, weil sie locker geworden war und gegen die Hinterradgabel schlug. Mitten im Walde zwischen Burg und Genthin war es dann aus, die Scheibe war definitiv abgerissen.

Eine schöne Sommernacht. Im Chausseegraben schwirrten Hunderte von Glühwürmchen. Aber am Chausseegraben stand auch eine kaiserlich-deutsche Reichspost-Telegraphenstange, die durch ein

Drahtseil über den Graben gesichert war. Und in meinem Rucksack hatte ich eine gute Beißzange. Ergo wurde ein Draht aus dem kaiserlich-deutschen Reichspost-Seil herausgekniffen und mit ihm die Scheibe wieder sicher auf das Hinterrad gesetzt. Eine Stunde Aufenthalt, dann konnte die Fahrt weitergehen, aber das Postseil war um einen Draht geschwächt. (**Erinnerungen aus meinem Leben II, 1895–1907**, S. 89–91; unveröffentlichtes Manuskript von 1938/39)

D. Zu Dominiks Kugellagerpatenten

Wer auch immer über Dominik schrieb, die bewundernde Erwähnung seiner bahnbrechenden Kugellagerpatente fehlte fast nie.

Wann erstmals diese Patente in biographischen Schriften über ihn bzw. von ihm erwähnt werden, muß noch erforscht werden. Die erste entdeckte publizierte Erwähnung findet sich im Artikel *Wir sprachen mit Hans Dominik* von Rudolf Gündel anläßlich des Autors 67. Geburtstag: *Nebenbei erfand er ein neues Kugellager, das patentiert und von einer Berliner Firma ausgewertet wurde.* (abgedruckt in: »NS.-Tageszeitung« am 15. 11. 1939)

Die zweite gefundene publizierte Erwähnung (Herbst 1942) liest man in **Vom Schraubstock zum Schreibtisch** (abgedruckt weiter unten).

Die dritte ist in der Laudatio der Technisch-Literarischen Gesellschaft (›Teli‹), deren Gründungs- und Ehrenmitglied Dominik war, zum 70. Geburtstag des Schriftstellers (15. 11. 1942) enthalten und bringt bereits die bis heute gültige Einschätzung: *Sie waren sogar selbst auf verschiedenen Gebieten erfinderisch tätig. Und wenn Sie sich in Ihrem so arbeitsreichen Leben – um nur ein Beispiel herauszugreifen – allein darauf beschränkt hätten, den Käfig für das Kugellager zu erfinden, so wäre damit ein Menschenleben schon mehr als genug ausgefüllt gewesen. Denn es gibt heute nur noch wenig Rollen- und Kugellager in der Welt, denen dieser Käfig als markantestes Konstruktionselement fehlt. Daß Sie, Hans Dominik, aber sein Erfinder waren, weiß niemand.* (zitiert aus der im Nachlaß befindlichen Festmappe)

Bevor wir nun mit der angekündigten ›Enthüllung‹ aufwarten – neue Erkenntnisse ergaben sich durch das Studium der beiden im Nachlaß befindlichen, handgeschriebenen Bände **Erinnerungen aus meinem Leben** –, sei ein erhellender Text vorgeschaltet.

Zum Verfassen von Memoiren bemerkte der Schriftsteller in einem Brief vom 4. 1. 1943 an Karl Ammon, ein anderes Gründungsmitglied der ›Technisch-Literarischen Gesellschaft‹:

Wenn Sie in Ihren Lebenserinnerungen die Dinge, die Sie in Ihrem Brief andeuten, behandeln wollten, würden Sie bei der Veröffentlichung sicherlich ebenfalls unüberwindliche Schwierigkeiten haben. Man kann solche Erinnerungen aber auch für sich selber bzw. für die Familie schreiben und zunächst einmal unveröffentlicht in den Skat legen. Auch ich fing ja zunächst schon im Jahre 1938 an, meine Lebenserinnerungen handschriftlich für meine Familie niederzulegen, und da sahen sie noch ganz anders aus als die jetzt gedruckten und enthielten viele Intimitäten. Dann wurde mir das Schreiben mit der Hand zu langweilig, und ich fing in den folgenden Jahren an, die Erinnerungen in die Maschine zu diktieren, zunächst immer noch ohne die Absicht, sie zu veröffentlichen. Schon bei diesem Umdiktieren wurde vieles verändert und fast unbewußt manches nur die Familie Interessierende fortgelassen. Dann interessierte sich der Scherl-Verlag für das Manuskript, für dessen Veröffentlichung der 70. Geburtstag ja einen guten Anlaß gab, und da erfolgte dann die dritte gründliche Umkremplung und teilweise Kastrierung. Das ist die Entstehungsgeschichte dieser, wie Sie so schön sagen, Lebensbiographie.

Was nun Ihre Erinnerungen betrifft, so meine ich, Sie könnten sie aber für sich selbst und Ihre Familie zu Papier bringen; jedenfalls würde das für eine spätere Generation doch ein recht beachtenswerter Beitrag zur Zeitgeschichte sein. Freilich nur dann, wenn man zunächst gar nicht an eine Veröffentlichung denkt und infolgedessen durch keinerlei Rücksichten beengt ist.

Die Ausführungen des letzten Abschnitts gelten wohl in gleichem Maße für Dominiks eigenen *unveröffentlicht in den Skat* gelegten Erstentwurf seiner Lebenserinnerungen. Da auch in anderen Briefen des Autors sein Bedauern darüber anklingt, daß er beim Publizieren seiner Memoiren so viele Rücksichten hatte nehmen müssen, wollen wir heute für die gewünschte *spätere Generation* den *recht beachtenswerten Beitrag zur Zeitgeschichte* leisten und etwas historisch richtigstellen, was seinerzeit geheim bleiben mußte. Über Dominiks Kugellagerpatente liest man in der Handschrift nämlich folgendes:

Chefredakteur des ›Motorwagens‹ war der Zivilingenieur Robert Conrad […]. Einer seiner genialsten Streiche war zweifellos die berühmte Kugellager-Schiebung.

1903 lagen die Kugeln noch frei zwischen der inneren und äuße-

ren Lagerschale, und das gab zu vielen Anständen Veranlassung. Die Idee, zwischen die Kugeln etwas sie auseinander Sperrendes einzufügen, was man heut den ›Kugelkäfig‹ nennt, stammt zweifellos von dem damaligen Oberingenieur Riebe, der bei dem Loewe-Konzern tätig war. Aber nach den damaligen Engagements-Verträgen wäre die Erfindung dem Loewe-Konzern verfallen, wenn Riebe sie selber angemeldet hätte. So wurde die große Schiebung in Szene gesetzt.

Die ersten grundlegenden Patente auf Kugelkäfige, ohne die heut kein Kugellager mehr denkbar ist, laufen auf den Namen des Ingenieurs Hans Dominik, was heut vielleicht nicht mehr allgemein bekannt ist. Robert Conrad machte, obwohl er weiter den ›Motorwagen‹ redigierte, eine Kugellagerfabrik in Weißensee auf, und der Loewe-Konzern zahlte 50 000 RM Lizenzen, die an eine ad hoc auf meine Patente gegründete GmbH gingen. Ich habe von all dem Gelde nur etwa 1000 RM gesehen, aber Spaß hat mir die Sache doch gemacht […].

Im Januar 1904 gründeten wir in der Wohnung von Robert Conrad die ›Automobiltechnische Gesellschaft‹. (**Erinnerungen aus meinem Leben II, 1895-1907**, S. 80–82; unveröffentlichtes Manuskript)

Bei der Überarbeitung seiner Lebenserinnerungen für eine Veröffentlichung konnte Dominik die auf seinen Namen angemeldeten bahnbrechenden Patente natürlich nicht übergehen. Andererseits durfte er auch nicht die Wahrheit schildern. Also galt es, eine glaubwürdige Legende zu gestalten, die niemand hinterfragen würde. Sie liest sich so:

August Riebe, der spätere Direktor der ›Riebe Kugellager- und Werkzeugfabrik‹, war 1904 noch im Loewe-Konzern tätig und hatte sich durch mehrere gute Konstruktionen bereits einen Namen gemacht. Zufällig ergab sich eine Zusammenarbeit zwischen ihm und mir, die für mich zu einer Reihe von Patenten geführt hat. Die Kugellager, die bei Loewe in sein Ressort fielen, machten Riebe viel Kopfschmerzen. Wollte man den Raum zwischen äußerem und innerem Lagerring völlig mit Kugeln ausfüllen, so mußte man in einem der Ringe notwendigerweise eine Füllstelle anbringen, die eine bedenkliche Schwächung der ganzen Konstruktion bedeutete. Nahm man aber weniger Kugeln, so wurde die ganze Sache unsicher und kippelig.

Wieder einmal hatte ich mich in der ›Automobiltechnischen Gesellschaft‹ mit Riebe über diese Frage unterhalten; später zu Hause kam mir eine Idee, die ich im ersten Augenblick für ein Hirngespinst hielt, dann aber doch genau überprüfte und schließlich zu Papier brachte. Der erfinderische Gedanke bestand darin, das Lager nicht voll mit Kugeln zu füllen, dafür aber ein Spreizstück, eine Art von Kugelkäfig, in den Kugelkranz zu schieben, durch den die einzelnen Kugeln in gleichem Abstand auseinander gehalten werden. Heut ist diese Anordnung ganz allgemein gebräuchlich, damals war es eine verblüffende Neuerung. Ich habe dann mehrere Patente auf die Erfindung genommen und die Patentrechte zu einem guten Preis an die Herren Robert Conrad und August Riebe verkauft. Für mich bedeuteten die dreißigtausend Mark, die ich dafür bekam, ein Vermögen. Die beiden anderen aber haben auf die Erfindung hin eigene Kugellagerfabriken gegründet und ein Vielfaches des an mich gezahlten Betrages verdient. (**Vom Schraubstock zum Schreibtisch**, S. 120)

Ein geschickter Münchhausen, dieser Hans Dominik! Um keinen Verdacht aufkommen zu lassen, hat er sogar den Geldbetrag vorsichtshalber verdreißigfacht.

Als letzter Baustein zu diesem Thema sei das folgende Nachlaß-Dokument wiedergegeben (wir übernehmen Orthographie, Interpunktion und Layout des Originals):

Brandenburg.
Hans DOMINIK, Ingenieur, WILMERSDORF.
Regensburgerstr. 28.

D. ist etwa 1871 geboren noch ledig hat aber an obiger Adreße eine eigene Wohnung die eine jährliche Miete von 1100 Mk. kostet. Von Beruf ist D. Ingenieur befaßt sich speciell mit der Automobilbranche und ist auf diesem Gebiet als Schriftsteller tätig. Er arbeitet für mehrere Zeitungen etc. gilt als ein recht tüchtiger und befähigter Fachmann ebenso als strebsam und solide. Vermögen wird bei D. zwar nicht vorausgesetzt, D. findet aber seine Existenz und lebt in geordneten Verhältnißen. Seine Verpflichtungen hat er bisher erfüllt eine Verbindung mit D. gilt als zuläßig. R.2.M.19.
Zusatz: Nach Ansicht unserer Gewährsleute darf man D. eine Patentangelegenheit anvertrauen.-

Firma: AUGUST S C H E R L, G.m.b.H. B E R L I N.

Berlin den 24 November 1906.

LESSER & LIMAN.

E. [Die ›Klaviertiger‹ und der ›Gaskrieg‹]

Als letztes kommen wir nun zu dem »Streich«, den Dominik als Handlungsmotiv im Roman **Kautschuk** verwendet hat und der für ihn gerichtliche Folgen nach sich zog:

Das Jahr 1904 sollte mir auch noch einen Zwischenfall bringen, der mich zu einem »vorbestraften Subjekt« machte. Ich wohnte schon seit Jahren als »möblierter Herr« in der Grolmanstraße in Charlottenburg und hatte dort zwei Zimmer, in denen ich mich recht wohl fühlte. Doch der Friede wurde gestört, als in die Wohnung über mir zwei Klaviertiger einzogen, die den lieben langen Tag auf einem Leihflügel Musik verübten. Die Stubendecke konnte die Gewalt der Töne nur wenig abbremsen; bei mir klirrten Gläser und Teller, wenn der Spuk oben losging. Gütliche Verhandlungen waren erfolglos. »In unserer Wohnung können wir machen, was wir wollen«, wurde mir zur Antwort gegeben.

Daraufhin beschloß ich zu handeln. Ein Loch wurde durch die Decke gebohrt, eine alte Barometerröhre eingegipst und ein Gummischlauch darüber gezogen, der zu einer Gasentwicklungsflasche auf meinem Tisch führte. In der Flasche war Schwefeleisen, ein Milchkännchen mit verdünnter Schwefelsäure stand daneben. Schwefeleisen und Schwefelsäure ergeben zusammen Schwefelwasserstoff, der bekanntlich penetrant nach faulen Eiern riecht. Sobald das Spiel gerührt wurde, gab ich ein wenig Schwefelsäure in die Gasentwicklungsflasche, und gleich darauf fing es oben an, fürchterlich zu stinken. Die Wirkung meines Gaskrieges konnte ich infolge der allzu akustischen Decke genau verfolgen. Stühle wurden gerückt und umgeworfen, Fenster wurden aufgerissen. Schon nach wenigen Tagen begannen die Musikanten unter der Zwangsvorstellung zu leiden, daß ihr eigenes Spiel den Gestank verursachte, und am nächsten Ersten zogen sie aus.

Nun wäre alles gut gewesen, wenn mich nicht der Teufel geplagt hätte, über die Geschichte ein Feuilleton im ›Berliner Tageblatt‹ zu veröffentlichen. Ich hatte die Lacher auf meiner Seite, aber leider wurde die Sache durch diese Veröffentlichung gerichtsnotorisch, und man zitierte mich wegen fahrlässiger Körperverletzung vor das Charlottenburger Schöffengericht. Geschehen mußte natürlich von seiten der »Frau Justitia« etwas, obwohl der ganze Gerichtshof, den Amtsanwalt mit eingeschlossen, seinen höllischen Spaß an der Sache hatte. Nur die Gegenpartei schnaubte Wut und Rache.

Auch an tröstenden Worten und guten Ratschlägen fehlte es nicht. Ein Bekannter aus dem ›Café des Westens‹ begrüßte mich vor der Verhandlung mit den Worten: »Der alte Gott lebt noch; mehr als drei Monate können sie Ihnen nicht geben.« Andererseits meinte mein Schwager, der Kriminalkommissar Wanowski: »Mensch, was du irgend absitzen kannst, bezahle nicht.« Der als Sachverständiger geladene Gerichtschemiker Dr. Jeserich erklärte in Berliner Mundart: »Ach wat! Schwefelwasserstoff mufft 'n bißken, aber sonst is er sehr jesund.« So stand die Anklage auf ziemlich schwachen Füßen; aber schließlich wurde ich doch zu dreißig Mark Geldstrafe, im Unvermögensfalle zu sechs Tagen Gefängnis verdonnert. Entgegen dem Ratschlag meines Schwagers habe ich mich dann entschlossen, die dreißig Mark zu bezahlen. Da mein Aufsatz über die Affäre noch verschiedene Male nachgedruckt wurde, ging die Geschichte für mich mit einem ganz guten Überschuß aus. Nur einen Klecks in der Conduite hatte ich weg.* (**Vom Schraubstock zum Schreibtisch**, S. 125–127)

Der handgeschriebene Entwurf seiner Lebenserinnerungen enthält einige ergänzende Passagen, die unter anderem die Spiegelung in **Kautschuk** (der Gasaustritt unter dem Bett) noch deutlicher werden lassen. Erwähnenswert sind erneut (wie schon im Anhang zum **Brand der Cheopspyramide** S. 322 herausgearbeitet) die nicht unbedeutenden Abweichungen im Detail.

Hingewiesen sei noch einmal darauf, daß diese Fassung als Privatbuch für die eigene Familie geschrieben wurde, was den viel direkteren und saloppen Schreibstil erklärt.

*Ich wohnte seit Sommer 1900 immer noch als Chambregarniste** in der Grolmanstr. 14 bei den alten Wassermanns. Bei meiner Selbständigmachung im Oktober 1901 hatte ich dort zwei Zimmer genommen. Im Herbst 1902 starb Frau Wassermann. […]*

Im April 1903 zog Vater Wassermann […] aus der Grolmanstr. 14 in die Schlüterstr. 70, also in die nächste Querstraße. Das war und wurde immer mehr ein Schicksalshaus. […]

---

* Führung(szeugnis)

** Mieter eines möblierten Zimmers

Als altes Gewohnheitstier hatte ich den Umzug mitgemacht, aber ich sollte meines Lebens in dem neuen Quartier nicht froh werden. Zu dem Flickschneider, der über uns wohnte, zogen im Herbst 1903 zwei rumänische Studenten. Die Gesellschaft mietete sich einen Konzertflügel, auf dem sie den lieben langen Tag paukten. Arbeiten wurde dadurch für mich fast unmöglich, denn nur eine dünne Bauschwindler-Decke trennte mich von dem infernalischen Krach. Beschwerden wurden mit Hohnlachen behandelt. Da beschloß ich, zur Selbsthilfe zu greifen.

Mit einem geeigneten Zentrumsbohrer durchbohrte ich die Decke dicht bei der Wand. Ich setzte das Bohrloch auf eine Stuckrosette, so daß es gar nicht auffiel, und hatte das Glück, unter einem alten Studentenbett zu landen, das da oben seit x Jahren unverrückt an seiner Stelle stand. In das Bohrloch gipste ich eine alte Barometerröhre ein. Über das Röhrenende wurde ein Gummischlauch geschoben, der bis zu einem Tisch hinabreichte und dort in einer Gasentwicklungsflasche mündete. In der Flasche befand sich trockenes Schwefeleisen. Ein Kännchen mit verdünnter Schwefelsäure stand daneben.

Sobald die Bande oben zu spielen begann, goß ich etwas Schwefelsäure in die Flasche. Es begann zu schäumen, Schwefelwasserstoff wurde frei und stieg durch den Schlauch und die Barometerröhre nach oben, ergoß sich dort in das Zimmer. Zwei Minuten später verstummte das Spiel jäh. Füße liefen, Fenster wurden aufgerissen. Der Gestank von faulen Eiern, der dem Schwefelwasserstoff eigen ist, war zu stark für die Balkanbrüder. Sie türmten. Durch systematisches Gasen brachte ich sie dazu, auszuziehen.

So kann ich mich rühmen, schon 12 Jahre vor Professor Haber den Gaskrieg erfolgreich in die Praxis eingeführt zu haben. Leider plagte mich aber der Teufel, über die Sache im ›Berliner Tageblatt‹ ein Feuilleton: »Wie wir ihm das abgewöhnten«** zu veröffentli-*

---

* Der Chemiker Fritz Haber (1868–1934) förderte im 1. Weltkrieg den Einsatz von Gaswaffen, mit denen der deutsche Chlorgasangriff bei Ypern am 22. 4. 1915 möglich wurde.

** Der schon in anderen Bänden erwähnte Dominik-Forscher Dr. Peter Jäckel hat diesen Artikel nach vier Nachmittagen Sucharbeit am Mikrofilmgerät des ›Zentrums für Berlin-Studien‹ aufgespürt. Ihm verdanken wir, daß **Wie wir ihm das abgewöhnten** unter ›Zeitzeugnisse‹ III. wiederveröffentlicht werden kann.

chen. Dadurch hatte ich mich verraten und bekam eine Anklage wegen fahrlässiger Körperverletzung. Das Schöffengericht belohnte die Sache mit 30 RM Geldstrafe, eventuell 6 Tage Gefängnis. So wurde ich ein »vorbestraftes Subjekt«, aber ganz Berlin hat über die Geschichte und über meinen Aufsatz gelacht. (**Erinnerungen aus meinem Leben II, 1895–1907**, S. 84–87; unveröffentlichtes Manuskript)

Wie richtig Dominik mit der Einschätzung lag, ganz Berlin habe über seinen Aufsatz gelacht, sei mit zwei im Nachlaß befindlichen Briefen belegt. Den ersten geben wir vollständig wieder, u. a. weil er eine der nicht seltenen Verballhornungen Dominikscher Romantitel enthält.

Der Schreiber rechnet gar nicht mit der Möglichkeit, daß Dominik durch die Erinnerung an jene Anklage peinlich berührt werden könnte (ein Antwortbrief ist leider nicht erhalten):

Berlin, den 9. 2. 1934

Sehr geehrter Herr Dominik!

Ihr neuer Roman: »Ein Stern stürzt auf die Erde« ist wieder sehr fesselnd geschrieben, wie man dies ja von Ihren Werken nicht anders erwartet. Es ist ja nicht nur das Spannende, was den aufmerksamen Leser erfreut, es ist vielmehr die meisterhafte Anwendung technischer und physikalischer Erkenntnisse in erzählender Form, die Ihre Romane besonders wertvoll macht. Doch dies wird Ihnen ja von berufenerer Seite schon oft gesagt worden sein. Was mir schon seit längerer Zeit immer wieder ins Gedächtnis kommt, ist etwas anderes, und es würde mich sehr freuen, hierüber Klarheit zu bekommen; ich hoffe, es wird auch Ihnen Vergnügen bereiten, diese alte Geschichte wieder aufzufrischen. Die Sache ist folgende:

Vor langen Jahren las ich mal in der Zeitung von einem jungen Ingenieur, der angeklagt war, dem Mieter in der oberen Etage übelriechende Dämpfe oder Gase in die Wohnung geleitet zu haben. Dieser Mieter hatte nämlich dauernd die Ruhe des jungen Ingenieurs gestört und war durch gütliches Zureden nicht zu bewegen, sich gesitteter zu benehmen. Nun sann der Ingenieur auf Rache und genoß diese, indem er ein Gefäß an die Decke hängte, ein Loch bohrte und durch dieses die Gase leitete, die sich in dem Gefäß entwickelten.

Meine Frage geht nun dahin: War dies eine Erzählung von Ihnen, oder waren Sie der angeklagte junge Ingenieur?

Es würde mir besondere Freude machen, von Ihnen hierüber zu hören, denn es liegt ja in der menschlichen Natur, gern von Dingen, die in die Jugendzeit fallen - ich bin heute 51 Jahre alt - zu hören.

Hochachtungsvoll und ergebenst

Georg Kuttner

Aus dem zweiten Dokument, einem Brief des bereits erwähnten Karl Ammon, bringen wir nur die für den obigen Zusammenhang relevante erste Briefhälfte, in der der Schreibende sich u. a. über seine eigenen Streiche ausläßt:

Sonntag 27. Dezember 1942.

Lieber Herr Dominik!

Ihre Lebensbiographie (wie unser Freund Joachim Boehmer einmal im Rundfunk sagte) hat mir sehr viel Freude gemacht, kenne ich doch viele der darin vorkommenden Menschen auch. […]

Besonders gefreut hat mich natürlich auch Ihr glänzender Humor, namentlich z. B. Ihr Gasangriff auf Ihre musizierenden Überwohner und das Geschenk mit den Elefanten»extremitäten« oder wie das so heißt - Fremdwörter sind ja ein gebirgiges Land, in dem man leicht abstürzt. Aber wenn mich nicht alles täuscht, so sagt man von einem Menschen mit langen Gliedmaßen, er habe lange Exkremente.

Und da wir gerade bei den Fremdwörtern sind: Sie wissen ja, ich mag sie nicht. Manchmal haben sie mich etwas gestört. Was Akribie und was folkloristisch ist, habe ich erst im Fremdwörterbuch nachsehen müssen. Obwohl ich humoristischer Gymansiast war und inzwischen in den 71 Jahren meines Lebens allerlei gelesen habe, waren mir diese beiden Wörter unbekannt. Fast möchte ich vermuten, daß es anderen Leuten auch so geht, besonders denen vom links knöpfenden Geschlecht.

Aber das nur nebenbei.

Auch mich hat man auf dem Gymnasio zweimal zum Auswärtigen Mitglied ernannt. Das letztemal war der Grund eine von mir erbaute Höllenmaschine, mit der ich den Direktor erschrecken wollte, die aber etwas anders gearbeitet hat, als ich beabsichtigt hatte: Sein Katheder bestand aus einer Bohlenwand, in der sich ein gezahntes Brett auf- und abwärts schieben ließ, das oben ein Pultbrett trug; an der Vorderkante war eine waagerechte Leiste, die rechts ein Tintenfaß in einer Versenkung trug.

Ich hatte nun das Brett so hoch wie möglich geschoben und die in die Zahnung eingreifende Feder <u>*neben*</u> *die Zähne gesetzt, so daß die ganze Sache etwas kipplig (labil) war. Die ganze Geschichte sollte beim Betreten des Podiums durch den Direktor heruntersausen und ihn durch den Krach erschrecken. Das tat es auch. Soweit verlief die Sache durchaus planmäßig. Aber die Enden der Leiste müssen beim Aufstoßen des Brettes in der unteren Endlage etwas nach unten gefedert haben und dann natürlich nach oben geschnellt sein, so daß sich die Tinte aus dem Tintenfaß an die Decke entlud. Da sie dort nicht bleiben konnte, fiel sie gerade wieder herunter, als der Direktor den Schritt auf das Podium vollendet hatte. Er sah aus wie der Lehrer Lämpel nach dem Pulverzerknall. Daraufhin gab er meinem Vater den Rat, mich an das Gymnasium nach Karlsruhe zurückberufen zu lassen, wo meine früheren Taten inzwischen verjährt waren.*

Ich war ein Kerbtierknabe. Ungebildete Leute sagen dafür Lausbub. Das Schlimmste aber ist, daß ich das nie bereut habe und es auch heute noch nicht bereue; ich finde vielmehr, daß mich solche Lausbübereien für den Lebenskampf ertüchtigt haben.

Abschließend - und der Vollständigkeit halber - Dominiks (diesmal in Er-Form verfaßte) dritte und bisher letzte aufgefundene autobiographische Darstellung seines ›Gaskriegs‹ (die Jahreszahl 1903 scheint inkorrekt; richtig ist wohl 1904):

1903 eine Gastrolle auf der Anklagebank des Amtsgerichts Charlottenburg. Frau Justitia weiß noch nicht, ob sie wegen groben Unfugs oder fahrlässiger Körperverletzung verknacken soll, aber verdonnert muß werden. Denn der nun dreißigjährige Angeklagte hat zwei über ihm wohnenden Klaviertigern durch Einleiten von Schwefelwasserstoffgas in ihre Bude das Handwerk gelegt. Sie leiden bereits unter der Zwangsvorstellung, daß es sofort nach faulen Eiern stinkt, wenn sie eine Taste rühren. Richter und Schöffen haben zwar Mühe, ernst zu bleiben, aber das Urteil lautet auf 30 Mark Geldstrafe, und den Klecks in der Conduite hat der Erfinder des Gaskriegs weg. (aus: **Im Paradies der Erinnerung**; abgedruckt in ›Die Woche‹, Nr. 44 vom 4. 11. 1942, 44. Jahrgang)

IV. Wie wir ihm das abgewöhnten.

Diesmal eine wahre Geschichte.

Von [Nachdruck verboten.]

Hans Dominik.

Zunächst soll hier an hervorragender Stelle dem Fahrradhändler Wilhelm Kluge der Dank des Verfassers dargebracht werden, weil dieser Mann durch die Darleihung eines drei Fuß langen, fünfachtelzölligen Löffelbohrers die Tendenzen des Verfassers nicht unerheblich förderte und somit indirekt auch als der Anlaß zu dieser Geschichte gelten kann.

Und nun zur Sache.

Wer kennt nicht die Geschichten des Mittelalters, in denen der Böse selbst sich in ein frommes Haus einschleicht und vorwitzige Menschenkinder, die ihn dabei beobachten, durch den schwarzen Hinkefuß schreckt? Etwas Ähnliches ereignete sich auch bei uns. Als wir ahnungslos vor die Flurtür traten, streifte unser Blick eben noch ein ehrenwertes Mitglied des Transportgewerbes, das den riesigen schwarzpolierten Fuß eines Konzertflügels unter dem Arm hielt und scheu die Treppen hinaufschlich; bald sollte es uns aber noch fürchterlicher klar werden, daß der böse Feind wirklich seinen Einzug in das Haus gehalten hatte.

Bereits am nächsten Tag strömten einige Töne und Tönchen in die friedliche Stille unserer Arbeit herunter. Nicht eben schön und nicht eben harmonisch. Noch wußte das Ohr nicht zu unterscheiden, ob dort eine putzende Maid mit Wedel und Staubtuch reinigend über die Tasten fuhr oder ob bereits ein monumentaler Patzer* seine ersten Stilübungen begonnen habe. Aber dies Vorspiel genügte schon, um Freude und Schaffenslust zu zerstören und die Arbeitsruhe zu rauben.

Man denke sich die typische Mietshausdecke, die die Herren Unternehmer in ihrer Sünden Maienblüte lediglich als Tragkonstruktion unter Vernachlässigung jeglicher schalldämpfenden Mittel zu konstruieren pflegen, und stelle sich auf dieser Decke einen extraschweren Konzertflügel nebst Klaviertiger vor!

---

* Stümper

Und das Gerücht, das geschäftig über Vorder- und Hintertreppen kriecht, wußte mancherlei zu melden. Ihrer zweie sollten es sein, die auf diesem Flügel scheußlichen Meuchelmord verübten. Des Vormittags sollte ihn ein Jünger der Philosophie mehr für Zwecke der Zimmergymnastik, unter Hintansetzung musikalischer Gesichtspunkte, benutzen. Des Nachmittags aber sollte der eigentliche Tiger in Freiheit dressiert zur Vorführung kommen. Ein Musikant von Beruf, der mitsamt seinem Flügel bereits an drei anderen Stellen im hohen Bogenwurf entfernt worden war und den ein schwarzes Geschick just über unseren Häuptern am Busen des philosophischen Bruders eine Zuflucht finden ließ.

Das Gerücht log weder, noch übertrieb es. Die nächsten Tage brachten seine schreckliche Bestätigung. Die Fabrikation musikalischer Geräusche im Großbetrieb nahm ihren Anfang. Scheiben klirrten, und der Putz bekam Risse. Ratten und Mäuse, die keinen länger laufenden Kontrakt hatten, verließen in Scharen das Haus, während mehrere Mieter, die notgedrungen aushalten mußten, am Nervenschock darniederlagen.

Und kein Mittel, um diesen verdammenswerten Unfug abzustellen! Nach der unverständigen Gesetzgebung unseres Landes wird ja bestraft, wer scharf auf einen Klavierspieler schießt. Gütliche Verhandlungen aber, die die Qual auf einige Tagesstunden beschränken sollten, scheiterten an der Unnahbarkeit der beiden Frevler.

In jener Zeit der höchsten Not erhielt die Sachlage eine andere Wendung durch das Auftreten des eingangs erwähnten drei Fuß langen Löffelbohrers. Mit diesem bohrten wir ein schönes langes und rundes Loch in die Zimmerdecke. Es nahm seinen Anfang in einer Stuckrosette, wo selbst scharfe Augen es nicht entdecken konnten, durchfuhr zunächst die Rohrverschalung, an der der Deckenputz hing, und ging weiter durch den Stakenboden, um schließlich auch noch den Plänterboden zu durchbrechen, auf dem im oberen Zimmer direkt der Parkettfußboden liegt. Als aber nun der Bohrer in die harte Parkettafel selber fuhr und dies durch lautes Knarren anzeigte, stellten wir nach dem alten Satz »ne quid nimis«* alsbald die minierende Tätigkeit ein.

* nichts, was zu viel (wäre)

In selbiges Loch nun ging stramm ein gläsernes Barometerrohr hinein, das - sauber eingegipst - völlig hermetisch festsaß und, da es den Stuck kaum einen Zentimeter überragte, dem Auge nicht sichtbar war. An das Rohr schloß sich ein schöner neuer Gummischlauch, und dieser führte zu einer Gasentwicklungsflasche, die, mit trockenem Schwefeleisen beschickt, auf unserem Tische stand.

Nun war die Lage der Dinge die: entstand in der Gasentwicklungsflasche aus irgendwelchen, später zu behandelnden Ursachen ein Überdruck, so mußte das Gas durch den Schlauch und das Barometerrohr seinen Weg bis unter die Parkettfliesen des oberen Zimmers nehmen. Hier war ihm jeder Rückweg infolge sorgfältiger Eingipsung der Barometerröhre abgeschnitten, und so mußte es sich denn zunächst nach allen Seiten fächerförmig unter den Fliesen ausbreiten und durch die Parkettfugen in vollem Strome in das obere Zimmer fließen.

Im weiteren lehren nun Chemie und Hüttenkunde, daß Schwefeleisen in großen Mengen Schwefelwasserstoff entwickelt, wenn man verdünnte Schwefelsäure darauf gießt. Vom Schwefelwasserstoff aber ist bekannt, daß er in der niederträchtigsten, brutalsten und infamsten Weise nach faulen Eiern stinkt und bei Einatmung in größeren Mengen alle Symptome der Seekrankheit auslöst.

Als wir die letzte Schlauchverbindung hergestellt hatten und neben unsere Gasentwicklungsflasche fein säuberlich ein Milchkännchen mit verdünnter Schwefelsäure auf den Tisch stellten, hob die Glocke eben an, fünf Uhr nachmittags zu schlagen, über uns aber rasten seit zehn Uhr morgens die Tonbrandungen des Gounodschen »Faust«. Als aber die Glocke den fünften Schlag verklingen ließ, da füllten wir mit sicherem Griff ein Viertelliter Schwefelsäure in die Flasche und schlossen dann das Zufüllrohr durch einen Quetschhahn.

»Und es wallet und siedet und brauset und zischt«*... usw.

Nun muß man vom Standpunkt des praktischen Ingenieurs aus sagen, daß die im vorigen beschriebene Anlage ganz vorzüglich funktionierte, gleichviel ob man sie als einfache Gas-

* Zitat aus Schillers Ballade ›Der Taucher‹

anstalt oder in Anbetracht des Spezialzweckes nach Professor Reuleaux'* Kinematik** als eine Fernauslösung betrachtet.

Prompt zehn Minuten, nachdem wir die Säure eingefüllt hatten, verstummte jäh das Spiel, in weitem Bogen wurde der Sessel zurückgeschleudert, und es folgte ein Laufen, ein Suchen, ein Scharren, ein Rücken sämtlicher Möbel, als wäre eine Granate in eine Sonntagsschule geschlagen. Offenbar biß den Fuchs der Rauch.

»Miez, du mußt dich gewöhnen«, sagte der Bäcker, als er mit der Katze den Backofen ausfegte, und nach ähnlichem Grundsatz gasten wir noch munter zehn Minuten weiter, bevor wir die Gasflasche entfernten und unter Beobachtung aller Vorsichtsmaßregeln auf dem Balkon deponierten. Ein Streichholz, in die Barometerröhre geschoben, verschloß diese hermetisch und schützte uns selbst vor etwa zurückflutendem Gas.

An diesem Abend hatte die Anlage ihre Schuldigkeit getan. Uns blieben sechs weitere Stunden »Faust« erspart, und das Gerücht wußte uns zu melden, daß der schwergeprüfte Musikante mit allen Zeichen des mal de mer*** das Lokal verlassen habe, freilich nicht, ohne seine Wirtsleute mit Nachforschungen nach der Ursache dieses gigantischen, schier supranaturalen Gestankes zu betrauen. Selbstverständlich waren wir nicht in der Lage, über die Herkunft jenes Odeurs irgendwelche Angaben zu machen.

Dieser Tag hatte die erste Bekanntschaft zwischen dem Schwefelwasserstoff einerseits und dem Klaviertiger andererseits vermittelt. Der nächste Tag war dem Bestreben geweiht, eine Ideenassoziation zwischen der Musik und dem Schwefelwasserstoff herzustellen. Zu diesem Zweck mußten Klangwellen und Gestankwellen synchron verlaufen. Jeder Tastenattacke mußte sofort ein Schwall von Schwefelwasserstoff folgen. Als ehernes und unumstößliches Naturgesetz mußte sich dem Spieler die Erfahrung einprägen: »Sobald du spielst, erhebt sich ein infernalischer Gestank, von dem dir speiübel wird.«

---

* Franz Reuleaux war einer der Hochschulprofessoren, bei denen Dominik studiert hatte.

** Bewegungslehre

*** Seekrankheit

Nach diesem Programm arbeiteten wir am nächsten Tag. Die Flasche war neu beschickt, die Schwefelsäurekanne stand kampfbereit, und jeder Versuch, das Spiel zu rühren, wurde sofort durch eine kräftige Dosis Schwefelwasserstoff gerügt. Der erste Versuch um 1 Uhr mittags war um 1 Uhr 10 Minuten zum Verschwinden gebracht, und mit dem Abrücken aller Möbel sowie dem Auslüften und Wiederanwärmen des Zimmers hatte der Tiger bis 3 Uhr reichlich zu tun. Dann ein neuer Versuch, der um 3 Uhr 5 Minuten, nach einem leichten Säureaufguß, bereits zum Schweigen kam. Danach Ruhe bis 4 Uhr, dann zehn Tastenschläge und als Folge einige Liter Gas. Dann weiter Ruhe bis 5 Uhr, um welche Zeit ein mit Berserkerwut getrommelter Walzer einsetzt.

Wir fühlen, daß jetzt der Entscheidungskampf naht. Wenn wir den Unhold jetzt nicht im klaren Gestank sticken lassen, bis er blau anläuft, dann gewöhnt er sich überhaupt an den Schwefelwasserstoff, und wir kommen nie wieder zur Ruhe. Also frische Säure in die Flasche und zwanzig Minuten hindurch in vollem Strom gegast! Jetzt merken wir am Spiel, wie die Agonie* beginnt. Heftiger und wilder werden die Schläge. Immer wütender haut der Tiger die Pranken in die Tasten, und immer lauter kommt die Walzermelodie nach unten. Zweifel beschleichen unser Herz ob des endlichen Sieges. Wir schütteln die kochende Flasche, auf daß sie noch heftiger siede und gase, und jetzt ist die Macht des bösen Feindes gebrochen! Kraftlos lösen sich die Töne, und Stille tritt ein. Krachend fällt der Deckel zu, und schlurfend wird der Sessel zurückgeschoben. In der Sache Schwefelwasserstoff contra Straußwalzer hat der Schwefelwasserstoff Recht behalten. Um ganz sicher zu gehen, wird noch fünf Minuten nachgegast, danach entfernen wir die Anlage und verbergen sie.

Die Geschichte der nächsten Viertelstunde zeigt uns, daß wir daran nicht eben Unrecht taten.

In ihrer Herzensnot haben die geschwefelten Musikanten die Hilfe eines über die Gebühr tüchtigen Vizewirtes herangezogen, der sich seinerseits den Pförtner des Hauses und einen Klempner affiliierte**. So ging nun eine dreigliedrige Kommission auf

---

* Todeskampf

** angliederte

die Suche nach der neu entstandenen Schwefelwasserstoffquelle, und es wurden ihrer sogar vier, als noch eine lange Stehleiter dazukam.

Als dieses Quartett auch bei uns erschien, da haben wir es nicht unterlassen, uns ebenfalls bei ihm auf das bitterste über einen leichten Schwefelwasserstoffgeruch in unserem Zimmer zu beklagen. Wir haben dringend darum gebeten, daß dieser Übelstand abgestellt werde, da Schwefelwasserstoff bekanntlich ein ungesundes und unangenehmes Gas ist, und wir haben den Vizewirt dringend an seine Pflicht erinnert, für die Unterdrückung solcher Sachen beschleunigte Sorge zu tragen. Wegen des Klavierspieles konnten wir leider nichts verlauten lassen, da er selbst zwei Musikstudierende in Pension hat.

Und nun kam die Nacht. Als wir, getreu unserer Sonnabendtradition, des Sonntags früh zwischen zwei und drei Uhr nach Hause kamen, gähnten über uns offene Fenster. Die Klaviertiger kampierten die erste Nacht außer Haus. In harter zweitägiger Schlacht war die Macht des Feindes gebrochen. Wohl mußten später noch einige leichte Schwefelwasserstoffwellen nach oben geschickt werden, aber sie genügten, um für ganze Tage Ruhe zu schaffen. Insbesondere wurde es nicht mehr nötig, die Gase Chlor und schweflige Säure nach oben zu senden, von denen das erstere einen endlosen Nieskrampf, das zweite einen permanenten Hustenreiz auslöst. Der gefährliche Pestherd ist durch eine energische, rationelle Behandlung ausgerottet worden, und es herrscht wieder Ruhe im Hause. Wohin sich der Konzertflügel mit seinen Anhängseln gewendet hat, wissen wir nicht, aber seine Nachbarn in spe dürfen in jedem Falle unseres Beileides sicher sein. Im übrigen haben wir eine gute Gasentwicklungsflasche, fünf Meter roten Gummischlauch und einen drei Fuß langen Löffelbohrer zu günstigen Bedingungen auszuleihen.

(abgedruckt in: ›Berliner Tageblatt‹ Nr. 25 vom Freitag, 15. 1. 1904, 1. Beiblatt; in der Gestaltung des Kopfes folgten wir dem Original)

V. Zum neuen Aufhänger der Nachkriegsausgabe von **Kautschuk**

Zwei Hürden hatten die Neuausgaben Dominikscher Romane nach dem 2. Weltkrieg zu nehmen: sie mußten von den Besatzungsmächten freigegeben werden, und sie mußten auf den neuesten Stand der Technik gebracht werden, da sich für technisch veraltete Bücher kein Verleger interessierte.

Die eine Hürde erhellt der erste Teil eines im Nachlaß entdeckten Schreibens:

AUGUST SCHERL NACHFOLGER

BERLIN SW 68
KOCHSTRASSE 44/45

12. Mai 1953.

An den Gebr. Weiss-Verlag, z. Hd. des Herrn Richard Weiss,
(1) Berlin-Schöneberg,
Hewaldstraße 9.

Sehr geehrter Herr Weiss!

Mit bestem Dank bestätige ich den Empfang Ihres Schreibens vom 8. d. Mts., dem ich den Entwurf Ihres Briefes vom 7. ds. Mts. wegen der Dominik'schen Romane

Himmelskraft
Die Macht der Drei
Kautschuk

entnommen habe.

Ich erlaube mir Sie darauf aufmerksam zu machen, daß zunächst die HICOG Information Control den Verkauf dieser 3 Romane ablehnte. Wie Ihnen bekannt ist, zog sich dann die Überarbeitung dieser Romane so lange hin, bis die US Property Control den Verlag Scherl der Beaufsichtigung des Berliner Senats unterstellt hat. Da diese Vorgänge aktenkundig bei Scherl vorliegen, möchte ich Ihnen vorschlagen, doch Ihr Schreiben vom 7. ds. Mts. dementsprechend abzuändern.

Inzwischen erhielt ich die Mitteilung, daß der Herr Finanzsenator im Augenblick prinzipiell einem Verkauf von Verlagsrechten deswegen nicht zustimmt, weil die Verhandlungen mit der Hugen-

berg-Gruppe weitergehen und er eine Störung dieser Verhandlungen vermeiden möchte.

Da ein entsprechendes Dokument zu **Kautschuk** nicht vorliegt, möge die zweite Hürde anhand eines anderen charakteristischen Briefes an den Schwiegersohn und Rechtsnachfolger Hans Dominiks, Dr. Alexander Jansen, aufgezeigt sein:

BIBERACH/RISS, den 17. August 1955
ZEPPELINRING 47

Sehr geehrter Herr Doktor!

Aus Jugoslawien erhielten wir jetzt Nachricht, daß der »Wettflug der Nationen« geprüft wurde und für »wirklich interessant geschrieben« gehalten wird. Es heißt aber weiter: »Das Buch dürfte bereits zu veraltet sein, da die Technik in den letzten Jahren so weit fortgeschritten ist, daß Fluggeschwindigkeiten von 400 Stundenkilometern, die den Mittelpunkt der Handlung bilden, in Grund und Boden überholt sind.« So kann sich das »Technische Verlagshaus« in Zagreb nicht zur Herausgabe entschließen. [...]

Ich habe mich in der letzten Zeit schon mit dem Gedanken getragen, für eine Neuauflage den »Wettflug« noch einmal zu überarbeiten und auf Geschwindigkeiten zwischen 700 und 800 km/h umzustellen, was zuverlässigen Langstreckenflugzeugen von heute entspricht. Es wird freilich ein großes Rechenwerk bedeuten, Geschwindigkeiten und Zeiten der verschiedenen Art mit den geographisch festliegenden Punkten in eine sinnvolle Übereinstimmung zu bringen und auch die verschiedenen Erlebnisse dann noch logisch in den Zeitablauf einzubauen. Wir halten aber eine solche Überarbeitung unbedingt für notwendig, da auch für die deutsche Ausgabe eine Modernisierung dieses ersten Bandes sehr am Platze ist. [...]

(Unterschrift: *ppa. Paul Kasch, Koehlers Verlagsgesellschaft*)

Die Bearbeitung der Scherl-Romane für die Ausgabe im Gebr. Weiss Verlag hat wohl Volkhard August Scherl (27. 3. 1918–5. 8. 1974), der Enkel des Verlagsgründers August Scherl (24. 7. 1849–18. 4. 1921), durchgeführt. Zwei Dokumente aus dem Dominik-Nachlaß mögen das belegen:

Ich habe dann später 1951 bis 54 einige von H.D.'s Romanen auf modern überarbeitet, vor allem in der unserer Zeit angepaßten Terminologie technischer Ausdrücke. (Brief - datiert: 25. 6. 1974 - von Volkhard August Scherl an Artur Müller vom Süddeutschen Rundfunk, der einen Dokumentarfilm über Hans Dominik drehen wollte; das Projekt wurde nach Volkhard August Scherls überraschendem Tod fallengelassen.)

Und in einer Aufstellung seiner Buchveröffentlichungen (datiert: 20. 1. 1972) notierte Volkhard August Scherl: *1951-1954 Überarbeitung zahlreicher Dominik-Romane.*

Folglich ist wohl davon auszugehen, daß die Nachkriegsfassung von **Kautschuk** von ihm erstellt wurde. Den Zwängen der Zeit gehorchend, veränderte er nicht nur Dominiks kleine Nadelstiche gegen amerikanische Verhältnisse bzw. amerikanisches Gebaren, er suchte auch einen neuen Aufhänger für die Entwicklung künstlichen Kautschuks, der ja bereits seit diversen Jahren im Großverfahren produziert wurde.

So rankte Volkhard August Scherl die Handlung um den ›Atomstrom‹, die magische Hoffnung der frühen 50er Jahre, und die von ihm erwartete Energierevolution.

Als Beitrag zur Wirkungsgeschichte geben wir im folgenden das neu geschriebene, vor den Dominikschen Romanbeginn gesetzte Eingangskapitel der Ausgabe des Gebr. Weiss Verlags wieder (Parallelen zum Originalanfang des Romans **Atomgewicht 500** sind nicht zu übersehen):

»Achtung! Einschalten!« rief Dr. Fortuyn.

Im gleichen Augenblick drückte Dr. Wendt den Schalthebel herab. Fortuyn und seine Assistenten traten näher an die Strom- und Spannungsmesser, während man das tiefe Summen der Atomstromturbine vernahm. 15 Millionen ... 18 Millionen ... bei 20 Millionen, wo der rote Strich leuchtete, blieb der Zeiger des Spannungsmessers vibrierend stehen. 20 Millionen Volt in höchster Stärke lieferte das Mitteleuropäische Atomwerk.

Da - ein fürchterlicher Knall - ein gewaltiger Blitz schlug aus dem Endverschluß des Riesenkabels. Taumelnd stürzte Dr. Wendt.

Fast lähmend war die Stille danach - um so beängstigender wirkte der starke Qualm, der vom Vorplatz durch die geöffneten Fenster in die Halle zog.

»Da haben wir die Schweinerei wieder!« Dr. Fortuyn fuhr sich mit beiden Händen in die Haare. »Nur gut, Kollege Wendt, daß die automatische Sicherung ausgelöst wurde. Möchte nicht wissen, was sonst passiert wäre…«

Die Herren traten ins Freie. In diesem Moment erschallte eine Stimme im Werklautsprecher: »Dr. Fortuyn, bitte zum Telefon für Generaldirektor Kampendonk!«…

»Dr. Wendt, sehen Sie mal nach, was unser Atomstrom wieder angerichtet hat. Ich komme gleich…« wandte sich Fortuyn an seinen Assistenten und betrat dann die Telefonkabine.

»Hier Fortuyn. Herr Generaldirektor?«

»Was war da los, mein Lieber?«

»Wieder das gleiche. Wie bei den ersten Versuchen. Die Isolation ist zu schwach, Herr Generaldirektor.«

»Ich komme gleich 'rüber. Will mir den Schaden einmal selbst besehen.«

Wenige Minuten später standen Generaldirektor Kampendonk, Dr. Fortuyn und verschiedene Assistenten neben der gewaltigen Durchschlagsstelle. Meterweit war die mannstarke Kautschukisolation von der Energie der Atomelektrizität durchschlagen und verkohlt. Noch immer lag der penetrante Geruch von verbranntem Gummi in der Luft.

»Da haben wir nun alle Probleme der Nutzbarmachung von Atomenergie gelöst und können dieses Geschenk der Natur einfach nicht verwenden - weil sich die gewaltigen Elektrizitätsmengen nicht bändigen lassen. Es ist zum Verzweifeln!« Kampendonk blickte versonnen auf das freiliegende schenkelstarke Kupferkabel.

»Dr. Fortuyn, es hilft nichts, wenn wir die Welt und uns mit dem Atomstrom beglücken wollen, müssen wir einen neuen Isolationsstoff schaffen. Sie sehen es selbst. Auch der Neo-Kautschuk reicht noch nicht aus.«

»Wenn wir nun die Isolationsschicht noch mehr verstärken«, wandte Dr. Wendt ein.

»Das ist unmöglich«, erklärte Fortuyn. »Wir können doch nicht meterstarke Kabel verwenden. Nein, Herr Generaldirektor Kampendonk hat schon recht. Wenn der neue Atomstrom der Weltwirtschaft nützen soll, muß er gefahrlos für die Umwelt fließen, ohne daß man den wirtschaftlichen Gewinn für eine maßlose Isolation verwendet. Wir müssen eine völlig neue Kautschuksynthese ent-

wickeln. Das ist der einzige Weg, um eines Tages unseren Atomstrom nutzen zu können!«

Wie genial dieser neue Aufhänger für die Nachkriegszeit gewählt war, kann man an den Innenklappentexten der Schutzumschläge des Gebr. Weiss Verlags und des Verlags »Welsermühl« sowie am Rückseitentext der Taschenbuchausgabe des Wilhelm Heyne Verlags von 1975 erkennen. Um das Publikum für den Roman zu begeistern, beschrieb man fast ausschließlich die neue Zentralidee (die ursprünglichen, Dominikschen Schwerpunkte traten ganz in den Hintergrund):

Die Energiewirtschaft der Welt steht vor einer gewaltigen Umwälzung. Das Problem der Erzeugung elektrischen Stroms aus Atomenergie ist gelöst. Aber die Techniker können mit diesem Geschenk der Wissenschaft nichts anfangen, weil die Gewalt dieses neuen Atomstromes jede Isolation durchschlägt und dadurch die Umwelt gefährdet.

Da greift ein Wissenschaftler der Mittel-Europäischen Atomwerke (MEW) den Gedanken auf, einen neuartigen Isolationskautschuk zu entwickeln, um die Voraussetzungen für die technische Auswertung der Atomelektrizität zu schaffen. Aber auch ausländische Werke beschäftigen sich mit dem gleichen Problem. Es beginnt ein Wettrennen um die Realisierung dieses Verfahrens. Wird sie gelingen? Wer bleibt Sieger?

Der Handlung dieses Romans hat Hans Dominik einen kräftigen Schuß Kriminalistik beigemischt, so daß die Spannung bis zur letzten Zeile nicht nachläßt. (Klappentext der Nachkriegsausgabe im Gebr. Weiss Verlag; identischer Wortlaut beim Verlag »Welsermühl«)

Die Energiereserven der Erde sind begrenzt; Wirtschaft und Industrie aber benötigen jedes Jahr mehr Energie, vor allem in Form von elektrischem Strom. Das Problem, den benötigten Strom aus Atomenergie zu gewinnen, ist gelöst; die Techniker können indes mit dem Geschenk der Wissenschaft nichts anfangen, denn bislang gibt es kein Isolationsmaterial, das die bei der Gewinnung von Atomstrom entstehenden Spannungen aushielte. Immer wieder gibt es verheerende Unfälle, werden Versuchsanordnungen zerstört, kommen

Menschen zu Schaden. Da gelingt es einem Wissenschaftler in der Forschungsabteilung der Mitteleuropäischen Atomwerke, theoretisch ein neuartiges Isolationsmaterial zu entwickeln, um einen Kautschuk herzustellen, der mit höchsten Spannungen belastet werden kann, ohne durchzuschmoren. Das Problem, den Atomstrom zu nutzen, wäre damit gelöst. Doch die führenden Industriekonzerne der Welt sind seit Jahren mit demselben Problem konfrontiert und haben ungeheure Summen in die Forschung investiert. Sie sind nicht bereit, den Markt ohne weiteres preiszugeben, und setzen alles daran, in der technischen Realisierung des Verfahrens die ersten zu sein. (Rückseitentext der Taschenbuchausgabe von 1975 im Wilhelm Heyne Verlag)

Werkgeschichte und Editorischer Bericht

Wie in ›Zeitzeugnisse‹ **I. g** nachzulesen, begann Dominik mit der Arbeit an **Kautschuk** im Herbst 1929. Über die Fertigstellung ist nichts Näheres bekannt, es ist jedoch davon auszugehen, daß sie - traditionsgemäß - vor dem Sommerurlaub 1930 erfolgte.

Zu Lebzeiten des Autors kam es zu vier mehr oder weniger voneinander abweichenden Druckfassungen. Das Originaltyposkript (T) ist heute verschollen. Es entstand diesmal quasi als ›Familienunternehmen‹: Dominiks Sekretärin war seine Tochter Lieselotte (s. dazu Bd. 1, S. 427).

1. Der Zeitungsvorabdruck (Z) erschien täglich außer montags in der ›Unterhaltungs-Beilage‹ des ›Berliner Lokal-Anzeigers‹ in 30 Teilen von Nr. 228 (25. 9. 1930) bis Nr. 257 (29. 10. 1930) auf insgesamt 73 Seiten, zweispaltig - ohne Illustrationen.
2. Die Bucherstausgabe (E) erschien Ende Oktober 1930 bei ›Ernst Keils Nachfolger (August Scherl) G.m.b.H.‹, Berlin; 284 Seiten.
3. Eine Lizenzausgabe (L) erschien als ›Der deutsche Tauchnitz‹, Band 108, im ›Verlag Bernhard Tauchnitz‹; Leipzig 1941; 240 Seiten.
4. Ab dem 76. Tausend erschien **Kautschuk** als Neusatz (N) im ›Verlag Scherl Berlin‹; 1942; 300 Seiten.

Dank der Literaturforschungen von Wolfgang Thadewald im ›Börsenblatt für den deutschen Buchhandel‹ können mit diesem Band erstmals die einzelnen Auflagenhöhen - z. T. mit präzisen Erscheinungsdaten - gelistet werden (die Jahreszahlen nach Januar 1940 sind dem ›GV‹ entnommen):

1.-10. Tausend: Ende Oktober 1930
11.-20. Tausend: Ende November 1930
21.-25. Tausend: angekündigt am 26. 9. 1935
26.-30. Tausend: angekündigt am 3. 11. 1936
31.-35. Tausend: angekündigt am 6. 9. 1937

36.-45. Tausend: angekündigt am 1. 9. 1938
46.-55. Tausend: »lieferbar« laut Anzeige vom 18. 1. 1940
56.-65. Tausend: 1940
66.-75. Tausend: 1941
76.-85. Tausend: 1942
86.-95. Tausend: 1942

Auf den Anzeigen zum 1.-10. Tausend ist vermerkt: Geheftet 4.50 M. / Ganzleinen 6.- M. / Halbleder 9.- M. Zum 21.-25. und zum 26.-30. Tausend heißt es: Geheftet 3,10 Mk., Ganzleinen 4,50 Mk. Das 76.-85. Tausend erschien als Halbleinenausgabe und kostete 4,50 Mk. Das 86.-95. Tausend erschien zum Preis von 4,20 Mk. als Pappband. Die Tauchnitz-Ausgabe hatte Taschenbuchaufmachung (war jedoch fadengebunden und mit Schutzumschlag ausgestattet) und kostete 1,60 Mk.

Vom 1.-75. Tausend ist der Buchblock mit Ausnahme weniger Kleinstkorrekturen identisch, vom 76.-95. Tausend dürfte der Buchblock vollständig identisch sein (ein Exemplar vom 86.-95. Tausend lag dem Herausgeber nicht vor).

Der ›Untertitel‹ variierte; in Z: *Industrieroman*, in E: *Ein Roman aus der Industrie*, in N: *Roman aus der Industrie* und in L lediglich: *Roman*.

Über die Unterbringung des Vorabdrucks in der Unterhaltungsbeilage des ›Berliner Lokal-Anzeigers‹ war Dominik im nachhinein nicht glücklich. Er schrieb seinem Mitarbeiter Hermann Hitzeroth anläßlich des Zeitschriftenvorabdrucks seines nächsten Romans, **Befehl aus dem Dunkel**: *Unser Roman kommt in die ›Woche‹, soll schon im Januar zu laufen beginnen und prima illustriert werden. Das ist ein Fortschritt, denn zuerst wollten die Leute ihn wieder im ›Lokal-Anzeiger‹ bringen, freilich nicht im Müllkasten, sondern im Hauptblatt und auch illustriert.* (Brief vom 21. 11. 32)

Dominiks Unmut dürfte sich auf die starken Kürzungen beziehen, die für die Unterhaltungsbeilage vorgenommen worden sind: bis zur Mitte der 13. Fortsetzung liegen sie noch erheblich unter 10%; ab dem Kapitel um Gallardo, Düsterloh und Adrienne (S. 133 ff.) betragen sie durchschnittlich fast 25%. Im allgemeinen sind die Übergänge geschickt gewählt worden, aber viel mehr als das Handlungsgerüst ist oftmals nicht stehengeblieben - Atmosphärisches und die Motivationen der Handlungsträger gingen weitgehend verloren.

Der Wort-für-Wort-Vergleich von Z und E ergibt zusammen mit dem Wissen um Dominiks Vorgehensweise bei der Konzeption eines Romans (s. Bd. 1, S. 412-415, sowie Bd. 2, S. 363 f.) folgendes Bild zur Textsituation: Der Autor hat wohl auch bei **Kautschuk** anhand von Stichworten direkt in die Schreibmaschine diktiert. Er ging Original und Durchschlag getrennt durch - die Textabweichungen sind jedoch minimal; möglicherweise hat er für Z auch Kürzungsvorschläge eingetragen.

Die beiden Originaltyposkripte wurden von den jeweiligen Redaktionen respektive Lektoren durchgesehen - auch hier sind die Änderungen kaum erwähnenswert (neben den Kürzungen von Z selbstverständlich). Der einzige durchgehende Unterschied ist, daß E differenziert: *Dr.* im Erzähltext und *Doktor* bei wörtlicher Rede, während in Z durchgängig *Dr.* steht.

L folgt E wörtlich (verglichen wurden zahlreiche Stichproben) - überwiegend wurde sogar der Zeilenumbruch peinlich genau beibehalten. Anfangs beließ man auch offensichtliche Druckfehler, ab S. 136 von L erfolgten weitgehend Richtigstellungen (leider kamen diverse neue Druckfehler hinzu). Die Frakturschrift von E wurde in Antiqua, die Antiqua-Passagen von E (fremdsprachige Wörter sowie Kürzel: Dr., Ap, Gx usw.) wurden kursiv gesetzt. Das ›ß‹ wich konsequent dem ›ss‹; die Großbuchstaben Ä, Ö, Ü wurden zu Ae, Oe, Ue. Auf Seite 4 findet sich der Hinweis: *Nur zum Verkauf ausserhalb des Grossdeutschen Reiches.*

Für N wurde E von fremder Hand durchgearbeitet: zahlreiche Stichproben zeigten keine nennenswerten Änderungen (abgesehen von einer Handvoll bedauerlicher Patzer), im allgemeinen wurden nur Druckfehler korrigiert und hier und da Satzzeichen geändert (1 Gedankenstrich statt 2, Komma statt Semikolon etc.). N ist durchgängig in Antiqua gesetzt.

Nach dem 2. Weltkrieg erschien **Kautschuk** bei verschiedenen Verlagen. Folgende Ausgaben sind bisher erfaßt worden:

1) Gebr. Weiss Verlag, Berlin-München 1953, 296 Seiten (W); Halbleinen 6,80 DM; Leinen 7,80 DM
2) Verlag »Welsermühl«, Wels 1957, 296 Seiten; Leinen 53,60 ÖS

3) Volksverband der Bücherfreunde; Wegweiser Verlag GmbH., Berlin o. J. (1962 oder früher); 361 Seiten
4) Wilhelm Heyne Verlag, München 1975, 205 Seiten; Taschenbuch Nr. 3429; 4,80 DM; Redaktion: Walter Brumm; erschienen in der Reihe ›Science Fiction Classics‹

Die Rechte an Dominiks Scherl-Romanen erhielt nach dem 2. Weltkrieg der Gebr. Weiss Verlag. Dort erschien die grundlegende Nachkriegsfassung W. Gegenüber den bisher erschienenen Bänden der Dominik-Jubiläums-Edition kann hier präzisiert werden (s. ›Zeitzeugnisse‹ V.), daß die Neueinrichtung der Texte von Volkhard August Scherl, dem Enkel des Scherl-Verlag-Gründers August Scherl, vorgenommen wurde - sicherlich in Absprache mit Dr. Alexander Jansen, dem Dominik als seinem Schwiegersohn am 16. 10. 1945 eine *Vollmacht, mich in allen Angelegenheiten zu vertreten, welche die Verwertung der mir zustehenden Urheberrechte an den von mir bereits herausgebrachten beziehungsweise noch herauszubringenden Werken betreffen*, erteilt hatte, die *durch meinen Tod nicht erlöschen* soll. (Das Dokument befindet sich im Nachlaß.)

In ›Zeitzeugnisse V.‹ wurde bereits die Notwendigkeit einer Bearbeitung des Romans für W näher erläutert und der neue Aufhänger aufgezeigt. Einiges Weitere sei hier ergänzt:

* Der Handlungsort New York wurde nach London, die Handlungsorte im damaligen DDR-Gebiet wurden in die Bundesrepublik verlegt (Leipzig ⇨ Hannover; Dresden ⇨ Düsseldorf), aus dem Städtchen *Rieba* wurde *Langenau*, die *Rieba-Werke* sind jetzt *MEA-Werke* (*Mitteleuropäische Atomwerke*), *James Headstone* heißt *Steve Hopkins*, *Elias Brooker*: *Elias Bronker*, *Dr. Göhring*: *Dr. Lehnert** und aus Kampendonks *Sekretär Dr. Knappe* wurde Kampendonks *Sekretärin Fräulein Knappe*.

---

* Die Namensänderung Dr. Göhrings erklärt sich aus der - 1953 - zu frischen Erinnerung an die NSDAP-Größe Hermann Göring. James Headstone und Elias Brooker erhielten ihre neuen Namen, da im Roman **Himmelskraft** (1952 wiederveröffentlicht) bereits ein James Headstone und ein Direktor Brooker ähnliche Positionen innehatten, ohne daß zwischen beiden Romanhandlungen Bezüge bestehen.

* Schappmann, seine Frau Luise und Börner haben ihren Soziolekt gegen grammatikalisch einwandfreies Hochdeutsch unter Belassung einiger kleiner Berliner und umgangssprachlicher Einsprengsel (*mein Oller*, *nee*, *so'n*, *'ne*) eingetauscht.
* Man reist nicht mehr so viel mit der Bahn, sondern benutzt statt dessen auch das Flugzeug.
* Dominiks herrliche ›Entschärfung‹ der Redewendung »Götz von Berlichingen«, die aus Tillys Mund *König Friedrich August von Sachsen* lautete, wich einem *Machen Sie Ihren Kram ohne mich!*
* Die letzten beiden Abschnitte des Romans wurden gestrichen und damit – die Scheidung von Wilhelm und Juliette Hartlaub wird auch an keiner anderen Stelle erwähnt – der kompositorisch notwendige Schlußpunkt dieser Beziehung (vgl. Nachwort S. 366) dem Lesepublikum vorenthalten.
* Der neue Aufhänger machte viele Umarbeitungen der ›technischen Fabel‹ notwendig, und einiges mußte neu hinzugeschrieben werden. Aber auch in den Nebenhandlungen bearbeitete man – zum Teil mehr, als notwendig gewesen wäre: z. B. ist Johanna jetzt Raucherin, hat einen Autounfall und findet sich im Krankenhaus wieder (W: S. 203).

Letztlich ist so eine Neufassung entstanden, die viel Zeitgeist der 50er Jahre atmet (man betrachte auch die veränderte Sprache im Eingangskapitel – wiederabgedruckt in ›Zeitzeugnisse V.‹).

Diese Version übernahmen der Verlag »Welsermühl« und der Wegweiser-Verlag wörtlich, die Welsermühl-Ausgabe ist sogar umbruchsidentisch.

W war auch Vorlage für die Taschenbuchausgabe bei Heyne. Der Text wurde von Walter Brumm durchgesehen, orthographisch modernisiert (*'rüber* ➪ *rüber*) bzw. korrigiert (*Schwarze Liste* ➪ *schwarze Liste*), aber auch leicht gekürzt: neben diversen kleinen Passagen entfielen hier und da auch in sich geschlossene Episoden (gemessen an W fehlen insgesamt 4 ½ Prozent oder 13 Seiten). Telephonisch kontaktiert, konnte Walter Brumm leider – aber nach 24 Jahren natürlich verständlicherweise – keine Auskünfte mehr geben, unter welchen Auflagen bzw. Gesichtspunkten er den Text eingerichtet hat; die für W hinzugeschriebene Episode um die nervös rauchende Johanna, die nach einem

Autounfall im Krankenhaus aufwacht, hat er wieder herausgenommen. Bei den Standardeintragungen im Impressum ist der falsche Passus eingesetzt worden: Statt *Genehmigte, ungekürzte Taschenbuchausgabe* hätte es korrekt heißen müssen (wie dies auch beim ebenfalls von Walter Brumm herausgegebenen Band **Das Erbe der Uraniden** ein Jahr zuvor geschehen war): *Genehmigte, bearbeitete Taschenbuchausgabe.*

Für die vorliegende Ausgabe wurde E zugrunde gelegt und Wort für Wort mit Z unter Hinzuziehung von N und L (gelegentlich auch W) verglichen. Bei Abweichungen, die im vorliegenden Band mit Ausnahme der weiter unten aufgelisteten Einzelfälle nur kleinere Stilistik- und Interpunktionsfragen betrafen, wurde die überzeugendste Fassung gewählt. Darüber hinaus wurde der Text einer kritischen Revision unterzogen, denn in jener Zeit - Dominiks Auftragslage war gut - hat sich der Autor nicht mit akribischem Feilen aufgehalten und Formulierungen seiner ›mündlichen Endfassung‹ stehenlassen, an denen er in den 40er Jahren Korrekturen vorgenommen hätte. Da das Ziel der Dominik-Jubiläums-Edition nicht eine historisch-kritische Ausgabe, sondern eine ungekürzte und unzensierte Leseausgabe ist, waren die Schwerpunkte der Textrevision:

* Erstellung von Fußnoten;
* Kursivsetzung von Depeschen, Briefen, Zeitungsartikeln u. ä.;
* Durcharbeitung der Interpunktion; hervorgehoben seien 1.) das Setzen einfacher Anführungsstriche bei Firmennamen (›*Western Chemical*‹) und Kürzeln (›*B 13*‹; ›*Ap 602*‹) sowie bei Gedanken in direkter Rede - im Original kommt beides vor, aber selten - und 2.) Änderungen zugunsten des Leseflusses: *Da kam sie ihm selbst zu Hilfe. Fragte:* ➪ *zu Hilfe, fragte:* (S. 180, Z. 8 f.);
* Unterteilung der für Dominik ungewöhnlichen Großkapitel: Normalerweise bevorzugt der Autor kurze, in sich geschlossene Kapitel - manchmal von der Länge einer halben Seite, selten von mehr als 10 Seiten; Handlungssprünge innerhalb eines Kapitels (gekennzeichnet durch den am Ende eines Absatzes stehenden Gedankenstrich) sind selten; in **Kautschuk** gibt es im Original Kapitel von bis zu 33 (S. 133–166)

und 36 (S. 172–210) Seiten Länge, in denen ganz unterschiedliche Geschehnisse aneinandergereiht sind; wir haben an solchen ›Gedankenstrichstellen‹ rund 20 Mal neue Kapitelanfänge gesetzt.

* Wortumstellungen: *Die Dame […], die da so zu unrechter Zeit […] gekommen sei* ➪ *die da zu so unrechter Zeit* (S. 240, Z. 28 ff.); *Man kommt sich allmählich wie verraten und verkauft hier vor.* ➪ *Man kommt sich hier allmählich wie verraten und verkauft vor.* (S. 110, Z. 6 f.);
* Wandlung von *Herr*, *Frau* und *Fräulein* in *Mr.* bzw. *Señor*, *Mrs.* und *Miss*: In vielen seiner Romane hat Dominik die fremdländische Anrede als Atmosphäre schaffendes Mittel eingesetzt, in **Kautschuk** nur 1 Mal *Señor* (S. 169, Z. 23), 1 Mal (unglücklich) *Mistreß* (S. 174, Z. 12), 2 Mal *Miß* (S. 92, Z. 35 + S. 257, Z. 27) und 10 Mal *Mr.* bzw. *Mister*; den in Amerika spielenden Anfang und einige andere Stellen haben wir an sein Gesamtwerk angepaßt;
* Ergänzungen von ›e‹s – mit einigen Ausnahmen in wörtlicher Rede – bei den verkürzten Formen *stehn, gehn, sehn, hingehaun* etc.; hier hat vermutlich Dominiks Tochter Lieselotte als seine Sekretärin die Aussprache des Autors allzu kongruent ins Schriftdeutsch übernommen;
* Eingreifen bei doppelter bzw. mehrfacher Verwendung des gleichen Wortes auf engstem Raum: *Nach einer kurzen halben Stunde – es schlug gerade sieben – trat er wieder heraus und schlug dann eine Seitenstraße ein* ➪ *und bog in eine Seitenstraße ein* (S. 82, Z. 5 ff.);
* Umformulierungen bei unglücklich wirkenden Demonstrativpronomina: *In einem Brief an Fortuyn teilte sie dem offen mit* ➪ *In einem Brief teilte sie Fortuyn offen mit* (S. 210, Z. 11 f.); *Dr. Wolff würde, wenn er den hätte benachrichtigen lassen, sofort hergekommen sein.* ➪ *wenn er ihn hätte benachrichtigen lassen* (S. 292, Z. 16 f.);
* kleinere stilistische Eingriffe: *Er sah nach der Uhr.* ➪ *Er sah auf die Uhr.* (z. B. S. 223, Z. 36); *Sie stand verlegen.* ➪ *Verlegen stand sie da.* (S. 44, Z. 38); *Du fürchtest ein Gerede?* ➪ *Du befürchtest Gerede?* (S. 132, Z. 4).

Gelegentlich wurden

* neue Absätze gebildet;
* ungebräuchlich gewordene Dativ- und Genitiv-›e‹s getilgt;
* Worte zur Hervorhebung gesperrt geschrieben (in den Originalausgaben auch, aber sehr selten);
* Hilfsverben ergänzt, wo die Ellipsen nicht für die Atmosphäre wichtig waren: *Der schwache Verdacht gegen Meyer und Boffin, der ihn zu dieser Reise veranlaßt, wäre dann [...]* ➪ *zu dieser Reise veranlaßt hatte* (S. 118, Z. 13 ff.); *Als Kampendonk gegangen, saß er noch lange Zeit nachdenklich an seinem Schreibtisch* ➪ *Als Kampendonk gegangen war* (S. 152, Z. 15 f.);
* andere Ergänzungen vorgenommen: *Konto* ➪ *Auslagenkonto* (S. 21, Z. 33); *das schöne Gesicht in Frohsinn und Laune strahlend* ➪ *und guter Laune* (S. 119, Z. 9 f.); *Düsterloh rückte unruhig auf seinem Stuhl.* ➪ *auf seinem Stuhl hin und her.* (S. 154, Z. 19 f.); *Doktor Fortuyn hat ja ausgerechnet den ganzen Klumpatsch da oben bei sich gehabt!* ➪ *ausgerechnet an dem Abend den ganzen Klumpatsch* (S. 238, Z. 36 ff.);
* kleinere Textumstellungen innerhalb weniger Zeilen durchgeführt, wenn der logische Aufbau der Passage nicht überzeugte;
* den Veränderungen im Sprachgebrauch behutsam Rechnung getragen; der weitaus größte Teil des zeitgenössischen Vokabulars blieb unangetastet: *Ottomane* (S. 28, Z. 24), *Straßenkandelaber* (S. 37, Z. 28 f.), *Droschke* (S. 37, Z. 7), *Kantinier* und *Büfettier* (z. B. S. 66, Z. 4 f. bzw. 7), *Autolaternen* (S. 219, Z. 15) und vieles mehr;
  geändert wurde *Autohalteplatz* ➪ *Taxistand* (S. 100, Z. 25 + S. 102, Z. 25), *Radiotelegramm* ➪ *Funktelegramm* (S. 118, Z. 31), *Wirt* ➪ *Zimmerwirt* (S. 36, Z. 35), *Wirtin* ➪ *Zimmerwirtin* (S. 120, Z. 35 + S. 126, Z. 15), *rief ein Auto an* ➪ *rief ein Taxi herbei* (z. B. S. 116, Z. 18), *Bordschwelle* ➪ *Bordsteinkante* (S. 138, Z. 24), *Nachtwächterronden* ➪ *Nachtwächterrunden* (S. 86, Z. 10 f.), *eine Schankmamsell* ➪ *seine Kollegin vom Ausschank* (S. 202, Z. 25), *die Expedition der Patente* ➪ *die Versendung der Patente* (S. 272, Z. 29 f.), *Murr* ➪ *Mumm* (S. 293, Z. 5); aus den im Zusammenhang unpassend poetisch wirkenden Wörtern *Arom* und *mählich* wurde *Aroma* (S. 31, Z. 5) und *allmählich* (S. 50, Z. 24 + S. 243, Z. 34).

Zu den erwähnenswerten Abweichungen von Z und E:

* Der wenig Sinn machende Satz aus E: *Ebenso wie mit dir.* wich für diese Ausgabe der Version aus Z: *Ebenso wie er mit mir.* (S. 50, Z. 16)
* Auf S. 69, Z. 11 zogen wir der Formulierung aus E: *wohl schon hundertmal* die Formulierung aus Z: *schon etliche Male* vor.
* Statt *Kaiserhof* (so in E und hier) hat Z: *Hotel Adlon* (S. 114, Z. 14).
* Z hat stets *Lathi*, E *Lahti*. Das Restaurant konnte unter keiner der beiden Schreibweisen nachgewiesen werden; wir folgten E.
* In Gallardos französischem Satz hat Z *Leipzick* und E *Leipzig*. In E ist Dominiks Versuch, Gallardos Akzent orthographisch einzufangen, verlorengegangen; wir folgten Z (S. 169).

An kleinen Richtigstellungen gegenüber den Originalausgaben seien erwähnt:

* *Die Mischung, die Sie in Paris so liebten!* wurde für diese Ausgabe geändert in *Die Mischung, die Sie auf dem Schiff so liebten!* (S. 122, Z. 2 f.), da Juliette und Waldemar sich in Paris nur kurz auf der Straße getroffen haben. Analog wurde aus der *Pariser Mischung* eine *›Ozean-Mischung‹* (S. 122, Z. 8).
* Aus der Originalformulierung *Aber sagtest du nicht einmal, es sei verpfändet?* wurde *Aber sagtest du nicht, es sei mittlerweile auch verpfändet?* (S. 125, Z. 37 f.), denn der letzte Stand des Lesers ist, daß der Gerichtsvollzieher *alle Autos, bis auf eins, mit dem blauen Vogel geziert* hat (S. 94, Z. 30 f.).
* Dominik durchsetzte die Äußerungen des Südamerikaners Pedro Gallardo mit einigen fremdsprachigen – aber italienischen! – Worten. Wir haben sie ins Spanische übertragen: *Cospetto* ⇨ *Caramba* (S. 134, Z. 15); *prima, prima!* ⇨ *con mucha clase!* (S. 135, Z. 15); *bella principessa* ⇨ *bella princesa* (S. 135, Z. 27 + S. 136, Z. 18 f.).

Einige Textänderungen seien im einzelnen vorgestellt:

* Der merkwürdige Titel Wilhelm Hartlaubs *Dr. phil. et chem.* wurde zu *Dr. rer. nat., Dipl.-Chem.* (S. 34, Z. 8).

* Die Bezeichnung *Kauderwelsch* für die Chiffreschrift auf S. 61, Z. 14 erschien uns unglücklich; wir wählten *Hieroglyphen*.
* In den 4 Originalausgaben von **Kautschuk** sind die Kapitel nur durch 1 Sternchen getrennt. In Anpassung an die bisherigen Bände setzten wir 3.
* Die vertikale Gestaltung des Firmennamens am Anfang des Romans und das Briefkopf-Layout auf S. 98 finden sich nicht im Original. Das Absetzen von Waldemars Zweizeiler übernahmen wir aus N (S. 121, Z. 18 f.).
* Zwei kleine Passagen entfielen: auf S. 192, Z. 4 *die ihm jetzt wieder in Erinnerung gebracht wurden* nach *Worte Kampendonks* als überflüssige Wiederholung des wenige Zeilen zuvor schon Gesagten;
  auf S. 206, Z. 2 vor *Der untere Rand* der Satz: *Etwas weiter darunter ergab eine weiße Stelle »sofort«.* Denn Boffin äußert auf S. 181, Z. 8, er werde schreiben: *Die Sache wird gemacht. Die vier Worte nur.*
* Auf S. 227, Z. 28 f. lassen wir den Chauffeur nicht *dreimal stark* hupen (wie im Original), sondern nur *einmal kurz.*
* Bei der nächtlichen Verfolgung Meyers durch Wittebold erschien der Abstand *hundert Meter* sehr groß für das, was Wittebold alles beobachtet. Wir verkürzten auf *fünfzig Meter* (S. 263, Z. 35 f.).

Unangetastet blieben die Sprachartistik von Rudolf Wendt und Tilly Gerland sowie ureigenste (?) Dominiksche Wortschöpfungen wie *kellnerieren* (S. 183, Z. 2), *Kollex* (S. 291 f.), *Frau Dollarika* (S. 32, Z. 16) - dieser ›Name‹ für die Freiheitsstatue (Zusammenziehung aus Dollar und Amerika) charakterisiert bestens, was Juliette sich von der Übersiedelung in die Neue Welt verspricht - und jener schon erwähnte *König Friedrich August von Sachsen* (S. 40, Z. 25). Ebenso wurden die Soziolekte von Schappmann, seiner Frau Luise und Börner, obwohl sie Inkonsequenzen aufweisen, bis auf zwei Ausnahmen unverändert wiedergegeben: *bei die teure Zeiten* ⇨ *bei die teuren Zeiten* (S. 79, Z. 36 f.); *funfzig* ⇨ *fuffzig* (S. 108, Z. 16 + 22).

Unangetastet blieben auch die etwas künstlich für Spannung sorgen wollenden Passagen um den ›doppelten Dr. Abt‹ (S. 264), die merkwürdige Abtsche Verkleidungsszene (S. 285) sowie ein - allerdings kaum auffallender - zeitlicher Widerspruch S. 138-164, Z. 27: In der Nacht nach Düsterlohs Essen mit Gallardo und Adrienne findet die ›Entlarvung‹ Wittebolds durch Fortuyn statt; am nächsten Morgen spricht Fortuyn mit Kampendonk, was zum Verhör mit Düsterloh führt; am Nachmittag holt Wittebold die Akten aus Düsterlohs Wohnung - an dieser und an einigen anderen Textstellen wird nun jedoch suggeriert, daß Adrienne eine Woche Zeit hatte, die Dokumente zu kopieren.

Belassen wurden auch die beiden Wendungen *der ausgekochte Exote* (S. 158, Z. 8) und *Der verfluchte Japs!* (S. 256, Z. 11), denn sie charakterisieren die ›negativen Helden‹ Düsterloh und Headstone.

Während die anderen Ortsangaben zu Berlin und Leipzig ›stimmen‹, waren die *Graner Straße* in Berlin (S. 302, Z. 23) - W hat: *Meraner Straße* - und die *Sedlitzer Straße* in Leipzig (S. 159, Z. 15) nicht nachzuweisen. Ebensowenig die Ortschaft *Angelfingen im Spessart* nebst ihrem *Sanatorium für Lungenkranke* (S. 131, Z. 24 f. + S. 187, Z. 11 f.).

Offenbleiben mußte, was genau mit *Rezeptdiebstähle* (S. 99, Z. 26) und *Kartengeld* (S. 119, Z. 3) gemeint ist.

Trotz der Ausführlichkeit dieses Revisionsberichtes wurde in keiner Kategorie Vollständigkeit angestrebt. Für Weiteres muß auf den Materialienband 21 verwiesen werden, in dem man alle Textabweichungen von Belang aufgelistet finden wird.

Sämtliche Seitenangaben beziehen sich - soweit nicht anders angegeben - auf die Bände der Dominik-Jubiläums-Edition. Wörtliche Zitate in den Texten des Herausgebers sind kursiv gesetzt. Die Kennzeichnung mit einfachen Anführungsstrichen dient vielfach nur der Hervorhebung. Hinzufügungen des Herausgebers stehen in nicht kursiven eckigen Klammern. Titel Dominikscher Werke erscheinen im Fettdruck.

Dortmund, im März 2000

Der letzte Abschnitt des Buches ›Kampf um Kautschuk‹ von Wolfgang Jünger (Wilhelm Goldmann Verlag, Leipzig 1940) beginnt mit den Worten: *Hier endet vorerst die Geschichte jenes zähen Stoffes, Kautschuk genannt, um den die Menschheit wie sonst nur um Gold gerungen hat. Abenteurer, Pflanzer, Spekulanten und Erfinder waren gleicherweise seine Herren und seine Knechte. Bisweilen wurden sie mit Reichtum überschüttet, bisweilen ihres letzten Eigentums beraubt. Freie Menschen sind um seinetwillen zu Sklavendiensten angehalten worden, und im Rausch der Leidenschaften hat man ihn mit Blut getränkt.*

Das Drama um die Gewinnung dieses Rohstoffes und das Geschäft mit ihm sei im folgenden kurz zusammengefaßt; die Daten und Fakten wurden - mit einigen Ergänzungen aus Brockhaus' und Meyers Enzyklopädien - dem oben genannten Buch entnommen.

Schon Jahrhunderte vor der Entdeckung der Neuen Welt verfertigen die Ureinwohner Mittelamerikas, der Westindischen Inseln und des Amazonasgebietes Gegenstände des täglichen Gebrauchs wie Fackeln, Schläuche, Gefäße, Flaschen und Kleidungsstücke aus jenem zähflüssigen Stoff, den sie aus den Milchsäften einiger Baumarten gewinnen.

Durch die Conquistadoren gelangt der Kautschuk (in einer peruanischen Indianersprache heißt *›caa‹*: Holz und *›o-chú‹*: fließen, weinen) um 1500 nach Europa. Hier beachtet man ihn in den nächsten 270 Jahren nur als exotische Kuriosität, für die sich ›wissenschaftlich‹ nur Doktoren und Quacksalber interessieren.

1770 macht der englische Mechaniker Nairne die Beobachtung, daß man Bleistiftstriche mit ihm entfernen kann, was zur Aufnahme der Radiergummiproduktion führt.

Gegen Ende des 18. Jahrhunderts beginnt man auch in der Alten Welt, die Wasserundurchlässigkeit des Kautschuks zu nutzen, stellt Regenmäntel, später Gummischuhe her, doch bleibt die Einsatzmöglichkeit dieses Werkstoffs begrenzt, da er in den kalten Monaten spröde und brüchig wird und sich bei Temperaturen über 36 °C in eine klebrige Masse verwandelt.

Erst als der Amerikaner Charles Nelson Goodyear im Jahre 1839 die Vulkanisation entdeckt, eine Vernetzung des Rohkautschuks unter Schwefelzugabe, die aus ihm elastischeres und beständigeres Gummi macht, ist der Weg frei für den Einsatz in vielen neuen Bereichen.

Die nun steigende Nachfrage bringt auch eine genaue Untersuchung der verschiedenen Kautschukarten mit sich - weltweit wird man in den nächsten Jahrzehnten mehrere Hundert aufspüren -, und bald ist herausgefunden, daß der ausschließlich im Amazonasgebiet vorkommende Parakautschukbaum - *Hevea brasiliensis* - den besten und am wirtschaftlichsten zu verarbeitenden Milchsaft liefert.

So beginnt man in Brasilien und Peru den Kautschukhandel auszubauen. Was anfangs ein Tauschgeschäft wagemutiger Abenteurer war, wird bald von mächtigen Gesellschaften betrieben, die in ihrer Raffsucht vor wenig zurückschrecken. Das Abschlagen der Bäume, um den gesamten Saft eines Baumes sofort ernten zu können, macht von Saison zu Saison ein immer tieferes Eindringen in den Urwald nötig. Kriegerische Auseinandersetzungen mit den Ureinwohnern bleiben nicht aus.

Ernteschwierigkeiten weiß man zu überwinden, indem man die Kautschukdepots der Konkurrenz überfällt und sich auch nicht scheut, fremde kautschukbeladene Schiffe in den eigenen Besitz zu bringen. Doch zu diesen Eskalationen kommt es erst Anfang des 20. Jahrhunderts.

Zurück ins Jahr 1867. Auch in Afrika wird der begehrte Rohstoff entdeckt. Die mindere Qualität der dort wildwachsenden Kautschukarten kann bei der großen Nachfrage nicht abschrecken, und um 1905 liefert Afrika - indem man die Bevölkerung oftmals in einer Weise zur Milchsafternte zwingt, die moderner Sklaverei gleichkommt, und ebenfalls rücksichtslosen Raubbau mit den Kautschukbäumen treibt - rund 30% der Weltproduktion.

1876 gelingt es dem englischen Pflanzer Henry Wickham trotz schärfster Kontrollen durch die brasilianischen Behörden 70000 Samen des Parakautschukbaums nach England zu schmuggeln. (Diese Episode ist Gegenstand des UFA-Spielfilms

›Kautschuk‹ von 1938, der mit Dominiks Roman nichts zu tun hat, sondern auf dem Roman ›In der grünen Hölle‹ von Franz E. Anders, d.i. Dr. Franz Eichhorn, basiert.) In Treibhäusern züchtet man kleine Bäumchen heran, von denen 2000 im Jahre 1882 in die dem Amazonasgebiet klimatisch ähnlichen englischen Kolonien in Südasien gebracht werden. Dort legt man Kautschukplantagen an. Aufgrund immenser Startschwierigkeiten kann die erste halbe Tonne Plantagenkautschuk erst 1889 verkauft werden, und 1906 liegt der Anteil an der Weltproduktion immer noch unter 1%.

Gegen Ende des 19. Jahrhunderts trennt man sich nach und nach von den seit über 2000 Jahren benutzten eisernen Radreifen zugunsten einer Vollgummibereifung. Den pneumatischen Reifen, also den ummantelten luftgefüllten Gummischlauch, entwickelt der irische Tierarzt John Boyd Dunlop 1888 für das Fahrrad. Er setzt sich - auch für die in dieser Zeit entwickelten Motorräder - in den nächsten Jahren gegen den Vollgummireifen durch. Mitte der 90er Jahre übertragen A. und E. Michelin dieses System auf den Kraftwagen. 1900 beginnt Harvey S. Firestone mit der Großproduktion von Autoreifen, bis ca. 1904 noch als Vollgummiversionen - erst dann sind die Kinderkrankheiten des pneumatischen Kraftwagenreifens überwunden. 1908 nimmt Henry Ford die Produktion von Autos als Massenware auf.

Bis 1913 ist Brasilien unangefochtener Kautschuklieferant Nr. 1 und nutzt seine Monopolstellung zum Preisdiktat. Doch durch gezielte Veredelung in den südasiatischen Plantagen sowie entscheidende Vergrößerungen der Anbauflächen einerseits und dem sich ab 1910 in Brasilien auswirkenden Raubbau mit entsprechend rückläufigen Erntemengen andererseits erreicht der Plantagenkautschuk 1914 einen Anteil von 60% der Weltproduktion. (Von 1930 bis 1940 ist das durchschnittliche Ernteverhältnis von Plantagenkautschuk zu Wildkautschuk wie 40 zu 1.)

So wird vorerst das brasilianische Kautschukmonopol (1910 erreicht das Preisdiktat seinen Gipfel: 3000 Mark für 100 kg Kautschuk) durch ein britisches abgelöst. Harvey S. Firestone schreibt in seinen ›Men and Rubber‹ betitelten Memoiren über die Lage der Vereinigten Staaten: *Wir besitzen 85% aller Kraftwagen der Welt. Wir verbrauchen drei Viertel des gesamten erzeug-*

ten Gummis der Welt, und von diesen drei Vierteln werden 80% für Kraftwagenreifen verwendet. Großbritannien kontrolliert mehr als 77% der gesamten Erzeugung der Welt an Gummi.

Doch die schlechte Wirtschaftslage nach dem 1. Weltkrieg läßt den Kautschukpreis, den England seit 1913 auf einer Höhe von ca. 1000 Mark für 100 kg gehalten hat, wegen riesiger Lagerbestände auf 245 Mark im Jahre 1922 abstürzen. Die USA nutzen die Gunst der Stunde und kaufen notleidende Plantagen auf. Darüber hinaus pachtet man geeignete Riesengebiete in Afrika (Harvey S. Firestones Plantagen in Liberia) und Südamerika (Henry Fords Plantagen ›Fordlandia‹ und ›Belterra‹ in Brasilien), um dem britischen Monopol entgegenzuwirken.

In diese Zeit fällt auch die Wiederaufnahme der Kautschuksynthese in Deutschland. Schon 1909 glückte dem deutschen Chemiker Fritz Hofmann die Gewinnung dreier synthetischer Kautschukarten, ausgehend von den Grundstoffen Isopren, Butadien und Dimethyl-Butadien. Er entdeckte auch die positive Auswirkung von Katalysatoren auf die Polymerisation. Als für Deutschland im 1. Weltkrieg jeder Kautschukimport gestoppt wurde, gelang es ihm gemeinsam mit Kurt Gottlob, 2500 Tonnen künstlichen Kautschuks herzustellen.

Nach Kriegsende greift man in Deutschland zwar wieder auf den im Preis stark gefallenen Naturkautschuk zurück, doch als sich der Verkaufspreis von 1922 (245 Mark) bis 1925 (650 Mark) fast verdreifacht hat, startet man 1926 ein langjähriges Forschungsprojekt, um die Kautschuksynthese im Großverfahren betreiben zu können.

Schon bald erweist sich der Kunstkautschuk als dem Naturkautschuk überlegen, aber mit dem nun wieder einsetzenden Preisverfall am Weltmarkt (Tiefststand 1932: 32 Mark für 100 kg) kann man nicht konkurrieren. Als dann im Jahre 1936 im mitteldeutschen Industriezentrum bei dem Dorf Schkopau im ersten Buna-Werk – der Name war aus dem Ausgangsstoff **Bu**tadien und dem Katalysator **Na**trium gebildet worden – die Großproduktion aufgenommen wird, ist der Synthesekautschuk für den Export uninteressant: Der Preis liegt bei 400–500 Mark je 100 kg, Plantagenkautschuk läßt sich in der Zeit kostendeckend für weniger als 60 Mark liefern.

Doch damit haben wir Dominiks Roman bereits vorgegriffen.

Als er im Herbst 1929 begonnen wurde, bestand nach wie vor das britische Kautschukmonopol, das die USA zwar gerade aufgrund ihrer erworbenen Plantagen zu brechen im Begriff waren, jedoch verlautete in diesem Jahr, Henry Fords brasilianische Unternehmung sei gescheitert. (Später zeigte sich, daß 1929 nur ein kritisches Stadium durchlaufen worden war.)

Kein Wunder also, daß neben Deutschland gerade die Vereinigten Staaten die Großproduktion synthetischen Kautschuks erreichen wollten, nur mußte sie wirtschaftlich konkurrenzfähig sein, was mit der chemischen Methode wohl nicht gelingen würde. (Wie die vorhergehenden Ausführungen belegen, hat Dominik diese Tatsache richtig eingeschätzt.)

Erneut setzte der Schriftsteller auf die noch in den Anfängen steckende Kernphysik und versprach sich vom Einsatz elektrischer Einflüsse eine Wandlung atomarer Strukturen, die den Herstellungsprozeß vereinfachen und verbilligen sollten.

Den Recherchen des Herausgebers zufolge ist dies Zukunftsvision geblieben. Man konnte zwar die Chemosynthese nach 1936 noch entscheidend verbessern, aber die Elektrosynthese hat es zu keiner Zeit gegeben. Eine detaillierte Untersuchung durch Fachleute müßte zutage fördern, was genau Dominik meinte, wenn er 1934 von der *Frequenz-Elektrochemie* sprach oder im September 1936 äußerte, daß vom Inhalt des Romans **Kautschuk** aufgrund *einer neuartigen, die Eigenschwingungen der Atome ausnutzenden Elektrochemie [...] gerade in den letzten Monaten vieles Wirklichkeit wurde* (s. ›Zeitzeugnisse‹ **I.c.** + **I.e.**).

Wie dem auch sei: Nachdem die Großproduktion des Buna-Kautschuks aufgenommen worden war, hat Dominik wohl ähnlich wie sein Mitarbeiter Hermann Hitzeroth die technische Vision des vorliegenden Romans – unabhängig von der Frage nach Chemo- oder Elektrosynthese – als überholt angesehen (s. ›Zeitzeugnisse‹ **I.d.** – eine direkte Äußerung des Schriftstellers selbst ist allerdings bisher nicht gefunden worden).

Daß man die Großproduktion in wenigen Jahren würde aufnehmen können, muß Dominik schon bei der Konzeption des Romans klar gewesen sein. ›Künstlicher Kautschuk‹ war zwar ein brandaktuelles Thema, würde aber keinen Stoff hergeben, mit dem sich – wie bisher – das Weltgefüge erschüttern ließ. Wenn man für so nahe Zukunft schrieb – synthetischen Kautschuk gab es ja schon, lediglich das preisgünstige Großverfahren war noch zu erforschen –, konnte man auch mit dem schriftstellerischen Einsatz der aufkeimenden Kernphysik nur einen kleinen Akzent setzen. Die größeren dramatischen Momente mußten woanders gesucht werden. So entschied sich Dominik, erstmalig das Thema ›Wirtschaftsspionage‹ in den Vordergrund zu stellen (in seinen letzten sieben Romanen wird es stets eine nicht unwichtige Rolle spielen).

Anders als seine Schriftstellerkollegen – z. B. haben Norbert Jaques in ›Dr. Mabuse, der Spieler‹ (1921/22) und Thea von Harbou in ›Spione‹ (1928) sowohl den überdimensionalen Verbrecher wie auch die perfekte, nahezu unüberwindliche Verbrecherorganisation beschrieben – sah Dominik die Wirtschaftsspionage ganz illusionslos als eine alltägliche Gegebenheit an, quasi als ein Unternehmen auf Gegenseitigkeit (auch Kampendonk hat ja seinen Spion in Detroit!). Kein Grund zur Aufregung also, wohl ein Grund, noch raffinierter zu sein.

Da Dominik selbst jahrelang bei Industriekonzernen tätig gewesen war – als Ingenieur hatte er an vorderster Front projektiert und installiert, als Schriftsteller zahllose Industriebroschüren und Werkporträts verfaßt (gerade in der Zeit zwischen **König Laurins Mantel** und **Kautschuk** war von ihm das Schaltwerk der Siemens-Schuckertwerke und der Werkzeugmaschinenbau der Fritz Werner Aktiengesellschaft beschrieben worden) –, kannte er die Problematik um Forschung, Entdeckungen, Geheimhaltung und Patentangelegenheiten wie selten ein anderer Schriftsteller aus der Praxis heraus, so daß hier ein Insider über Verhältnisse schreiben konnte, die ihm aus eigenem Erleben bekannt waren. Das spürt man auch beim Lesen des Romans: Die Laboratoriumsszenen, die Konferenzen, die Umgangstöne der verschiedenen sozialen Schichten, der Soziolekt von Schappmann u. a., der Intellektuellenjargon von Rudi Wendt – alles strahlt Authentizität aus. Und Dominik verwurzelt das Romangeschehen bewußt in jener Zeit – inhaltlich (Hinweise auf die Inflation von 1923, auf die amerikanische Prohibition, auf die Flucht deutscher Wissenschaftler nach Amerika in den Krisenjahren hoher Reparationszahlungen) und sprachlich: Während in seinen zuvor geschriebenen Scherl-Romanen Wortwahl und Umgangston wesentlich ›zukunftsorientierter‹ waren, schwelgt er in **Kautschuk** geradezu im Vokabular (*Courmacher*, *wohlsoignierter Herr*, *Sommerpaletot*, *Damenboudoir*, *Ottomane*) und in den Floskeln seiner Zeit (*Die gnädige Frau ist beim Herrn*, S. 67, Z. 11; *Ihre Frau Nichte kam in der Tat vor einer Minute vorbei*, S. 102, Z. 23 f.).

Auch Titel und Berufsbezeichnungen (*Geheimrat*, *Laboratoriumsdiener*, *Kantinier*, *Büfettier*) sowie technische Einrichtungen gehören in die 1929er Gegenwart: Tischlampen müssen installiert (S. 79 ff.), Telefongespräche angemeldet werden (z. B. S. 106), und beim Telefonieren steht man am Hörer (S. 69, Z. 18); bei Adriennes Telefonat (S. 161 f.) ist ohne besondere Erwähnung klar, daß es sich um den aus frühen Tonfilmen wohlbekannten, an der Wand im Hausflur hängenden Telefonkasten mit Sprechtrichter und Hörer am Kabel handeln muß.

Mit der greifbaren Nähe des Handlungsgeschehens läßt Dominik auch seine Helden greifbarer sein, als es die Weltflüchtlinge Erik Truwor (**Die Macht der Drei**), Georg Isenbrandt (**Die Spur der Dschingis Khan**), Johannes Harte (**Atlantis**), Friedrich Eisenecker (**Der Brand der Cheopspyramide**), Weland Gorm (**Das Erbe der Uraniden**) und Dr. Arvelin (**König Laurins Mantel**) gewesen sind, ja, streng genommen gibt es keine ›richtigen‹ Helden (weder Wilhelm Hartlaub noch Walter Fortuyn haben dafür genug Charisma): Kautschuk ist ein Ensembleroman.

Schon immer hat Dominik in seinen Romanen eine Vielzahl von Protagonisten auftreten lassen, die meisten von ihnen nur kurz und durch wenige Pinselstriche charakterisiert. In **Kautschuk** gestaltet er auch seine Unzahl von Fast-Hauptfiguren mit viel Gespür fürs Detail: Kampendonk, Düsterloh, Schappmann, dessen Frau Luise, Boffin, ›die‹ Collins, Gallardo, Professor Bauer usw. – sie alle sind so lebendig geschildert, daß sie in Erinnerung bleiben werden. Mit ›Fräulein Tilly‹ setzt er den Blaustrumpf-Darstellungen seiner Zeit ein differenziertes Porträt entgegen. Juliette ist eine gelungene haltlose Vergnügungssüchtige, deren gelegentliche Anwandlungen von Selbstzweifeln in herrlicher Theatralik Ausdruck finden (große Szene: S. 306).

Doch Dominik beläßt es nicht bei überzeugenden Einzelzeichnungen. Neben der Wirtschaftsspionage werden die Beziehungsgeflechte der Hauptakteure zum zweiten gestalterischen Schwerpunkt. Anders als in den bisherigen Romanen, in denen die späteren Paar-Beziehungen nicht schwer vorauszusehen waren (auch wenn es an Dramatik bis zum glücklichen Ende nicht fehlte), schafft er hier einen gordischen Fünferknoten Hartlaub-Juliette-Headstone-Dolly-Waldemar, den er in immer neuen Wendungen aufdröselt, um letzten Endes - entgegen der Erwartung oder vielleicht besser: Hoffnung des einschlägigen Publikums - nicht das Wir-wollen's-noch-einmal-versuchen der Eheleute Hartlaub (Headstone und Dolly werden in jedem Fall heiraten!) zu suchen (obwohl jetzt die finanziell gesicherte Position Wilhelm Hartlaubs gegeben ist, mit der er Juliette den Standard bieten könnte, den sie schon immer hatte haben wollen), sondern die Entscheidung Juliettes für (vorläufig, dürfen wir wohl annehmen) das ungesicherte, aber abenteuerreiche Leben an der Seite Waldemars.

Den zweiten Beziehungskomplex rankt Dominik um Rudi, Tilly, Fortuyn, Johanna, Clemens Terlinden und Düsterloh. Rudi Wendt macht Tilly seine Avancen, wenn auch anfangs im Ton nicht ganz ernst zu nehmender Flachserei. Tilly dagegen schwärmt für ihren Chef Dr. Fortuyn, doch der sieht in ihr nur seinen *besten Mitarbeiter* (S. 225, Z. 28), hat lediglich Augen für Johanna Terlinden, die ihrerseits noch an ihren Mann gebunden ist und von *Onkel Düsterloh* unschön bedrängt wird. Was Tilly anbelangt, hätte Dominik nun in den beiden Gesprächen zwischen ihr und Wittebold (S. 166 f.; S. 307) unschwer eine zweite Möglichkeit für ein die Publikumserwartungen erfüllendes Romanende entwickeln und den rehabilitierten Wilhelm Hartlaub mit dem ›Prachtmädel‹ Tilly verbinden können. Aber zuviel Happy-End wird leicht Kitsch, und dem weiß Dominik aus dem Wege zu gehen, sucht in den letzten Zeilen Nachdenklichkeit wie in den meisten seiner Romane. (Sprachlich hat er übrigens längst vorbereitet, daß Rudi bei Tilly Erfolg haben wird: Vom ersten Gespräch der beiden an - S. 40 f. - nimmt Tilly in dem, was sie sagt, stets die Position des Unzufriedenseins mit Rudis lockerer Art ein, in dem, wie sie es sagt, zeigt sie jedoch immer wieder, daß sie ›die gleiche Sprache spricht‹.)

Und dem passenden, aber in diesem Genre ungewöhnlichen Romanschluß - der Hauptakteur hat zwar sein Ansehen wieder, hat auch den beruflichen Aufstieg geschafft, beginnt jedoch einsam und mit wenig Freude im Herzen einen neuen Lebensabschnitt – fügt Dominik noch einen weiteren Bruch mit Erzähltraditionen hinzu: die klassische Bestrafung der ›Schurken‹ findet nicht statt! Düsterloh ist zwar entlassen, macht aber durch seinen Aktienverkauf an Oboro das große Geld; Headstone muß zwar Lizenzgebühren zahlen, wird aber trotzdem gut verdienen; sämtliche Spione und Gasattentäter können entkommen, ja selbst, als Fortuyn die Möglichkeit hat, Juliette und Waldemar gefangensetzen zu lassen, verzichtet er und läßt sie laufen.

Diese Großzügigkeit kann nur jemand haben, der ›Fortuyn‹ heißt – Fortuna, die römische Göttin, steht für Glück und Erfolg (Dr. Fortuyn hat beides). Womit wir bei den Dominikschen Namensgebungen wären. Düsterloh, der leicht Entflammbare mit dunklen Wesenszügen ist durch seinen Namen adäquat charakterisiert; wer Eichenblattbriefe schreibt, darf auch Hartlaub heißen; und wer mit steinhartem Kopf seine Ziele verfolgt, mag Headstone genannt werden. Bei Wittebold ist die Deutung vielseitiger: Einerseits paßt der Name bestens zu einem Bürodiener (wie auch der Name Schappmann), andererseits assoziiert man ›Witzbold‹, wobei jedoch nicht der heutige Sinn gemeint ist, sondern jemand, der ›Witz‹ im Sinne von ›Klugheit, Findigkeit‹ hat; ›-bold‹ kann zwar für ›Typ, Mensch‹ stehen, bedeutet aber von der Sprachherkunft ›kühn‹.

Die geographischen Angaben zum Handlungsort Rieba lassen annehmen, daß Dominik an das Städtchen Riesa – rund 60 km östlich von Leipzig – gedacht hat, zumal dort auch chemische Betriebe nachgewiesen werden können.

Beim Thema Namen darf der Hinweis nicht fehlen, daß der Autor in **Kautschuk** zweimal – für Joh**anna** Terlinden und **Anna** Grätz – den Vornamen seiner Ehefrau verwendet hat. Zu wenige Details aus ihrem Leben sind überliefert, um hier konkrete biographische Spiegelungen aufdecken zu können. Aber in Fortschreibung der Deutungen zu den Verschlüsselungen Jane und Diana aus **Die Macht der Drei** (s. dort im Anhang S. 440 f.) und ohne einer späteren Gesamtdeutung der ›vielen Annas‹ in Dominiks Œuvre vorgreifen zu wollen, gilt auch hier: Der Autor wählt diesen Namen für ›ideale‹ Gefährtinnen seiner ›Helden‹. Im Falle Johanna Terlindens bedarf das keines weiteren Kommentars; bei Anna Grätz hat die Namensgebung einen gewissen delikaten Unterton, denn Dominik nennt sozusagen nur d e n Teil der

Juliette ganz unverschlüsselt ›Anna‹ - nicht Jane, nicht Diana, nicht Juanita (**Atlantis**), nicht Johanna, nicht Anne (**Befehl aus dem Dunkel**) -, der von morgens bis abends fleißig ist und sich die Hände wund arbeitet. Wenn Juliette diese Rolle nicht spielte, sondern wirklich lebte, wäre auch ihre Ehe mit dem ›Helden‹ Hartlaub gutgegangen; da das nicht so ist, bleibt nur die Scheidung.

Interesse verdient in diesem Zusammenhang auch eins von Dominiks kleinen genialen Kompositionsmitteln: Mit dem ›inneren‹ Doppelleben der Protagonistin Anna Grätz/Juliette Hartlaub läßt er ein äußeres (Scheuerfrau/Glasbläserin) korrespondieren - oder anders formuliert: Der Leser, dem das berufliche ›Doppelleben‹ der Anna Grätz auffällt (ein Beruf hätte doch gereicht!), darf schon vermuten, daß sie auch sonst ein doppeltes Spiel spielt, und ihre Entlarvung als Spionin wird ihn nicht überraschen.

Bisher wurde **Kautschuk** ausschließlich an seinen Qualitäten als Zukunftsroman gemessen, was maßgeblich zu den Veränderungen in der Nachkriegsausgabe geführt hat. Doch aus diesem Blickwinkel wird man dem Werk nicht gerecht. Möge die jetzt wieder vorgelegte Originalfassung entdeckt werden als packender Wirtschaftskrimi, als Dominiks ›Sozialroman‹, als sein ›Cherchez-la-femme-Drama‹ und als authentisches Porträt der Arbeitswelt in einem chemischen Großbetrieb am Ende der ›Wilden Zwanziger‹!

In diesem Band wollen wir eine neue Rubrik beginnen. Sie soll möglichst alle Ereignisse seit dem jeweils zuvor erschienenen Band erfassen, die im Zusammenhang mit Hans Dominiks Vita, Werk und Wirkung stehen. Im vorliegenden Band greifen wir bis 1995 zurück. Gelistet werden kann naturgemäß nur, was dem Herausgeber bekannt gemacht worden ist. Informationen über Fehlendes sind jederzeit willkommen und können im nächsten Band nachgetragen werden. Zusendungen - möglichst mit Belegexemplar - an den Wilhelm Heyne Verlag, D-80323 München (= Postanschrift), oder direkt an Holger Miehlke, Chemnitzer Str. 66, D-44139 Dortmund.

25. 11. 1995	Artikel in ›Märkische Allgemeine‹, Potsdam: *»›Atomgewicht 500‹ wurde zum Bestseller«. Vor 50 Jahren starb in Berlin der utopische Schriftsteller Hans Dominik* von Dr. Peter Jäckel
9. 12. 1995	**Hans Dominiks 50. Todestag**
9. 12. 1995	Artikel in der ›Berliner Morgenpost‹: *»Brillante Zukunftsromane mit realistischem Hintergrund«* von Detlef Bieseke
9. 12. 1995	Artikel im ›Zwickauer Tageblatt‹: *»Vor 50 Jahren starb Dominik - Wenige wissen, woher er kam«* von Peter Jäckel
September 1996	Artikel im Heimatbrief Nr. 3 des ›Heimatvereins Zehlendorf e. V.‹: *»Hans Dominik - kein unbekannter Zehlendorfer Bürger«* von Peter Jäckel
September 1996	Auf der Basis von Dominiks Autobiographie **Vom Schraubstock zum Schreibtisch** erarbeitet Dr. Peter Jäckel, Berlin, einen ausführlichen tabellarischen Lebenslauf Hans Dominiks und stellt diesen u. a. dem ›Städtischen Museum Zwickau‹ zur Verfügung.
1996/97	Dr.-Ing. Peter Jäckel, Berlin, recherchiert bezüglich Dominiks Kugellagerpatenten und entdeckt

	Widersprüchlichkeiten. Im Nachlaß des Autors findet er die Lösung zu den offenen Fragen. (Näheres im vorliegenden Band.)
21. 2. 1997	Lichtbildervortrag von Dr. Peter Jäckel, Berlin, im ›Heimatverein Zehlendorf e. V.‹: *»Hans Dominik – Technischer Hellseher oder/und Realist«*
18. 4. 1997	Vortrag von Dr.-Ing. Peter Jäckel, Berlin, in der ›Urania Berlin e. V.‹: *»Hans Dominiks spannende Welt der Zukunft«. Vom technischen Weitblick zur Science-Fiction*
5. 9. 1997	Im ›Frankfurter Allgemeine Magazin‹, Heft 914, ist ein Fragebogen abgedruckt, der Otto Flimm, dem Präsidenten des ADAC, vorgelegt worden war. Auf die Frage: »Ihr Lieblingsschriftsteller?« erfolgte die Antwort: »Hans Dominik«.
Oktober 1997	Die Dominik-Jubiläums-Edition wird auf der Frankfurter Buchmesse vorgestellt.
Oktober 1997	Als erster Band der Dominik-Jubiläums-Edition erscheint **Die Macht der Drei**.
29. 10. 1997	Buchbesprechung auf der Videotextseite 172 von SAT. 1 unter ›NEWS Taschenbuch‹: *»Hans Dominik: ATLANTIS«*
November 1997	Als zweiter Band der Dominik-Jubiläums-Edition erscheint **Atlantis**.
10. 11. 1997	Hörfunkbeitrag des Senders ›MDR Kultur‹: *»Zwischen den Welten«. Zum 125. Geburtstag Hans Dominiks* von Otto Werner Förster
15. 11. 1997	**Hans Dominiks 125. Geburtstag**
15. 11. 1997	Artikel in ›Westdeutsche Allgemeine (WAZ)‹: *»Technik-Prophet«. Der SF-Schriftsteller Hans Dominik* von WP (d. i. Wolfgang Platzeck)
15./16. 11. 1997	Artikel in ›Freie Presse‹, Chemnitzer Zeitung: *»›Atomgewicht 500‹ auch heute noch gefragt«. Vor 125 Jahren wurde der Science-fiction-Schriftsteller Hans Joachim Dominik in Zwickau geboren* von Peter Jäckel
15./16. 11. 1997	Artikel im ›Journal für freie Stunden am Wochenende‹ (Beilage zu ›Leipziger Volkszeitung‹, ›Dresdner Neueste Nachrichten‹ und anderen

angeschlossenen Regionalzeitungen im Raum Leipzig und in Ostthüringen): *»Der Slawe aus Zwickau«* von Christian Heermann

15./16. 11. 1997 Artikel in der ›Lausitzer Rundschau‹: *»Per Schnellok zur Science Fiction«. Jubiläumsausgabe zum 125. Geburtstag des Zwickauers Hans Dominik* von Annett Igel

22./23. 11. 1997 Artikel in ›Freie Presse‹, Zwickauer Zeitung: *»Ein Dortmunder wirbt für den ganzen Hans Dominik«. Gesammelte Werke vom Zwickauer Bestsellerautoren* von KT (d. i. Klaus Tippmann)

26. 11. 1997 Buchbesprechungen im ›Darmstädter Echo‹: *»Der bekehrte Krieger«. Taschenbücher im November* von Thomas Le Blanc

27. 11. 1997 Vortrag von Dr.-Ing. Peter Jäckel im ›Deutschen Technikmuseum‹, Berlin-Kreuzberg: *»Ingenieur - Schriftsteller - Wahlberliner«. Hans Dominik zum 125. Geburtstag*

30. 11. 1997 Artikel im ›SONNTAGS BLICK‹, Lokalanzeiger für Zwickau und Umgebung: *»Romanautor Hans Dominik zum 125. Geburtstag«*

7. 12. 1997 Artikel in der ›Berliner Morgenpost‹ unter der Rubrik ›Fundsache‹: *»Hans Dominik Gesamtausgabe«* von Günther Bellmann

11. 12. 1997 Artikel in der ›Magdeburger Volksstimme‹: *»Seine Bücher paßten zum Zeitgeist der 30er Jahre«. Jubiläumsausgabe zum 125. Geburtstag von Hans Dominik* von Frank-René Braune

12. 12. 1997 Artikel in ›Westdeutsche Allgemeine (WAZ)‹, Dortmunder Ausgabe: *»Die Macht von Hans Dominik reißt ihn mit«. Holger Miehlke gibt Romane heraus* von ›wie‹ (d. i. Annegret Wiegers)

30. 12. 1997 Artikel in den ›Ruhr Nachrichten (RN)‹, Dortmunder Zeitung: *»Auf den Spuren eines Science-Fiction-Pioniers«. Holger Miehlke forschte über Hans Dominik* von ›-ach‹ (d. i. Thomas Kurtenbach)

14. 1. 1998 Vortrag von Dr. Christian Heermann im ›Freun-

	deskreis Karl May e. V.‹, Leipzig: *»Hans Dominik - Karl Mays Nachbar aus Zwickau«*
12. 3. 1998	Vortrag von Dr.-Ing. Peter Jäckel im SF-Club ›Andymon‹, Berlin; dazu eine kleine Ausstellung mit rund 30 Dominik-Exponaten aus der Sammlung von Heinz-Jürgen Ehrig, Berlin
17. 3. 1998	Artikel in ›Sächsische Zeitung‹, Dresden: *»Ein gutes altes anhängliches Tier«. Der Heyne Verlag gibt Hans Dominiks umstrittene Bücher ungekürzt heraus* von Uwe Salzbrenner
4./5. 4. 1998	Artikel in ›Süddeutsche Zeitung (SZ)‹: *»Zukunftsvisionen im Stotter-Stil«. Der Klavierlehrer Holger Miehlke verschafft dem Science-fiction-Autor Hans Dominik neues Ansehen* von Titus Arnu
Mai 1998	Als dritter Band der Dominik-Jubiläums-Edition erscheint **Der Brand der Cheopspyramide**.
21. 5. 1998	Brief von Walther Ilmer, Bonn, an Holger Miehlke. Nachtrag zum Band **Der Brand der Cheopspyramide**. Der Feststellung: *»Asrael, der Todesbote* [...] konnte in der Fachliteratur bisher [...] nicht nachgewiesen werden« (S. 356), ist hinzuzufügen: man findet aber *Asrael, den Engel des Todes*, in den Orient-Erzählungen Karl Mays (Im Lande des Mahdi, Erstausgabe S. 241).
9. 7. 1998	Artikel in Nr. 28 des Schweizer Nachrichtenmagazins ›Facts‹: *»Ein deutscher Jules Verne«. Die Romane und Erzählungen des meistgelesenen deutschen Sciencefiction-Schriftstellers Hans Dominik werden neu aufgelegt* von Thomas Widmer
8. 8. 1998	Artikel in ›Neue Westfälische (NW)‹, Paderborner Kreiszeitung: *»Wieder neu aufgelegt«* von ›bri‹ (d. i. Eckhard Britsch)
September 1998	Artikel im Heft 183 des Mitarbeitermagazins ›RWE Energie Verbund‹: *»Ein Dichter der Technik«. Schriftsteller Hans Dominik - der Karl May des utopischen Romans* von Chris Dohr, Trier
4. 9. 1998	Artikel im ›Journal für freie Stunden am Wo-

	chenende‹: »*Als hätte Dominik die Bahn beraten*« von Christian Heermann
2. 11. 1998	Artikel in Nr. 45 des Nachrichtenmagazins ›Focus‹: »*Die Macht der Technik*«. *Lektüre für das Kind im Mann. Die Romane des Jules-Verne-Nachfolgers Hans Dominik* von Werner Fuld
10. 11. 1998	In seinem Vortrag in der Ratsschulbibliothek Zwickau: »*Hinter den Mauern*«. *Karl May in Zwickau*, spricht Dr. Christian Heermann, Leipzig, ein Viertel der Zeit über Hans Dominik
13. 11. 1998	Artikel in ›Freie Presse‹, Zwickauer Zeitung: »*Karl May - raus aus Knast, rein in Ratsschulbibliothek*«. *Mit Abenteuerschriftsteller zu mehr Öffentlichkeit - Neue Reihe wird gestartet* von Klaus Tippmann (Bericht über den Vortrag vom 10. 11. 98)
23. 11. 1998	Vortrag von Christian Heermann in der ›Bibliothek Möckern‹, Leipzig: »*Atomgewicht 500 - Leben und fantastisches Werk von Hans Dominik*«
Silvester 1998	Artikel im ›Journal für freie Stunden am Wochenende‹: »*Wie ein Visionär anno 1920 die Welt im Jahre 1999 sah*«. *Inspiriert von Megaprojekten, dachte Hans Dominik (1872-1945) seiner Zeit weit voraus* von Christian Heermann
11. 1. 1999	Im Festvortrag aus Anlaß des 60. Gründungstages der ›Technisch-Literarischen Gesellschaft e. V. (TELI)‹ wird durch den Vortragenden Dipl.-Phil. Hans Christian Förster, Berlin, Hans Dominik als Gründungsmitglied der Gesellschaft eingehend gewürdigt.
Frühjahr 1999	Bei seinen Dominik-Recherchen stößt Dr. Christian Heermann, Leipzig, auf den Schriftstellernamen »Hans Joachim« und vermutet dahinter ein Pseudonym von Hans Dominik. Wenig später entdeckt Holger Miehlke in neugefundenen Nachlaßmaterialien zwei Schriftstellerausweise Dominiks. Darin ist vermerkt (1934 unter ›Pseudonyme‹, 1936 unter ›Deckname‹): Hans Joachim.

Mai 1999	Als vierter Band der Dominik-Jubiläums-Edition erscheint **Das Erbe der Uraniden**.
Mai 1999	In der Kategorie ›Sonderpreis für herausragende Leistungen im Bereich der deutschsprachigen SF 1998‹ wird *Holger Miehlke für die ultimative Dominik-Edition (Heyne)* für den Kurd Laßwitz Preis nominiert. Die Auswertung ergibt Platz 21 (von 22).
7. 5. 1999	Artikel von Christian Heermann im ›Journal für freie Stunden am Wochenende‹. In der Rubrik ›Chronik der Jahre 1920–1929‹ zur Serie ›Die Jahrzehnte unseres Jahrhunderts‹ ist zum Datum 3. 12. 1921 vermerkt: *Hans Dominiks erster utopischer Roman »Die Macht der Drei« erscheint*
27. 6. 1999	Brief von Dieter von Reeken, Lüneburg, an Holger Miehlke. Nachtrag zur Anmerkung »Uraniden« (S. 372 f.) im Band **Das Erbe der Uraniden**. Korrektur der dort geäußerten Annahme, niemand habe diese Dominiksche Wortschöpfung aufgegriffen: 1.) Hermann Oberth hat in seinen Schriften mehrfach – unter Berufung auf Hans Dominik – diesen Begriff verwendet; 2.) Band 54 der Heftromanserie ›Utopia-Zukunftsroman‹ trägt den Titel *»Die Kugeln der Uraniden«* (erschienen 1955; Autor nicht bekannt).
30. 6. 1999	Brief von Wolfgang Thadewald, Langenhagen, an Holger Miehlke. Nachtrag zum Band **Das Erbe der Uraniden**. Der dort unter »[In memoriam Jules Verne]« veröffentlichte Dominik-Artikel erschien in der Funkzeitschrift ›Die Sendung‹, Berlin, Heft 12 vom 15. 3. 1935 des XII. Jahrgangs auf S. 178 unter dem Titel *»Jules Verne, ein Dichter und Seher«*.
Juli 1999	Zwei Artikel im Mitteilungsblatt Ausgabe 2/1999 der ›Technisch-Literarischen Gesellschaft e. V. (TELI)‹: *»Hans Dominik als Journalist oder: Über das vergessene Vorleben eines deutschen*

	Science-fiction-Autors (1896-1921)« von Hans Christian Förster und *»Hans Dominik - klassischer Science Fiction Autor«* von Dr.-Ing. Peter Jäckel.
1. 7. 1999	Pressenotiz in ›Freie Presse‹, Zwickauer Zeitung: *»Gedenktafel erinnert an Zwickauer Hans Dominik«*
2. 7. 1999	Festakt anläßlich der Enthüllung einer Gedenktafel an Dominiks Wohnhaus in Berlin-Zehlendorf, Bogotastr. 2a. Redner sind der stellvertretende Bezirksbürgermeister Stefan Schlede, Dr.-Ing. Peter Jäckel, Berlin (der zum 125. Geburtstag des Autors die Anbringung einer Gedenktafel angeregt hat), und der dort jetzt wohnende älteste Dominik-Enkel Peter H. Jansen. Im Anschluß meldet sich der Publizist Thomas R. P. Mielke zu Wort: Er komme gerade aus China von einer Science-Fiction-Tagung. Dort habe man für jeden Staat einen SF-Autor als stellvertretend für sein Land gewählt. Für Deutschland ist dies Hans Dominik.
3. 7. 1999	Pressenotiz in der ›Berliner Morgenpost‹: *»Gedenktafel enthüllt«* von ›KV‹
August 1999	Zwei Artikel im Jahresbericht 1998/99 des Max-Planck-Gymnasiums, Dortmund: *»Wieder aufgespürt: Hans Dominik«* von Bernd Arlinghaus und *»Hans Dominik - ein Autor, den wiederzuentdecken sich lohnt«* von Holger Miehlke
20. 9. 1999	Artikel in ›Dresdner Neueste Nachrichten‹: *»Dominik und das Dresdner Kugelhaus«. Der erfolgreichste deutsche Science-Fiction-Autor berichtete einst aus der Elbmetropole über Stadtbauvisionen* von Christian Heermann
11. 10. 1999	Auf der Frankfurter Buchmesse ausgelegt und ins Internet eingegeben: *»Stellungnahme des Herausgebers der Dominik-Jubiläums-Edition zu den Verzögerungen beim Erscheinen der angekündigten Bände«*
Dezember 1999:	In Nr. 190 der SFGH-Chroniken (d.i. das von

	Wolfgang Thadewald zusammengestellte Fanzine der ›Science Fiction Gruppe Hannover‹) erscheinen zwei Artikel von Hans Dominik als Wiederabdruck: **Der Kanaltunnel** (aus ›Velhagen & Klasings Monatshefte‹, 31. Jahrgang, 1916; S. 216–218) und **Ein altes Projekt in neuer Form** (aus ›Der Gute Kamerad‹, 45. Folge, 1930/31; S. 782 f.)
23. 12. 1999	Artikel im ›Journal für freie Stunden am Wochenende‹: *»›Silvester 1999‹«. Hans Dominik und das Tagebuch* von Christian Heermann
1999/2000	Sichtung und Sicherung des gesamten Dominik-Nachlasses (ca. 4500 Blatt) durch Holger Miehlke für die Auswertung in der Dominik-Jubiläums-Edition; viele handschriftliche Dokumente bleiben vorerst unentziffert.
4. 1. 2000	Artikel in ›Chemnitzer Morgenpost‹ und ›Dresdner Morgenpost‹: *»Vor 100 Jahren: Zwickauer prophezeite das Handy«* von ›hap‹ (d. i. Christine Hamann-Pönisch)
20. 2.–5. 4. 2000	Ausstellung des Städtischen Museums Göttingen: *»Bücher, Sterne & Maschinen«. Aus historischen Kinder- und Jugendbüchern*, u. a. mit Dominik-Exponaten. Der begleitend erscheinende Katalog enthält einen Beitrag von Holger Miehlke: *»Hans Dominik, Schriftsteller der Technik: Werke für die Jugend«*.
März 2000	In Nr. 191 der SFGH-Chroniken erscheint ein Artikel von Hans Dominik als Wiederabdruck: **Die Welt im Jahre 1999. Ein Rückblick.** (aus: ›Die Woche‹ Nr. 45, 22. Jahrgang, 1920, S. 1185 f.)
16. 3. 2000	Vortrag von Dr.-Ing. Peter Jäckel im ›Deutschen Technikmuseum‹, Berlin-Kreuzberg: *»Die Atomenergie-Romane Hans Dominiks«*; dazu eine kleine Ausstellung mit Dominik-Exponaten aus der Sammlung von Heinz-Jürgen Ehrig
24. 3. 2000	Artikel im ›Bärzin‹, Berlin, Nr. 17: *»Die Atomenergieromane von Hans Dominik«. Zum Vortrag*

	von Dr. Peter Jäckel von HJE (d.i. Heinz-Jürgen Ehrig)
Mai 2000	Der Dominik-Nachlaß wird von der ›Staatsbibliothek zu Berlin‹ erworben.
Mai 2000	In der Kategorie ›Sonderpreis für herausragende Leistungen im Bereich der deutschsprachigen SF 1999‹ wird *Holger Miehlke für die Hans Dominik-Edition, die zur Zeit bei Heyne erscheint*, für den Kurd Laßwitz Preis nominiert. Die Auswertung ergibt Platz 11 (von 17).
August 2000	Als fünfter Band der Dominik-Jubiläums-Edition erscheint **Kautschuk**.
Projekte:	Als sechster Band der Dominik-Jubiläums-Edition ist **Atomgewicht 500** (der Zählung nach Band 13) für das 2. Quartal 2001 geplant. Gegenwärtig ist Andreas Barth, Mitarbeiter der ›Ratsschulbibliothek Zwickau‹, dabei, dort ein Pressearchiv über Dominik anzulegen. Der Leipziger Publizist Dr. Christian Heermann schreibt an einer Dominik-Biographie. Sie wird voraussichtlich im Jahr 2002 in der ›Anhaltischen Verlagsgesellschaft Dessau‹ erscheinen. Zum 130. Geburtstag des Schriftstellers (15. 11. 2002) erwägt das Städtische Museum seiner Geburtsstadt Zwickau eine große Dominik-Ausstellung.

Beim derzeitigen Stand der Dominik-Forschung kann nur ein vorläufiges Werkverzeichnis erstellt werden, das sich auf die Bücher und größeren Erzählungen beschränkt. Es ist davon auszugehen, daß Dominik mehrere Tausend Sachartikel bzw. kürzere Erzählungen für Zeitungen, Zeitschriften und Bücher verfaßt hat, von denen bisher nur ein kleiner Prozentsatz wiedergefunden worden ist.

Die Jahreszahlen kennzeichnen die Entstehung der Texte, soweit sich das noch feststellen ließ. Ansonsten ist das Jahr der Veröffentlichung genannt. Für die Duncker-Romane gilt: im angegebenen Jahr oder früher (gesichert ist das Entstehen aller zwölf Romane zwischen 1910 und 1916). Die Seitenzahlen geben den Umfang der (bzw. - bei den Erzählungen - in den) Bucherstausgaben an.

Sämtliche aufgeführten Erzählungen erschienen in dem Periodikum ›Das Neue Universum‹.

Die Daten von I 7 sowie II 1–8, 10–15, 18, 21 wurden z.T. aus anderen Bibliographien übernommen.

Die in manchen Aufstellungen zu findenden Werke ›Kamerun. Sechs Kriegs- und Friedensjahre in deutschen Tropen‹ (1901) und ›Vom Atlantik zum Tschadsee. Kriegs- und Forschungsfahrten in Kamerun‹ (1908) stammen von einem namensgleichen Vetter des Autors.

I ERZÄHLERISCHE WERKE

1	1902/03	**Technische Märchen**. Steinitz-Verlag, 156 S.
2	1907	**Die Nahrung der Zukunft**. Zukunftserzählung. Union-Verlag, 22 S.
3	1908	**Die Reise zum Mars**. Zukunftserzählung. Union-Verlag, 17 S.
4	1909	**Eine Reise im Jahre 1970**. Zukunftserzählung. Union-Verlag, 18 S. (anonym veröffentlicht)
5	1909	**John Workmann, der Zeitungsboy**. Eine

		Erzählung aus der amerikanischen Großindustrie. Bd. 1: **Im Reiche des Zeitungsriesen**. Jugendroman. Steinitz-Verlag, 190 S. (Co-Autor: Kurt Matull)
6	1910	**Ein neues Paradies**. Zukunftserzählung. Union-Verlag, 17 S.
7	1910	**Unter Tage verschüttet**. Verlagshaus für Volksliteratur und Kunst, 48 S.
8	1911	**Hundert Jahre Elektrotechnik**. Erzählung. Union-Verlag, 34 S.
9	1911	**Glück auf!** Roman. Carl-Duncker-Verlag, 308 S.
10	1911	**Hochströme**. Roman aus der Elektrizitätsindustrie. Carl-Duncker-Verlag, 322 S. Alternativtitel: **Zu spät!**
11	1912	**Die Madonna mit den Perlen**. Roman. Carl-Duncker-Verlag, 296 S.
12	1912	**Heilige Wasser**. Roman aus dem modernen Ägypten. Carl-Duncker-Verlag, 350 S.
13	1913	**Ein Experiment**. Zukunftserzählung. Union-Verlag, 27 S. (anonym veröffentlicht)
14	1913	**Der eiserne Weg**. Roman. Carl-Duncker-Verlag, 312 S.
15	1913	**Der Sieger**. Automobilroman. Carl-Duncker-Verlag, 278 S.
16	1913	**Der Kreiselkompaß**. Der Roman einer technischen Sensation. Carl-Duncker-Verlag, 280 S. Alternativtitel: **Mister Grey (aus New York)**
17	1913/14	**Zauber des Südens.** Roman. Carl-Duncker-Verlag, 309 S. Alternativtitel: **Alpenglühen**
18	1914	**Versunkenes Land**. Roman. Carl-Duncker-Verlag, 301 S.
19	1915	**Klar zum Gefecht**. Roman. Carl-Duncker-Verlag, 353 S.
20	1915	**Das Eiserne Kreuz.** Kriegsroman. Carl-Duncker-Verlag, 269 S.
21	1916	**Der ›Eiserne Halbmond‹**. Kriegsmarineroman. Carl-Duncker-Verlag, 336 S.

22	1917	**Neuland**. Zukunftserzählung. Union-Verlag, 20 S.
23	1918	**Eine Expedition in den Weltraum**. Zukunftserzählung. Union-Verlag, 26 S.
24	1919	**Schätze der Tiefe**. Zukunftserzählung. Union-Verlag, 14 S.
25	1921	**Zukunftsmusik**. Zukunftserzählung. Union-Verlag, 18 S.
26	1921	**John Workmann, der Zeitungsboy.** Eine Erzählung aus der amerikanischen Großindustrie. Bd. 2: **Wanderjahre im Westen**. Steinitz-Verlag, 144 S.
27	1921	**John Workmann, der Zeitungsboy**. Eine Erzählung aus der amerikanischen Großindustrie. Bd. 3: **Neue Wunder der Großindustrie.** Steinitz-Verlag, 156 S.
28	1921	**Die Macht der Drei**. Ein Roman aus dem Jahre 1955. Scherl-Verlag, 359 S.
29	1922/23	**Die Spur des Dschingis-Khan**. Ein Roman aus dem 21. Jahrhundert. Scherl-Verlag, 313 S.
30	1924/25	**Atlantis**. Roman. Scherl-Verlag, 317 S. Untertitel des Zeitschriftenvorabdrucks: Die Geschichte des sechsten Erdteils.
31	1925	**John Workmann, der Zeitungsboy**. Eine Erzählung aus der amerikanischen Großindustrie. Erste vollständige Ausgabe. Jugendroman. Verlag Koehler & Amelang, 392 S. (Neu der 4. Teil: **Lehr- und Meisterjahre im Süden** [S. 296-392])
32	1925/26	**Der Brand der Cheopspyramide**. Roman. Scherl-Verlag, 295 S.
33	1926/27	**Das Erbe der Uraniden**. Roman. Scherl-Verlag, 321 S.
34	1928	**Klaus im Glück**. Vom Hirtenjungen zum Diamantenkönig. Jugendroman. Verlag Koehler & Amelang, 231 S.
35	1928	**König Laurins Mantel**. Roman. Scherl-Verlag, 304 S. Nachkriegstitel: **Unsichtbare Kräfte**

36	1929/30	**Kautschuk**. Ein Roman aus der Industrie. Scherl-Verlag, 284 S.
37	1929/30	**Moderne Piraten**. Jugendroman. Union-Verlag, 263 S.
38	1930	**Dreißig Jahre später**. Zukunftserzählung. Union-Verlag, 15 S.
39	1930	**Bei der verlorenen Mannschaft**. Erzählung. Union-Verlag, 11 S.
40	1932/33	**Befehl aus dem Dunkel**. Roman. Scherl-Verlag, 377 S.
41	1932/33	**Der Wettflug der Nationen**. Roman. Verlag Koehler & Amelang, 281 S./392 S. (Professor-Eggerth-Serie, Bd. 1)
42	1933	**Professor Belians Tagebuch**. Zukunftserzählung. Union-Verlag, 41 S.
43	1933	**Ein Stern fiel vom Himmel**. Roman. Verlag Koehler & Amelang, 248 S./340 S. (Professor-Eggerth-Serie, Bd. 2)
44	1934	**Ein Freiflug im Jahre 2222**. Zukunftserzählung. Union-Verlag, 24 S.
45	1934	**Das stählerne Geheimnis**. Roman. Scherl-Verlag, 326 S.
46	1934/35	**Atomgewicht 500**. Roman. Scherl-Verlag, 318 S.
47	1937	**Himmelskraft**. Roman. Scherl-Verlag, 306 S.
48	1938	**Lebensstrahlen**. Roman. Scherl-Verlag, 331 S.
49	1939	**Land aus Feuer und Wasser**. Roman. Verlag v. Hase & Koehler, 336 S. (Professor-Eggerth-Serie, Bd. 3)
50	1939/40	**Treibstoff SR**. Roman. Scherl-Verlag, 310 S. (Nachkriegstitel: **Fahrt in den Weltraum/Flug in den Weltraum**)
51	1941	**Geballte Kraft**. Werner von Siemens' Dynamomaschine leitet ein neues Zeitalter ein. Historischer Roman. Limpert-Verlag, 157 S.
52	1938–41	**Vom Schraubstock zum Schreibtisch**. Lebenserinnerungen. Scherl-Verlag, 293 S.
53	1942	**Das ewige Herz**. Meister Peter Henleins Nürnberger Oerlein. Historischer Roman. Limpert-Verlag, 152 S.

54 1943/44 **Wunder des Schmelztiegels**. Johann Friedrich Böttger erfindet das europäische Porzellan. Historischer Roman. Wigankow-Verlag, 143 S.

II SACHLITERATUR

1	1902	**Was muß man von der Dampfmaschine wissen?** Steinitz-Verlag, 127 S.
2	1902–05	**Wissenschaftliche Plaudereien**. Entdeckungen und Erfindungen, Fortschritte der Wissenschaft und Industrie. Steinitz-Verlag, 190 S.
3	1903	**Was muß man von der Dynamomaschine wissen?** Steinitz-Verlag, 111 S.
4	1903	**Was muß man von der Naturlehre wissen?** Steinitz-Verlag, 64 S.
5	1904	**Was muß man von der Organischen Chemie wissen?** Steinitz-Verlag, 80 S.
6	1905	**Kalender für Ingenieure des Maschinenbaus**. 6. Jg., Loewenthal-Verlag, 396 S. (nur Herausgeber)
7	1905	**Kalender für Maschinenbautechniker**. 6. Jg., Loewenthal-Verlag, 396 S. (nur Herausgeber)
8	1905/06	**Das Wernerwerk von Siemens & Halske A.-G., Berlin-Nonnendamm**. Springer-Verlag, 202 S.
9	1908	**Amüsante Wissenschaft**. Belehrende und unterhaltende Experimente für jung und alt. Union-Verlag, 288 S.
10	1908/09	**Ein neues Schnellbahnsystem**. Scherl-Verlag, 116 S. (anonym veröffentlicht)
11	1914	**Das Zeitalter der Elektrizität**. Bd. 1: **Die Kräfte der Natur, ihre Hebung und Verwertung**. Volckmann-Nachfolger-G.m.b.H., 80 S.
12	1915	**Unsere Luftflotte und Flieger**. Arnd-Verlag, 48 S.
13	1921/22	**Im Wunderland der Technik: Meisterstücke und neue Errungenschaften, die unsere**

		Jugend kennen sollte. Richard-Bong-Verlag, 365 S., spätere Auflage (1931) 388 S.
14	1925	**Das Buch der Chemie: Errungenschaften der Naturerkenntnis.** Richard-Bong-Verlag, 370 S.
15	1925	**Das Buch der Physik: Errungenschaften der Naturerkenntnis.** Richard-Bong-Verlag, 369 S.
16	1925	**Welten, Werke, Wunder.** Ein Buch des Wissens für das deutsche Haus. Universitas Deutsche Verlags-Aktiengesellschaft, 638 S. (nur Herausgeber)
17	1927/28	**Triumphe der Technik.** Richard-Bong-Verlag, 389 S.
18	1928/29	**Das Schaltwerk der Siemens-Schuckertwerke AG, Berlin-Siemensstadt.** Organisation Verlagsgesellschaft m.b.H., 86 S.
19	1929	**Über und unter der Erde.** Technische Rekorde. Richard-Bong-Verlag, 347 S.
20	1929	**Der Werkzeugmaschinenbau. Fritz Werner, Aktiengesellschaft, Berlin.** Organisation Verlagsgesellschaft m.b.H., 80 S.
21	1931	**Ein Besuch im Kabelwerk.** Deutsches Kupfer-Institut e.V.
22	1935/36	**Vistra, das weiße Gold Deutschlands.** Die Geschichte einer weltbewegenden Erfindung. Verlag Koehler & Amelang, 254 S.
23	1938	**Werkzeugmaschinenbau. Fritz Werner, Aktiengesellschaft, Berlin.** Arnd-Verlag, 118 S. (Zweite, erweiterte Auflage von II 20)

Die Dominik-Jubiläums-Edition

1 **Die Macht der Drei**
2 **Atlantis**

3 **Die Spur des Dschingis-Khan**

4 **Der Brand der Cheopspyramide**

5 **Das Erbe der Uraniden**

6 **König Laurins Mantel**
(Nachkriegstitel: **Unsichtbare Kräfte**)

7 **Kautschuk**

8 **Befehl aus dem Dunkel**

9 **Der Wettflug der Nationen**
10 **Ein Stern fiel vom Himmel**
11 **Land aus Feuer und Wasser**

12 **Das stählerne Geheimnis**

13 **Atomgewicht 500**

14 **Himmelskraft**

15 **Lebensstrahlen**

16 **Treibstoff SR**
(Nachkriegstitel: **Flug in den Weltraum**)

17 **Moderne Piraten**

18 **Hochströme**

19 **Zukunftserzählungen**

20 **Technische Märchen. Erzählungen II**

21 **Materialienband zur Dominik-Edition**